Hans Dominik

Die Macht der Drei
(Science-Fiction Klassiker)

OK Publishing 2019

Leseempfehlungen (als Print & e-Book von OK Publishing erhältlich)

Charlotte Brontë
Jane Eyre (Deutsche Ausgabe)

Jane Austen
Stolz & Vorurteil

Hermann Hirschfeld
Historische Kriminalfälle

Hans Dominik
Land aus Feuer und Wasser (Science-Fiction-Roman)

Hendrik Conscience
Der Löwe von Flander (Historischer Roman)

Hans Dominik
Moderne Piraten (Kriminalroman)

Hans Dominik
Der Wettflug der Nationen (Sci-Fi-Roman)

Arthur Conan Doyle
Micha Clarke (Historischer Roman)

Arthur Conan Doyle
Onkel Bernac (Historischer Roman)

Julius von Voß
INI

Hans Dominik

Die Macht der Drei

(Science-Fiction Klassiker)

Wissenschaftlicher Zukunftsroman

MUSAICUM
Books

- Innovative digitale Lösungen & Optimale Formatierung -
musaicumbooks@okpublishing.info

2019 OK Publishing

ISBN 978-80-272-6353-0

Inhaltsverzeichnis

Teil I	11
Teil II	49
Teil III	77

Teil I

»Das Mysterium von Sing-Sing! Spezialtelegramm: Sing-Sing, 16. Juni, 6 Uhr morgens. Dreimal auf dem elektrischen Stuhl! Dreimal versagte der Strom! Beim dritten Mal zerbrach die Maschine. Der Delinquent unversehrt.«

Gellend schrien die Neuyorker Zeitungsboys die einzelnen Stichworte der Sensationsnachricht den Tausenden und aber Tausenden von Menschen in die Ohren, die in der achten Morgenstunde des Junitages von den überfüllten Fährbooten ans Land geworfen wurden und den Schächten der Untergrundbahnen entquollen, um an ihre Arbeitsstätten zu eilen. Fast jeder aus der tausendköpfigen Menge griff in die Tasche, um für ein Fünfcentstück eines der druckfeuchten Blätter zu erstehen und auf der Straße oder im Lift die außergewöhnliche Nachricht zu überfliegen.

Nur die wenigsten in der großstädtischen Menge hatten eine Ahnung davon, daß an diesem Tage weit draußen im Zuchthaus des Staates Neuyork eine Elektrokution auf die sechste Morgenstunde angesetzt war. Solche Einrichtungen interessierten das Neuyorker Publikum nur, wenn berühmte Anwälte monatelang um das Leben des Verurteilten gekämpft hatten oder wenn bei der Hinrichtung etwas schief ging. Es geschah wohl gelegentlich, daß ein Delinquent lange Viertelstunden hindurch mit dem Strom bearbeitet werden mußte, bis er endlich für das Seziermesser der Ärzte reif war. Und auch unter dem Messer war dann noch bisweilen der eine oder der andere wieder schwer röchelnd erwacht.

Aber die Yankees hatten niemals allzuviel Aufhebens von solchen Vorkommnissen gemacht. Schon damals nicht, als das Land noch von Präsidenten geleitet wurde, die man alle vier Jahre neu erwählte. Viel weniger jetzt, wo es unter der eisernen Faust des Präsident-Diktators Cyrus Stonard stand. Unter der Faust jenes Cyrus Stonard, der nach dem ersten verlorenen Kriege gegen Japan den Aufstand des bolschewistisch gesinnten Ostens gegen den bürgerlichen Westen mit eiserner Strenge niedergeschlagen und dann den zweiten Krieg gegen Japan siegreich durchgeführt hatte. Die unbeschränkten Vollmachten des Präsident-Diktators nötigten auch die amerikanischen Zeitungen zu einiger Zurückhaltung in allen die Regierung und Regierungsmaßnahmen betreffenden Notizen.

Etwas Besonderes mußte passiert sein, wenn die sämtlichen Neuyorker Zeitungen diesem Ergebnis übereinstimmend ihre erste Seite widmeten und mit der Ausgabe von Extrablättern fortfuhren. – Noch ehe die letzten Exemplare der eben erschienenen Ausgabe ihre Käufer gefunden hatten, stürmte eine neue Schar von Zeitungsboys mit der nächsten Ausgabe der Morgenblätter den Broadway entlang.

»Das Rätsel von Sing-Sing! Sing-Sing, 6 Uhr 25 Minuten. Elektrische Station von Sing-Sing zerstört. Der Verurteilte heißt Logg Sar. Herkunft unbekannt. Kein amerikanischer Bürger! Zum Tode verurteilt wegen versuchter Sprengung einer Schleuse am Panamakanal!«

»Sing-Sing, 6 Uhr 42 Minuten. Der Verurteilte entflohen! Die Riemen, mit denen er an den Stuhl gefesselt war, zerschnitten!«

»Sing-Sing, 6 Uhr 50 Minuten. Ein Zeuge als Komplice! Allem Anschein nach ist der Delinquent mit Hilfe eines der zwölf Zeugen der Elektrokution entflohen.«

»Sing-Sing, 7 Uhr. Letzte Nachrichten aus Sing-Sing. Im Auto entflohen!! Ein unglaubliches Stück! Durch Augenzeugen festgestellt, daß der Delinquent, kenntlich durch seinen Hinrichtungsanzug, in Begleitung des Zeugen Williams in ein vor dem Tor stehendes Auto gestiegen. Fuhren in rasender Fahrt davon. Jede Spur fehlt. Gefängnisverwaltung und Polizei ratlos.«

Mit kurzem scharfen Ruck blieb ein Auto stehen, das in den Broadway an der Straßenecke einbog, wo das Flat-Iron Building seinen grotesken Bau in den Äther reckt. Der Insasse des Wagens riß einem der Boys das zweite Extrablatt aus der Hand und durchflog es, während das Auto in der Richtung nach der Polizeizentrale weiterrollte. Ein nervöses Zucken lief über die Züge des Lesenden. Es war ein Mann von unbestimmtem Alter. Eine jener menschlichen Zeitlosen, bei denen man nicht sagen kann, ob sie vierzig oder sechzig Jahre alt sind.

Vor dem Gebäude der Polizeizentrale hielt der Wagen. Noch ehe er völlig stand, sprang der Insasse heraus und eilte über den Bürgersteig der Eingangspforte zu. Seine Kleidung war offensichtlich in einem erstklassigen Atelier gefertigt. Doch hatten alle Künste des Schneiders nicht vermocht, Unzulänglichkeiten der Natur vollständig zu korrigieren. Ein scharfer Beobachter mußte bemerken, daß die rechte Schulter ein wenig zu hoch, die linke Hüfte etwas nach innen gedrückt war, daß das linke Bein beim Gehen leicht schleifte.

Er trat durch die Pforte. Hastig kreuzte er die verzweigten Korridore, bis ihm an einer doppelten Tür ein Policeman in den Weg trat. Der typische sechsfüßige Irländer mit Gummiknüppel und Filzhelm.

»Hallo, Sir! Wohin?«

Ein unwilliges Murren war die Antwort des eilig Weiterschreitenden.

»Stop, Sir!«

Breit und massig schob der irische Riese sich ihm in den Weg und hob den Gummiknüppel in nicht mißzuverstehender Weise.

Heftig riß der Besucher eine Karte aus seiner Tasche und übergab sie dem Beamten.

»Zum Chef, sofort!«

Mehr noch als das herrisch gesprochene Wort veranlaßte der funkelnde Blick den Policeman, mit großer Höflichkeit die Tür zu öffnen und den Fremden in ein saalartiges Anmeldezimmer zu geleiten.

»Edward F. Glossin, *medicinae doctor*« stand auf dem Kärtchen, das der Diener dem Polizeipräsidenten MacMorland auf den Schreibtisch legte. Der Träger des Namens mußte ein Mann von Bedeutung sein. Kaum hatte der Präsident einen Blick auf die Karte geworfen, als er sich erhob, aus der Tür eilte und den Angemeldeten in sein Privatkabinett geleitete.

»Womit kann ich Ihnen dienen, Herr Doktor?«

»Haben Sie Bericht aus Sing-Sing?«

»Nur, was die Zeitungen melden.«

»Bieten Sie alles auf, um der Entflohenen habhaft zu werden. Wenn die Polizeiflieger nicht ausreichen, requirieren Sie Armeeflieger! Ihre Vollmacht langt doch für die Requisition?«

»Jawohl, Herr Doktor.«

»Die Flüchtigen müssen vor Einbruch der Dunkelheit gefaßt sein. Das Staatsinteresse erfordert es. Sie haften dafür.«

»Ich tue, was ich kann.« Der Polizeichef war durch den ungewöhnlich barschen Ton des Besuchers verletzt, und dies Gefühl klang aus seiner Antwort heraus.

Dr. Glossin runzelte die Stirn. Antworten, die nach Widerspruch und Verklausulierungen klangen, waren nicht nach seinem Geschmack.

»Hoffentlich entspricht Ihr Können unseren Erwartungen. Sonst ... müßte man sich nach einem Mann umsehen, der noch mehr kann. Lassen Sie nach Sing-Sing telephonieren! Professor Curtis soll hierherkommen. Ihnen in meiner Gegenwart Bericht über die Vorgänge erstatten.«

Der Präsident ergriff den Apparat und ließ die Verbindung herstellen.

»Wann kann Curtis hier sein?«

»In fünfzehn Minuten.«

Dr. Glossin strich sich über die hohe Stirn und durch das volle, kaum von einem grauen Faden durchzogene dunkle Haupthaar, das glatt nach hinten gestrichen war.

»Ich möchte bis dahin allein bleiben. Könnte ich ...«

»Sehr wohl, Herr Doktor. Wenn ich bitten darf ...« Der Präsident öffnete die Tür zu einem kleinen Kabinett und ließ Dr. Glossin eintreten.

»Danke, Herr Präsident ... Daß ich es nicht vergesse! 200 000 Dollar Belohnung dem, der die Flüchtlinge zurückbringt. Lebendig oder tot!«

»200 000 ...?« MacMorland trat erstaunt einen Schritt zurück.

»200 000, Herr Präsident! Genau, wie ich sagte. Anschläge mit der Belohnung in allen Städten!«

Der Präsident zog sich zurück. Kaum hatte sich die Tür geschlossen, als plötzlich alle Straffheit aus den Zügen Dr. Glossins wich und einem erregten, sorgenden Ausdruck Platz machte. Mit einem leichten Stöhnen ließ er sich in einen Sessel fallen und bedeckte mit der Rechten die Augen, während die Linke nervös über das narbige Leder der Lehne glitt. Wie unter einem inneren Zwange kamen abgerissene Worte, halb geflüstert und stoßweise, von seinen Lippen.

»Stehen die Toten wieder auf?...Bursfelds Sohn! Kein Zweifel daran...Wer rettete ihn?...Wer war dieser Williams? Der Vater selbst?...Nur der besäße die Macht, ihn zu retten...Er war es sicher nicht... Die Riegel des Towers sind fester als die von Sing-Sing...Wer wüßte noch um die geheimnisvolle Macht?...Ah, Jane!...Sie könnte es offenbaren. Der Versuch muß gemacht werden...Unmöglich, jetzt noch nach Trenton zu fahren...Ich muß bis zum Abend warten...Ein unerträglicher Gedanke. Acht Stunden in Ungewißheit ...«

Der Sprecher fuhr empor und warf einen Blick auf sein Chronometer.

»Ruhe, Ruhe! Noch zehn Minuten für mich.«

Einem kleinen Glasröhrchen entnahm er sorgfältig abgezählt zwei winzige weiße Pillen und verschluckte sie. Beinahe momentan wich die nervöse Spannung aus seinen gequälten Zügen und machte einer friedlichen Ruhe Platz. Seine Gedanken wanderten rückwärts. Bilder aus einer ein Menschenalter zurückliegenden Vergangenheit zogen plastisch an seinem Geiste vorüber...Die großen Bahnbauten damals in Mesopotamien im ersten Jahrzehnt nach dem Weltkriege. Ein kleines Landhaus am Ausläufer der Berge...Eine blonde Frau in weißem Kleide mit einem spielenden Knaben im Arm...Wie lange, wie unendlich lange war das her, daß er Gerhard Bursfeld, den ehemaligen deutschen Ingenieuroffizier, aus seinem kurdischen Zufluchtsort hervorgelockt und für die mesopotamischen Bahn- und Bewässerungsbauten gewonnen hatte. Damals, als Hände und Köpfe im Zweistromlande knapp waren.

Gerhard Bursfeld war dem Rufe zu solcher Arbeit gern gefolgt. Mit ihm kamen sein junger Knabe und sein blondes Weib Rokaja Bursfeld, die schöne Tochter eines kurdischen Häuptlings und einer zirkassischen Mutter.

Ein glückliches Leben begann. Bis Gerhard Bursfeld die große gefährliche Erfindung machte. Bis Edward Glossin, in Liebe zu der blonden Frau entbrannt, den Freund und seine Erfindung an die englische Regierung verriet...Gerhard Bursfeld verschwand hinter den Mauern des Towers. Sein Weib entfloh mit dem dreijährigen Knaben. In die Berge nach Nordosten. Ihre Spur war verloren. Und Edward Glossin war der betrogene Betrüger. Mit ein paar tausend Pfund speiste ihn die englische Regierung für ein Geheimnis ab, dessen Wert ihm unermeßlich schien ...

Die Züge des Träumers nahmen wieder die frühere Spannung an. Der Klang einer elektrischen Glocke ertönte. Der Doktor erhob sich und ging straff aufgerichtet in das Kabinett des Polizeichefs.

Kurz begrüßte er den Ankömmling Professor Curtis aus Sing-Sing und fragte: »Wie ist es möglich gewesen, daß die Apparatur versagte?«

Stockend und nervös gab der Professor seinen Bericht.

»Uns allen ganz unbegreiflich! Auf 5 Uhr 30 Minuten war die Elektrokution des Raubmörders Woodburne angesetzt. Sie ging glatt vonstatten. Um 5 Uhr 40 Minuten lag der Delinquent bereits auf dem Seziertisch. Die Maschine wurde stillgesetzt und um 5 Uhr 55 Minuten wieder angelassen. Punkt 6 Uhr brachte man den zweiten Delinquenten und schnallte ihn auf den Stuhl. Er trug den vorschriftsmäßigen Hinrichtungsanzug mit dem Schlitz im rechten Beinkleid. Die Elektrode wurde ihm um den Oberschenkel gelegt. Zwei Minuten nach sechs senkte sich die Kupferhaube auf seinen Kopf. Im Hinrichtungsraum stand der Gefängnisinspektor mit den zwölf vom Gesetz vorgeschriebenen Zeugen. Der Elektriker des Gefängnisses hatte seinen Platz an der Schalttafel, den Augen des Delinquenten verborgen. 6 Uhr 3 Minuten schlug er auf einen Wink des Scherifs den Schalthebel ein...Ich will gleich bemerken, daß dies die letzte authentische Zeitangabe aus Sing-Sing ist. Um 6 Uhr 3 Minuten sind alle Uhren in der Anstalt mit magnetisierten Eisenteilen stehengeblieben. Die weiteren Zeitangaben in den Zeitungen stammen vom Neuyorker Telegraphenamt ...«

Dr. Glossin wippte nervös mit einem Fuß. Der Professor fuhr fort.

»In dem Augenblick, in dem der Elektriker den Strom auf den Delinquenten schaltete, blieb die Dynamomaschine, wie von einer Riesenfaust gepackt, plötzlich stehen. Sie stand und hielt ebenso momentan auch die mit ihr gekuppelte Dampfturbine fest. Mit ungeheurer Gewalt strömte der Frischdampf aus dem Kessel gegen die stillstehenden Turbinenschaufeln. Es war höchste Zeit, daß der Maschinenwärter zusprang und den Dampf abstellte.

Während alledem saß der Delinquent ruhig auf dem Stuhl und zeigte keine Spur einer Stromwirkung. Erst später ist mir das eigenartige Verhalten des Verurteilten wieder in die Erinnerung gekommen. Er schien mit dem Leben abgeschlossen zu haben. Aber sobald er in den Hinrichtungsraum geführt wurde, kehrte eine leise Röte in seine bis dahin todblassen Züge zurück. Als die Maschine das erstemal versagte, glaubte ich die Spur eines befriedigten Lächelns auf seinen Zügen zu bemerken. Gerade so, als ob er diesen für uns alle so überraschenden Zwischenfall erwartet habe.

Als die Maschine zum zweitenmal angelassen wurde, verstärkte sich diese rätselhafte Heiterkeit. Er verfolgte unsere Arbeiten, als ob es sich für ihn nur um ein wissenschaftliches Experiment handle.

Beim dritten Mal kam das Unglück. Die Maschinisten hatten die Turbine auf höchste Tourenzahl gebracht. Sie lief mit dreitausend Umdrehungen, und die elektrische Spannung stand fünfzig Prozent über der vorgeschriebenen Höhe. Es gab einen Ruck. Die Achse zwischen Dynamo und Turbine zerbrach. Die Turbine, plötzlich ohne Last, ging durch. Ihre Schaufelräder zerrissen unter der ins Ungeheuere gesteigerten Zentrifugalkraft. Der Kesselfrischdampf quirlte und jagte die Trümmer unter greulichem Schleifen und Kreischen durch die Abdampfleitung in den Kondensator. Als der Dampf abgestellt war, fühlten wir alle, daß wir haarscharf am Tode vorbeigegangen waren ...«

Der Polizeichef flüsterte ein paar Worte mit dem Doktor. Dann fragte er den Professor. »Haben Sie eine wissenschaftliche Erklärung für die Vorgänge?«

»Nein, Herr! Jede Erklärung, die sich beweisen ließe, fehlt. Höchstens eine Vermutung. Die Magnetisierung sämtlicher Uhren deutet darauf hin, daß in den kritischen Minuten ein elektromagnetischer Wirbelsturm von unerhörter Heftigkeit durch die Räume von Sing-Sing gegangen ist. Es müssen extrem starke elektromagnetische Felder im freien Raum aufgetreten sein. Sonst wäre es nicht zu erklären, daß sogar die einzelnen Windungen der großen Stahlfeder in der Zentraluhr vollständig magnetisch zusammengebacken sind. Ein fürchterliches elektromagnetisches Gewitter muß wohl stattgefunden haben. Aber damit wissen wir wenig mehr.«

Eine Handbewegung des Doktors unterbrach die wissenschaftlichen Erörterungen des Professors.

»Wie war die Flucht möglich?«

Der Bericht darüber war lückenhaft. »Als die Turbine im Nebenraum explodierte, suchten alle Anwesenden instinktiv Deckung. Ein Teil warf sich zu Boden. Ein Teil flüchtete hinter die Schalttafel. Etwa zwei Minuten dauerte das nervenzerreißende Heulen und Quirlen der Trümmerstücke in der Dampfleitung. Als endlich der Dampf abgestellt und Ruhe eingetreten war, merkte man, daß der Delinquent verschwunden war. Die starken Ochsenlederriemen, die ihn hielten, waren nicht aufgeschnallt, sondern mit einem scharfen Messer durchschnitten. Die Flucht mußte in höchster Eile in wenigen Sekunden ausgeführt worden sein. Erst zehn Minuten später wurde es bemerkt, daß auch einer der Zeugen fehlte.«

Das war alles, was Professor Curtis berichten konnte.

Dr. Glossin zog die Uhr.

»Ich muß leider weiter! Leben Sie wohl, Herr Professor.« Er trat, von dem Polizeichef begleitet, auf den Gang.

»Wenden Sie alle Maßregeln an, die Ihnen zweckmäßig erscheinen. In spätestens drei Stunden erwarte ich Meldung, wie es möglich war, daß ein falscher Zeuge der Elektrokution beiwohnte. Geben Sie telephonischen Bericht! Wellenlänge der Regierungsflugzeuge! Ich gehe nach Washington.«

Ein Läuten des Telephons im Zimmer des Präsidenten rief diesen hinweg. Unwillkürlich trat Dr. Glossin mit ihm in den Raum zurück.

»Vielleicht eine gute Nachricht?«

Der Präsident ergriff den Hörer. Erstaunen und Spannung malten sich auf seinem Gesicht. Auch Dr. Glossin trat näher. »Was ist?«

»Ein Armeeflugzeug verschwunden. R. F. c. 1 vom Ankerplatz entführt.«

»Weiter, weiter!«

Der Doktor stampfte auf den Boden.

»Wer war es?«

Er drang auf den Präsidenten ein, als wollte er ihm den Hörer aus der Hand reißen. MacMorland hatte seine Ruhe wiedergefunden. Kurz und knapp klangen seine Befehle in den Trichter.

»Der Staatssekretär des Krieges ist benachrichtigt?... Gut! So wird von dort aus die Verfolgung geleitet werden. Wie sehen die Täter aus?... Hat man irgendwelche Vermutungen?... Wie? Was?... Englische Agenten? Sind das leere Redensarten, oder hat man Anhaltspunkte?... Was sagen Sie? Allgemeine Meinung... Redensarten! Die Herren Chopper und Watkins werden gleich herauskommen und die Nachforschungen leiten. Ihren Anordnungen ist Folge zu leisten!«

Der Präsident eilte zum Schreibtisch, warf ein paar Zeilen aufs Papier und übergab sie seinem Sekretär. Dann wandte er sich seinen Besuchern zu.

»Ein ereignisreicher Morgen! Innerhalb weniger Stunden zwei Vorfälle, wie sie mir in meiner langen Dienstzeit noch nicht vorgekommen sind... Die Meinung, daß die Engländer dahinterstecken, scheint mir nicht ganz unbegründet zu sein. R. F. c. 1 ist der neueste Typ der Rapid-Flyers. Erst vor wenigen Wochen ist es geglückt, durch eine besondere Verbesserung die Geschwindigkeit auf tausend Kilometer in der Stunde zu bringen. R. F. c. heißt die verbesserte Type. c. 1 ist das erste Exemplar der Type. Ich hörte, daß es erst vor drei Tagen in Dienst gestellt wurde. Die nächsten Exemplare brauchen noch Tage, um für die Probefahrt fertig zu werden. Der Gedanke, daß die englische Regierung sich das erste Exemplar angeeignet hat, liegt natürlich sehr nahe... Es sei denn ...«

»Was meinen Sie, Herr Präsident?«

Die Stimme Glossins verriet seine Erregung.

»Es sei denn, daß...« MacMorland sprach langsam wie tastend... »daß ein Zusammenhang zwischen der Entführung des Kreuzers und der Flucht jenes Logg Sar bestände. Was meinen Sie, Herr Professor?«

»Ich bin versucht, das letztere für das Richtige zu halten. Es ist ganz ausgeschlossen, mit gewöhnlichen Mitteln ein Luftschiff wie R. F. c. 1 von dem streng bewachten Flugplatz am hellichten Tage zu entführen.«

»Was ist Ihre Meinung, Herr Doktor?«

»Ich... ich übersehe die ganze Sachlage zu wenig. Trotzdem, Herr Präsident, werden Sie guttun, sich umgehend mit dem Kriegsamt in Verbindung zu setzen und Ihre Maßnahmen für beide Fälle im Einvernehmen und engsten Zusammenwirken mit diesem zu treffen. Guten Morgen, meine Herren.«

MacMorland und Professor Curtis waren allein im Saale des Polizeipräsidiums zurückgeblieben.

»Ein lebhafter Tag heute!«

MacMorland sprach die Worte mit einer gewissen Erleichterung. Der Vorfall mit dem Flugzeug mußte die Sorge der Regierung auf einen anderen Punkt lenken.

Professor Curtis griff sich mit beiden Händen an den Kopf. »Der zweite Vorfall ist beinahe noch mysteriöser als der erste. Bedenken Sie!... Der neueste schnellste Kreuzer der Armee. Auf einem Flugplatz hinter dreifachen, mit Hochspannung geladenen Drahtgittern. Schärfste Paßkontrolle. Fünfhundert Mann unserer Garde als Platzbewachung. Es geht mir über jedes Verstehen, wie das geschehen konnte.«

Der Polizeichef war mit seinen Gedanken schon wieder bei dem Falle, der sein Ressort anging.

»Warum war dieser Logg Sar zum Tode verurteilt? Wir von der Polizei wissen wieder einmal nichts. Sicherlich ein Urteil des Geheimen Rats.«

Der Professor nickte.

»In dem Einlieferungsschein für Sing-Sing stand: ›Zum Tode verurteilt wegen Hochverrats, begangen durch einen verbrecherischen Anschlag auf Schleusen am Panamakanal.‹ Die Unterschrift war, wie Sie richtig vermuteten, die des Geheimen Rats.«

»Ich will gegen diese Institution nichts sagen. Sie hat sich in kritischen Zeiten bewährt, in denen das Staatsschiff zu scheitern drohte. Aber...Menschen bleiben Menschen, und bisweilen scheint es mir...ich möchte sagen...das heißt, ich werde lieber nicht...«

Professor Curtis lachte.

»Wir Leute von der Wissenschaft sind immun. Sagen Sie ruhig, daß dieser Logg Sar die Panamaschleusen wahrscheinlich niemals in seinem Leben gesehen hat, und daß der Geheime Rat ihn aus ganz anderen Gründen zum Teufel schickt.«

MacMorland fuhr zusammen. Die Worte des Professors waren schon beinahe Hochverrat. Aber Curtis ließ sich nicht aus der Ruhe bringen.

»Lassen wir den Delinquenten. Er ist doch längst über alle Berge. Aber brennend gern möchte ich etwas Genaueres über Doktor Glossin erfahren. Sie wissen, man munkelt allerlei...«

MacMorland überlegte einen Augenblick.

»Wenn ich nicht überzeugt wäre, daß ich auf Ihre unbedingte Verschwiegenheit rechnen könnte, würde ich selbst das wenige, was ich weiß, für mich behalten. Um mit dem Namen anzufangen, so habe ich begründete Zweifel, ob es der seiner Eltern war. Seinen wahren Namen kennt außer ihm selbst vielleicht nur der Präsident-Diktator. Seinen Papieren nach ist er Amerikaner. Aber als ich zum erstenmal seine Bekanntschaft machte, glaubte ich bestimmt, starke Anklänge schottischen Akzents in seiner Sprache zu bemerken.«

»Wann und wo war das?« fragte Curtis gespannt.

»Die Gelegenheit war für Dr. Glossin nicht gerade ehrenvoll. Vor zwanzig Jahren. Während des ersten japanischen Krieges. Ich hatte einen Posten bei der politischen Polizei in San Franzisko. Kalifornien war von japanischen Spinnen überschwemmt. Die Burschen machten uns Tag und Nacht zu schaffen. Es war auch klar, daß ihre Unternehmungen von einer Stelle aus geleitet wurden. Einer meiner Beamten brachte mir den Doktor, den er unter höchst gravierenden Umständen verhaftet hatte. Aber es war ihm schlechterdings nichts zu beweisen. Hätten wir damals schon den Geheimen Rat gehabt, wäre die Sache wahrscheinlich anders verlaufen. So blieb nichts weiter übrig, als ihn laufen zu lassen. In der nach unserer Niederlage ausbrechenden Revolution soll er...ich bemerke ›soll‹... ein Führer der Roten gewesen sein. Zu beweisen war auch hier nichts. Jedenfalls war er einer der ersten, die ihre Fahnen wechselten. Als Cyrus Stonard an der Spitze des in den Weststaaten gesammelten weißen Heeres die Revolution mit blutiger Hand niederschlug, war Dr. Glossin bereits in seiner Umgebung. Er muß dem Diktator damals wertvolle Dienste geleistet haben, denn sein Einfluß ist seitdem fast unbegrenzt.«

MacMorland unterbrach seinen Bericht, um sich dem Ferndrucker zuzuwenden.

»Hallo, da haben wir weitere Meldungen über R. F. c. 1. Versuchen Sie Ihren Scharfsinn, Herr Professor. Vielleicht können Sie das Rätsel lösen. Der Bericht lautet: ›R. F. c. 1 stand um sieben Uhr morgens zur Abfahrt bereit. Drei Monteure und ein Unteroffizier waren an Bord. Der Kommandant stand mit den Ingenieuren, die an der Fahrt teilnehmen sollten, dicht dabei. Zwei Minuten nach sieben erhob sich das Flugschiff ganz plötzlich. Seine Maschinen sprangen an. Es flog in geringer Höhe über einen neben dem Flugplatz liegenden Wald. Etwa fünf Kilometer weit. Man nahm auf dem Platz an, daß die Maschinen versehentlich angesprungen seien und die Monteure das Flugzeug hinter dem Wald wieder gelandet hätten. Ein Auto brachte den Kommandanten und die Ingenieure dorthin. Vom Flugzeug keine Spur. Die Monteure in schwerer Hypnose behaupten, es habe nie ein Flugzeug R. F. c. 1 gegeben. Sie sind zurzeit in ärztlicher Behandlung.‹«

MacMorland riß den Papierstreifen ab und legte ihn vor den Professor auf den Tisch.

»Das ist das Tollste vom Tollen. Was sagen Sie dazu?«

Der Polizeichef lief aufgeregt hin und her. Auch Professor Curtis konnte sich der Wirkung der neuen Nachricht nicht entziehen.

»Sie haben recht, Herr Präsident. Es ist ein tolles Stück. Aber Gott sei Dank fällt es nicht in das Ressort von Sing-Sing und geht mich daher wenigstens beruflich nichts an. Es wird Sache der Armee sein, wie sie ihren Kreuzer wiederbekommt. Lieber noch ein paar Worte über Doktor Glossin. Ich hatte schon viel von ihm gehört. Heute hab ich ihn das erstemal gesehen. Wo wohnt er? Wie lebt er? Was treibt er?«

»Sie fragen viel mehr, als ich beantworten kann. Hier in Neuyork besitzt er ein einfach eingerichtetes Haus in der 316ten Straße. Daneben hat er sicher noch an vielen anderen Orten seine Schlupfwinkel ...«

»Ist er verheiratet?«

»Nein. Obgleich er keineswegs ein Verächter des weiblichen Geschlechts ist. Mir ist manches darüber zu Ohren gekommen... Na, gönnen wir ihm seine Vergnügungen, wenn sie auch manchem recht sonderlich vorkommen mögen.«

»Hat er sonst gar keine Leidenschaften?«

»Ich weiß, daß er Diamanten sammelt. Auserlesene schöne und große Steine.«

»Nicht übel! Aber ein bißchen kostspielig das Vergnügen. Verfügt er über so große Mittel?«

MacMorland zuckte mit den Achseln.

»Es entzieht sich meiner Beurteilung. Ein Mann in seiner Stellung, mit seinem Einfluß kann wohl... lieber Professor, ich habe schon viel mehr gesagt, als ich sagen durfte und wollte. Lassen wir den Doktor sein Leben führen, wie es ihm beliebt. Es ist am besten, so wenig wie möglich mit ihm zu tun zu haben. Da Sie gerade hier sind, geben Sie mir, bitte, über die Vorgänge in Sing-Sing einen kurzen Bericht für meine Akten. Wir können nachher zusammen frühstücken.«

Wie griechischer Marmor glänzten die Mauern des Weißen Hauses zu Washington in der grellen Mittagsonne. Aber ein dunkles Geheimnis barg sich hinter den schimmernden Mauern. Lange und nachdenklich hafteten die Blicke der Vorübergehenden auf den glatten, geraden Flächen des Gebäudes. Die politische Spannung war bis zur Unerträglichkeit gestiegen. Jede Stunde konnte den Ausbruch des schon lange gefürchteten Krieges mit dem englischen Weltreich bringen. Die Entscheidung lag dort hinter den breiten Säulen und hohen Fenstern des Weißen Hauses.

In dem Vorzimmer des Präsident-Diktators saß ein Adjutant und blickte aufmerksam auf den Zeiger der Wanduhr. Als diese mit leisem Schlag zur elften Stunde ausholte, erhob er sich und trat in das Zimmer des Präsidenten.

»Die Herren sind versammelt, Herr Präsident.«

Der Angeredete nickte kurz und beugte sich wieder zum Schreibtisch, wo er mit dem Ordnen verschiedener Papiere beschäftigt war. Ein Mann mittleren Alters. Eine Art militärischen Interimsrockes umschloß den hageren Oberkörper. Auf einem langen, dünnen Halse saß ein gewaltiger Schädel, dessen vollkommen haarlose Kuppel sich langsam hin und her bewegte. Aus dem schmalen, durchgeistigten Aszetengesicht blitzten ein Paar außerordentlich große Augen, über denen sich eine zu hohe und zu breite Stirn weit nach vorn wölbte.

Das war Cyrus Stonard, der absolute Herrscher eines Volkes von dreihundert Millionen. Als er sich jetzt erhob und langsam, beinahe zögernd der Tür zuschritt, bot er äußerlich nichts von jenen Herrscherfiguren, die in der Phantasie des Volkes zu leben pflegen. Nur das geistliche Kleid fehlte, sonst hätte man ihn wohl für eine der fanatischen Mönchsgestalten aus den mittelalterlichen Glaubenskämpfen der katholischen Kirche ansehen können.

Er durchschritt das Adjutantenzimmer und betrat einen langgestreckten Raum, dessen Mitte von einem gewaltigen, ganz mit Plänen und Karten bedeckten Tisch ausgefüllt war. In der einen Ecke des Saales standen sechs Herren in lebhaftem Gespräch. Die Staatssekretäre der Armee, der Marine, der auswärtigen Angelegenheiten und des Schatzes. Die Oberstkommandierenden des Landheeres und der Flotte. Sie verstummten beim Eintritt des Diktators. Cyrus Stonard ließ sich in den Sessel am Kopfende des Tisches nieder und winkte den anderen, Platz zu nehmen.

»Mr. Fox, geben Sie den Herren Ihren Bericht über die auswärtige Lage.«

Der Staatssekretär des Auswärtigen warf einen kurzen Blick auf seine Papiere.

»Die Spannung mit England treibt automatisch zur Entladung. Seitdem Kanada sich mit uns in einem Zollverband zusammengefunden hat, sind die Herren an der Themse verschnupft. Die Bestrebungen im australischen Parlament, nach kanadischem Muster mit uns zu verhandeln, haben die schlechte

17

Laune in Downing Street noch verschlechtert. England sieht zwei seiner größten und reichsten Kolonien auf dem Wege natürlicher Evolution zu uns kommen. In Australien geht die Entwicklung langsamer vor sich, seitdem der japanische Druck verschwunden ist. Aber auch dort ist sie unaufhaltbar, wenn es der englischen Macht nicht vorher gelingt, uns niederzuwerfen ...«

Ein spöttisches Lächeln glitt über die Züge des Flottenchefs.

»In Asien und Südamerika stoßen unsere Handelsinteressen schwer mit den englischen zusammen. Der letzte Aufstand im Jangtsekiangtale war mit englischem Gelde inszeniert. Die afrikanische Union hält bei aller Wahrung ihrer politischen Selbständigkeit wirtschaftlich fest zu England und läßt nur englische Waren hinein. Unser letzter Versuch, einen Handelsvertrag mit der afrikanischen Union abzuschließen, ist gescheitert. Meines Erachtens treiben die Dinge einer schnellen Entscheidung entgegen. Die Entführung von R. F. c. 1 gibt einen geeigneten Anlaß. Seit zwei Stunden tobt unsere Presse gegen England.«

Cyrus Stonard hatte während des Vortrages mechanisch allerlei Schnörkel und Ornamente auf den vor ihm liegenden Schreibblock gezeichnet.

»Wie denken Sie über die Entführung des R. F. c. 1?«

Er heftete seine Augen auf den Flottenchef Admiral Nichelson.

»In der Nähe der Station sind zwei englische Agenten ergriffen worden. Sie leugnen jede Teilnahme.«

»Es gibt Mittel, solche Leute zum Reden zu bringen.«

»Sie hatten den Strick um den Hals und schwiegen.«

»Es gibt wirksamere Mittel ... Wie lange kann sich R. F. c. 1 in der Luft halten?«

»Die Tanks waren für zwölf Stunden gefüllt. Genug, um in voller Dunkelheit zu landen, wenn es nach Osten geht. Unsere Kreuzer über dem Nordatlantik sind avisiert. Eine Landung in England müßte noch bei Helligkeit erfolgen und würde gemeldet werden.«

»Sie halten es für sicher, daß die Entführung auf Betreiben der englischen Regierung erfolgt ist?«

»Ganz sicher!«

»Hm! ... der Gedanke liegt nahe ... vielleicht zu nahe ... Und die anderen Herren? ... meinen dasselbe ... hm! Hoffentlich, nein sicherlich haben sie unrecht.«

Die Staatssekretäre sahen den Diktator fragend an.

»Der letzte Gamaschenknopf sitzt noch nicht! Ich werde erst losschlagen, wenn ich weiß, daß er sitzt. Das heißt, meine Herren ...« Die Stimme des Sprechenden hob sich. »R. F. c. 1 mag in Gottes Namen in England landen. Für unser Volk wird es verborgen bleiben, bis es so weit ist.«

»Wie weit ist die Verteilung unserer U-Kreuzer durchgeführt?«

»Die ganze Kreuzerflotte liegt auf dem Meridian von Island vom 60. bis zum 30. Breitengrad gleichmäßig verteilt.«

Admiral Nichelson erhob sich, um die Lage der Kreuzerflotte an einem großen Globus zu demonstrieren.

»Wo stehen die Luftkreuzer?«

»Die leichte Beobachtungsflotte zwischen Island und den Faröer. Die Panzerkreuzer liegen seit drei Tagen auf dem grönländischen Inlandeis.«

»Die G-Flotte ...«

»Die Schiffe auf Grönland sind damit ausgerüstet.«

Nur dieser Staatsrat wußte um das Geheimnis, daß die neuen Luftkreuzer mit Bomben versehen waren, die nach dem Abwurfe Milliarden und aber Milliarden von Pest- und Cholerakeimen in die Luft wirbelten. Man hatte noch keine Gelegenheit gehabt, den Bakterienkrieg im großen auszuprobieren. Aber die amerikanischen Fachleute versprachen sich viel davon.

»Die P-Flotte ...«

Ein sardonisches Lächeln lief über die sonst so unbeweglichen Züge des Diktators, als er das Wort aussprach. Seit mehr denn Jahresfrist lagen englische Banknoten im Betrage von Hunderten von Milliarden Pfund Sterling in den geheimen Gewölben des amerikanischen Staatsschatzes. Von der Tausendpfundnote an bis hinab zu den kleinsten Beträgen. Alles so vorzüglich gefälscht und nachgedruckt, daß die Bank von England selbst diese Noten für echt halten mußte. Die Aufgabe der P-Flotte war es, sofort bei Kriegsausbruch diese Unmengen englischen Papiergeldes über die ganze Welt zu zerstreuen, wo Engländer Handel trieben und englisches Geld Kurs hatte. Die Tätigkeit dieser Flotte mußte das englische Geldwesen in wenigen Tagen vollkommen zerrütten. Aber die P-Flotte war noch ein schwereres Staatsgeheimnis als die G-Flotte. Die englischen Agenten hatten nur herausbekommen, daß sie für Propagandazwecke bestimmt sei und im Falle eines Krieges in großen Massen die zuerst von Woodruf Wilson in die Kriegführung zivilisierter Nationen eingeführten Traktätchen über den feindlichen Linien abzuwerfen hätte.

»Die P-Flotte übt zwischen Richmond und Norfolk«, sagte Admiral Nichelson trocken.

Jedermann im Saale wußte, daß dieser Standort fünfzehn Flugminuten von den Gewölben des Staatsschatzes entfernt war.

Cyrus nahm das Wort von neuem.

»Wie lange wird es noch dauern, bis unsere Unterwasserstation an der afrikanischen Küste vollkommen gesichert ist? Die Frist ist bereits seit einer Woche abgelaufen.«

Bei diesen nicht ohne Schärfe gesprochenen Worten erhob sich der Flottenchef unwillkürlich.

»Die Schwierigkeiten waren größer als vorauszusehen war, Herr Präsident.«

»Können Sie ein bestimmtes Datum angeben?«

»Nein. Doch dürfte es auf keinen Fall länger als bis zum Ablauf dieses Monats dauern.«

»Hm...dann also, meine Herren...dann wird man R. F. c. 1 zur geeigneten Zeit in England landen sehen.«

Ein Adjutant trat ein und flüsterte dem Präsidenten ein Wort ins Ohr.

»Gut, ich komme.«

Der Präsident erhob sich, die Sitzung war beendet.

Aus dem blauen Mittagshimmel schoß ein silbern schimmernder Punkt auf das Weiße Haus in Washington zu, wurde größer, zeigte die schnittigen Formen eines Regierungsfliegers und landete sanft auf dem Dach des Gebäudes.

Als einziger Passagier verließ Dr. Edward F. Glossin die Maschine. Den linken Fuß beim Gehen leicht nachziehend, schritt er an den martialischen Gestalten der Leibgarde vorbei. Auf den Treppenabsätzen und in den Korridoren standen die baumlangen blonden Kerle aus den westlichen Weizenstaaten in ihren malerischen Uniformen. Sie hielten die Wache um den Präsident-Diktator wie früher die Grenadiere der Potsdamer Garde um die preußischen Könige oder die Eisenseiten um Oliver Cromwell.

Im Vorzimmer traf der Doktor den Adjutanten des Diktators und ließ sich melden. Nur eine knappe Minute, und der Diktator trat aus dem Sitzungssaale und stand vor ihm. Nach flüchtigem Gruß hieß er ihn in sein Arbeitszimmer mitkommen.

»Wer ist Logg Sar?«

Dr. Glossin fühlte die unbestimmte Drohung, die in der Frage lag, und trat einen Schritt zurück.

»Logg Sar ist...Silvester Bursfeld.«

Tiefes Erstaunen malte sich auf den Zügen Stonards.

»Bursfeld...der im englischen Tower gefangen saß?«

»Nein, sein Sohn. Der Vater hieß Gerhard.«

»Mein Gedächtnis ist gut. Sie haben mir von einem Sohne Gerhard Bursfelds nie gesprochen. Warum nicht?«

»Ich weiß es selbst erst seit drei Monaten.«

»Und ich erfahre es erst heute?«

19

Cyrus Stonard trat dicht an den Doktor heran. Ein Blick traf ihn, der sein Gesicht noch eine Nuance blasser werden ließ.

»Erklären Sie!«

»Es war vor ungefähr drei Monaten...Ich hielt mich einige Zeit in Trenton auf, um in meinem Laboratorium im Hause einer Mrs. Harte an einem Versuch zu arbeiten. Eines Tages kommt ein junger Ingenieur, der in den Staatswerken von Trenton beschäftigt ist, zu Mrs. Harte und erkundigt sich nach ihren Familienverhältnissen. Dabei stellt sich heraus, daß der verstorbene Mann der Mrs. Harte ein Stiefbruder von Gerhard Bursfeld war.«

»Ihre Erzählung scheint darauf hinauszuwollen, daß der junge Ingenieur der Sohn von Gerhard Bursfeld ist. Warum nannte er sich Logg Sar?«

»Auf Logg Sar lauten seine Papiere. Für die Welt und für ihn beruht alles andere auf Vermutungen. Für mich ist der Beweis erbracht.«

»Liefern Sie ihn mir!«

»Sie erinnern sich an meinen früheren Bericht über die Sache, Herr Präsident. Heute kenne ich seine Fortsetzung. Nachdem Gerhard Bursfeld die unfreiwillige Reise nach England gemacht hat, verschwindet er für immer im Tower. Sein Weib flieht mit ihrem kleinen Knaben in die kurdischen Berge. Unterwegs schließt sie sich einer Karawane an: Kaufleute, Priester und was sonst in Karawanen nach Mittelasien zieht. Die junge Frau ist den Strapazen des langen Weges nicht gewachsen. Irgendwo auf der Strecke zwischen Bagdad und Kabul wurde sie bestattet. Ein tibetanischer Lama, der in sein Kloster zurückkehrt, nimmt sich der Sterbenden an. Ihm übergibt sie ihren Knaben, macht ihm zur Not dessen Namen verständlich ...«

»Etwas schneller, wenn's beliebt, Herr Doktor!«

»Der Lama nimmt den Knaben mit in sein Kloster Pankong Tzo und erzieht ihn in den Lehren Buddhas. Als der Knabe vierzehn Jahre alt ist, besucht eine Expedition schwedischer Gelehrter das Kloster. Der junge Europäer fällt auf. Von einem der Mitglieder der Expedition, dem Ethnologen Olaf Truwor, wird er mit nach Schweden genommen, wird mit dessen Sohn zusammen erzogen, wird wie dieser Ingenieur ...«

Cyrus Stonard hatte während des Berichtes mechanisch allerlei Arabesken gemalt, wie es seine Gewohnheit war. Jetzt warf er den Bleistift unwillig auf das vor ihm liegende Papier.

»Glauben Sie im Ernst, Herr Doktor, daß irgendein Anwalt in den Staaten auf Ihre Erzählung hin einen Erbschaftsprozeß übernehmen würde?«

»Nur noch einen kurzen Augenblick Geduld, Herr Präsident. Die Kette schließt sich Glied an Glied. Auf einer Rheinreise, die er nach dem Abschluß seiner Studien macht, wird Logg Sar von einem alten Ehepaar angesprochen, dem seine überraschende Ähnlichkeit mit Gerhard Bursfeld auffällt. Die alten Leute sind mit Gerhard Bursfeld verwandt, haben ihn genau gekannt und sind von dieser Ähnlichkeit ebenso frappiert...wie ich es war, als Logg Sar mir das erstemal vor die Augen trat. Ich glaubte damals, Gerhard Bursfeld so vor mir zu sehen, wie er dreißig Jahre früher in Mesopotamien vor mir gestanden hat. Die alten Leute machen Logg Sar darauf aufmerksam, daß ein Stiefbruder Gerhard Bursfelds in Trenton lebt. Logg Sar findet im weiteren Laufe seiner Ingenieurkarriere eine Stellung in den Trentonwerken. Er erinnert sich der Mitteilungen der alten Leute und spricht bei Mrs. Harte vor. Ihr Mann ist tot. Ein Bild von Gerhard Bursfeld findet sich im Hause. Die Ähnlichkeit ist überzeugend.«

Cyrus Stonard blickte den Erzähler durchdringend an.

»Sie tischen mir da eine sehr romantische, aber wenig beglaubigte Geschichte auf. Es fehlt nur noch das berühmte Muttermal, und die Sache könnte in Harpers Weekly stehen. Herr Doktor, ich wünsche von Ihnen schlüssige Beweise und keine Phantastereien. Haben Sie irgendeinen wirklichen Beweis, daß Logg Sar und Silvester Bursfeld identisch sind?«

Dr. Glossin spielte seinen Trumpf aus.

»Ein Wort schließt die Kette: Logg Sar.«

»Was soll das heißen?«

»Logg Sar bedeutet im Tibetanischen das Jahresende. Den letzten Tag des Jahres. Den Tag, den die christliche Kirche dem Silvester geweiht hat. Die sterbende Mutter hat dem fremden Priester verständlich zu machen versucht, was der Name ihres Kindes bedeutet. Das Jahresende. Der christliche Name wurde vergessen. Seine tibetanische Übersetzung ergab den neuen Namen, unter welchem der Knabe in Pankong Tzo verblieb.«

»Das ist kein Beweis für mich, Herr Doktor. Und ich glaube... für Sie auch nicht.«

Dr. Glossin trat einen Schritt näher an den Diktator heran.

»Mein letzter Beweis, ein zwingender Beweis! Er kennt das Geheimnis seines Vaters. Es ist ihm überkommen, er hat es ausgebaut in einem Maße, daß ...«

Die feinen Flügel der Adlernase des Diktators zitterten. Zwei lotrechte Falten zogen sich zwischen seinen Augenbrauen zusammen, als er den Satz des Doktors vollendete:

»... daß er unser werden oder verschwinden muß, wie seinen Vater die Engländer verschwinden ließen.«

»Das erstere ist wohl nicht mehr möglich.«

»Nach dem Experiment in Sing-Sing... ich glaube, daß Gründe vorhanden sind, die mir gestatten, Ihr Konto damit zu belasten, Herr Doktor! Finden Sie einen Weg, auf dem sich die andere Möglichkeit bewerkstelligen läßt?«

Cyrus Stonard warf dem Doktor einen Blick zu, der diesen erschauern ließ. Ein Wink des Diktators, und er war selbst aus der Liste der Lebenden gestrichen, fand vielleicht schon in wenigen Stunden selbst sein Ende auf dem Stuhle in Sing-Sing.

Cyrus Stonard ließ die Lider sinken und fuhr ruhig fort: »Wie sind Sie hinter sein Geheimnis gekommen?«

Der Doktor schöpfte tief Atem und begann stockend zu erzählen:

»Sein Gesicht war mir vom ersten Tage an verhaßt. Auch sonst hatte ich Grund... seine Anwesenheit im Hause Harte unangenehm zu empfinden ...«

»Hm! Hm ... so ... weiter!«

»Er bat mich, mein Laboratorium in meiner Abwesenheit benutzen zu dürfen. Ich erlaubte es ihm. Beim Fortgehen sorgte ich dafür, daß zehntausend Volt an den Tischklemmen lagen. während der zugehörige Spannungsmesser nur hundert Volt anzeigte. Ich kam wieder, um eine Leiche zu finden, und sah ihn unversehrt aus dem Hause treten. Das Lächeln eines Siegers auf den Lippen, der soeben einen großen Erfolg errungen hat. Da wußte ich, daß Silvester Bursfeld der rechte Sohn seines Vaters ist. Er mußte wissen, daß ich ihm die Falle gestellt hatte. Ich durfte mich nicht mehr vor seinen Augen zeigen. Drei Tage später verschwand er... Unauffällig, wie es üblich ist. Spezialgericht. Elektrokution. Ich glaubte, der Fall sei erledigt. Was weiter geschah, wissen Sie, Herr Präsident.«

»Haben Sie in seinen Papieren gründlich nachgesucht?«

»In jedem Winkelchen. Es sind keine Aufzeichnungen über die Erfindung vorhanden. Ich war dreimal in seinen Räumen. Jedes Stück Papier wurde umgedreht und studiert.«

»Sie haben selbst gesucht... Lassen Sie unsere Polizei suchen! Die versteht es vielleicht besser... Zum zweiten Punkt unserer Besprechung. Wer hat R. F. c. 1 genommen?«

»Ich würde sagen, sicherlich englische Agenten, wenn ich nicht ...«

»Wenn Sie nicht ...«

»Wenn ich nicht nach den Vorgängen dieses Morgens fürchten müßte, daß Silvester Bursfeld allein oder mit Komplicen in unserem schnellsten Kreuzer nach... nach Schweden oder nach Tibet fährt.«

»Allein ist ausgeschlossen! Komplicen? Wer sind sie?«

»Ich weiß es nicht... Bis jetzt noch nicht. Einer dieser Komplicen ist bestimmt der Zeuge Williams. Von dem dritten, der das Auto steuerte, wissen wir nur, daß er braunhäutig ist ...«

»Es ist anzunehmen, daß die drei zusammenbleiben werden. Drei sind leichter in der Welt zu finden als einer. Nehmen Sie die politische Polizei zu Hilfe und suchen Sie. Das Finden liegt in eigenstem Interesse... Suchen Sie, Herr Doktor Glossin!«

Dr. Glossin stand in unsicherer Haltung vor dem Diktator. Zum erstenmal hatte er die ihm anvertrauten, so ungeheuer weitreichenden Vollmachten für die Zwecke einer Privatrache angewendet. Die Blankette und Vollmachten, die er in den Händen hielt, machten es ihm leicht, den jungen Ingenieur aufheben zu lassen. Bis dahin war alles in Ordnung.

Aber daß er den Gefangenen sofort auf den elektrischen Stuhl brachte, entsprach nicht der Staatsräson. Solche Leute bewahrte Cyrus Stonard nach bewährter Methode an festen Orten auf und suchte hinter ihre Schliche zu kommen. Dr. Glossin raffte sich zusammen.

»Ich bitte Sie, den Entschluß über Krieg oder Frieden um etwa fünf Stunden aufzuschieben. So lange, bis ich wieder hier bin.«

»Warum?«

»Weil ich dann sicher sagen kann, ob Logg Sar und seine Gefährten das Flugschiff genommen haben oder nicht.«

»Und wenn es mir aus anderen Gründen gefiele, daß englische Agenten das Schiff genommen haben? Die Zeit ist reif! Der Zwischenfall könnte mir gelegen kommen.«

»Ich beschwöre Eure Exzellenz. Keine bindenden Entschlüsse, bevor wir nicht klar sehen.«

»Was klar sehen?«

»Wohin die Erfindung gegangen ist. Logg Sar im Bunde mit England ... dann können wir den Kampf nicht wagen.«

Der Diktator schüttelte abweisend das Haupt.

»Der Sohn wird sich hüten, sich mit den Mördern seines Vaters zu verbinden.«

»Ich hoffe es. Aber Sicherheit ist mehr wert als Vermutung. In wenigen Stunden kann ich Sicherheit haben. Hat er R. F. c. 1 nicht genommen, so ist er noch in den Staaten, und wir haben die Möglichkeit, ihn zu fassen. Solange er frei ist, bleibt er eine Macht, die wir fürchten müssen.«

Ein Schweigen von zwei Minuten. Dann sagte Cyrus Stonard: »Ich erwarte Ihre Mitteilung im Laufe der nächsten drei Stunden. Unsere Presse soll ihre Invektiven gegen England bis auf weiteres unterlassen. Versuchen Sie auf jede Weise, des Erfinders habhaft zu werden. Vermeiden Sie Differenzen mit anderen europäischen Staaten. Wir wollen dem Gegner keine Bundesgenossen werben.«

Eine Handbewegung des Präsident-Diktators, und Dr. Glossin war entlassen.

Hinter dichten Bäumen verborgen, efeuumsponnen, stand in der Johnson Street zu Trenton das Häuschen, welches Mrs. Harte mit ihrer Tochter Jane bewohnte. Die Nähe der großen Staatswerke konnte man hier vollkommen vergessen. Die roten Backsteinhäuser der Straße lagen ausnahmslos in geräumigen Gärten. Die Straße selbst war reichlich zehn Minuten von den Werken mit ihrem geräuschvollen Verkehr entfernt. Sie lag auf der entgegengesetzten Seite des Ortes und mündete in einen schönen, von Nordwesten her direkt an das Städtchen stoßenden Laubwald.

Mrs. Harte war Witwe. Ihr Mann hatte den Tod als Ingenieur in den Staatswerken gefunden. Auf eine schlimme Weise. Ein Dampfrohr platzte und erfüllte seinen Arbeitsraum mit überhitzten Dämpfen. Frederic Harte war nach dem Unfall ruhig nach Hause gekommen und hatte sein Weib schonend auf seinen Tod vorbereitet. Sie glaubte, er spräche im Fieber. Erschrocken war sie auf ihn zugeeilt und hatte seine rechte Hand ergriffen. Hatte mit Entsetzen spüren müssen, wie das Fleisch der Finger sich von den Knochen löste, tot und weich, vom überhitzten Dampf gekocht, in ihren eigenen Händen verblieb.

»Es tut nicht mehr weh ... Ich habe keine Schmerzen«, hatte Frederic Harte sie mit einem weltentrückten Lächeln getröstet, sich ruhig an seinen Schreibtisch gesetzt und seine letzten Verfügungen getroffen. Zwei Stunden später verlor er das Bewußtsein. Nach abermals einer Stunde war er tot. »Totale Verbrennung der ganzen Oberhaut, Erstickung infolge fehlender Hautatmung«, sagte der Arzt der verzweifelten Frau.

Das furchtbare Ereignis hatte Mrs. Gladys Harte niedergeschmettert. Monate hindurch fürchtete man für ihren Verstand. Nur ganz allmählich erholte sie sich von diesem Schlage. Doch in demselben Maße, wie ihre geistigen Kräfte sich wieder hoben, nahmen die körperlichen ab. Jetzt war sie fast den ganzen Tag an den Rollstuhl gefesselt, in der Pflege ihrer einzigen Tochter Jane.

Der seltsame Unglücksfall hatte über die nähere Umgebung hinaus Aufsehen erregt. Wenige Tage danach war ein Neuyorker Arzt Dr. Glossin nach Trenton gekommen. Aus wissenschaftlichem Interesse bat er um nähere Aufschlüsse über die letzten Stunden des Heimgegangenen. Mit großer Teilnahme bemühte er sich um die beiden von ihrem Schmerz ganz niedergeworfenen Frauen. Er machte Jane Harte ein hohes mehrjähriges Mietangebot auf das Laboratorium, das sich Frederic Harte in dem Hause eingerichtet hatte. Im Bewußtsein ihrer unsicheren pekuniären Lage hatte Jane ohne Bedenken zugesagt. Als die Mutter sich wieder erholt hatte, billigte sie das Abkommen mit dem Doktor gern, zumal dieser selten kam und sich nur immer für kurze Zeit in dem Laboratorium zu schaffen machte.

Es wurde anders, als Logg Sar in diesen kleinen Kreis trat. Nach dem, was der junge Mann vorbrachte, war er ein Verwandter der beiden Frauen. Aber der lebendige Verkehr der Gegenwart ließ alle alten Erinnerungen und verstaubten Beziehungen schnell in den Hintergrund treten. Mr. Logg Sar oder, wie er hier bald gerufen wurde, Silvester wurde ein lieber Gast im Hause Harte. Nur Dr. Glossin schien darüber nicht erbaut zu sein. Wohl blieb er jederzeit höflich und gestattete Silvester bereitwillig, das Laboratorium zu benutzen. Aber die Gegenwart des Doktors allein wirkte störend und erkältend.

Es kam, wie es das Schicksal mit den beiden jungen Menschen vorhatte. Aus dem Bewußtsein der Verwandtschaft erwuchs eine leichte Zuneigung und aus dieser eine immer tiefer und inniger werdende Herzensgemeinschaft. Silvester Bursfeld hätte vollkommen glücklich sein können, wenn Dr. Glossin nicht gewesen wäre. Nicht nur während seiner Anwesenheit, sondern auch noch an den nächsten Tagen war das Wesen Janes stets verändert. Sie zeigte dann eine so sonderbare Kälte und Zurückhaltung, daß Silvester oft an ihrer Liebe verzweifeln wollte. Erst nach Tagen stellte sich wieder das alte trauliche Benehmen ein, ohne daß ihr diese Veränderlichkeit selbst zum Bewußtsein zu kommen schien.

Ein Zufall brachte Silvester die Lösung des Rätsels. Eines Tages fand er Jane im Laboratorium schlafend auf einem Stuhle. Trotz aller seiner Bemühungen erwachte sie erst nach einer Viertelstunde und leugnete dann, geschlafen zu haben. Da war sich Silvester seiner Sache sicher. Zweifellos brauchte Dr. Glossin Jane zu irgendwelchen hypnotischen Experimenten. Mißbrauchen nannte es Silvester. Er behielt seine Entdeckung für sich, nahm sich aber vor, den Doktor zur Rede zu stellen. Es kam anders. Wenige Tage danach war Silvester verschwunden, ohne vorher von einer Reise gesprochen, ohne Abschied genommen zu haben.

Es war die vierte Nachmittagstunde des sechzehnten Juni. Vor der Tür im Schatten des alten Nußbaumes saß Mrs. Harte in ihrem Lehnstuhl, neben ihr in einem Korbsessel zurückgelehnt Jane. Das Köpfchen mit dem gleichmäßigen Profil in das Kissen gelehnt, auf welches das lichtblonde Haar reich und schwer niederfiel. Die Sonnenstrahlen drangen durch das Gezweig des alten Baumes und malten auf Haar und Wangen wechselnde Reflexe. Ein reizvolles Bild. Aber alles an dieser Erscheinung war wie hingehaucht. Man konnte vor solcher Zartheit erschrecken, die bei Menschen wie bei Blumen nur den vergänglichsten Blüten eigen ist.

Jane Harte beschäftigte sich mit einer Stickerei. Ihre schlanken Finger setzten geschickt Stich neben Stich und formten in schwerer Seide das Muster einer roten Rose. Aber ihre Gedanken waren nicht bei dieser Arbeit. Ihre Miene verriet, daß eine Sorge, ein Kummer sie drückte. Die Schatten unter den Augen sprachen von durchwachten Nächten, die Blässe ihrer Wangen steigerte noch das Ätherische ihrer ganzen Erscheinung. Mit einem Seufzer ließ sie die Arbeit sinken.

»Heute ist eine Woche vergangen, seit Silvester zum letztenmal bei uns war.«

»Du machst dir vielleicht unnötige Sorge, mein Kind. Ich denke, er hat eine plötzliche Reise unternehmen müssen... vergaß es in der Eile, uns zu benachrichtigen.«

»Vergessen?«

Ein bitterer Zug zuckte um Janes Mund.

»Jane, was hast du?«

»Laß, Mutter! Ich weiß, daß man in den Werken ebenfalls keine Erklärung für sein plötzliches Verschwinden hat. Man glaubt dort... und ich fürchte es... eine innere Stimme gibt mir die Gewißheit, daß er das Opfer eines Unglücksfalles oder vielleicht... eines Verbrechens geworden ist.«

Sie barg ihr Gesicht in die Hände und versuchte vergeblich, die fließenden Tränen zurückzuhalten.

»Unmöglich, Kind. Der harmlose, freundliche Mensch. Wer sollte ihm übelgesinnt sein? Außer uns verkehrte er mit niemand im Orte. Wie wäre es, wenn wir Dr. Glossin um Rat fragten. Er hat doch für diesen Nachmittag sein Kommen in Aussicht gestellt. Vielleicht kann er uns helfen.«

Jane ließ die Hände sinken.

»Dr. Glossin?«

Ein Zucken ging über ihre Züge. Ihre Augen öffneten sich weit, und ein Beben lief durch den schlanken Körper.

»Dr. Glossin ... Ja ... Er!«

Beinahe überlaut kam es von ihren Lippen. Grübelnd ruhten ihre Blicke auf dem dichten Blättergewirr über ihr. Die Gedanken jagten sich hinter ihrer Stirn. Sie versucht, einen ganz momentan und instinktartig aufgetauchten Verdacht zu ergründen ... Vergeblich. Sie fand keinen Zusammenhang. Der gespannte Ausdruck ihrer Züge wich dem einer Enttäuschung. Was war das, was da einen Augenblick ganz klar vor ihrer Seele stand und sich dann wieder verwirrte und verdunkelte, so daß alle Zusammenhänge verlorengingen?

Das Einschnappen der Gartentür klang dazwischen und ließ sie auffahren.

»Ah, Dr. Glossin!«

Schreck und Erwartung kämpften in ihren Mienen.

»Sie riefen mich, meine liebe Miß Jane. Da bin ich. Womit kann ich Ihnen helfen?«

»Sie kommen zur rechten Zeit, Herr Doktor«, wandte sich Mrs. Harte an den Besucher. »Seit einer Woche ist Mr. Logg Sar verschwunden. Wir stehen vor einem Rätsel. Helfen Sie uns, es zu lösen.«

Janes Blick hing unverwandt an dem Gesicht des Doktors. Ihre Augen blickten so fragend und angstvoll, als würde von dieser Stelle aus über ihr eigenes Leben entschieden.

»Ja, helfen Sie uns, Herr Doktor«, schloß sie sich der Bitte der Mutter an.

Es war klar, daß die beiden Frauen noch keine Ahnung von der Affäre in Sing-Sing hatten, und Dr. Glossin handelte danach.

»Oh, Mr. Logg Sar ist verschwunden? Da wäre es doch wohl das einfachste, wenn man sich an die Polizei wendete. Freilich müßte man glaubhaft machen, daß der begründete Verdacht eines Verbrechens vorliegt, denn sonst ... man reist viel in den Staaten, und eine achttägige Abwesenheit eines jungen unabhängigen Mannes wäre noch kein Grund, den polizeilichen Apparat in Bewegung zu setzen.«

Dr. Glossin hatte seine Züge in der Gewalt. Jane, die ihn gespannt beobachtete, merkte keine Veränderung an ihnen, während er ruhig fortfuhr: »Ich will mich selbst mit der Polizei in Verbindung setzen, aber ... aber vielleicht hat Mr. Logg Sar triftige Gründe ...«

»Herr Doktor! Was soll das heißen?«

Jane rief es mit fliegender Hast. Sie schaute den Besucher mit großen, klaren Augen an. Doch nur auf Sekunden. Vor dem magnetischen Fluidum, welches aus den funkelnden Augen des Doktors auf sie überströmte, senkten sich ihre Augenlider schwer und furchtsam.

»Ich bin nur gekommen, um eine Kleinigkeit, die ich bei meinem letzten Hiersein vergaß, aus dem Laboratorium zu holen. Ich muß gleich wieder abreisen.«

Im Umdrehen suchte er nochmals den Blick Janes zu fassen, den diese beharrlich zu Boden gerichtet hielt. Einen Augenblick nur dauerte der stumme Kampf. Dann schaute das Mädchen besiegt zu dem Manne empor. Ihre Blicke versenkten sich ineinander.

»Eine kleine halbe Stunde, dann ist mein Geschäft erledigt.«

Der Doktor schritt dem Hauseingang zu.

»Bring mich ins Haus, liebe Jane. Die Sonne ist hinter dem Dach verschwunden. Mir wird kühl.«

Während Jane die herabgesunkene Decke um sie schlug, strich ihr die Mutter liebkosend über das bleiche Gesicht.

»Mein Liebling, es wird noch alles gut werden.«

»Möchtest du recht haben, liebe Mutter.«

Ruhig, fast eintönig sprach Jane die Worte. Im Hause bettete sie die Kranke auf einen Diwan und wandte sich zum Flur. Leise schloß sie die Tür und stand wie mit sich selbst kämpfend einen Augenblick still. Dann schritt sie dem Laboratorium zu.

Dr. Glossin kam ihr entgegen und führte sie zu einem bequemen Stuhl. Der suggestive Befehl war auf die Minute genau ausgeführt. Noch einmal versuchte sie es, sich zu erheben, aber es gelang ihr nicht. Eine unüberwindliche Kraft fesselte sie an ihren Sitz. Ihr Mund öffnete sich, als wolle sie rufen. Dr. Glossin streckte die Hände über Janes Haupt aus, und kein Ton kam von ihren Lippen. Ohne Kraft und Willen ließ sie ihren Kopf auf die Rückenlehne sinken. Sie war in jenem rätselhaften Zustand, in dem das körperliche Auge geschlossen ist, während die Seele Dinge wahrnimmt, die räumlich oder zeitlich in weiter Ferne liegen. Dr. Glossin zog seine Hand zurück und fragte: »Wo hat Logg Sar die Aufzeichnungen über seine Erfindung gelassen?«

Die Züge Janes strafften sich. Sie schien etwas zu suchen und schwer oder unvollkommen zu finden. Ihre Lippen öffneten sich und formten Worte einer fremden Sprache.

»*Om mani padme hum.*«

Eintönig wiederholte sie die vier Worte. Dr. Glossin hörte sie und verstand den Sinn nicht. Mit größter Konzentration stellte er die Frage noch einmal, gab er Befehl, das Versteck der Aufzeichnungen zu nennen. Die Antwort bestand immer wieder in diesen vier Worten, die ganz mechanisch, fast maschinenmäßig wiederholt wurden, wie wenn etwa ein Phonograph den gleichen Text ein dutzendmal herunterspielt.

Der Doktor ließ die Frage fallen und stellte eine andere.

»Wo ist Logg Sar jetzt? Können Sie ihn sehen? Können Sie hören, was er spricht?«

Abgebrochen und stoßweise kamen die Worte von Janes Lippen: »Ich sehe...Wolken...ein Schiff... ein Flugschiff...Logg Sar! Er trägt ein dunkles Kleid. Zwei Männer sind bei ihm...Das Schiff landet... Viel Heidekraut. Die Männer verlassen das Schiff...Das Schiff verschwindet. Logg Sar geht über die Heide...Es wird neblig. Ich sehe nichts mehr.«

Atemlos hatte Dr. Glossin Wort für Wort aufgefangen.

»In welchem Lande sind sie? Wo liegt das Land?«

»Ein Land im Norden...dunkle Tannen und Heidekraut...ein Haus an einem Fluß. Die Nebel steigen...Ich sehe nichts mehr...«

Dr. Glossin zwang sich zur Ruhe. Er wußte aus früheren Erfahrungen, daß es vergeblich war, weiterzufragen, wenn das Bild sich verschleierte. So setzte er die Nachforschung in anderer Richtung fort. Viel Hoffnung auf einen Erfolg hatte er nicht. Wenn die Vision schon bei Vorgängen abbrach, die, wenn auch weit entfernt, in der Gegenwart stattfanden, war wenig Aussicht, zeitlich zurückliegende Dinge zu erblicken. Aber er beschloß, den Versuch zu machen.

»Gehen Sie in Logg Sars Wohnung!«

»Ich gehe...die Johnson Street, die Washington Street...ich bin in dem Hause...ich trete in das Zimmer...«

»Blicken Sie sich genau um! Sind alle Gegenstände vorhanden? Oder fehlt etwas? Wurde in der letzten Zeit etwas aus dem Zimmer genommen? Blicken Sie rückwärts.«

Jane hob die Hände, als ob sie sich in einem dunklen Raum vorwärts tastete.

»Ich sehe...Logg Sar ist fortgegangen. Eine Person kommt. Ich erkenne sie. Es ist Dr. Glossin. Er sucht und findet nichts...Er geht wieder fort. Zwei andere Männer kommen. Der eine...ein Riese, blond, mit blauen Augen. Der andere dunkel. Ein Neger?...Nein, ein dunkler Mann. Sie suchen. Sie nehmen... *Om mani padme hum... Om mani padme hum.*«

Der Doktor ballte erregt die Hände.

»*Om mani padme hum?* ...Schon wieder die sonderbaren Worte. Was bedeuten sie? Geben sie den Schlüssel? Wie finde ich die Lösung?...Verdammt daß die Zeit so knapp ist! In drei Stunden muß der Diktator seinen Bericht haben.«

»*Om mani padme hum*«, kam es automatisch von Janes Lippen.

»Was nehmen die zwei? Strengen Sie sich an! Versuchen Sie, deutlich zu sehen. Was nehmen die beiden Männer?«

»Papierstreifen...ich sehe eine kleine Handmühle...das Bild wird trübe. Die Nebel steigen.«

»Eine Mühle?«

Dr. Glossin zerbrach sich den Kopf. Eine Mühle? Was konnte Logg Sar für eine Mühle haben? Bei der Durchsuchung seines Zimmers hatte Dr. Glossin allerlei asiatische Erzeugnisse gesehen... vielleicht eine buddhistische Gebetmühle? Gab etwa der rätselhafte Spruch die Lösung nach dieser Richtung?

Dr. Glossin wußte, daß er es heute nicht mehr erfahren würde. Er legte die Hand aufs neue auf Janes Stirn. Im Augenblick vollzog sich eine Veränderung in ihrem Aussehen. Ihre Züge entspannten sich, und wie eine tief Schlafende saß sie in dem Stuhl. Der Arzt ließ sie zehn Minuten in dieser wohltätigen Ruhe. Dann strich er ihr wieder über die Augen und das Haar. Ein Strom mächtigen Willenfluidums drang durch die Nerven seiner Finger. Jane schlug die Augen auf und schien es für die selbstverständlichste Sache von der Welt zu halten, daß sie hier im Laboratorium saß.

»Ich bitte Sie, Miß Jane, lassen Sie alles machen, was sie für notwendig halten, und legen Sie mir die Rechnungen bei meinem nächsten Besuch vor. Ich möchte, daß das Laboratorium in gutem Zustande gehalten wird.«

»Jawohl, Herr Doktor. Es soll alles nach Ihren Wünschen besorgt werden.«

Jede Erinnerung an den vorangegangenen Zustand des Hellsehens war bei Jane geschwunden. So befahl es die retroaktive Suggestion, die Dr. Glossin ihr bei der letzten Berührung erteilt hatte. Sie verließ das Laboratorium mit dem Bewußtsein, eine einfache geschäftliche Unterredung mit dem Doktor geführt zu haben. Aber auch jede Sorge um Logg Sar, ja jede Erinnerung an ihn war wie weggewischt. Sie stand für den kommenden Tag unter dem suggestiven Befehl Glossins, war in jenem Zustande, der Silvester früher sooft zur Verzweiflung gebracht hatte. Der Doktor war sicher, daß sie vor dem Ablauf der nächsten vierundzwanzig Stunden kein Interesse mehr an dem Schicksal des Verschwundenen nehmen würde. Obwohl sie ihn liebte, wie es Glossin mit Furcht und Eifersucht beobachtet hatte, obwohl sie sich als Silvesters Verlobte betrachtete, wovon Dr. Glossin noch nichts wußte.

Der Arzt blieb allein zurück.

»Drei Männer sind es. Ein dunkler dabei...das stimmt mit unseren Beobachtungen...Drei Personen sollen den Kraftwagen in Sing-Sing bestiegen haben...Sie sind im Luftschiff entflohen. Es ist kein Zweifel, daß es R. F. c. 1 war...Die anderen waren in seiner Wohnung und haben die Aufzeichnungen geholt und mitgenommen. Hier bricht die Spur ab. Ich werde sie an einem anderen Ende wieder aufnehmen...Telenergetische Konzentration...Gerhard Bursfeld kannte das Geheimnis. Sein Sohn hat es wiedergefunden. Vererbung...Zufall...Schickung? Wer weiß?«

Dr. Glossin erhob sich mit einem Ruck von dem Schemel.

»Wir müssen klar sehen, bevor Cyrus Stonard den Schlag wagt. Es wäre unmöglich, wenn die Gegner das Geheimnis besitzen.«

Mit zweihundertachtzig Metern in der Sekunde schoß R. F. c. 1 Kurs Nordwest zu Nord über den Lorenzgolf dahin. Land und See lagen dreißig Kilometer unter dem Rapid Flyer. Automatisch arbeiteten die Benzolturbinen des Kreuzers, und selbsttätig regulierte die einmal eingestellte Steuerung den Kurs und die Höhenlage.

Nur drei Personen befanden sich im Flugschiff im Zentralraum. In einem Korbsessel, leicht ausgestreckt, die Gestalt eines etwa Dreißigjährigen. Die Farbe seines Haupthaares war nicht zu erkennen. Es war ganz kurz geschnitten, wie rasiert. Die Farbe des Antlitzes zeigte eine Nuance in das Gelblich-Rötliche, wie man sie an Menschen der weißen Rasse kennt, die lange in den Tropen gelebt haben. Die hohe Stirn wies auf geistige Bedeutung. Ein schwarzer Anzug von eigenartig schlotterndem Schnitt umschloß die Glieder.

Ein anderer machte sich an den Hebeln und Regulärvorrichtungen zu schaffen, die von der Zentrale aus den Gang der Turbinen beeinflußten. Er war blond, blauäugig, von nordischem Typus. Eine jener hochgewachsenen reckenhaften Gestalten, wie man sie bis auf die Gegenwart in den Tälern von Darlekarlien bis hinauf zum Ulea und Tornea findet.

Ein Dritter durchspähte am Ausguck der Zentrale mit scharfem Glase den Raum unter dem Flugzeug. Braunhäutig, auch in seiner europäischen Tracht als indisches Vollblut kenntlich.

Die Unterhaltung wurde in wechselnder Sprache geführt. Bald schwedisch, bald deutsch. Bald wurde von allen Dreien fließend und geläufig ein reines Tibetanisch gesprochen und bald wieder Englisch. Sie wechselten die Sprache in irgendeinem Satze der Unterhaltung, wie gerade irgendein Wort den Anstoß dazu gab.

Silvester Bursfeld war es, der noch im Hinrichtungsanzug mit kahl geschorenem Schädel in dem Sessel ruhte.

Erik Truwor, der Schwede aus altem, warägischem Dynastengeschlecht, bediente die Hebel für die Maschinen und die Steuerung. Noch in der ernsten bürgerlichen Kleidung, in der er als Zeuge zu der Elektrokution gegangen war.

Soma Atma, der Inder, stand spähend am Ausguck. Jetzt ließ er das Glas sinken und wandte sich den beiden anderen zu.

»Wir sind durch! Der letzte amerikanische Kreuzer ist hinter uns aus dem Gesichtsfeld entschwunden.«

»Wir sind durch!« Erik Truwor wiederholte die Worte und stellte die automatische Steuerung fest ein. Mit frohem Lächeln wandte er sich zu Silvester Bursfeld.

»Das schwerste Stück liegt hinter uns! Ich denke, Logg Sar, wir sind in Sicherheit. Wir fahren im schnellsten Flugschiff der Welt. Ein zweites Schiff der Type existiert noch nicht. Jetzt haben wir Ruhe und können sprechen.«

Der Schwede trat ganz nahe an den Sitzenden heran und legte ihm die Hand auf die Schulter.

»Wir sind in Sicherheit, Logg Sar. Noch wenige Stunden, und wir stehen auf schwedischem Boden. Armer Freund! Sie haben dir böse mitgespielt. Wir haben es ihnen vergolten. Sie werden in Sing-Sing noch lange an den heutigen Tag denken. Du mußt ihn möglichst schnell vergessen.«

Silvester Bursfeld sammelte sich, bevor er stockend zu antworten begann. Die ungeheure Erregung der letzten vierundzwanzig Stunden führte jetzt zu der unausbleiblichen Reaktion.

»Weißt du, was es heißt, mit dem Leben abschließen zu müssen? Den Tod, einen schimpflichen und qualvollen Tod unaufhaltsam heranrücken zu sehen?«

Der Sprecher schauderte zusammen.

»Die Stunden werde ich nie vergessen. Plötzlich gefangen... eine Farce von einem Gericht... zum Tode verurteilt. Im Besitze des Rettungsmittels und unfähig, es anzuwenden... dann erblickte ich dich unter den Zeugen. Unsere Blicke trafen sich, und ich wagte ganz leise zu hoffen... Haben die anderen das Geheimnis gefunden?«

Erik Truwor hatte eine faustgroße Messingkapsel zwischen den Händen, ein reichverziertes, mit winzigen Glöckchen behangenes zylindrisches Gebilde. Er hielt die Kapsel in der Linken und drehte mit der Rechten mechanisch einen Knopf.

»Sie haben es nicht entdeckt. Nach dem ersten Besuche des Dr. Glossin kamen wir in deine Räume. Ich suchte, und Atma fand. Er sah den Tschosor ...«

Der Schwede fiel bei dem tibetanischen Worte wieder ins Tibetanische.

»Atma öffnete die Gebetmühle und sah, daß der Text auf den Streifen nicht vom Kleinod im Lotos sprach. Wir lasen deine Anweisung. Einen halben Tag brauchte ich, um sie zu verstehen. Noch einen halben Tag, um die versteckten Teile zu finden und wieder zusammenzubauen. Dann hatten wir den Strahler! In seinem Besitze, in der Kenntnis des Geheimnisses war es uns leicht, die Maschine zu sprengen.«

Mit zitternden Händen griff Silvester Bursfeld nach der Gebetmühle und streichelte sie liebkosend.

»Das Geheimnis ist gerettet. Alles, was ich darüber schrieb, steht auf den Bändern. Ich will ihn ...«

Zorn und Erregung malten sich auf seinen Zügen.

»Ich will ihnen Brände und Stürme schicken, daß sie ...«

Erik Truwor hob beschwörend die Rechte. Ein goldener Schlangenring von alter indischer Arbeit gleißte am vierten Finger. Ein Stein schimmerte darin in wundersamem Farbenspiel. Bald glänzte er tiefgrün, und dann wieder, wenn ein Strahl der elektrischen Lampe ihn traf, sandte er blutrotes Rubinlicht aus.

Atma trat hinzu. Der gleiche Ring erglänzte an seiner Hand wie an der seines Gefährten. In Überraschung und Staunen weiteten sich die Augen Silvesters. Zwischen den beiden Ringen wanderten seine Blicke hin und her und hafteten dann auf dem leeren Ringfinger der eigenen Hand.

»Die drei Ringe des Tsongkapa ... Die alte Prophezeiung ... Vom Anfang des Bogens der Wille ... Vom Ende das Wissen ... von Mitternacht ... mein Ring fehlt ...«

War es das Flimmern der Steine, war es der strahlende Blick des Inders, Silvester Bursfeld hielt stockend inne und schloß die Augen zu tiefem Schlaf.

Atma kehrte auf seinen Beobachtungsposten zurück.

Erik Truwor hantierte am Empfangsapparat der telegraphischen Station. Mit schnellen Blicken überflog er die Zeichen des aus dem Apparate quellenden Streifens. Dann ein Wink an den dunklen Gefährten. Der schob und drehte das schimmernde Aluminiumrad der selbsttätigen Steuerung, bis die schwarze Marke genau über der Spitze des nordweisenden Kreisels stand, der die Steuerung betätigte. In weit ausholendem Bogen gehorchte das Flugschiff der Steuerung und schoß über Labrador hin nordwärts gerichtet auf den Pol zu.

Der Schwede wies auf die Telegrammstreifen.

»Amerikanische Kreuzer auf Grönland und über Island. Wir müssen über den Pol gehen, um die Sperre zu meiden.«

Atma hörte, und ein stärkerer Glanz leuchtete in seinen großen strahlenden Augen.

»Gezwungen?«

»Gezwungen!«

Der Inder nahm die alte Weissagung da wieder auf, wo Silvester, in den Schlaf fallend, gestockt hatte.

»... Von Mitternacht kommt die Macht.«

Erik Truwor erschauerte. Er kannte die Weissagung. Der Moment trat ihm vor die Augen, als der greise Abt von Pankong Tzo ihm den Ring auf den Finger schob und dazu nur die Worte sprach: »Das ist der dritte!«

Es ging um die alte, so schwer deutbare Prophezeiung, an der sich die Ausleger seit siebenhundert Jahren versuchten. Erik Truwor war ein moderner Mensch. Er beherrschte das Wissen der Gegenwart, kannte als Ingenieur die Naturwissenschaft seiner Zeit. So hatte er den Ring genommen und hatte ihn mit den Blicken des Naturforschers betrachtet. Der Stein, eine Abart des Chrysoberyll, ein gut geschliffener Alexandrit, der die Eigenschaft besitzt, in natürlichem Lichte grün, in künstlichem rot zu leuchten. Die Prophezeiung ... eine jener vielen aus der Vorzeit überkommenen dunklen Weissagungen, die man in jedem Jahrhundert auf die Ereignisse der Zeit zu deuten versucht. Erik Truwor wollte ihr skeptisch gegenüberstehen und brachte es doch nicht fertig. Zu sehr klangen die Worte des Tsongkapa mit alten dunklen Überlieferungen zusammen, die in seinem Vaterhaus umgingen. Zu sehr auch brachten sie in seinem Gemüt eine Saite zum Mitschwingen, die wohl nur leise angeschlagen zu werden brauchte, um zu klingen. Schon einmal sollten die Truwors vor mehr als tausend Jahren den Völkern in den weiten Steppen Rußlands einen Herrscher gegeben haben. Aber über diese geschichtliche Überlieferung ging die Legende hinaus, daß es nicht das letztemal gewesen sein sollte. Ein dunkles Grenzgebiet tat sich hier auf. Ein Ineinanderfließen grauer Vergangenheit und ferner Zukunft.

Erik Truwor hätte lächeln mögen, wenn er nicht im fernen Osten Dinge gesehen hätte, die ihm das Lachen verlegten. Dinge, für die das cherne Kausalitätsgesetz seine Wirkung zu verlieren schien. Erscheinungen, bei denen Zeit und Raum ihre Ausdehnung verloren. War es blinder Zufall oder war es irgendeine Fügung, daß sie jetzt infolge der erzwungenen Abweichung vom kürzesten Kurs direkt vom Pol her genau aus Mitternacht in ihre Heimat stoßen mußten?

»...Aus Mitternacht kommt die Macht«, sagte die alte Weissagung. Er entsann sich ihrer jetzt Wort für Wort.

»Vom Anfang des Bogens kommt der Wille«, das ließ sich auf Atma, den im fernen Osten Geborenen, deuten, der die Fähigkeit der Willensübertragung, der telepathischen Fernwirkung in übermenschlichem Maße besaß.

»Vom Ende das Wissen.«

Das mochte wohl auf den Mann gehen, der dort ruhig im Stuhle schlummerte und Erfindungen von so gewaltiger Tragweite gemacht hatte.

»Von Mitternacht kommt die Macht.« Wörtlich ließ es sich jetzt auf sie alle drei zusammen deuten ...

Die Steuerung des Kreuzers wurde von Minute zu Minute unsicherer. Der steuernde Kreisel, dessen Achse an jedem Punkte der Erde auf den Polarstern weist, stand jetzt genau senkrecht.

Erik Truwor blickte durch die Scheiben nach unten. Wo die Wolken einen Durchblick ließen, wurden unendlich ausgedehnte Eis- und Schneeflächen sichtbar. Der Kreuzer stand genau über dem Pol. Wohin immer er jetzt fuhr, er mußte nach Süden fahren und aus Mitternacht kommen.

Mit fester Hand griff der Schwede in die Speichen der Steuerung. In weitem Bogen schwenkte das Schiff um einen Winkel von fünfundvierzig Grad und schlug den Kurs auf die Ostecke von Spitzbergen ein. Minuten verstrichen. Dann nahm der steuernde Kreisel ganz allmählich eine schräge Lage an. Die automatische Steuerung begann wieder zu arbeiten, und Erik Truwor konnte zur drahtlosen Station zurücktreten.

Atma wies ihm stumm den Papierstreifen, der inzwischen viele Meter lang unter dem Schreibrad hervorgequollen war...Aufregende Depeschen aus Amerika. Der Krieg mit England so gut wie sicher. Kühle Auslassungen von Washington. Dann wieder siedend heiße Telegramme der amerikanischen Presse. R. F. c. 1 spielte die Hauptrolle darin.

Die amerikanischen Wachtflieger sollten seine Landung in Schottland beobachtet haben. Der Äther war voll von gefährlichen Nachrichten.

Erik Truwor las, während die Stunden der Fahrt sich summten. Endlich hatten sie das offene Meer unter sich. Das Nordkap kam in Sicht. Gebirge, Fjorde, weite Flächen...alles noch in bläulichem Nebel verschwommen. Jetzt schoß der Flieger mit starkem Gefälle nach unten. Seine Geschwindigkeit nahm ab, als er in die dichteren Luftschichten eindrang. Dann senkte er sich mit stehenden Maschinen im Gleitflug und stand auf einer weiten, nur mit Heidekraut bewachsenen Fläche still.

Atma trat auf den Schläfer zu und strich ihm leicht über die Augen. Silvester Bursfeld erwachte und erhob sich erfrischt. Der magnetische Schlaf hatte die Spuren der erlittenen Anstrengungen und Leiden verwischt. Nur noch das kurze Haar und der ominöse Anzug erinnerten daran, daß er vor zehn Stunden zum Tode geführt werden sollte.

Als Erster sprang Erik Truwor aus dem Schiff und stand fest und sicher auf dem heimatlichen Boden. Sorglich half er Silvester beim Verlassen des Fliegers.

»Willkommen auf heimatlichem Boden! Willkommen, Silvester, im alten Schweden, in unserem Linnais! Ein neues Leben beginnt heute für uns alle. Deine Erfindung, Silvester, ist größer, als du selbst vielleicht denkst und ahnst. Das Schicksal hat uns viel gegeben. Wir werden uns der Gabe würdig zeigen müssen.«

Soma Atma war als der Letzte aus dem Flugschiff gesprungen. Seine Frage unterbrach den Gedankenflug Erik Truwors.

»Wohin mit dem Flugschiff? Hier darf es nicht stehen. Die Luft hat Augen.«

Silvester Bursfeld trat näher und strich liebkosend über die silbern schimmernde Wand des Schiffes. An den Körper einer Schwalbe erinnerte sein Rumpf. Schmal und schnittig, daß die Luft es noch sanft umstrich, wenn es mit Flintenkugelgeschwindigkeit durch den Äther dahinschoß. Der Rumpf vom langausgezogenen Steuerschwanz bis zum Motorkopf kaum zwölf Meter lang. Die Schwingen zu ebener Erde jetzt zusammengefaltet und an den Rumpf gelegt wie die Flügel einer ruhenden Schwalbe.

In der dünnen Atmosphäre, in dreißig Kilometer Höhe, da reckten sich diese blanken Flächen aus, streckten sich von innen her gespreizt weit nach beiden Seiten, bis sie fünfzig Meter klafterten.

Auf leichten Rädern stand der zierliche Rumpf mit angefalteten Schwingen.

»Die Yankees sollen das Schiff nicht wiederhaben! Ein Andenken sind sie mir für den elektrischen Stuhl schuldig.«

Silvester knurrte es unwillig vor sich hin.

»Du hast recht. Wir können die Maschine selbst gebrauchen. Moralische Verpflichtungen haben wir nach deinem Abenteuer nicht mehr. Das Schiff findet Platz in der Odinshöhle.«

Silvester Bursfeld trug an einem Riemen an der rechten Hüfte einen kleinen Kasten aus poliertem Zedernholz. Er ergriff ihn, wie man nach einem Krimstecher greift. Einige Griffe an ein paar Stellschrauben des Apparates, und wie von Geisterhänden berührt, begann das Flugschiff auf dem ebenen Heideboden langsam voranzurollen. So gemächlich, daß seine drei bisherigen Passagiere ihm im bequemen Schritt zu folgen vermochten. Etwa wie ein gut dressierter Hund lief es vor ihnen her, während Silvester Bursfeld es mit seinem Apparat verfolgte wie ein Photograph ein Objekt, das er auf die Platte bannen will.

Nun war das Ende der Hochebene erreicht. Mit steilem Gefälle führte der Weg mehrere hundert Meter in die Tiefe zum Torneaelf hinab. Sich selbst überlassen, mußte die Maschine auf diesem Pfade ins Rollen kommen, mußte umschlagen oder zerschellen. Aber war sie bisher wie ein Hund gelaufen, so kletterte sie jetzt wie eine Gemse. Vorsichtig wand sie sich auf dem schmalen Pfade dahin...und jetzt...Silvester Bursfeld neigte seinen Apparat nach oben, und die schwere Maschine hob sich vom ungangbaren Pfade in die Luft. Während ihre Propeller stillstanden, während ihre Schwingen dicht gefaltet am Rumpf lagen, gaukelte sie wie ein Schmetterling vor den Wanderern dahin, die den engen Pfad hinabstiegen. Nun bogen sie seitlich vom Wege in ein Gewirr von Blöcken und Heidekraut am Abhange ein. Noch wenige hundert Meter, und eine dunkle Öffnung gähnte am Hange.

Silvester Bursfeld arbeitete mit seinem Apparat wie ein Künstler. Er hob und senkte, drehte und richtete ihn, kam im Bogen schließlich gerade vor jene Öffnung zu stehen. Vor ihm schwebte das schwere Flugschiff.

In langsamer vorsichtiger Wendung kehrte es seine Spitze der Öffnung zu. Jetzt tauchte es in die Dunkelheit, und jetzt war es verschwunden. Silvester folgte ihm, während Erik Truwor einen Handscheinwerfer in Tätigkeit setzte, der die Höhle mit blendendem Licht erfüllte.

Noch etwa hundert Meter Weg in der geräumigen, hier von der Natur in das Urgestein gesprengten Höhle. Eine kurze Schwenkung nach links. Das Flugschiff verschwand hinter gewaltigen Basaltsäulen. Wie Silvester jetzt den Strahler senkte, senkte sich auch das Schiff. Seine Räder berührten den Boden und nun stand es sicher und unbeweglich auf der ebenen, mit trockenem Sand bedeckten Basis der Höhle. Silvester Bursfeld setzte die Schrauben seines Apparates auf die Nullstellung und ließ ihn wieder auf seine Hüfte hinabgleiten.

»So! Hier wird es niemand entdecken! Wenigstens nicht, wenn die Leute in der Gegend noch denselben Respekt vor der Odinshöhle haben wie früher.«

»Sie haben ihn. Die Schäfer und Waldläufer hier glauben immer noch, daß allerhand Geister in der Höhle hausen.«

Erik Truwor sagte es lachend.

»Selbst am lichten Tage machen sie einen Bogen um die Höhle. So leicht wagt sich niemand hinein, so breit und offen ihr Eingang auch daliegt. Sie haben Respekt davor, und sollte er nachlassen, so haben wir das Mittel, ihn wieder aufzufrischen.«

Er deutete dabei auf den Strahler an Silvesters Seite. Aus dem Dunkel der Höhle traten die drei wieder an den sonnigen Tag. Sie folgten dem Pfade flußabwärts und erreichten das alte Stammhaus der Truwors, das hier aus Birken und Föhren hervor auf den Torneaelf hinabschaute.

»*Britannia rules the waves, Britannia rules the winds.*« Aus Hunderttausenden von Kehlen drang die alte Melodie mit neuem Text und brauste über die blauen Wasser des Solent. Die Flotte der leichten englischen Luftstreitkräfte war plötzlich am Himmel sichtbar geworden. Ihr Erscheinen bildete den

Auftakt und Anfang der großen Wettbewerbe, die am 11. Juni von der *Aeronautical Federation of G. B.* und dem *Imperial Aero Club* über dem Meeresarm zwischen der Insel Wight und der englischen Küste veranstaltet wurden. In Geschwadern zu je hundert kamen die Flugzeuge angeschossen. Tauchten irgendwo in der Ferne aus dem Blau des Himmels oder des Ozeans auf. Bildeten zu hundert in der Luft ein lateinisches *V* wie die Zugvögel und hielten die Figur genau geschlossen, während sie allerlei Evolutionen vollführten.

Geschwader auf Geschwader tauchte auf, bis es schließlich ihrer tausend waren. Bis hunderttausend Flugzeuge in einer dichten Wolke den Azur des Firmaments mit dem silbernen Schimmer blanken Leichtmetalles durchsetzten.

Die Menge, welche schwarz die Ufer und Klippen des Solent umsäumte, sang spontan das alte Lied. Unbekümmert von aller politischen Spannung waren die Massen hierher gepilgert, um ein sportliches Schauspiel zu sehen. Aber der Anblick der unüberwindlichen englischen Luftflotte führte zu diesem elementaren Ausbruch patriotischen Gefühles. Geschickt hatten es die Regierenden verstanden, dem Empfinden der Menge Rechnung zu tragen und sich gleichzeitig von der Schlagfertigkeit und Alarmbereitschaft der Luftflotte zu überzeugen. Das Singen, das Schwenken von Tüchern und Hüten nahm kein Ende, solange noch ein Flugzeug zu sehen war. Dann... so plötzlich wie die Flotte auftauchte, war sie auch wieder verschwunden. Von Yarmouth bis zum Atlantik, von den Orkneys bis zu den Kanalinseln stand sie wieder über den Küsten wie ein geschlossener Hornissenschwarm. Bereit, jeden Gegner auf dem Wasser und in der Luft mit giftigem Stachel anzufallen und zu vernichten.

Ein Teil des Uferfeldes war von der Menge frei gehalten worden. Hier lagen die Luftjachten, in denen die vornehmen Mitglieder der veranstaltenden Klubs zu dem Schauspiele gekommen waren. Dort schwer und breit, mit überreichem Zierat beladen, goldglänzend die Jacht des Radscha von Rankure. Wenige Meter davon entfernt die wundervollen Flugschiffe der Norfolks, Sommersets, der Cecils und vieler anderer. In der Mitte von allen diesen der gestreckte Leib einer Aluminiumjacht. Sie gehörte dem Vierten Lord der britischen Admiralität, Seiner Herrlichkeit Lord Horace Maitland auf Maitland Castle.

Lord Horace Maitland hatte in seiner amtlichen Stellung die Verwaltung der Luftstreitkräfte unter sich. Er gehörte dem Präsidium des Imperial Aero Club an, und der große Empfangssalon seiner Jacht bildete den Treffort für alle diese Aristokraten der Geburt und des Geldes, deren Flugschiffe das Feld bedeckten.

Der Salon der Jacht bot durch große Zellonspiegelscheiben nach drei Seiten hin freien Ausblick. Nur die vierte Wand war massiv. Zwei schmale Türen führten zu den Privat- und Wirtschaftsräumen des Flugschiffes. Den mittleren Teil der Wand nahm eine Gruppe von Palmen und Blattpflanzen ein. Ein gewaltiger Löwenkopf aus schwerer Bronze war etwa in Brusthöhe an der Wand befestigt und warf einen Strahl frischen Wassers in ein Muschelbecken zwischen den Palmen. Sessel und Tische waren dazwischen gruppiert.

Hier saß die Herrin der Jacht, Lady Diana Maitland, im Kreise ihrer Besucherinnen. Wie die Herren ausnahmslos im Klubanzug erschienen waren, so trug auch Lady Diana den Sportdreß des Aeroklubs. Schlank und rank erschien ihre jugendliche Gestalt in dem fußfreien Rock und dem enganschließenden Jackett aus marineblauem Tuch. Mit gespannter Aufmerksamkeit verfolgten auch die Damen die Vorgänge in den Lüften, mit besonderem Interesse Lady Diana selbst. Immer wieder hob sie den Feldstecher empor, um sich keine Einzelheit entgehen zu lassen. Ihre dunklen Augen blitzten erregt. Eine leichte Röte lag auf ihren Wangen. Jeder Nerv in ihr vibrierte, als ob sie selbst an den Wettkämpfen dort oben teilnähme. Ein Beobachter hätte unschwer feststellen können, daß ihr Temperament und Wesen nicht englisch waren, daß nicht allein ihre Eigenschaft als Gattin des Luftministers sie besonders an diesen Vorführungen interessierte, sondern daß ihre andersgeartete Natur die Freude an den aufregenden Kampfspielen viel stärker zu erkennen gab, als es bei den Damen ihrer Umgebung der Fall war, deren schwerflüssiges englisches Blut auch hier die gewohnte kühle Reserve wahrte.

Die letzten Flieger der englischen Wehrmacht waren am Horizont verschwunden. Alle Gäste wußten, daß man das eben gesehene Schauspiel den Anordnungen des Lords zu verdanken hatte, und sie hielten mit ihrer Anerkennung nicht zurück.

»Brillant,« knurrte Kommodore Morison, »schade, daß die Amerikaner nicht dabei waren. Würden es sich danach überlegen, mit uns anzubinden.«

»Die Amerikaner werden nicht kommen«, bemerkte Mr. Pykett, der australische Baumwollkönig, trocken.

»Wetten, daß sie kommen?« fiel ihm der Viscount Robarts ins Wort. Viscount William Robarts, der nie eine Gelegenheit vorübergehen ließ, eine Wette zu riskieren.

»Ich glaube doch nicht«, meinte Mr. Pykett.

Der Viscount zog die Uhr. »Zehn Pfund darauf, daß das erste amerikanische Boot in fünf Minuten hier ist.«

Lord Horace Maitland stand dicht dabei. Ein Zucken lief über die scharfgeschnittenen Züge seines glatt rasierten Gesichtes. Er kannte Amerika und die Amerikaner. Heute war er ein angehender Vierziger. Seit drei Jahren Inhaber des Lordtitels und der damit verbundenen Einkünfte. Aber die Lordschaft war ganz unverhofft durch eine Reihe von Todesfällen an ihn gekommen. Die vorangehenden zehn Jahre hatte er als einfacher Mr. Clinton in den Vereinigten Staaten gelebt. Nicht sehr begütert. Genötigt, im Strome des Lebens zu schwimmen und den Kampf ums Dasein zu führen. Damals, es waren jetzt fünf Jahre her, hatte er Diana, die eine berühmte Sängerin an der Chikagoer Metropolitan-Oper war, geehelicht, hatte noch zwei Jahre mit ihr in den Staaten gelebt, bis die Pairie an ihn fiel. Er brachte in die Stellung des englischen Aristokraten die Lebens- und Menschenkenntnis eines amerikanischen Kaufmannes mit. Was Wunder, daß er bald auch im politischen Leben eine Rolle spielte und verhältnismäßig jung das verantwortliche Amt eines Lords der Admiralität bekleidete.

Weniger leicht war es seiner Gattin gemacht worden, in der englischen Gesellschaft festen Fuß zu fassen. Schon bei ihren ersten Schritten fühlte sie instinktiv eine von Mißtrauen nicht freie Zurückhaltung heraus, die der gewesenen Sängerin galt. Der Ton der Gesellschaft war wenigstens von seiten des weiblichen Teils auf vorsichtige Duldung eingestellt. Aber Lady Diana Maitland, die polnische Magnatentochter, war keinen Augenblick gewillt, sich nur dulden zu lassen. Ein stiller, zäher Kampf begann. Schritt für Schritt eroberte sich Lady Diana die Stellung, die ihr nach dem Range ihres Gatten und ihrer Geburt zukam. Und wenn sie heute als eine der ersten Damen des englischen Highlife dastand, so verdankte sie es in erster Linie den eigenen geistigen und körperlichen Vorzügen. Ihre Ehe galt nicht nur als mustergültig, sondern als glücklich, wenn ihr Nachkommenschaft auch bisher versagt war.

Viscount Robarts wiederholte sein Angebot.

»Zehn Pfund darauf, daß das erste amerikanische Boot um viertel elf hier ist.«

Mr. Pykett nahm die Wette an.

»Hundert Pfund dagegen, daß um viertel elf kein amerikanisches Boot hier ist. Fünfzig Pfund dagegen, daß bis Mittag überhaupt keins kommt.«

Die Gedanken Lord Maitlands jagten einander. Mr. Pykett gehörte dem australischen Parlament an. Er mußte genau die Fäden kennen, die sich zwischen Amerika und Australien spannen. Es hatte sicher seine Gründe, wenn er auf das Nichterscheinen der Amerikaner wettete. Aber Lord Maitland empfing auch von Viertelstunde zu Viertelstunde die Telegramme aus Amerika, und er fand, daß die aufreizende Sprache der Yankeepresse in den Morgenstunden an Schärfe verloren hatte. Wollte man England einwiegen, um es dann um so sicherer überfallen zu können? Oder hatte sich Cyrus Stonard besonnen und die Auseinandersetzung aufgeschoben? Er fand keine sichere Antwort auf diese Fragen.

Seine Betrachtungen wurden unterbrochen. Ein Punkt, der in den letzten Sekunden am Horizont sichtbar geworden war, hatte sich schnell vergrößert. Aus unendlicher Höhe stieß er herab und wuchs in jeder Sekunde, bis er sich breit und massig auf die blauen Fluten des Solent legte. Dort wogte das Luftschiff im Spiele der Wellen leicht auf und ab, rasselnd gingen die Anker in die Tiefe und legten den mächtigen Rumpf fest. Flatternd stieg das Sternenbanner am Heck hoch, und wie durch

Zauberei spannte sich in wenigen Sekunden der bunte Schmuck der Flaggenparade längs über das Schiff. Cheerrufe aus der Menge begrüßten den ersten Transatlantik, dem in wenigen Minuten zwei weitere folgten.

Mr. Pykett schrieb ruhig einen Scheck über 150 Pfund aus und legte ihn in die Hände des Viscount Robarts. Während er das tat, stellte er sich im stillen die gleichen Fragen wie Lord Maitland. Warum ließ Cyrus Stonard noch Passagierboote hinüber? Hatte er sich im letzten Augenblick besonnen und die Auseinandersetzung aufgeschoben?

Die Atmosphäre war mit Politik geladen. Auch das Gespräch der Damen beeinflußte sie. In einer Pause der Gespräche hörte man deutlich die wohlklingende Stimme der Lady Diana:

»Wie sollten England und Amerika miteinander fechten? Die gemeinsame Sprache verhindert es ja. Sie ist das stärkste Band, das Menschen aneinanderbindet.«

Die Viscounteß Robarts nickte zustimmend. »Ich könnte es nicht begreifen, wie *Englishspeakers* sich gegenseitig morden sollten.«

Die Damen glaubten nicht an die Möglichkeit eines Krieges. Aber sie wußten auch wenig von der Politik und Staatsräson eines Cyrus Stonard.

Draußen begann der Wettbewerb der Tauchflieger. Von großen Höhen schossen die Flugschiffe herunter, durchschnitten klatschend die Wasserfläche, zogen noch eine kurze Spur quirlenden Propellerwassers hinter sich her und waren dann verschwunden. Als Unterseeboote setzten sie ihre Fahrt fort. Nach den Bedingungen des Wettbewerbes mußten sie unter Wasser eine lange Strecke zurücklegen, eine in fünfzig Meter Tiefe verankerte Boje aufnehmen und innerhalb vorgeschriebener Zeit an einer bestimmten Stelle wieder auftauchen.

Um die Amerikaboote tummelten sich die Zollbarkassen. Die Zollabfertigung dauerte nur kurze Zeit. Schon setzten die Transatlantiks selbst Motorboote aus. Einzelne der soeben Angekommenen gingen an Land, um hier Freunde und Bekannte zu treffen.

Der Weg für die Tauchflieger war lang. Deshalb schob das Programm ein Wettfliegen mit motorlosen Flugzeugen ein. Nach dem pomphaften Schauspiel der Luftflotte und dem dämonischen der Tauchflieger kam die Idylle. Von der höchsten Spitze der Uferklippen segelten die einzelnen Flieger ab. Wie die Schmetterlinge gaukelten sie mit geblähten Tragflächen in der Luft. Hingen oft fast bewegungslos an derselben Stelle, um dann plötzlich die Flügel zu recken und sich wie die Albatrosse in weiten Kreisen in die Höhe zu schrauben.

Viscount Robarts suchte, mit wem er eine neue Wette auf den Segelflug eingehen könne. Die übrigen Gäste Lord Maitlands verfolgten durch scharfe Gläser die immer höher steigenden Segler. Auf der Bordtreppe der Maitlandjacht wurden Schritte vernehmbar. Neue Gäste kamen. Sir Arthur Vernon, der Vorgänger Lord Maitlands in der Admiralität. Er führte einen Fremden in diesen Kreis ein.

»Herr Dr. Glossin aus Trenton in den Staaten ...«

Während der Eingeführte sein Kompliment machte, fuhr Sir Arthur zu Lord Maitland gewendet kaum hörbar fort: »...Ein alter Freund von mir... Kann vielleicht helfen, die Krise zu lösen.«

Die wenigen Worte genügten, um dem Amerikaner einen Empfang zu sichern, dessen Herzlichkeit noch um eine Note über die übliche englische Gastfreundschaft hinausging.

Dr. Glossin widmete sich besonders der Herrin der Jacht. Zu ihrem Staunen lenkte er das Gespräch sehr bald auf solche Orte und Personen, die sie als Sängerin kennengelernt hatte, ohne doch ihren früheren Beruf mit einem Worte zu erwähnen.

Lady Diana wurde durch das Gespräch gefesselt und doch wieder innerlich abgestoßen. Sie spürte bei jedem Satz einen geheimnisvollen Doppelsinn und konnte sich dem Einfluß dieses Gastes doch nicht entziehen. Eine innere Stimme warnte sie, sich den Mann zu nah kommen zu lassen, und unter einem unwiderstehlichen Zwange brachten ihre Lippen gleichzeitig eine freundliche Einladung nach Maitland Castle zutage. Eine Einladung, die Lord Maitland dringend unterstützte. Es lag ihm daran, mit diesem einflußreichen Amerikaner in Fühlung zu bleiben.

Dr. Glossin dankte für die Aufforderung. Er nahm sie mit Vorbehalt an. Vorerst habe er noch in London zu tun. Danach würde er gern nach Maitland Castle kommen. Krieg und Kriegsgefahr... er lachte darüber. Das amerikanische Volk denkt nicht daran, sich mit den stammverwandten Briten in einen Krieg einzulassen. Preßzänkereien bedeuteten noch lange keinen Krieg.

Lord Maitland ging gerade auf das Ziel los. Die Aufregung der amerikanischen Presse sei durch die Entführung eines Flugzeuges hervorgerufen worden. Die amerikanische Presse habe behauptet, daß die Engländer es entführt hätten. Ob der Zwischenfall klargestellt sei.

Dr. Glossin wurde wortkarg. Die Entführung des Flugschiffes sei noch nicht völlig aufgeklärt. Bestimmte Beobachtungen deuteten aber auf eine bestimmte Spur. Er vermied es, hier in der Gegenwart so vieler Gäste mehr zu sagen. Aber Lord Maitland verstand, daß der Amerikaner ihm unter vier Augen mancherlei mitzuteilen habe, Dinge, die jedenfalls die größte Diskretion verlangten.

Draußen nahmen die Konkurrenzen ihren Fortgang. Das Zwischenspiel der Segelflieger war beendet. Der Viscount Robarts hatte es zu seinem Leidwesen vorübergehen lassen müssen, ohne eine Wette unterbringen zu können. Unbelebt dehnte sich die Fläche des Solent. Aber mit den Stoppuhren in der Hand warteten die Preisrichter. Und jetzt... Wirbelnd schoß es wie ein Fisch aus dem Wasser, reckte im Augenblick des Auftauchens zwei kräftige Schwingen und flog in die Höhe. Der erste Flugtaucher war angekommen. Den Bedingungen der Konkurrenz entsprechend, stieg er bis auf zehntausend Meter Höhe, ging dann im Gleitflug nieder und legte sich ruhig auf das Wasser. Noch während er niederging, stieg bereits das zweite Boot aus dem Wasser in die Höhe. In kurzen Intervallen folgten die anderen Wettbewerber. Die Konstruktionen gaben sich gegenseitig kaum etwas nach. Die wenigen Sekunden, die das eine Boot etwa länger als das andere nach seiner Boje auf dem Grunde hatte suchen müssen, gaben den Ausschlag.

Jeder von den Zuschauern hier in der Jacht begriff, daß England in diesen Flugtauchern eine neue wirksame Waffe besaß. Diese Maschinen konnten in gleicher Weise U-Boote und Flugzeuge angreifen. Sie konnten den Ort des Kampfes nach eigenem Belieben über oder unter dem Wasser suchen.

Lord Maitland stand mit dem Doktor Glossin an einem der Fenster.

»Eine glänzende Erfindung! Ich denke, Sie werden Ihrem Präsidenten davon zu erzählen haben.«

Dr. Glossin lächelte höflich. Die Pläne der Flugtaucher waren längst in Washington.

»Es gibt etwas anderes, was uns gegenwärtig größere Sorge macht.«

Lord Maitland blickte fragend auf.

»Mein Lord, hörten Sie jemals etwas von telenergetischen Konzentrationen?«

Lord Maitland blickte so naturgetreu verdutzt auf, daß Dr. Glossin einsah, der Lord wisse wirklich nichts davon. Wenn aber der Vierte Lord der britischen Admiralität von dieser Sache nichts wußte, dann war beinahe sicher anzunehmen, daß auch die Admiralität und die englische Regierung keine Kenntnis davon hatten. Das mußte aber zweifelsfrei festgestellt werden, bevor Cyrus Stonard losschlug. Darum war Dr. Glossin hier in England, und darum hatte Cyrus Stonard das schon gezückte Schwert nach einmal in die Scheide zurückgestoßen.

Besaß England das Geheimnis Gerhard Bursfelds, so durfte Amerika den Angriff nicht wagen. Im anderen Falle konnte der Schlag mit guter Aussicht auf ein Gelingen geführt werden.

Die Konkurrenzen gingen ihrem Ende entgegen. Im Wettbewerb um den Höhenflug errang ein Fahrzeug den ersten Preis, welches sich unter Zuhilfenahme der Raketenwirkung ausströmender Pulvergase bis zu einer Höhe von 100 Kilometer erhoben hatte. Aber die Konkurrenten um den Schnelligkeitspreis blieben weit hinter der amerikanischen Type R. F. c. zurück.

Dann war die Konkurrenz beendet. Während die Volksmassen in Wasserbooten und Bahnen den Städten zuströmten, erhoben sich die Jachten in die Lüfte. Der indische Radscha steuerte geradeswegs dem Bergstock des Himalaja zu. Die Jacht des Lords Maitland flog nach Maitland Castle. Dr. Glossin fuhr im Kraftwagen des Sir Vernon nach London.

Die Schollen fielen auf den Sarg, der die sterbliche Hülle von Gladys Harte barg. Ihr Leben war ruhig erloschen, wie die Flamme einer Lampe, der das Öl fehlt. Das Ende war seit Monaten vorauszusehen. Es war vielleicht durch die Aufregungen beschleunigt worden, die das Schicksal Silvesters in das stille Haus in der Johnson Street brachte.

Jane stand in einem kleinen Kreise Leidtragender an der offenen Gruft. Hier kam ihr erst ganz zum Bewußtsein, wie einsam sie in diesen letzten Jahren gelebt hatten. Nur wenige Personen gaben der Toten das Geleit. Freunde des verstorbenen Mannes, wie dieser in den Staatswerken angestellt. Einige Frauen dabei.

Jane war ihnen von Herzen dankbar, daß sie jetzt noch einmal gekommen waren, der Toten die letzte Ehre zu erweisen. Sie fühlte sich grenzenlos einsam und verlassen. Während sie Beileidsworte hörte und Hände drückte, dachte sie daran, daß sie jetzt allein in das leere Haus in der Johnson Street zurückkehren müsse, und daß ... auch Silvester von ihr gegangen sei.

Ein krampfhaftes Schluchzen erschütterte ihren Körper. Sie drohte umzusinken, als Dr. Glossin zu ihr trat, sie stützte und behutsam von dem Grabe fortführte. Sorgsam geleitete er sie durch die breiten Wege des Friedhofes, der in voller Junipracht grünte und blühte, als ob es keinen Tod und kein Sterben auf der Welt gäbe.

Willenlos ließ Jane es geschehen. Jeder Mensch, der sich ihrer annahm, war ihr in ihrem augenblicklichen Zustande willkommen. Um wieviel mehr Dr. Glossin, der solange in ihrem Hause verkehrte, der ihre Mutter genau gekannt hatte, der versprochen hatte, ihr über Silvester Nachrichten zu bringen!

Sie stieg vor dem Friedhof in seinen Kraftwagen und ließ sich von ihm in die Wohnung in der Johnson Street geleiten. Und hier im Anblick der altvertrauten und heute so ganz verwaisten Räume kam ihr Schmerz von neuem zum Ausdruck. Fassungslos sank sie auf einen Sessel und drückte das Taschentuch vor die Augen.

Dr. Glossin ließ sie einige Minuten gewähren. Dann legte er ihr sanft die Hand auf das Haupt.

»Meine liebe Miß Jane, versuchen Sie es, sich zu fassen. Ich weiß, es hat wenig Zweck, Ihnen in dieser Stunde trostreich zuzusprechen. Haben Sie Vertrauen zu mir. Folgen Sie meinem Rat. Nehmen Sie meine Hilfe an, und alles wird gut werden.«

Jane ließ das Tuch sinken und blickte auf. Ein neues Gefühl durchrieselte sie. Ihre Tränen versiegten. Die Welt erschien ihr nicht mehr so vollkommen leer und trostlos.

»Sie sind der einzige nähere Bekannte, Herr Doktor, den wir hatten, den ich jetzt noch habe.«

»Sagen Sie: der einzige Freund! Lassen Sie sich von mir beraten. Sie müssen aus der alten Umgebung heraus. Aus den Räumen, in denen jedes Stück Sie an Ihren großen Verlust erinnert.«

Jane würgte tapfer die wiederaufsteigenden Tränen zurück und nickte zustimmend.

»Sie haben wohl recht, Herr Doktor! Doch wohin soll ich gehen?«

»Lassen Sie das meine Sorge sein. Die Hauptsache ist, daß Sie sofort für ein paar Wochen in eine andere Umgebung kommen. Ich besitze in Kolorado am Ausgange des Gebirges eine Farm. Da haben Sie andere Luft, andere Gesichter und werden schneller das seelische Gleichgewicht wiedergewinnen. Sie sind dort mein Gast, solange es Ihnen gefällt. Mein Personal steht zu Ihren Befehlen, und ich selbst werde gelegentlich ... sooft wie möglich ... hoffentlich recht oft die Zeit finden, Sie zu sehen, mich von Ihrem Wohlbefinden zu überzeugen.«

Dr. Glossin sprach langsam und eindringlich. Jane hörte ihm ruhig zu. Zuerst noch leise widerstrebend. Ein Gedanke ging ihr durch den Sinn.

»Ich werde nicht hier sein. Silvester wird mich suchen und nicht finden.«

Dr. Glossin erriet den Gedanken auch unausgesprochen.

»Ich werde die Zwischenzeit benutzen, um über den Verbleib von Mr. Logg Sar etwas in Erfahrung zu bringen. Auch werde ich inzwischen alle Ihre Angelegenheiten hier ordnen. Briefe und was sonst hierherkommt, wird Sie in Reynolds-Farm erreichen. Dort wird die frische Bergluft des Felsengebirges Ihre blassen Wangen bald wieder röten.«

Für einen väterlichen Freund sprach Dr. Glossin ein wenig zu eifrig und lebhaft. Aber Jane achtete nicht darauf. Die Worte des Arztes hatten ihre letzten Bedenken besiegt. Ihr Aufenthalt würde bekannt sein. Alle Nachrichten würden sie an der neuen Stelle erreichen. Recht gute hoffentlich und auch recht bald. Sie nahm die Vorschläge und die Einladung Glossins an.

Der hatte es sich in der letzten Stunde reiflich und nach allen Seiten hin überlegt. Daß er Jane aus einer ganzen Reihe von Gründen mit sich nehmen und unter seinem Einfluß behalten wollte, stand bei ihm fest. Daß er zur Erreichung dieses Zieles seinen hypnotischen Einfluß auf Jane ausnutzen mußte, war ebenfalls sicher. Nur wie weit er diesen Einfluß anwenden solle, darüber war er sich zweifelhaft. Sollte er so weit gehen, ihr überhaupt jede Erinnerung an die tote Mutter wegzusuggerieren? Damit fiel auch für Jane das Gefühl der Verlassenheit und der Grund fort, ihm zu folgen und sich unter seinen Schutz zu stellen. Er mußte dann noch einen Schritt weitergehen und sie durch die Hypnose ganz an sich ketten.

Es widerstand ihm, Jane als einen willenlosen Automaten mit sich zu nehmen. Er wollte aus einer eigentümlichen Stimmung heraus, daß Jane ihm freiwillig und in einem natürlichen Schutzbedürfnis folge. Aber er mochte auch keine ständig Jammernde und Klagende um sich sehen. So wählte er den Mittelweg. Durch seinen suggestiven Einfluß verstärkte er ihr Schutzbedürfnis und milderte ihren noch so frischen und heftigen Schmerz über den Todesfall.

Der Kraftwagen brachte sie nach dem Flughafen. Dem großen umfriedeten Platz, auf dem die Flugschiffe der verschiedenen Staatslinien ankamen und abfuhren. Jane kannte den Ort. Zu Lebzeiten der Mutter war sie öfters von hier nach Philadelphia oder Milwaukee gefahren. Hatte damals bemerkt, daß reiche Leute hier auch ihre eigenen Schiffe landen ließen. Jetzt führte sie Dr. Glossin zu einer kleinen, aber ansprechenden Privatjacht. Er bemerkte ihr Staunen.

»Steigen Sie ein, meine liebe Miß Jane. Wundern Sie sich nicht allzusehr, daß wir ein besonderes Schiff zur Verfügung haben. Ich mußte es in Neuyork mieten, um noch rechtzeitig nach Trenton zu kommen.«

Jane dankte dem Arzte mit einem warmen Blick. Wie freundlich von ihm, daß er keine Unkosten scheute, um in dieser Zeit bei ihr zu sein, ihr helfen zu können. Von ihm geleitet, betrat sie die Kabine des Flugschiffes, welches sich sofort erhob, um die Fahrt nach dem Westen zu beginnen. Dr. Glossin ließ sich Jane gegenüber nieder.

»Gestatten Sie mir, meine liebe Miß Jane, daß ich Ihnen Ihren zukünftigen Aufenthaltsort ein wenig schildere. Reynolds-Farm heißt mein Besitztum in Kolorado. In früheren Jahrzehnten war es auch wirklich einmal eine Farm mit ausgedehnten Äckern und Stallungen, mit Scheunen und Speichern. Eine richtige Farm, wie sie im Buche steht. Heute ist es ein ruhiges Landhaus in einem nach Osten offenen Tale der Felsenberge gelegen. Bergluft, Tannenduft und Ruhe. Vollkommene Ruhe, wie wir Großstadtmenschen sie bisweilen nötig haben, wie sie auch Ihnen wohltun wird.«

Jane hatte mit steigendem Interesse zugehört. Schon die Ortsveränderung, die schnelle Fahrt, die sie jede Stunde so viele Meilen von ihrem alten Aufenthaltsort entfernte, gab ihren Gedanken eine andere Richtung, ließ sie minutenlang ihren Schmerz vergessen.

»Aber Sie können selbst nur selten dort sein, Herr Doktor. Wer ist dort auf Ihrer Farm? Wer hält das Anwesen in Ordnung? An wen werde ich mich zu halten haben?«

»Vor allen Dingen an meine gute alte Abigail, ein altes schwarzes Faktotum, das dort das Haus in Ordnung hält.«

Jane nickte zustimmend. Als Amerikanerin war sie es gewöhnt, daß schwarze Dienerinnen es in den Häusern der Weißen zu angesehenen Vertrauensstellungen brachten. Als Amme kam solche schwarze Frau zu den Kindern, blieb als Wärterin bei ihnen, sah sie zu Männern heranwachsen und blieb in ihren alten Tagen immer noch die schwarze Mammy.

»Ein gutes, altes, anhängliches Tier! Ihre Schönheit läßt zu wünschen. Dafür ist sie treu und fleißig, sie wird Ihnen jeden Wunsch von den Augen ablesen ...«

Es kam Jane nicht zum Bewußtsein, daß es dort vielleicht noch einsamer sein könnte als in Trenton. Der suggestive Einfluß des Doktors erstickte jedes aufsteigende Bedenken.

Das Schiff eilte der sinkenden Sonne nach, bis es sich selbst zu senken begann und die Kette der Felsenberge von Denver bis Cheyenne am gelbglühenden Westhimmel stand. Es landete auf einer freien grasbewachsenen Ebene. Dr. Glossin hatte wohl recht. Hier wehte eine andere Luft als in Trenton, wo die großen Werke trotz aller Fortschritte und Verbesserungen immer noch recht viel Ruß und Staub in die Atmosphäre warfen.

Frische, harzgetränkte Bergluft. Mit voller Brust sog Jane die leichte Brise ein.

Das Flugschiff war dicht neben der Farm gelandet. Auf dem Wege zum Hause kam ihnen schon eine alte Negerin entgegen. Von jener abschreckenden Häßlichkeit, die alte Negerweiber gewöhnlich auszeichnet. Dabei von einer unterwürfigen Vertraulichkeit, die auf langjährige Dienste schließen ließ.

»Guten Tag, Mister Doktor. Die alte Abigail hat alles fertiggemacht. Das Supper ist fertig. Die Zimmer sind fertig ...«

Ein breites Grinsen ließ ihre Mundwinkel bis in die Nähe der Ohren wandern, während sie versuchte, dem Doktor die Hand zu küssen.

Dr. Glossin schob sie zurück.

»Gut, Abigail. Ich erwartete es nicht anders. Meine Nichte Miß Harte wird einige Zeit auf der Farm wohnen. Du wirst ihr genau so zu Diensten sein wie mir und dafür sorgen, daß sie sich wie zu Hause fühlt.«

Die Alte hatte während dieser Worte Jane prüfend betrachtet. Sie schien mit dem Ergebnis ihrer Prüfung zufrieden zu sein, denn sie wandte sich jetzt an Jane und versuchte, auch ihr die Hand zu küssen.

»Laß das, Abigail!«

Dr. Glossin sagte es mit einer eigentümlichen scharfen Betonung. Die Schwarze trat zurück und folgte dem Doktor und seiner Begleiterin die kurze Strecke bis zum Farmhofe.

Jane fühlte sich nach dem schweren Leid der vergangenen Tage fast leicht und frei. War es der Einfluß des Doktors, war es wirklich die veränderte Umgebung, sie begann wieder mit Hoffnungen in die Zukunft zu blicken. In ruhigen Stunden hatte sie schon früher der Möglichkeit ins Auge geblickt, daß die Mutter ihr bald einmal entrissen werden könnte. Jetzt war es geschehen, und sie versuchte es, sich mit dem Geschehenen abzufinden.

So trat sie am Arm Glossins in das neue Heim. Der Doktor geleitete sie in den Empfangsraum, gab Abigail dann einen Wink, sie in ihre eigenen Räume zu geleiten. Ein Halbblutboy schaffte die Koffer aus dem Flugschiff dorthin. Wäsche, Garderobe, alle notwendigen Gegenstände für den täglichen Gebrauch. Jane hatte sich auf einem Stuhl am Fenster niedergelassen und blickte in die dämmernde Abendlandschaft hinaus. Ihre Gedanken weilten bei Silvester.

Die Nachricht von Sing-Sing war natürlich auch in das stille Haus nach Trenton gedrungen und hatte die beiden Frauen aufs äußerste erschreckt. Wohl lasen sie, daß er gerettet worden war. Aber die Tatsache allein, daß er sich des Hochverrats schuldig gemacht haben sollte, daß er in voller Form zum Tode verurteilt worden war, wirkte niederschmetternd. Jane sowohl wie ihre Mutter hatten vollkommen den Kopf verloren, bis ein alter Freund des Vaters sie aufrichtete. Joe Miller war damals zu ihnen gekommen. Fand sie verzagt und lachte.

»Sorge um Logg Sar? ... Vollkommen überflüssig. ... Alle Wetter, da hat was dazwischengepfeffert und den Schleichern und Angebern das Konzept verdorben. Habe zwar keine Ahnung, was es gewesen ist. Bin aber sicher, daß es prachtvoll gewirkt hat. Angst brauchen Sie jedenfalls um Logg Sar nicht zu haben. Ich meine, der könnte jetzt sogar ganz ruhig in Neuyork spazierengehen. Seine Feinde würden sich bei einem neuen Angriff noch viel mehr blamieren.«

Diese Worte wirkten tröstlich auf Jane. Das Wunderbare des Geschehnisses nahm sie gefangen. Durch eine unbekannte mächtige Hilfe war Silvester der Gefahr im letzten Augenblick entrissen worden. Seitdem hoffte sie auf seine Wiederkehr, hatte das sichere Gefühl, daß die Macht, die ihn das erstemal schützte, auch jeden weiteren Anschlag zunichte machen würde.

Die geschwätzige Abigail riß sie aus ihren Sinnen. Welches Kleid die Lady anziehen wolle. Ob sie sich zum Supper nicht schmücken wolle. Der Herr Doktor liebe geschmückte Damen beim Supper. Vielleicht würde er ihr sogar ...

Die Mundwinkel der Schwarzen rückten wieder bis an die Ohren. Jane bemerkte das Mienenspiel nicht. Nur langsam kehrten ihre Gedanken in die Wirklichkeit zurück.

Anziehen... Das einfache schwarze Kleid, das sie trug, schien ihr das richtige... Schmücken, am Begräbnistage ihrer Mutter... Sie gab ihr den Auftrag, die Garderobe in den Schränken unterzubringen, und verließ den Raum, um nach unten zu gehen.

Abigail machte sich daran, den Auftrag zu vollziehen. Stück für Stück nahm sie aus den Koffern. Dabei murmelte sie allerlei vor sich hin:

»Hoho, mein Täubchen... sehr einfach, zu bescheiden. Keinen Samt, keine Seide. Nur so einfach... ist nicht der Geschmack von Mister Doktor... Liebt feine Damen... gelbe, rote Seide. Keine schwarzen Kleider ...«

Sie begann die Wäsche in die Fächer zu legen und fuhr in ihrem Selbstgespräch fort:

»Wirst dich ändern müssen, mein Täubchen! Waren schon andere vor dir hier. Haben es auch gemußt. Taten alles, was Mister Doktor wollte, wenn Mister Doktor sie anguckte... anguckte mit den großen, heißen Augen.«

Ihre Worte gingen in ein Kichern über, während sie die letzten Stücke in die Kasten einräumte.

Inzwischen war Jane in den Speiseraum gekommen. Der junge Halbblutdiener servierte. Glossin wartete, bis er den Raum verlassen hatte, bevor er die Unterhaltung begann.

»Meine liebe Miß Jane, meine Kur beginnt schon zu wirken. Sie sehen viel besser aus als heute früh.«

»Sie mögen recht haben, Herr Doktor. Die Reise hat mich auf andere Gedanken gebracht. Ich könnte beinah zufrieden sein, wenn ich... Gewißheit über das Schicksal unseres Freundes Silvester hätte.«

»Seien Sie zufrieden, meine liebe Miß Jane, daß unser Freund der Gefahr entronnen und jetzt nach menschlichem Ermessen in Sicherheit ist. Wenn Sie ihm etwas bedeuten, wird er gewiß von sich hören lassen.«

»Er wird... er muß... er soll ...«

Jane stieß die Worte heftig hervor. Dr. Glossin schwieg, als ob ihn dieser Gefühlsausbruch erschreckt hätte.

»Verzeihen Sie meine Heftigkeit, Herr Doktor. Ich sorge mich um das Schicksal eines Abwesenden und habe Ihnen noch nicht einmal für Ihre Güte gedankt.«

Wenn Dr. Glossin bei allen diesen Reden etwas empfand, so verstand er es jedenfalls meisterhaft, seine Gefühle zu verbergen. Keine Muskel in seinen Zügen zuckte, während er die Konversation ruhig weiterführte. Er sprach von Janes Zukunftsplänen. Eine längere Erholung hier, dann eine Reise nach Europa. Dort müßten ja auch noch Verwandte ihres Vaters leben.

»Ich hörte, Herr Doktor, wir sollen Krieg mit England bekommen. Da kann doch niemand nach Europa fahren.«

Dr. Glossin nickte abwesend.

»Zeitungsgeschwätz, meine liebe Miß Jane. Wir denken nicht an Krieg. Ich selbst fahre morgen wieder nach Europa. War vorgestern erst in England. Man spricht allerlei vom Kriege, weil die Zeitungen uns nervös machen. In Wirklichkeit denkt kein Mensch daran.«

»Ich entdecke immer neue Seiten an Ihnen, Herr Doktor. Ich dachte, daß Sie nur zwischen Neuyork und Trenton zu tun haben. Dann haben Sie plötzlich noch dies schöne Besitztum in Kolorado, und jetzt höre ich gar, daß Sie zweimal in der Woche nach Europa fahren. Es muß schön sein, so in der Welt herumzukommen.«

»Wenn man zu seinem Vergnügen reisen kann. Nicht, wenn man es wie ich als Pflichtmensch von Berufs wegen tun muß.«

Ein leichter Seufzer entrang sich den Lippen des Arztes.

»Ich hoffe, Miß Jane, in kurzer Zeit werde ich auch etwas Ruhe finden. Dann fahren wir gemeinschaftlich nach Europa, und ich zeige Ihnen die Schönheiten der Alten Welt.«

Er hob sein Glas mit altem schweren Kaliforniawein und trank Jane zu.

»Auf baldige gemeinschaftliche glückliche Fahrt.«

Das Mahl ging seinem Ende entgegen. Dr. Glossin benutzte die letzte Viertelstunde, um Jane ihr Leben für die nächsten Tage auszumalen.

»Wir haben hier Pferd und Wagen. Sie können Ausfahrten unternehmen. Bobby...« – er wies auf den Diener – »kann nicht nur servieren, er ist auch ein geschickter Fahrer. Er kennt die schönsten Wege in der Umgebung. Benutzen Sie die kleine, aber gute Bibliothek im Herrenzimmer... Ich vergaß, sie ist verschlossen. Darf ich Ihnen den Schlüssel... nein, noch besser. Ich werde sie Ihnen an Ort und Stelle zeigen.«

Er geleitete Jane in das anstoßende Zimmer und schloß selbst die verglasten Regale auf, welche mehrere hundert mit gutem Geschmack ausgesuchte Werke enthielten.

»Das ist die Hauptsache, meine liebe Jane, daß Sie sich nicht in den müßigen Stunden von Gedanken und Erinnerungen übermannen lassen.«

Dr. Glossin hatte bei den letzten Worten ihre Hände ergriffen. Ohne daß er ein Wort weitersprach, spürte Jane, daß er für heute Abschied von ihr nahm, fühlte gleichzeitig, wie in verstärktem Maße Ruhe und Wunschlosigkeit über sie kamen.

Dr. Glossin schritt durch den Vorraum des Hauses, um zu seinem Flugschiff zu gehen. Wenn er am nächsten Morgen wieder in England sein wollte, hatte er Grund zur Eile. Abigail trat ihm in den Weg. Verschmitzt grinsend.

»Darf die neue Lady ausgehen, Mister Doktor?«

Es lag eine ganze Geschichte in dieser Frage. Wie viele mochten hier gewesen sein, denen man den Ausgang verweigert hatte. Glossin warf der Negerin einen Blick zu. Ganz langsam hob er den rechten Arm. Die Schwarze krümmte sich vor dem drohenden Schlage.

»Ich sage dir, du schwarzes Vieh, die junge Dame ist meine Nichte. Wehe dir, wenn du ...«

Er ließ den Arm sinken und schritt hinaus.

Sie saßen auf der mit Waldrebe umsponnenen Veranda des Truworhauses am Torneaelf. Durch Ranken und Reben ging die Aussicht auf den hundert Meter tiefer dahinströmenden Fluß und die gegenüberliegenden, mit Tannen bestandenen Berge. Zu dritt saßen sie hier: Erik Truwor, der Schwede, Soma Atma, der Inder, und Silvester Bursfeld aus deutschem Blute.

In diesem Hause war Silvester heimisch. Hier war er zusammen mit Erik Truwor aufgewachsen, und die alten Mauern hatten die Spiele der Knaben und die Arbeit der Jünglinge gesehen. Bis dann die Studienjahre Silvester nach Deutschland führten, seine Ingenieurtätigkeit ihn in Europa und Amerika umhertrieb. Erik und Silvester widmeten sich der Technik. Die Art ihres Studiums, die Weise, wie sie die Wissenschaft trieben, war von Anfang an verschieden. Silvester versenkte sich schon als Student in die physikalischen Probleme. Er trieb die Wissenschaft um der Wissenschaft halber, von einem unersättlichen Forschungsdrang beseelt. Im Gegensatz dazu betrachtete Erik Truwor die Technik von Anfang an nur als ein Mittel zum Zweck, das menschliche Leben leichter und angenehmer zu gestalten, neue Lebensmöglichkeiten zu schaffen.

Diese verschiedenartige Auffassung der beiden Freunde kam auch äußerlich zum Ausdruck. Silvester blieb fünf Studienjahre in Charlottenburg. Erik Truwor studierte bald in Charlottenburg, bald in Genf, Paris und Karlsruhe. Etwas anderes kam hinzu. Erik Truwor war ein reicher Erbe. Silvester Bursfeld, als Pflegesohn in das Haus Truwor aufgenommen, war ohne Vermögen. Als Olaf Truwor die Augen schloß, bot Erik seinem Freunde die Hälfte der Erbschaft an. Silvester schlug es aus. Er nahm nur, was er noch während der Studienzeit für seinen Lebensunterhalt benötigte, und außerdem das Anerbieten, das Truworhaus jederzeit als sein Vaterhaus zu betrachten und zu benutzen.

Atma hatte seinen Lieblingsplatz auf einem Diwan im Hintergrunde der Veranda eingenommen. Dort saß er und gab sich seinen Meditationen hin.

Erik Truwor und Silvester saßen vorn an der Brüstung an einem Tisch. Pläne, Zeichnungen und Schriftstücke bedeckten die Tischplatte.

»Über unsere Arbeit hörte ich noch kaum, wie du, Erik, dich mit Atma zusammengefunden hast. Atma, der in Pankong Tzo mein Mitschüler war, plötzlich mit dir zusammen, in Linnais! Nur in dem Strudel der Ereignisse konnte ich es als ein etwas Selbstverständliches hinnehmen.«

»Wie ich Atma fand? Wie Atma und ich dich fanden? Eine wunderliche Geschichte. Im Frühjahr kam ich nach Pankong Tzo. Kuansar erinnerte sich meiner noch. Er führte mich zum Abte, Jatschu, ein Greis von unbestimmbarem Alter, empfing mich, blickte mich starr an und sagte: ›Das ist der Dritte.‹ Aus einem Kästchen nahm er diesen Ring und schob ihn mir auf den Finger.«

»Jatschu ist... er muß jetzt ...«

Silvester versuchte das Alter auszurechnen.

»Er war beinahe neunzig, als ich von Pankong Tzo fortging. Er muß weit über hundert sein.«

»Mag sein. Er gab mir den Ring und deutete auf Atma. Atma wußte, daß du den gleichen Ring von ihm hattest. Er sagte, wir müßten dich suchen... Ich wollte dich wiedersehen. Atma sagte Amerika. Wir gingen nach den Staaten. Atma sagte Trenton. Wir fuhren nach Trenton. Wir fanden dich nicht, aber wir fanden Jane Harte. Sie war über dein Verschwinden besorgt.

Atma fragte sie. Du weißt, wie er zu fragen versteht. Über Zeit und Raum hinweg. Mit geschlossenen Augen las sie aus weiter Ferne das Urteil, das über dich gefällt war. Mit vier Worten sagte sie, wo deine Aufzeichnungen lagen.

Das andere war leicht. Joe Williams, einer der zwölf Zeugen, wurde im Gasthof in Sing-Sing von uns gefunden. Für tausend Dollar gab er mir seine Zeugenkarte. Mir, dem wißbegierigen Fremden, der eine Elektrokution mitansehen wollte. Ich kam in das Gefängnis. Atma hielt im Kraftwagen vor der Tür. Das war alles.«

Silvester ergriff die Hand Erik Truwors und drückte sie innig.

»Für mich wirklich alles, Erik. Kamt ihr nicht, so war ich verloren. Durch Jane... durch meine Jane habt ihr mich gefunden.«

»Durch deine Jane? Was ist dir Jane Harte?«

»Meine Verlobte, mein alles!«

Erik Truwor hörte schweigend zu, was Silvester erzählte. Wie er Jane kennen und lieben gelernt. Doch er vermochte es nicht, sich am Glück des Freundes mitzufreuen. Unbewußt empfand er, daß Silvester sich nicht voll der großen Aufgabe, dem weiteren Ausbau der Erfindung, widmen könne, wenn er durch Gedanken und Sorgen um seine Verlobte abgelenkt wurde.

Sein Blick suchte Atma. Ein stummes Zwiegespräch der Augen. Atma nickte und wandte sich Silvester zu. Erik Truwor sah, wie hinter der gefurchten Stirn des Inders die Gedanken arbeiteten, das Hindernis aus dem Wege zu räumen. Er sah, wie Silvester die Hand an die Stirn preßte, als wollte er eine fliehende Erinnerung festhalten ...

Die hypnotische Kraft Atmas siegte über die Kraft der Liebe.

Erik Truwor brach das Schweigen.

»Zurück zu unserer Arbeit! Ich habe deine Pläne gesehen und deine Berechnungen untersucht. Gib mir deine Erläuterungen dazu.«

Silvester Bursfeld blickte mit der versonnenen Miene des Gelehrten auf die vor ihm liegenden Papiere.

»Es ist das Problem der telenergetischen Konzentration, dessen Lösung mir gelungen ist. Nimm an, ich hätte hier in unserem Hause eine Maschine, die tausend Pferdestärken leistet. Es ist klar, daß ich die Energie hier an Ort und Stelle zu allem möglichen verwenden kann. Aber es war bisher kein Mittel bekannt, diese Energie an einem Punkte in beliebiger Entfernung konzentriert wirken zu lassen. Bei jedem Versuche, die Energie auszustrahlen, erfuhr sie eine der Ausbreitung entsprechende Schwächung. Ein zwingender Grund liegt natürlich nicht vor. Es muß den tausend Pferdestärken ganz gleich sein, ob sie hier oder an irgendeinem anderen Punkte der Erde zur Wirkung kommen.«

Erik Truwor unterbrach ihn:

»Wenn wir hier eine Million, wenn wir hundert Millionen Pferdestärken hätten, so könntest du sie auf jedem Punkt der Erde in Erscheinung treten lassen?«

»So ist es. Auf jedem Punkte. Ich könnte die Energie an irgendeiner Stelle der australischen Wüste oder des Broadway in Neuyork auf den Raum einer Haselnuß zusammendrängen. Ich könnte sie auch in der Form ausgedehnter elektromagnetischer Felder auftreten lassen. Jede Wirkung ist möglich.«

Erik Truwor wiegte den Kopf nachdenklich hin und her.

»Hundert Millionen Pferdestärken auf den Raum einer Haselnuß... in den Pulverkammern kriegführender Mächte... das genügt für den ewigen Frieden.«

Silvester Bursfeld fuhr in seinen Erklärungen fort:

»Die Energiekonzentration bildete den Ausgangspunkt meiner Arbeit. Ich überlegte mir weiter... Warum soll ich die Energie erst an einem Orte erzeugen und an einem anderen wirken lassen, da doch der ganze Raum mit einem Überschwang von Energie erfüllt ist... Ich folgerte, es muß genügen, nur die Steuerwirkung durch den Raum zu schicken. Nur die winzigen Mengen einer besonderen Formenenergie, die an der entfernten Stelle die Raumenergie zur Explosion bringen.

Meine Überlegung war folgerichtig. Die Schlußkette zeigte nirgend ein fehlerhaftes Glied. Aber die praktische Durchführung wollte nicht gelingen.

Soweit war ich, als ich nach Trenton kam. Jede freie Stunde widmete ich dem Problem. Dr. Glossin hatte dort ein gutes Laboratorium und erlaubte mir, darin zu arbeiten. Damals wußte ich nicht, daß er ein Verräter war...«

»Der auch deinen Vater verraten hat.« Soma Atma sprach die Worte.

Silvester blickte auf wie ein Träumer, der plötzlich erwacht.

»Ich hörte immer, mein Vater wäre von einem aufsässigen Kurdenstamm überfallen worden. In Pankong Tzo erzählten sie es mir... Kuansar... unser alter Lehrer, sprach davon...«

Atma sprach in seiner ruhigen sonoren Art weiter: »Warum den klaren Spiegel einer jungen Seele trüben. Glossin, der Freund deines Vaters, war der Verräter. Die Nawutschi, die Engländer, steckten dahinter. Sie veranlaßten den Überfall, weil dein Vater das Geheimnis einer großen Erfindung besaß... Bis hierher ist alles klar. Dann wird die Erkenntnis unsicher.«

»Was hatte mein Vater erfunden? Wo ist er geblieben?« Erregt stieß Silvester die Fragen hervor.

»Ich sehe nichts Klares. Sicher ist, daß er nicht mehr unter den Lebenden weilt. Seit langer Zeit nicht mehr. Sonst hätte meine Seele die seine finden müssen. Seine Erfindung gab Macht. Gab große Macht. Darum ließen die Nawutschi ihn rauben.«

Erik Truwor unterbrach den Inder: »Laßt die Toten ruhen. Silvester, berichte uns weiter.«

»... Ich sprach von Glossin. In seinem Laboratorium nahm ich meine Arbeiten wieder auf... Mit Vorsicht, denn seine Neugier war verdächtig. Ich vermied es, unnötige Notizen zu machen. Was ich notieren mußte, schrieb ich Tibetanisch.

Plötzlich kam der Erfolg. Über Nacht eine Eingebung. Im Traum sah ich den Strahler für die Formenenergie mit greifbarer Deutlichkeit...«

Erik Truwor schüttelte mißbilligend den Kopf.

»Traumlösungen... man kennt sie. Es ist alles in Ordnung. Wacht man auf, so ist der Traum vergessen oder die Lösung unsinnig... Träume sind Schäume...«

»Nicht immer. Es kommt vor, daß die Seele im Schlaf den Körper verläßt und klar sieht.« Atma machte den Einwurf. Silvester fuhr fort: »Ich sah die Form und die Schaltung des Strahlers noch mit voller Deutlichkeit, als ich erwachte. Meinen ganzen Apparat hatte ich in einen kleinen Kasten eingebaut...«

»Den Mahagonikasten?«

»Eben den. Der Traum ließ mir keine Ruhe. Es war noch früh. Die Dämmerung des Sommertages begann eben erst. Um acht mußte ich in das Werk. Erst am Nachmittag konnte ich in das Laboratorium gehen. Das dauerte mir zu lange. Mit den einfachen Mitteln, die ich in der Wohnung hatte, formte ich den Strahler. Ich machte einen Versuch, und er gelang. Ein Stück Eisen auf meinem Schreibtisch stieg langsam in die Höhe. Ein Trinkglas schmolz zu einem Klumpen. Das Geheimnis war gefunden.

Am Nachmittag kam ich in das Laboratorium... Ich wollte einen einfachen Versuch machen. Eine elektromotorische Kraft sollte durch den Apparat zurückgeworfen werden. Ich brachte den Apparat in die richtige Stellung zu den Schaltklemmen des Experimentiertisches. Im selben Augenblick stieg dichter Qualm hinter der Schalttafel und an der Wand auf. Die schwere 10 000-Volt-Leitung des Laboratoriums glühte hellrot auf. Die Isolation verbrannte. Ich riß meinen Apparat zurück. Es war nicht mehr nötig. Die Sicherungen der Hochspannungsleitung waren bereits durchgeschlagen und hatten den Strom abgeschaltet.

Zweierlei wußte ich damals. Mein Apparat arbeitete. Und ein Schurkenstreich war versucht worden. Irgend jemand, der im Laboratorium Bescheid wußte, hatte die lebensgefährliche Hochspannung auf den Experimentiertisch geschaltet.

Drei Tage später fuhr mir auf einem Spaziergang durch den Wald ein Auto nach. Plötzlich hielt es neben mir. Im selben Augenblick war ich in den Wagen hineingezogen, gefesselt und betäubt. Erst im Gefängnis erlangte ich das Bewußtsein wieder. Als ich unter den Richtern Glossin sah, wußte ich, wer im Laboratorium geschaltet hatte ...«

Erik Truwor sprang auf.

»Weg mit dem Hund! Wir haben die Macht, ihn zu vernichten. Sollen wir uns mit einem einzelnen aufhalten? Weg mit ihm!« Er griff nach dem Apparat.

»Mord und Brand über den Ozean! Befreien wir uns von dem Geschmeiß!«

Silvester wollte antworten, wollte als Forscher und Erfinder auseinandersetzen, daß ein genaues Zielen auf diese Entfernung noch nicht möglich sei, daß Feuer und Sturm neben einem Schuldigen tausend Unschuldige vernichten würden. Er kam nicht über die ersten Worte hinaus. Die ruhige Stimme Atmas unterbrach ihn:

»Sein Schicksal ist mit dem unseren verknüpft. Es wird sich zu seiner Zeit erfüllen ... Noch ist die Stunde nicht gekommen. Sein Geschick ereilt ihn, wenn der Augenblick kommt ... Er ist ein Werkzeug des Schicksals wie wir. Das Ziel wird erreicht werden ... von uns ... durch ihn ... Wenn der Tag kommt, wird sich sein Schicksal vollenden ...«

Atma sank in stilles Sinnen zurück. Erik Truwor nahm seinen Platz am Tisch ein und betrachtete den Apparat. Seine Erregung ließ nach.

»Was kannst du mit dem Strahler hier machen?«

Silvester Bursfeld ging wieder in seinem Problem auf. Nur als Physiker und Ingenieur sprach er weiter:

»Mit dieser kleinen Apparatur kann ich die telenergetische Konzentration von zehntausend Kilowatt bewirken. Für größere Energiemengen muß der Apparat größer werden.«

Erik Truwor ergriff ein Glas und beobachtete den Bergkamm auf der anderen Seite des Elf.

»Siehst du die einzelne Tanne über dem Trollstein?«

Silvester nahm das Glas. »Sie ist unverkennbar.«

»Kannst du sie verbrennen?«

Ein Lächeln ging über die Züge Silvesters.

»Wenn die Tanne in Kanada stünde, wäre es noch möglich. So ist es ...« Er hatte während der Worte das Kästchen gerückt und ein paar Knöpfe gedreht.

Erik Truwor sah durch das Glas über den Fluß, sah, wie blauer Rauch aus der Tannenkrone aufstieg und helle Flammen aus dem Stamme auflodern. Nach zwanzig Sekunden brannte der Baum lichterloh. Nach einer Minute war er verschwunden, in ein winziges unsichtbares Aschenhäufchen verwandelt. Aber das Feuer hatte weiter gegriffen. Auch die Kronen der benachbarten Bäume brannten. Im trockenen Juni konnte sich dort ein großer Waldbrand entwickeln. Erik Truwor sah die Gefahr.

»Der Wald brennt, Silvester. Kannst du des Feuers Herr werden?«

Silvester war in seinem Element.

»Eine gute Gelegenheit, um die Wirkung des Apparates auf den Luftdruck zu beobachten. Ich werde in einer senkrechten Linie über der brennenden Föhre Hitze konzentrieren. Die warme Luft muß mit Gewalt nach oben dringen. Kalte Luft muß von allen Seiten herbeiströmen. Der Sturm muß das Feuer löschen.«

Während er die Erklärung gab, drehte er an einem Schräubchen seines Apparates. Man konnte auch mit unbewaffnetem Auge bemerken, wie die Bäume auf dem Gebirgskamm von einem plötzlichen Sturm gepeitscht wurden. Wild bogen sich die Stämme. Hier und dort wurde eine Krone geknickt. Aber der Wirbelsturm blies den Brand glatt aus. Ein mäßiger Wind hätte das Feuer genährt. Dieser

Zyklon pfiff so scharf durch das brennende Geäst, daß er die Flammen im Moment auslöschte, das rotglühende Holz abkühlte.

Eine Drehung am Schalter des Kästchens, und Ruhe herrschte wieder in der Natur. Nur der große, schwarze Brandfleck da weit drüben über dem Elf verriet, daß etwas Außergewöhnliches passiert war.

Erik Truwor hatte die theoretischen Auseinandersetzungen seines Freundes erfaßt. Er hatte nach dessen Aufzeichnungen den Apparat selbst bedient, um die Maschine von Sing-Sing zu sprengen. Und doch versetzte ihn die Wirkung wieder in tiefstes Staunen. Seine Gedanken gingen viel weiter als die des Erfinders. Silvester Bursfeld war Ingenieur und nur Ingenieur. Den reizte das physikalische Problem und seine Durchbildung. Erik Truwor umfaßte mit einem Blick die praktischen Möglichkeiten, die die Erfindung in sich barg.

Doch auch Erik Truwor war Techniker und rechnete. Zehntausend Kilowatt waren vernichtend für den einzelnen, den sie trafen. Aber sie bedeuteten nichts für hundert Millionen Menschen. Viel größere Apparate mußten zur Verfügung stehen. Viele Millionen von Kilowatt mußten auf seinen Wink an jedem Punkt der Erde wirksam werden. Nur dann würde er die Macht haben, von der die alte Weissagung des Tsongkapa sprach. Die Macht, alles Menschenleben auf Erden nach seinem Willen zu lenken.

Die Unterhaltung der nächsten Stunde wurde rein technisch geführt. Über die Abmessungen größerer Strahler. Über die Mittel zu ihrer Anfertigung. Über die Zeit, die ihre Herstellung gebrauchen würde.

Das alte Truworhaus war der geeignete Ort dafür. Sechs Jahrhunderte waren über sein Dach hingegangen. Zwei Stockwerke tief waren die geräumigen Keller in den Granit des Berges gesprengt. Meterstark die Umfassungsmauern der unteren Stockwerke aus den bei der Kellerhöhlung gewonnenen Granitbrocken gemauert. Die elektrische Leitung vom Kraftwerk des Elf brachte Licht, Wärme und Energie in jeder gewünschten Menge. Das Haus in seiner Abgelegenheit sollte die Werkstatt abgeben, in der Silvester seine Erfindung in großem Maßstabe ausführte. Nach dem unverrückbaren Willen Erik Truwors ausführen mußte.

Silvester Bursfeld hatte die Erfindung mit dem Eifer des Wissenschaftlers gemacht. Wie vielleicht auch ein Physiker eine Kanone erfinden kann, ohne an Schußwirkungen zu denken. Er hatte alle Erscheinungen der Konzentration ergründet, aber auf das genaue Zielen, das sichere Treffen vorläufig wenig Wert gelegt. Die energetische Seite des Problems interessierte seine Gelehrtennatur viel mehr als die praktische Anwendung.

Erik Truwor empfand diese Schwäche sofort. Empfand sie und zwang Silvester durch seine Forderungen und Fragen, nach einer Lösung zu suchen und sie zu finden. Wenigstens die Theorie auch eines genauen Zielens sofort zu entwickeln. Nur wenn man das entfernte Ziel sichtbar machen, die Wirkungen der Energie mit dem Auge verfolgen konnte, war die Macht der Waffe voll zur Wirksamkeit zu bringen.

Der Tatmensch zwang den Forscher zu harter, rastloser Arbeit, um die große Entdeckung noch größer zu gestalten, aus ihr das Machtmittel für seine weitreichenden Pläne zu formen. Und Silvester ließ sich zwingen. Für Stunden und Tage nahmen ihn die neuen Probleme und Lösungen so vollkommen gefangen, daß er alles andere darüber vergaß. Bis dann die Lösung gelungen war, bis sich die Nervenspannung löste und die unausbleibliche Reaktion eintrat.

Maitland Castle, der alte Stammsitz der Maitlands, beherbergte um die Zeit der Sommersonnenwende zahlreiche Gäste. Der alten englischen Sitte entsprechend, herrschte nur der Zwang der gemeinschaftlichen Hauptmahlzeit. Die übrige Zeit des Tages konnten die Gäste nach ihrem Belieben verwenden, und die Gastgeber nahmen die gleiche Freiheit für sich in Anspruch, die sie den Gästen gewährten. Sie tauchten einmal bei dieser oder jener Gruppe auf und zogen sich in ihre Privaträume zurück, sobald es ihnen gefiel.

Den dunklen Buchenweg, der schnurgerade von der Höhe des Schloßberges bis zum Gittertor am Ende des Parkes führte, kam Lady Diana Maitland entlang. Die Sonne war schon hinter den hohen Wipfeln der Bäume verschwunden. Es begann kühl zu werden.

Fröstelnd zog Lady Diana den leichten Seidenschal enger um die Schultern zusammen. Sie bog in einen Seitenweg ab, der durch ein Rosenrondell führte.

Von der anderen Seite kam ihr eine Gestalt entgegen, in der sie den Doktor Glossin zu erkennen glaubte. Unwillkürlich hemmte sie den Schritt. Ihr Gefühl riet ihr, einer Begegnung auszuweichen. Schon wollte sie stehenbleiben und sich zu der Allee zurückwenden. Doch der Gedanke, daß Dr. Glossin sie auch erkannt habe, gebot ihr, den Weg weiterzugehen, dessen Rand mit einer Einfassung der herrlichsten Rosenstöcke besetzt war.

Nun stand Dr. Glossin dicht bei ihr.

»Ich muß gestehen, Lady Diana, daß ich selten so schöne Rosen sah wie diese hier. Sie lieben Rosen?«

»Sehr, Herr Doktor. Doch ihr Anblick ist mir lieber als ihr Geruch. Im Zimmer stört mich der berauschende Duft.«

»Oh, wie schade um die unzähligen Rosenspenden, die Ihnen allabendlich zu Füßen flogen, als Sie in der Metropolitan-Opera die Zuhörer entzückten.«

Lady Diana brach eine Rose und steckte sie in ihren Gürtel, ohne die Frage zu beantworten. Sie sprach wohl selbst gelegentlich von ihrem früheren Bühnenleben, aber sie liebte es nicht, von anderen daran erinnert zu werden.

Dr. Glossin schien den Wink nicht zu verstehen.

»Die Stunden, in denen ich Ihrer unvergleichlichen Stimme lauschen durfte, gehören zu den schönsten meines Lebens. In besonderer Erinnerung sind mir die Abende, an denen Sie mit Frederic Boyce zusammen auftraten. Nie klang mir Ihre Stimme schöner als damals.«

Ein kurzes Erröten glitt über die Züge der Lady. Solche Worte aus dem Munde eines so neuen Bekannten wie Dr. Glossin konnten nur als grobe Taktlosigkeit aufgefaßt werden, oder …

Sie witterte den Feind und änderte ihre Taktik.

»Sie sind ein Freund der Musik, Herr Doktor? Vielleicht auch einer der zahlreichen Rosenspender?«

Sie versuchte, ihrer Stimme einen spöttischen Unterton zu geben.

»Ich kann es nicht leugnen, Mylady, ich gehörte auch zu Ihren Verehrern. Als ich von Ihrem Abschied von der Bühne las … ich war damals in San Franzisko … war ich drauf und dran, am Tage Ihres letzten Auftretens nach Neuyork zu fliegen. Wenn ich nicht irre, war es im ›Fidelio‹, dem hohen Lied der Gattenliebe.«

»Und warum kamen Sie nicht?«

Lady Diana sagte es mechanisch. Ihre Sinne arbeiteten fieberhaft. Sie fühlte, daß dies alles nur leichtes Geplänkel war. Der Hauptangriff mußte von anderer Seite kommen … Aber woher?

»Warum nicht? … Ein seltsamer Fall hielt mich einige Tage länger fest!«

Er machte eine Pause.

»Bitte, Herr Dr. Glossin, erzählen Sie, wenn es interessant ist.«

»Interessant? … Für die Allgemeinheit am Ende kaum. Wohl aber für die, die es angeht. Wenn ich nicht fürchtete, unangenehme Erinnerungen zu wecken …«

»Wozu die Umschweife, Herr Doktor, bitte …«

Lady Diana wußte, jetzt würde der Schlag erfolgen. Und trotz der Ungewißheit, aus welcher Richtung er kommen würde, klang ihre Stimme ruhig und fest.

»Wenn es der Wunsch Eurer Herrlichkeit ist … nun wohl … Als die berühmte Sängerin Diana Raczinska die Ehe mit dem Sänger Frederic Boyce einging, prophezeiten Eingeweihte ein schnelles Ende dieses im Kunstrausch geschlossenen Bündnisses. Alle, welche die Spieler- und Trinkernatur von Frederic Boyce kannten. Schon nach einem halben Jahr war die Ehe derart zerrüttet, daß die Scheidung eingeleitet wurde, Diana Boyce wartete nur auf den gerichtlichen Spruch, um einen neuen Bund mit Horace Clinton einzugehen …«

»Sie wollten mir eine interessante Geschichte erzählen … und bringen alte Dinge vor, die mir bei Gott zur Genüge bekannt sind.«

»Die kurze Einleitung war notwendig, Mylady. Ich kam an jenem Abend Ihres letzten Auftretens vom Strand in San Franzisko und verirrte mich in dem Häusergewirr des Hafenviertels. Als ich an einer der Schenken vorbeikam, aus der Toben und Brüllen betrunkener Matrosen erklang, öffnete sich plötzlich die Tür. Von rohen Fäusten gestoßen, flog ein Mann die Stufen hinauf und schlug vor meinen Füßen hart auf das Pflaster.

Angewidert von dem häßlichen Auftritt, wollte ich weitergehen. Da sah ich im Laternenschimmer, wie sich eine Blutlache um den Körper des Betrunkenen bildete. Das Blut entströmte einer starken Wunde im Nacken, die wohl von einem Messerstich herrührte.

Nach einigem Suchen fand ich eine Patrouille, die den Verletzten nach der Polizeiwache brachte. Da ich den Unfall teilweise mitangesehen hatte, mußte ich meine Zeugenaussage darüber abgeben. Inzwischen hatte der Polizeiarzt dem Verwundeten einen Notverband angelegt, ihm das Gesicht von Schmutz und Blut befreit. Der Mann war ...«

»Wer?«

Lady Diana fühlte das Blut in ihrem Herzen stocken. Sie senkte unwillkürlich das Haupt. Jetzt mußte der Schlag kommen, der ...

»... war Frederic Boyce, Ihr totgeglaubter Gatte.«

»Frederic ...«

Lady Diana ... begann zu taumeln und wäre zu Boden gestürzt, hätte Dr. Glossin sie nicht aufgefangen.

»Fassung, Mylady! Um Gottes willen! Ich bin außer mir. Verzeihen Sie mein Ungeschick.«

Er führte die halb Bewußtlose zu einer Bank und nahm neben ihr Platz.

»Frederic ... Frederic ...«

Stoßweise rangen sich die Worte wieder und wieder von den blassen Lippen.

»Frederic Boyce ist tot, Lady Diana.«

»Tot?« Die Augen der Lady öffneten sich unnatürlich weit. »Sie ... sagten ... eben ...«

»Frederic Boyce starb zwei Stunden später. Der Stich war tödlich.«

Ein tiefes Aufatmen. Der Körper Dianas straffte sich.

»Ist es die Wahrheit?«

Sie schaute den Doktor an, als wolle sie im Innersten seiner Seele lesen.

Der Doktor entnahm seiner Brieftasche ein Papier und überreichte es ihr.

Lady Diana schüttelte den Kopf und ließ das Blatt sinken.

»Was ist es?«

»Es ist eine Bescheinigung jenes Polizeiamtes in Frisko über den am 9. Mai 1950 erfolgten Tod von Frederic Boyce.«

Lady Diana kreuzte die Hände über ihre Brust und legte den Kopf an die Lehne der Bank. So saß sie lange. Das Bild einer weißen Marmorstatue.

»Erzählen Sie weiter, Herr Doktor.« Sie sagte es mit einer Ruhe und Festigkeit, die Dr. Glossin in Erstaunen versetzte.

»Bei dem Toten fand man keine Papiere. Meine Angaben über die Person wurden von der Polizei mit Zweifeln aufgenommen. Hatten doch vor genau zehn Tagen die Zeitungen über den Tod des Sängers Frederic Boyce im städtischen Spital berichtet. Ich blieb bei meiner Behauptung. Nachforschungen wurden angestellt. Sie ergaben, daß der im Hospital Verstorbene nicht der rechtmäßige Besitzer der bei ihm gefundenen Papiere gewesen war. Er hatte sie dem richtigen Eigentümer in der Trunkenheit entwendet. So wurde der 9. Mai als der Todestag von Frederic Boyce festgestellt.«

Dr. Glossin machte eine Pause, um die Wirkung seiner Worte auf Lady Diana abzuwarten. Vergeblich.

Lady Diana bewahrte ihre statuenhafte Ruhe.

Gereizt fuhr Dr. Glossin fort: »Es ergibt sich die eigentümliche Situation, daß Eure Herrlichkeit mit Lord Maitland oder, wie er damals noch hieß ... mit Mr. Clinton getraut wurde, während Ihr erster Gatte noch lebte. Nach dem Gesetz kann Ihnen kaum ein Vorwurf gemacht werden, da Sie im

Besitz der freilich falschen Sterbeurkunde waren. Aber ... die Stimme der öffentlichen Meinung wiegt schwer für Angehörige des Highlife ...«

Lauernd wartete der Sprecher auf die Wirkung seiner Worte.

»Sind Sie fertig, Herr Dr. Glossin?«

Glossin nickte stumm. Lady Diana maß ihn mit einem Blick.

»Wieviel verlangen Sie für Ihre Verschwiegenheit?«

Wie von einem Peitschenhieb getroffen fuhr der Doktor empor: »Mir das? ... Sie wollen mir Geld anbieten ... Hüten Sie sich. Ich vergesse eine Beleidigung niemals.«

Lady Diana nickte gleichmütig.

»Was verlangen Sie sonst, Herr Doktor?«

»Ich bitte nicht weiter in diesem Ton. Ich könnte in Versuchung kommen, das Gespräch abzubrechen ... Nicht zu meinem Schaden.«

»Wozu erzählen Sie mir diese Geschichte, Herr Doktor?«

Glossin biß sich wütend auf die Lippen. Er glaubte, seine Schlinge gut gelegt zu haben. Ein gefälschtes Todesattest einer amerikanischen Polizeistation ... für Dr. Glossin war die Beschaffung lächerlich einfach gewesen. Und er hatte Lady Diana damit einer wenn auch unabsichtlichen Bigamie überführt. Seine Stellung schien so stark, und trotzdem fühlte er sich in die Enge getrieben.

»Es wird der Tag kommen, Lady Diana, an dem Sie diese Worte bereuen. Der Tag, an dem Sie mir freiwillig die Hand zu einem Bündnis bieten werden. Dann werde ich Sie an den heutigen erinnern.

Heute bitte ich Sie nur um eine einfache Gefälligkeit, die Ihnen keine Mühe bereitet, für mich sehr viel bedeutet.«

Lady Diana schaute sinnend auf ihre schlanken, weißen Hände. Sie zweifelte, ob sie sie jemals dem Doktor Glossin zum Bündnis reichen würde.

Sie hatte in diesem Kampfe gesiegt. Aber innerlich war sie bewegter und erschütterter, als es äußerlich erschien. Wenn sie dem unbequemen Gast mit einer einfachen Gefälligkeit den Mund stopfen konnte, wollte sie es tun.

»Was ist es, Herr Doktor?«

»Ich muß zur Erklärung weit zurückgehen und in die Hände Eurer Herrlichkeit eine Beichte ablegen. Ich war nicht immer amerikanischer Bürger. Im Jahre 1927 lebte ich als britischer Untertan in Mesopotamien. Ein Ingenieur war dort tätig. Er machte eine Erfindung, die dem englischen Reiche gefährlich werden konnte. Ich setzte die britische Regierung davon in Kenntnis, und der Erfinder verschwand im Tower. Ihr Gemahl Lord Maitland muß darüber Bescheid wissen oder sich doch mit Leichtigkeit orientieren können. Helfen Sie mir. Ich muß wissen, ob Gerhard Bursfeld noch als Staatsgefangener im Tower lebt ... er wäre jetzt 65 Jahre ... oder was aus ihm geworden ist. Helfen Sie mir und seien Sie meiner Dankbarkeit versichert.«

»Gut, Herr Doktor, ich werde mit meinem Gatten sprechen. Was geschehen kann, um Ihnen die gewünschte Auskunft zu geben, soll geschehen.«

Lord Gashford, der englische Premier, hatte sein Kabinett zu einer Besprechung bitten lassen. Die Männer, welche vor dem Lande und dem Parlament die Verantwortung für den gesicherten Fortbestand des britischen Weltreiches trugen, waren im kleinen Konferenzsaal in Downing Street versammelt. Lord Gashford blickte sorgenvoll und sah überarbeitet aus. Er eröffnete die Sitzung mit einem kurzen Überblick über die politische Lage.

»Die Politik Großbritanniens hat seit zwei Jahrhunderten auf dem Grundsatze geruht, Kräfte, die dem Reiche gefährlich werden konnten, gegeneinander zu binden. Das Prinzip des Gleichgewichts, zuerst für Europa erfunden, konnte nach dem Weltkriege erfolgreich auf die überseeischen Mächte angewendet werden. Der Streit zwischen Amerika und Japan setzte uns in die Lage, Afrika von den letzten Überbleibseln europäischer Kolonien zu säubern. Leider haben diese Streitigkeiten mit dem vollkommenen Siege der nordamerikanischen Union geendet. Die Kraft der Union ist nicht mehr durch eine genügende Gegenkraft gebunden.

Das ist die Lage seit dem zweiten Frieden von San Franzisko. Unsere Politik ist bestrebt gewesen, die romanischen Staaten Südamerikas in einen Gegensatz zur nordamerikanischen Union zu bringen. Die Erfolge sind leider nur gering. Unsere Bemühungen, Japan zu stützen, haben bedauerlicherweise beklagenswerte Folgen gehabt. Kanada ist in so enge Beziehungen zur Union getreten, daß es heute nur noch formell zum Reich gehört. Australien steht im Begriff, gleichfalls Anschluß an das Zollgebiet der Vereinigten Staaten zu nehmen. Diese Umwälzungen vollziehen sich mit der Macht elementarer Ereignisse. Wenn die Union weise wäre, ließe sie die Zeit ruhig für sich arbeiten. Aber an ihrer Spitze steht eine Person von unbezähmbarem Ehrgeiz.

Wir müssen stündlich auf den Ausbruch des Krieges gefaßt sein. Wir stehen Erscheinungen gegenüber, die sich in keiner Weise irgendwie vorausberechnen lassen. Ich denke dabei an das Wort eines meiner Vorgänger vom politischen Alkoholismus. In jedem Falle müssen wir jeden Moment in der Lage sein, die Herausforderung anzunehmen und für den Bestand des Reiches zu kämpfen.«

Vincent Rushbrook, der Erste Lord der Admiralität, erhielt das Wort:

»Unsere maritimen Maßnahmen sind in erster Linie darauf gerichtet, den Seeweg nach Indien zu beherrschen. Eine Flotte von achthundert U-Booten liegt tiefgestaffelt auf dem Bogen von Lissabon nach Marokko. Ihre Basis wird durch unsere beiden großen Seefestungen von Gibraltar und Ceuta gebildet. Ihre Vorpostenboote haben auf der Länge von Island fremde U-Boote gesichtet. Seitdem... es sind jetzt drei Tage... sind unsere Boote und die Festungen in höchster Bereitschaft. Zwei Sekunden nach dem Alarm können die Rohre von Gibraltar und Ceuta feuern. Dieser Zustand läßt sich aber nicht monatelang aufrechterhalten. Die Nerven der Besatzungen leiden darunter. Meine Leute wollen lieber heute als morgen kämpfen. In vier Wochen werden sie zerrüttet sein, wenn es nicht zum Schlagen kommt.

Auf der Landenge von Suez liegt eine Flotte von 30 000 Flugzeugen. Ich sehe nicht, wie ein Gegner in das Mittelmeer eindringen könnte.«

Der Premier ergriff von neuem das Wort.

»Es ist gut, wenn die Flotte den Seeweg nach Indien sichert. Aber auch die Beherrschung des Landweges bleibt erwünscht. Warum haben wir Konstantinopel vor 20 Jahren genommen, wenn wir die Straße nicht benutzen? Die gerade Linie geht über Brüssel, Linz und Belgrad nach Konstantinopel.

Sie lieben uns nicht auf dem Kontinent. Der Russe hat leider die irrtümliche Meinung, daß wir an allem seinem Unglück seit 1904 schuld gewesen sind. Der Deutsche wird immer noch von der eigenartigen Idee beherrscht, daß wir vor 40 Jahren nicht für die Heiligkeit der Verträge gegen ihn gekämpft haben. Der Franzose, der Spanier und der Italiener sind verstimmt, weil wir sie aus Afrika entfernt haben.

Ich muß leider sagen, daß wir in den letzten 30 Jahren zu wenig Wert auf die Bildung der öffentlichen Meinung in Europa gelegt haben. Wir haben es nicht ungern gesehen, daß Rußland sich allmählich vom Bolschewismus säuberte. Es war uns bis zu einem gewissen Grade willkommen, daß Deutschland im Bündnis mit dem genesenden Rußland den Versailler Vertrag revidierte.

Wir übersahen dabei, daß durch die Verständigung zwischen Deutschland und Rußland eine Macht geschaffen wurde, die sich im Laufe der Zeit automatisch zu einer Übermacht Frankreich gegenüber entwickeln mußte. Die Folge war die Verständigung zwischen Frankreich und den beiden Oststaaten. Es kam zu der Bildung der deutsch-französischen Industriegemeinschaft.

Vom ersten Tage meiner Amtszeit an habe ich es als meine wichtigste Aufgabe betrachtet, diese Gemeinschaft zu lockern. Wir haben es versucht, den Chauvinismus in den betreffenden Ländern nach Kräften zu fördern. Leider sind die Erfolge nicht sehr bedeutend. Der große Vorteil der Industriegemeinschaft ist zu augenfällig. Immerhin müssen wir in dieser Richtung weiterarbeiten. Ich komme zu dem Ergebnis, daß England moralische Eroberungen auf dem Kontinent machen muß.«

William Chopper, der Presseminister, erbat sich das Wort:

»Für moralische Eroberungen braucht man eine gewisse Zeit. Außerdem... die kontinentale Presse ist in festen Händen. In Afrika und Asien können wir jeden Tag englische Zeitungen gründen. In Deutschland eine deutsche, in Frankreich eine französische Zeitung neu zu schaffen, ist sehr schwer für uns. Wir können nur den englischen Korrespondenten dieser Zeitungen durch unsere eigene Presse bestimmte Ansichten in solcher Weise einimpfen, daß sie dieselben schließlich für eigene und durchaus dem Vorteil des Kontinents dienende Ideen ansehen.«

Lord Gashford sprach weiter:

»Jede feindselige Haltung des Kontinents muß verhindert werden. Wir brauchen die volle Kraft der europäischen Industrie für uns. Sie werden auf dem Kontinent bereit sein, für beide Parteien zu liefern. Auf dem kurzen Wege über den Pol werden die amerikanischen Lastflugschiffe aus Europa an Kriegsmaterial wegschleppen, was sie kaufen können. Das muß verhindert werden. Der Kontinent darf nicht an beide Parteien liefern. Er muß ein Interesse an unserem Siege haben ...«

Sir James Morrison, der Erste Lord des Schatzes, fiel seinem Kollegen ins Wort:

»Es gibt eine Möglichkeit... Alle Staaten des Kontinents schleppen die Kette amerikanischer Schulden hinter sich her. Wir müssen ihnen die Annullierung dieser Schulden versprechen. Dann haben sie ein Interesse an unserem Siege. Es wird zu überlegen sein, was sich für diese Versprechen einhandeln läßt. Lieferung von Kriegsmaterial ausschließlich an uns. Durchzugsrecht für unsere Truppen. Wenn möglich direkte Unterstützung. Ich glaube, daß sich viel mit dem Versprechen erreichen läßt ...«

Die Verhandlung löste sich in lebhafte Einzelgespräche auf. Der Plan des Finanzministers war einleuchtend. Er war genial und wie alle genialen Sachen verblüffend einfach.

William Chopper übernahm es, die Idee mit der nötigen Vorsicht in die europäische Presse gelangen zu lassen. Es war notwendig, daß von privaten Stellen gleichzeitig in tausend Zeitungen die Möglichkeit, aus der amerikanischen Verschuldung herauszukommen, in Europa ventiliert wurde. Von drei Monaten, die er ursprünglich für die Durchführung dieser Propaganda verlangte, ließ sich der Presseminister auf zehn Tage herunterhandeln.

Lord Gashford sprach:

»Es ist widersinnig, die afrikanischen Rohstoffe und Bodenschätze erst nach England zu schaffen und hier zu verarbeiten. Wir müssen in Afrika eine Kriegsindustrie aus dem Boden stampfen. In der Umgebung der großen Kraftwerke des Sambesi und Kongo. Meine Herren, ich halte es sogar für möglich, daß die britische Regierung bei Kriegsausbruch nach Äquatoria übersiedelt.«

Betretenes Schweigen folgte dieser Mitteilung. Die englische Regierung sollte die britische Insel aufgeben, sollte London verlassen? Das war nach der politischen Tradition etwas ganz Unerhörtes.

Lord Gashford bemerkte es wohl und fühlte sich zu einer Erklärung verpflichtet.

»Es ist unseren Agenten gelungen, einen Plan unserer Gegner aufzudecken. Ich kann ihn nicht anders bezeichnen als eine Ausgeburt der Hölle. Der Diktator hat einen Teil seiner Luftflotte mit Bomben versehen lassen, durch die beim Aufschlagen Pest- und Cholerakeime in die Luft gewirbelt werden.«

Rufe des Abscheus und Entsetzens kamen aus aller Munde.

»Das ist Stonards würdig«, rief Vincent Rushbrook mit schneidender Stimme. »Möge ihn selbst die Pest befallen.« Erst nach Minuten konnte Lord Gashford fortfahren:

»Der Plan verliert bei näherer Betrachtung an Gefährlichkeit. Wir wissen genau, welche Teile der Flotte mit den G-Bomben ausgerüstet sind. Unsere Luftstreitkräfte müssen sich bei Eröffnung der Feindseligkeiten augenblicklich auf diese Schiffe stürzen und sie vernichten, bevor sie die britische Insel vergiften können. Gelingt es trotzdem einigen, unser Land zu erreichen, so sind für den betreffenden Bezirk sanitäre Maßregeln in Aussicht genommen.

Noch eins, meine Herren« – die Sätze wurden langsam unter Betonung jedes einzelnen Wortes gesprochen –, »es wäre in diesem Falle nicht zu vermeiden, daß die Krankheiten auf das Festland übertragen würden.«

»*Right or wrong, my country*«, kam es halblaut von den Lippen Rushbrooks, und andere Lippen flüsterten es nach. Lord Gashford sprach in der langsamen, betonten Weise weiter:

»Gemeinsames Leid knüpft feste Bande! Meine Herren ... der Pfeil würde auf den Schützen zurückprallen ... das war es, was ich noch mitzuteilen hatte.«

Drei Stunden später erschienen in einigen Blättern des Kontinents die ersten Betrachtungen über die Möglichkeit, die amerikanische Verschuldung loszuwerden. Der Apparat William Choppers arbeitete bereits.

Teil II

Und es kam der Tag, an dem sich in Linnais drei Menschen stumm umarmten. Der Tag, an dem die große Erfindung vollendet war.

Tage angespanntester Arbeit in Laboratorium und Werkstatt lagen hinter ihnen. Was jetzt kam, die Arbeit in der Werkstatt, um die Konstruktionen auszuführen, war körperlich leichtes Spiel, geistige Erholung.

Die Hauptarbeit hatte Silvester getan. Hindernisse, die immer wieder unvermutet auftauchten, hatte sein erfinderisches Genie bewältigt. Wenn bei den anderen die Zweifel laut oder leise sich regten, hatte er das Problem mit unbeirrbarer Zuversicht von einer neuen Seite angefaßt. Erik Truwor sah die Arbeit nicht ohne Sorge, denn Silvester war körperlich nicht eben der stärkste. Es kam wohl vor, daß er die Hände auf das in der Entdeckerfreude übermäßig pochende Herz pressen mußte, daß er mit wankenden Knien Minuten ruhen mußte, bevor der Kampf weiterging.

Nach einer letzten durcharbeiteten Nacht warf Silvester mit glückselig stolzem Lächeln seine Feder hin. Das Heureka des siegreichen Forschers kam über seine Lippen. Dann sank er zusammen und fiel in einen tiefen, todähnlichen Schlaf.

Mit liebevollen Händen betteten sie den Zusammengesunkenen auf seinem Lager.

Atma hielt dort die Wacht.

Erik Truwor litt es nicht länger in den engen Räumen. Mit übervollem Herzen stürmte er hinaus, um allein und im Freien seiner Gedanken und Pläne Herr zu werden.

Gedanken und Pläne von unerhörter Kühnheit, die seit Wochen in ihm brodelten, zerrissen und sich von neuem zusammenballten, wollten sich jetzt verdichten und Gestalt annehmen. Schon eine Stunde stürmte er durch den tiefen Wald und wußte nicht, wie er dorthin gekommen war. Auf steilen Grashalden ging es bergan. Geröll und Felsblöcke zwangen ihn, seine Schritte zu verlangsamen. Als er die Höhe erreichte, rang er nach Atem. Tief unter ihm lag der Strom. Sein Rauschen drang nur noch gedämpft herauf. Dichte Nebelschwaden zogen an den Talwänden. Ein frischer Wind pfiff über die Höhen. Erik Truwor nahm den Hut vom Kopf und ließ sich die erhitzte Stirn kühlen. Er ließ sich auf einem Felsblock am Rande des Abhanges nieder. So saß er lange still und starr wie der Stein unter ihm.

Die lauten und verworrenen Stimmen der vergangenen Nächte begannen zusammenzuklingen zu einer klaren, starken Melodie. Zu einem unnennbaren Hochgefühl voll Zuversicht, Ruhe und Kraft, das von ihm ausströmte und ihm entgegenströmte aus den stummen Steinhalden, dem dunklen Grün der Föhren, den Spitzen der fernen Bergkämme.

In diesem Augenblick umspannte sein Geist weite Räume und Zeiten, verknüpfte das Gegenwärtige mit dem Vergangenen und Zukünftigen. Die Erinnerungen an Pankong Tzo wurden lebendig. Die geheimnisvollen Lehren und Sprüche, immer wieder mit der gleichen Überzeugung und Gläubigkeit vorgetragen und immer wieder zweifelnd von ihm aufgenommen. Jetzt war die Stunde gekommen, die ihm der Abt in Pankong Tzo mit lächelnder Zuversicht vorausgesagt.

Die Stunde der Wandlung! Die Stunde, die sein irdisches Dasein in zwei Leben teilte.

Als er vor Tagen die Tragweite von Silvesters Erfindung erkannte, als er die Möglichkeit erblickte, mit ihrer Hilfe der Welt neue Gesetze, seine Gesetze vorzuschreiben, hatte ihn die Größe des Gedankens erschreckt und niedergedrückt. Jetzt war es entschieden.

Das Schicksal hatte aus dem Alten in Pankong Tzo gesprochen und ihn zu seinem Werkzeug erkoren.

Mit festen Schritten ging er den Weg nach Linnais zurück. Siegesgewiß. Von der Idee an seine Mission erfüllt und getragen.

Aus langem stärkenden Schlummer war Silvester erwacht. Erfindung... Strahler... Konstruktionen, alles das lag traumhaft hinter ihm.

Jetzt, wo die gewaltigste Arbeit getan, seine Schöpfung vollkommen war, kehrten seine Gedanken ungehemmt zu früheren Dingen zurück. Sie gingen nach Trenton. Sie flogen zu Jane.

Er verstand sich selbst nicht mehr. Wie war es möglich, daß er in diesen Tagen der Arbeit Jane so vollkommen vergessen konnte. Hatte ihn das Problem verzaubert? War ein anderer Einfluß wirksam? Er wußte keine Antwort darauf.

Er sah seine Verlobte. Sah sie in dem kleinen Hausgarten ihre Lieblinge, die Blumen, pflegen. Er erblickte sie im traulichen Beisammensein im Lichtschein der Lampe. Er sah, wie beim Sprechen ein rosiger Blutschimmer ihre zarten Wangen färbte und wie ihre Augen aufstrahlten. Er sah sie in stillen Abendstunden in leichtem schwebenden Gang an seiner Seite durch die Felder gehen.

Dann sah er Dr. Glossin, und Sorge beschlich ihn. Er mußte zu Jane, mußte sie schützen, mußte sie in Sicherheit bringen. Liebe und Furcht mischten sich in seinen Gedanken.

Mit Ungeduld erwartete er die Rückkehr Erik Truwors. In fliegender Hast trug er ihm seine Pläne und Wünsche vor. Die Erfindung war vollendet. Die Ausführung war eine Kleinigkeit. Wenn sie ohne seine Mitwirkung etwas länger dauerte, was verschlug das.

Mit unbewegter Miene hörte Erik Truwor die Wünsche Silvesters.

»Um eines Weibes willen willst du fahnenflüchtig werden?«

»Fahnenflüchtig? Was soll dieses Wort von deiner Seite? Aus Janes Munde wäre es berechtigt.«

»Und unsere Mission?«

Erik Truwor sprach es mit starker Stimme.

»Mission? Meine Aufgabe ist erfüllt. Das sagt mir mein Innerstes. Die Erfindung ist vollendet. Was ich zu geben hatte, habe ich gegeben. Die Werkstattarbeit geht ohne mich. Was kommt es auf ein paar Tage früher oder später an?«

»In ein paar Tagen können Tausende von Männern fallen, Tausende von Frauen Witwen werden. In ein paar Tagen kann mehr Elend entstehen, als in Jahrzehnten wieder gutzumachen ist.«

»Du siehst schwarz. Erwartest du schon in nächster Zeit den Kriegsausbruch?«

»Gewiß! Täglich, stündlich können die ersten Schüsse fallen. Deshalb muß der Apparat so schnell wie möglich fertiggestellt werden. Wir sind ausgeruht. Nichts hindert uns, sofort an die Arbeit zu gehen.«

Silvester stand stumm. Widerstreitende Gefühle kämpften in seinem Inneren. Er sah Jane in den Händen Glossins. Er sah Schlachtfelder, bedeckt mit Toten und Verwundeten... Ehre und Gewissen zwangen ihn, seine Liebe zum Opfer zu bringen. Er tat es mit blutendem Herzen.

»Aber...« Die tiefe Erregung spiegelte sich in seinen Augen wider... »Aber woher nimmst du die Gewißheit, daß der Krieg schon in allernächster Zeit ausbrechen wird? Dein Glaube gründet sich doch nur auf Mutmaßungen.«

Wortlos deutete Erik Truwor auf den Inder.

»Du, Atma! Du sagst es?«

»Ich sagte, was ich in den stillen Nächten sah, in denen ihr arbeitetet. Ich sah die blanken Schwerter in den Händen der feindlichen Brüder, bereit zum Töten.«

Silvester senkte betroffen das Haupt. Die Voraussagen Atmas waren untrüglich. Er wendete sich ab, um seine innere Bewegung zu verbergen. Da fühlte er die Arme des Inders sich um seine Schultern legen.

»Der Krieg wird nicht kommen, bevor sich der Mond vollendet. Als ich in der vergangenen Nacht an deinem Lager wachte, sah ich, wie die Schwerter sich in ihre Scheiden zurücksenkten. Die Hände der Männer blieben am Griff.«

»Was sagst du, Atma? Der Krieg ist aufgeschoben?«

Erik Truwor trat näher an den Inder heran. Er hielt den Papierstreifen des Telegraphenapparates zwischen den Fingern.

»Aufgeschoben. Das würde die veränderte Sprache in diesen Telegrammen erklären.«

»Aufgeschoben, bis der Mond sich erneut. Wir haben Zeit. Zeit, deinen Willen zu tun, und Zeit, die Wünsche Silvesters zu erfüllen.«

Erik Truwor traf die Entscheidung. Für achtundvierzig Stunden brauchte er die Hilfe Silvesters noch, um alle Teile der neuen Konstruktion so weit fertigzumachen, daß er sie dann selbst nur zusammenzusetzen brauchte.

Sein Befehl war zwingend. Vergeblich suchte Silvester dagegen zu kämpfen. Atma nahm die Partei Erik Truwors.

»Zwei Tage und zwei Nächte, Silvester. Dann haben wir hier getan, was zu tun ist, und holen das Mädchen.«

Mit einem Seufzer fügte sich Silvester dem Willen seiner Freunde. Von neuem begann ein Arbeiten, ein Schmieden, Feilen und Schleifen. Stahl und Kupfer gewannen neue Formen, und in achtundvierzig Stunden wuchsen die Teile, die den neuen großen Strahler bilden sollten.

Doktor Glossin saß im Gebäude der englischen Admiralität vor einem dickleibigen, verstaubten Aktenstück und wandte Blatt um Blatt.

Da lag auf vergilbtem Papier, von seiner eigenen Hand geschrieben, die kurze Mitteilung, durch die er damals die Aufmerksamkeit des englischen Distriktskommissars auf Gerhard Bursfeld lenkte. Das Briefchen hatte von dort den Weg zu den nebligen Ufern der Themse gefunden, und hatte seine Wirkung getan. Die folgenden Schriftstücke sprachen davon.

Der Bericht eines anderen Distriktskommissars an den Oberkommissar, daß eine Bande räubernder Eingeborener den Ingenieur Bursfeld entführt hätte. Mitteilungen über die Mobilmachung von Militär. Eine Expedition zur Befreiung des Entführten. Nebenher die Mitteilung, daß das Sommerhaus Bursfelds bei der Entführung in Flammen aufgegangen wäre. Ein Bericht, daß man den Wiedergefundenen an Bord des Kleinen Kreuzers »Alkyon« gebracht habe, daß seine Gattin und sein Kind nirgend aufzufinden seien. Bis dahin konnten die Berichte in jeder Zeitung stehen. Die englische Regierung spielte darin die Rolle des Befreiers, und nichts verriet, daß der Überfall bestellte Arbeit gewesen war. Dann wurden sie ernsthafter und waren nicht mehr für die Öffentlichkeit geeignet.

Die Überführung Bursfelds in den Tower. Seine erste Vernehmung über seine Erfindung. Seine Weigerung, irgend etwas zu sagen. Wiederholte Vernehmungen im Laufe der nächsten vier Wochen. Stets das gleiche negative Ergebnis.

Dann kam das letzte Schriftstück im Bündel. Die Mitteilung, daß man Gerhard Bursfeld in der fünften Woche seiner Gefangensetzung tot auf seinem Lager gefunden habe. Nach einem Gutachten des amtierenden Arztes am Herzschlag verschieden.

Dr. Glossin atmete auf. Die Last einer dreißigjährigen Vergangenheit fiel ihm vom Herzen. Gerhard Bursfeld war tot. Er war gestorben, ohne daß die englische Regierung etwas von seinem Geheimnis erfahren hatte. Dr. Glossin suchte in seiner Erinnerung das wenige zusammen, was er seinem Freunde damals entlockt hatte: Die Behauptung der theoretischen Möglichkeit, an einem Orte erzeugte Energie ohne materielle Verbindungen an einer beliebigen anderen Stelle zu konzentrieren. Ein kleiner Versuch, bei welchem eine fünfhundert Meter entfernte Dynamitpatrone explodierte, als Bursfeld mit einem kleinen Apparat ein paar Manöver ausführte. Die strikte Weigerung des Freundes, irgend etwas Weiteres zu sagen.

Die beiden Worte »Telenergetische Konzentration« hämmerten dem Doktor in den Schläfen. Gerhard Bursfeld hatte die Worte gebraucht. Er war einem Geheimnis auf der Spur gewesen, welches dem besitzenden Staate die Weltherrschaft sicherte. Jedes Sprengstofflager konnte man mit diesem Mittel aus der Ferne sprengen. Die Patrone im Flintenlauf des einzelnen Soldaten ebensogut explodieren lassen wie das Riesengeschoß in den großen Rohren der Flottengeschütze.

Ein großes, gelbes Kuvert bildete den Schluß des Aktenstückes. Es enthielt die wenigen Papiere, die man bei der Leiche des Inhaftierten gefunden hatte. Seinen Paß und ein kleines Notizbuch mit Bleistiftaufzeichnungen. Mit einem Schauer blickte Dr. Glossin auf die ihm so vertrauten Schriftzüge. Kurze Notizen über den damaligen Dienst in Mesopotamien. Abgerissene Worte über den Überfall und die Entführung. Dann die Tragödie im Tower. Das weiße Papier des Notizbuches war zu Ende, und Gerhard Bursfeld hatte die letzten Mitteilungen in deutscher Sprache zwischen die gedruckten Zeilen des Kalendariums gekritzelt. So waren sie wohl der Aufmerksamkeit seiner Wächter entgangen.

»Donnerstag, den 13. Mai. Sichere Nachricht, daß Rokaja und Silvester tot sind.«

»Sonnabend, den 15. Mai. Sie versuchen, mir meine Erfindung durch Hypnose zu entreißen.«

»Sonntag, den 16. Mai. Ich habe heute nacht im Schlaf gesprochen... Zeit, ein Ende zu machen. Ich entrinne ihnen doch. Eine Luftblase in eine Vene geblasen, ich bin frei.... Heute noch, bevor die Nacht kommt. Rokaja... Silvester... ich sehe euch wieder.«

Damit brachen die Mitteilungen ab.

Dr. Glossin überlegte. Sie hatten dem Gefangenen natürlich jedes gefährliche Stück abgenommen. Aber ein Mann wie Gerhard Bursfeld wußte immer noch hundert verschiedene Wege und Mittel zu finden, sich eine Vene anzuschlagen und Luft einzublasen. Der Herzschlag, den der Bericht als Todesursache angab, war dem Doktor Glossin vollkommen klar.

»Ich habe in der letzten Nacht gesprochen.« Nur diese Worte bereiteten ihm Beklemmungen. Gerhard Bursfeld war schwer zu hypnotisieren. Es war anzunehmen, daß er den hypnotischen Einfluß gespürt... während des Schlafes empfunden, sich instinktiv zur Wehr gesetzt hatte und darüber erwacht war. So konnte es sein. Doktor Glossin suchte sich einzureden, daß es so gewesen sein müsse. Aber ein leiser Zweifel blieb übrig.

Lord Maitland trat in den Raum, um nach seinem Gast zu sehen.

»Haben Sie alles gefunden, was Sie suchten?«

»Ich ersah zu meinem Bedauern, daß meine damaligen Bemühungen, der britischen Regierung einen Dienst zu erweisen, vergeblich waren... Leider. Die Welt hätte heute ein anderes Gesicht, wenn es gelungen wäre. Gerhard Bursfeld besaß das Mittel, die Welt aus den Angeln zu heben. Er hat es mit ins Grab genommen.«

Dr. Glossin sprach die Worte langsam und beobachtete jeden Zug und jede Miene des Lords. Aber dessen Antlitz blieb völlig unverändert.

»Ich habe den alten Akt auch durchgesehen. Unsere Regierung hat sich damals viel Mühe um den Fall gemacht. Wie Sie sehen, ganz umsonst. Es hat oft solche Leute gegeben, die sich einbildeten, Gott weiß was erfunden zu haben. Sie hätten den armen Narren ruhig bei seinem Bahnbau sitzen lassen können. Jedenfalls bin ich erfreut, Ihnen in dieser Angelegenheit gefällig gewesen zu sein. Ich bitte Sie, über mich zu verfügen, wenn Sie weitere Wünsche haben.«

Dr. Glossin dankte. Er wäre Seiner Lordschaft aufs äußerste verbunden und hätte keine weiteren Wünsche. Wenn Seine Lordschaft jemals einen Gegendienst ...

Er überschwemmte Lord Maitland mit einer Flut von Höflichkeitsfloskeln. Sie gingen ihm von der Zunge, ohne daß er ihren Sinn überhaupt merkte. Dabei aber erteilte er seinem Gegenüber mit größter Anstrengung einen suggestiven Befehl.

»Wenn du etwas von der Erfindung weißt, so sage es.« Er hütete sich mit Gewalt, dabei selbst an die Erfindung zu denken, denn er kannte die Gefahr, daß diese Gedanken auf sein Gegenüber mitwirkten und als dessen eigene reproduziert wurden.

Lord Maitland blieb ruhig. Er erwiderte die Höflichkeiten Amerikas mit denen Englands. Die Redensarten der einen Seite waren genau so belanglos wie die der anderen. Da wußte Dr. Glossin, daß Gerhard Bursfeld sein Geheimnis mit ins Grab genommen hatte.

Die Bedingung, an die Erik Truwor sein Versprechen geknüpft hatte, trieb Silvester zu fieberhafter Tätigkeit an. Er achtete kaum der Zeiteinteilung und arbeitete die Tage und die hellen Nächte, nur getrieben von dem einen Wunsch, den neuen Apparat fertig zu haben und dann zu holen und zu sich zu nehmen, was ihm das Teuerste war.

In rastloser Arbeit schaffte er, bis das letzte Stück gegossen, die letzte Speiche geschmiedet, die letzte Schraube geschnitten war. Da ließ er den Drehstahl aus der Hand sinken und wandte sich zu Erik Truwor: »Wenn du wüßtest, in welcher Verzweiflung ich hier gestanden und gearbeitet habe, wenn du meine jetzige Freude verstündest. Doch du... du ...«

»Du...? Du weißt nicht, was Liebe heißt, wolltest du sagen.«

Silvester hörte den bitteren Unterton, der in den sarkastischen Worten lag.

»Du, Erik? Du, auch du ...«

Silvester schwieg. Er sah die tiefen Falten, welche die Stirn Erik Truwors furchten. So hatte auch Erik Truwor, der gegen alle Anfälle des Lebens gefeit schien, ein Geheimnis, einen verborgenen Kummer.

»Verzeih, Erik, wenn ich ungewollt eine Wunde berührte, von der ich nicht wußte. Ich glaubte nicht, daß dein Stahlherz je Frauenliebe verspürte.«

»Kein Mann wird mit stählernem Herzen geboren. Der es besitzt, hat es nach bitterer Enttäuschung und Entsagung erworben. Die Wunde ist verharscht ...«

Wie mit sich selbst sprechend, fuhr er leise fort: »Ganz verharscht und geheilt seit dem vorgestrigen Morgen. Ohne Bewegung und ohne Bedauern kann ich heute von einer Zeit erzählen, wo ich der glücklichste Mensch auf Erden war... und dann der unglücklichste... Es war während meines Pariser Aufenthalts.

Die Verleumdung wagte sich an mein Ideal heran.

Ich forderte den Verleumder und traf ihn tödlich. Dann ging ich zu meiner Verlobten. Ich forderte Aufklärung. Ihre Rechtfertigung ging an meinem Herzen vorbei. Ich gab ihr den Ring zurück. Ging fort von Paris, durchirrte die Welt.

Es hat vieler Jahre bedurft, bis ich die Ruhe wiederfand. Heute denke ich anders darüber. Wenn ich heute... Warum davon noch sprechen.

Heute gilt es Mannestat! Was mich heute bewegt, was mir Herz und Hirn erfüllt, schaltet jeden Gedanken an ein Weib aus.

Es gilt einen Wurf, der unsere Welt umgestalten soll... Wenn du wieder zurück bist, wenn dein Herz frei von der Sorge ist, will ich dir sagen, wozu das Schicksal uns bestimmt hat.«

»Wenn ich zurück bin, Erik. Jetzt denke an dein Versprechen. Ich habe getan, was ich tun sollte.«

Bevor Erik Truwor zu antworten vermochte, sprach Atma: »Es ist nicht gut, das Mädchen in der Hand der Gewalt zu lassen.«

Atma saß zurückgelehnt. Seine Augen blickten weitgeöffnet in die Ferne. Die Pupillen zogen sich eng und immer enger zusammen. Seine Hände ruhten auf einem tibetanischen Rosenkranz.

»So sah er aus, als er mir riet... nein, befahl, nach Trenton zu gehen.«

Erik Truwor flüsterte es Silvester zu. Nach einigen Minuten erschütterte ein tiefer Atemzug die Brust des Regungslosen. Seine Pupillen bekamen wieder ihre natürliche Weite. Er sprach: »Die feindliche Kraft ist am Werke. Glossin hat den dritten Ring. Er sinnt auf Böses. Wir müssen den Ring holen... und das Mädchen.«

Erik Truwor widersprach. Was solle der Ring? Auf die Männer käme es an. Die wären zusammen!

»Welchen Auftrag gab dir Jatschu?«

Atma stellte die Frage tibetanisch, und Erik Truwor antwortete in der gleichen Sprache: »Er sagte: Suchet den dritten Ring!«

»Das sagte er? Also müssen wir ihn suchen. Die Wege des Lebens sind tausendfach verflochten. Was dir Nebensache erscheint, wird zur Hauptsache, wenn das Rad sich dreht. Erst den Ring! Dann das Mädchen und dann... alles andere. So ist es bestimmt. So wird es geschehen.« Atma hatte es leise und monoton, noch unter der Einwirkung des kataleptischen Zustandes gesprochen. Aber ein zwingender Wille ging von den Worten aus. Unter dem Zwange gab Erik Truwor seine Einwilligung.

»So sei es denn. Ihr beide mögt gehen, den Ring und das Mädchen holen. Ich bleibe hier und baue den Strahler. Brecht morgen mit dem frühesten auf. Tut, was ihr tun müßt ...«

»Noch diese Nacht. In einer Stunde. Eile tut not.«

Soma Atma sagte es. Der Inder, der lange Tage und Wochen untätig verbringen konnte, der Stunden hindurch, in die Betrachtungen seiner Lehre versenkt, wie eine Bildsäule saß, während Erik Truwor und Silvester mit Anspannung aller Kräfte arbeiteten, der sonst so tatenlose Inder war jetzt ganz Willen und Tat.

»In einer Stunde brechen wir auf. Die Maschinen sind nachzusehen. Das Schiff muß hierhergebracht werden. Den kleinsten Strahler müssen wir mitnehmen. Wir könnten ihn brauchen.«

Atma befahl, und die Freunde gehorchten seiner Weisung.

In einer Stunde läßt sich viel tun. Was Menschenkraft zu tun vermag, geschah in dieser Zeit. Das Flugschiff lag auf der Wiese vor dem Truworhaus. Die letzten Vorbereitungen wurden getroffen. Dann ein kurzer Händedruck, und ein silberner Stern schoß in die Wolken.

Die hohe Gestalt Erik Truwors blieb allein auf dem Feld zurück. Die Strahlen der Mitternachtsonne umströmten ihn. Er stand und sah, wie die Sonne vom tiefsten Stand ihres Bogens in Mitternacht sich hob und stieg.

Langsam schritt er seinem Hause zu und überdachte die alte Weissagung. Sie verhieß Gewaltiges. Sie gab ihm, der oft willens gewesen, das Leben wie ein unbequemes Gewand abzutun, wieder Daseinszweck.

Er trat in das Haus und ging in die Bibliothek. Den alten Schweinslederfolianten ergriff er, der dort abseits von den anderen Büchern in einer Truhe lag.

Die Geschichte seines Geschlechtes. Auf vergilbtem Pergament die handschriftlichen Aufzeichnungen seiner Ahnen und Urahnen. Zurückgehend bis in das zehnte Jahrhundert. Jede große europäische Bibliothek hätte diesen Folianten mit Gold aufgewogen. Er schlug die alte so oft gelesene Stelle auf. In diesem Teile war der Foliant lateinisch geschrieben. Ein schwerfälliges, frühmittelalterliches Latein. Der Schreiber brauchte lateinische Worte, aber altnordischen Satzbau. Er schilderte die Ereignisse, die sich zweihundert Jahre früher, um die Mitte des zehnten Jahrhunderts, begeben hatten.

»Da schickten die Slawen von Sonnenaufgang eine Gesandtschaft zum Stamme Ruriks. Die sprach: Sendet uns Männer, die uns beherrschen, denn wir können uns nicht selbst regieren. Keiner will dem anderen gehorchen. Zwietracht verheert das Land ...«

Ein Truwor war damals nach Rußland gegangen. Männer aus Nordland hatten das zwieträchtige Slawenvolk regiert und geeint. Vor tausend Jahren. Die Weltgeschichte wiederholt sich nicht wörtlich. Aber sie wiederholt sehr oft ein altes Thema mit freien Variationen.

Die Eintragungen in diesem Buche gingen bis in die Gegenwart. Als letzte Bemerkung stand dort, von Eriks Hand geschrieben, der Tod Olaf Truwors eingezeichnet. Seitdem stand das Geschlecht der Truwor auf zwei Augen. Auf den beiden Eriks, die jetzt suchend in die helle Nacht blicken, als wollten sie kommende Jahre durchspähen.

Je länger sich Erik Truwor in die Erfindung Silvesters vertiefte, desto gewaltiger erschien ihm die Macht, die sie gewährte. Immer wieder suchte er mit nüchternen Gründen gegen das Überwältigende der Idee anzukämpfen. Es schien ihm unmöglich, daß eine Erfindung einem einzigen Menschen die unbeschränkte Macht über die ganze Welt verleihen solle. Und doch gelang ihm die Widerlegung nicht.

Er griff sich an die Stirn, als wolle er einen Traum verscheuchen, der ihn narre. Er versuchte es zum zehnten- und zwölftenmal von einer anderen Seite aus, und immer wieder brachte ihn die Schlußkette an das nämliche Ziel.

Er konnte der Welt seine Befehle mitteilen. Elektromagnetisch in Form drahtloser Depeschen. Der Strahler ersetzte jede drahtlose Station.

Die Welt konnte seine Befehle mißachten. Er konnte Strafen auf die Mißachtung setzen, und er war in der Lage, schwer zu strafen. Ganze Regierungen konnte er einäschern. Die Sprengstofflager feindlicher Staaten zur Explosion bringen. Eiserne Waffen elektromagnetisch unbrauchbar machen.

Alles konnte er. Nur einen schwachen Punkt hatte seine Macht. Er war ein einzelner, war ein sterblicher Mensch gegen Millionen anderer Menschen. Ein Schuß konnte ihn töten. Eine Bombe konnte ihn mit seinem Hause vernichten. Nie durfte er selbst an die Öffentlichkeit treten, nie durften seine Gegner seinen Aufenthalt erfahren. Seine Macht war übermenschlich, solange sie geheimblieb und vom unbekannten Orte aus wirkte. Sie wurde angreifbar, sobald die Gegner ihren Sitz und Ursprung errieten.

Erik Truwor ließ die vergilbten Pergamentblätter des alten Folianten durch die Finger gleiten. Kam vom Pergament zum Büttenpapier und schließlich zu einem Schuß glatten Maschinenpapiers, den Olaf Truwor dem Buche eingeheftet hatte.

Wenige Zeilen in der charakteristischen Handschrift seines Vaters: »Mit seltener Hartnäckigkeit hat sich in unserer Familie die Sage erhalten, daß ein Sproß unseres Stammes der Welt noch einmal Gesetze geben wird. Ein Harald Truwor hat den Glauben an die Legende Anno 1542 mit seinem Kopf bezahlt. Ich habe es immer vermieden, von dem alten Spuk zu sprechen. Hoffentlich kommt die Sage jetzt endlich zur Ruhe.«

Erik Truwor mußte trotz seiner ernsten Stimmung lächeln. Es war ihm schon klar, wie solche Sagen sich fortpflanzen. In den Dienerstuben wurde davon gesprochen. So hatte er selbst als Kind davon gehört, und die Erinnerung war bis heute haftengeblieben. Auch ohne die Aufzeichnungen seines Vaters hätte er darum gewußt. Etwas anderes erschien ihm wichtiger. War die Sage begründet? Bestimmte das Schicksal die Taten und Leistungen des einzelnen wirklich auf Jahrtausende im voraus? Die Frage quälte ihn, und er konnte die Antwort nicht finden.

Reynolds-Farm, an drei Seiten von steilen Felsen und bewaldeten Anhöhen umgeben, liegt eingebettet in ein Meer von Grün. Die letzten Bäume des Waldes berühren mit ihren Kronen beinahe die Dächer der Gebäude. Einzelne Rinnsale, die aus den Felsen hervorquellen, vereinigen sich nahe der Besitzung zu einem stattlichen Bach. Kurz vor der Farm ist er gezwungen, seinen Lauf zu ändern und sich einen bequemeren Weg durch die breiten Wiesenflächen zu bahnen, die sich nach der Ebene an die Besitzung anschließen.

In einem blaßblauen, leichten Gewand, den Kopf von einem großen Schattenhut überdacht, schritt Jane über den schmalen Brettersteg, der den Bach überbrückte. Leichtfüßig begann sie die steinige Anhöhe hinaufzusteigen, auf deren Gipfel eine einzelne riesige Buche ihr Blätterdach weit ausbreitete. Es war ihr Lieblingsort. Zwischen den rippenartig ausgehenden Wurzeln des gewaltigen Stammes hatte sie ein Plätzchen gefunden, wo sie wie in einem Lehnsessel ruhen konnte. Von hier aus vermochte sie wie aus der Vogelschau Reynolds-Farm und die weite grüne Grasfläche zu überblicken.

Wie anders als in Trenton, wo Qualm und Dunst der großen Staatswerke stets über dem Orte lagen. An den Stamm des Baumes zurückgelehnt, ließ Jane die frische Morgenluft um die Stirn wehen, während ihr trunkenes Auge über die weite grüne Landschaft schweifte. Wie glücklich hätte sie hier sein können. Wie wäre die Mutter in diesem milderen Klima aufgelebt, vielleicht ganz gesundet...und Silvester?...Wo war er? Lebte er noch? Warum kam kein Lebenszeichen von ihm?...Trübe Schatten senkten sich auf ihre Stirn. Sie atmete unruhig. Ein Seufzer hob ihre Brust. Mit ganzer Seele klammerte sie sich an den Gedanken, daß er bald kommen und sie holen möchte.

Dr. Glossin?...Gewiß, er war stets liebevoll und zuvorkommend zu ihr. Aber immer wieder tauchten verworrene Gedanken in ihr auf. Beunruhigend, warnend, trübten sie das Gefühl der Dankbarkeit. Der Zwiespalt quälte sie oft so, daß sie den Gedanken erwog, die Farm für immer zu verlassen. Doch wohin? Und würde sie Silvester finden, wenn sie nicht mehr in Reynolds-Farm weilte?

Um sich von dem Grübeln zu befreien, griff sie zu einem Buch, das sie der Bibliothek des Doktors entnommen hatte, und begann zu lesen. Doch nicht lange. Dann entsank es ihren Händen, und ein wohltätiger Schlummer umfing sie. Sie überhörte die Schritte des Doktors, der nach ihrem Weggange gekommen und von Abigail nach der einsamen Buche geschickt worden war.

Glossin stand vor ihr und betrachtete entzückt diese wie von Bildnerhand geschaffene Gestalt, dies edel und weich gezeichnete Gesicht mit den rosigen Farben und dem sanften Mund. Er kniete neben ihr nieder, ergriff behutsam ihre Hand und fuhr fort, sie mit seinen Blicken zu umfassen. Dies alles gehörte jetzt ihm, wie er meinte. Gehörte ihm für immer. Niemand würde es ihm mehr streitig machen können.

Dr. Glossin war ein Mann von eiserner Willenskraft und ungewöhnlicher Beharrlichkeit. Das einzige Kraftlose an ihm war sein Gewissen. Tiefere Herzensbedürfnisse hatte er bisher nicht gekannt. Wollte es der Zufall, daß ein weibliches Wesen vorübergehend die Leidenschaft in ihm weckte, hatte er es sich mit allen Listen einer gewissenlosen Moral willig gemacht. Wären die Mauern von Reynolds-Farm nicht stumm gewesen, sie hätten über manche Tragödie Aufschluß geben können, die irgendwo begann und hier ihren Abschluß fand.

Nur eine große Leidenschaft hatte Dr. Glossin in seinem Leben gehabt. Damals, als Rokaja Bursfeld seinen Weg kreuzte.

Als er Jane Harte zum erstenmal sah, hatte er das gute Medium für seine hypnotischen Versuche in ihr erblickt, ein wertvolles Mittel für die Ausführung seiner Pläne. Nur deshalb hatte er an ihrem Schicksal Interesse genommen. Bis er sich durch Silvester Bursfeld in ihrem Besitze bedroht sah und die Flamme einer plötzlichen Leidenschaft in dem alternden Mann aufloderte.

Oft hatte er seine Schwäche verwünscht, ohne doch dieser Leidenschaft Herr werden zu können. Daß das Mädchen ihn, der dem Alter nach recht gut ihr Vater sein konnte, nicht aus vollem Herzen liebte, ja vielleicht nie lieben würde, wußte er. Aber der Gedanke, Jane sein Eigen zu wissen, ließ alle Bedenken schwinden.

Dr. Glossin beugte sich über Janes Hand, die in der seinen ruhte, und preßte die Lippen darauf. Mit einem leichten Ausruf des Schreckens fuhr Jane aus ihrem Schlummer empor. In der ersten Überraschung schenkte sie der sonderbaren Stellung des Arztes keine Beachtung.

»Ah, Sie, Herr Dr. Glossin!...Oh, wie freue ich mich, daß Sie gekommen sind. Sie werden mich undankbar schelten, aber ich muß es Ihnen sagen, die Einsamkeit in Reynolds-Farm bedrückt mich.«

»So wünschen Sie, daß ich häufiger komme, daß ich länger bleibe...für immer bei Ihnen bleibe, Jane?«

Jane senkte errötend den Kopf. Die fürsorgliche Liebe, die aus den Worten des Doktors klang, setzte sie in Verwirrung. Sie wollte sagen, daß er sie falsch verstanden habe, daß sie aus Reynolds-Farm weg wolle. Und brachte doch die Worte, die undankbar klingen mußten, nicht über die Lippen.

Von seiner Leidenschaft verblendet, glaubte Dr. Glossin, daß Janes Zurückhaltung ihr nur als Schutzwehr gegen ein wärmeres Gefühl dienen sollte.

»Jane! Darf ich, soll ich immer bei Ihnen bleiben?«

Sie antwortete nicht sogleich. Ihre Hand zuckte in der seinen. Ein Ausdruck flehender Hilflosigkeit kam über ihr Gesicht.

»Ich weiß nicht«, sagte sie tonlos. »Es ist...« – sie legte die Hand aufs Herz –, »es ist so fremd hier.«

»Nicht hier allein. Überall in der Welt! Wo der eine ist, soll auch der andere sein. Jane, sehen Sie mich an. Ich will offen mit Ihnen sprechen. Ich verlange nach einem Heim, einem Weib, einer Friedensstätte. Der Blick Ihrer Augen, der Ton Ihrer Stimme, Ihre geliebte Nähe, sie werden mir alles bringen. Wert bin ich Ihrer nicht, ja, ich weiß, es ist unedel, wenn ich Ihr blühendes junges Leben an das meine ketten will. Aber ich kann nicht anders, und, Jane, ich liebe Sie, liebe Sie mehr, als ich Ihnen sagen kann. Wollen Sie mir folgen, wohin ich auch gehe, als mein Liebstes auf Erden, als mein Weib?...Sie sprechen das Wort nicht, Jane? Sie entziehen mir Ihre Hand und wenden sich ab von mir?«

Glossin schwieg. Seine Stimme war während der letzten Worte immer leiser geworden, sein Atem ging schwer. Er richtete sich auf und starrte auf Jane, welche die Hände vor das Gesicht geschlagen hatte und weinte. Er war enttäuscht und überrascht, aber nicht abgeschreckt, nicht entmutigt.

»Verzeihen Sie mir, Jane. Ich habe Sie mit meiner stürmischen Werbung erschreckt. Ich will Ihnen Zeit lassen, mir die Antwort zu finden. Sie werden mich näher kennen- und liebenlernen.«

»Nein, Nein! Ich liebe Sie nicht, ich werde Sie nie lieben!«

Jane rief es und brach in neue Tränen aus, in leidenschaftliche, unaufhaltsame Tränen. Glossin wurde totenbleich.

»Ist das die Antwort? Haben Sie kein Verständnis für das, was ich leide, kein Gefühl, kein Mitleid?«

Seine Augen flammten unheimlich auf, seine Brust arbeitete heftig. Die Leidenschaft übermannte ihn. Er warf sich ihr zu Füßen nieder und flehte um Erhörung.

»Nein, ich will Sie nicht länger hören.«

Jane war aufgesprungen und wich abwehrend vor dem Doktor zurück.

»Ich will nicht ... will nicht«, und ehe er Zeit hatte, sich zu erheben, hatte sie sich umgewendet und eilte in fliegender Hast den Abhang hinunter.

Mit einem Ausruf, halb Seufzer, halb Fluch, starrte ihr Glossin nach ... Was beginnen? Mit innerer Qual durchlebte er den Auftritt in Gedanken noch einmal. Und dann überkam ihn mit wütender Scham das Bewußtsein, daß er verschmäht war.

Er schlug sich mit geballter Faust vor die Stirn, als wollte er alle bösen Gewalten hinter ihr wieder erwecken.

»Tor, der ich war! Welcher Teufel verblendete mich? Diesem Logg Sar gilt ihre Liebe, nicht mir. Er soll mir nicht entgehen, und wenn die Hölle mit ihm und seiner Erfindung im Bunde stände!«

So schnell, als es ihm möglich war, eilte er dem Hause zu. Ohne Zaudern trat er in Janes Stübchen.

Dr. Glossin sah durch die halbgeöffnete Tür, die zu dem Schlafzimmer führte, daß Jane vor einer Handtasche kniete und Kleider und Wäsche hineinpackte.

»Ah, wie ich dachte. Doch nein, mein Kind, nicht wie du willst, sondern wie ich will. Und ich will dich an Reynolds-Farm ketten, fester, als Wächter und Gitter es vermöchten.«

Er streckte die Hand gegen sie aus und trat langsam auf sie zu. Jane drehte sich um und öffnete den Mund, als wolle sie einen lauten Schrei ausstoßen. Doch kein Laut kam über die Lippen, die sich langsam wieder schlossen.

»Der Morgenspaziergang wird Sie müde gemacht haben, liebe Jane. Legen Sie sich auf den Diwan, und ruhen Sie bis zum zweiten Frühstück. Wir werden es gemeinsam in der Laube am Bach einnehmen, und danach werde ich mich zur Abreise rüsten. Wird es Ihnen leid tun, wenn ich wieder fortgehe?«

»O sehr, Herr Doktor! Ich werde traurig sein, wenn ich wieder allein bin ... ohne Sie.«

Glossin nickte, ein bitteres Lächeln grub sich um seinen Mund. Er trat an das Ruhebett, auf das sich Jane mit geschlossenen Augen niedergelegt hatte, heran und setzte sich an dem Rande nieder. Er fühlte ihren warmen Atem. Der Duft ihres üppigen Haares, ihres jugendschönen Körpers umschwebte ihn. Ihre halbgeöffneten Lippen schienen nach Küssen zu verlangen. Er öffnete die Arme, als wollte er sie umschlingen. Doch die Vernunft siegte. Er wandte das Gesicht weg und eilte, ohne sich umzudrehen, hinaus. Seine Lippen preßten sich aufeinander, als habe er einen bitteren Trunk getan.

Seit zwei Stunden saßen die Ministerpräsidenten Deutschlands, Frankreichs und Rußlands im Auswärtigen Amt in der Wilhelmstraße zusammen. Sie hatten sich hier getroffen, um sich über eine gemeinsame Haltung in dem zu erwartenden englisch-amerikanischen Konflikt zu verständigen. Doktor Bauer, der Vertreter Deutschlands, faßte das Ergebnis der langen Unterhaltung noch einmal kurz zusammen.

»Die Sympathien ... oder vielleicht sage ich besser die Antipathien ... für die beiden Gegner sind in den von uns vertretenen Ländern ziemlich gleichmäßig verteilt. Wir haben keinerlei Grund, uns von dem einen oder dem anderen ins Schlepptau nehmen zu lassen. Wir sind an Amerika verschuldet, und England wird uns wahrscheinlich die Annullierung unserer amerikanischen Schulden als Belohnung für eine Gefolgschaft in Aussicht stellen. Wir sind uns klar darüber, daß dies Versprechen, so vorteilhaft es klingen mag, keineswegs ein günstiges Geschäft für unsere Staaten bedeutet. Wir müßten unsere Länder den englischen Heeren für den Durchzug öffnen und fast sicher auch beträchtliche Opfer an Gut und Blut für eine Sache bringen, die keines unserer Länder interessiert ...«

Der baltische Baron von Fuchs, der Vertreter Rußlands, nickte schweigend mit dem mächtigen Schädel. Er gedachte der Zeit vor vierzig Jahren, als sein Vaterland sich als erstes europäisches Reich für englische Interessen verblutete. Der hitzigere Franzose platzte mit einem Zwischensatz heraus.

»*C'est ça* ... wir bluten, und England erntet.«

Der Deutsche fuhr fort: »Ich rekapituliere weiter. Es ist für uns auch wirtschaftlich vorteilhafter, die unbedingte Neutralität zu wahren und für die beiden kriegführenden Parteien mit allen Kräften zu liefern. Die Industriegemeinschaft, welche die französische und deutsche Industrie seit fast einem Menschenalter verbindet, wird die Abmachungen über die Preise für Kriegsmaterial aller Art erleichtern. Um auch Einheitlichkeit mit der russischen Industrie zu sichern, wird so schnell wie möglich ein Industrieausschuß der drei Länder gebildet. Die beiden Kriegführenden müssen uns jeden Preis bewilligen. Wir werden die Preise so stellen, daß wir unsere Schulden loswerden und darüber hinaus verdienen. Das, meine Herren, wären die ersten beiden Punkte unserer Abmachungen. Unbedingte Neutralität und Lieferung an beide Teile zu vereinbarten Preisen. Es ist drittens die Möglichkeit erörtert worden, daß der eine oder andere der beiden Gegner unsere Neutralität nicht respektiert. Dann ist der *Casus foederis* gegeben. Unsere drei Länder werden jeden Neutralitätsbruch durch einen der Kriegführenden mit vereinten Kräften abwehren.«

»Das sind unsere Abmachungen.« Der Baron von Fuchs sagte es langsam und bedächtig.

Das war der Kern der Sache: »Neutral bleiben, verdienen und einig sein.« So präzisierte es der Marquis de Villaret noch einmal in drei Schlagworten.

»Dann, meine Herren, werde ich, Ihre Zustimmung vorausgesetzt, ein Kommuniqué für die Abendblätter ausgeben lassen. Der telegraphische Bericht wird für Moskau und Paris noch zurechtkommen. Das Kommuniqué wird nur den Beschluß der Neutralität und die feste Entschlossenheit, diese mit allen Mitteln zu bewahren, enthalten. Die wirtschaftlichen Abmachungen bleiben vorläufig unerörtert.«

Der Baron von Fuchs und der Marquis de Villaret bestiegen ihre vor dem Amte wartenden Kraftwagen.

Allerlei Volk hatte sich vor dem Amte versammelt. Alte Veteranen aus dem Weltkriege, die noch die Erinnerungszeichen eines Kampfes auf der Brust trugen, der der jüngeren Generation wie eine Sage aus alter Mythenzeit klang. Blühende Jugend, die nichts mehr von den Hunger- und Elendsjahren Deutschlands wußte. Dazwischen Männer in bestem Alter. Vertreter der Industrie und des Handels. Repräsentanten großer Werke und Häuser. Sie verlauerten hier am Straßenrande vor dem eisernen Gitter ihre Stunden, die sie sich sonst minutenweise mit Gold bezahlen ließen. Die Nachricht von der Konferenz der drei Ministerpräsidenten hatte ganz Berlin, ganz Deutschland und ganz Europa in Aufregung gebracht. Dr. Bauer begleitete seine auswärtigen Kollegen bis an den Wagenschlag, und während er ihnen zum Abschied noch einmal die Hand schüttelte, sagte er: »Unbedingte Neutralität.« Er sprach es so laut, daß die Nahestehenden es deutlich verstehen konnten. Wie ein Lauffeuer ging das Wort die Straße hinauf. Es lief die Linden entlang und flatterte von Mund zu Mund durch die Leipziger Straße. »Unbedingte Neutralität!«...»Wir bleiben neutral!«...»Wir lassen uns von keinem an den Schlitten fahren!«...»Die Brüder sollen ihre Sache selber besorgen!« ...

So flogen die Worte zwischen den Straßenpassanten hin und her.

»Das einzig Vernünftige, was unsere Regierung tun konnte.«

»Selbstverständlich, das einzig Richtige. Wir schonen unsere Knochen und verdienen unser Geld.«

Ein Kaufmann rief es an der Ecke der Behren- und Wilhelmstraße dem anderen zu.

»Haben Sie schon gehört, Herr Geheimrat, wir bleiben absolut neutral.«

Ein Bankdirektor sagte es einem höheren Beamten aus dem Ministerium.

»Ich hörte es. Aber ich denke an die Zukunft. Einer von den beiden muß siegen. Dem Sieger gehört dann die ganze Welt. Wir auch, Herr Direktor.«

»Nicht so pessimistisch, Herr Geheimrat. Die Kämpfenden werden sich furchtbar schwächen. Wie die beiden Löwen in der Sahara, die sich bis auf die Schwanzspitzen aufgefressen haben. Die Welt gehört dann uns, Herr Geheimrat.«

»Der Himmel mag es geben.«

Der Geheimrat ging weiter. Er war so ziemlich der einzige, der Bedenken hatte. Schon erschienen die ersten Extrablätter und verkündeten die Entschließung der Regierung.

An den Fernsprechern standen die Vertreter der auswärtigen Zeitungen und Industriewerke und teilten den Beschluß nach dem Rheinland, nach Westfalen, Schlesien und Danzig mit. Die Industrie wartete seit Wochen auf das Stichwort, nach dem sie auftreten sollte. Jetzt war es gefallen.

Reinhard Isenbrand, der Chef der großen Essener Stahlwerke, saß mit den vier Generaldirektoren der Werke zu intimer Besprechung versammelt.

»Meine Herren, wir müssen für unsere Werke zu der politischen Lage Stellung nehmen. Ich glaube nicht mehr, daß sich die weltgeschichtliche Auseinandersetzung zwischen England und der Union aufhalten läßt. Der Wetterzeichen sind zu viele, als daß ich noch an eine friedliche Entspannung glauben könnte.«

Der junge energische Chef der Werke machte eine kurze Pause und blickte seine Mitarbeiter an. Unbedingte Zustimmung lag auf den Mienen von Philipp Jordan, der das Auslandgeschäft der Firma unter sich hatte. Zustimmend nickte der kaufmännische Generaldirektor Georg Baumann. Sie überschauten die politische Lage vollkommener als Professor Pistorius, der Chefkonstrukteur, und Fritz Öltjen, der Schöpfer der neuen Edelstahlfabrikation. Die beiden Techniker hatten noch die leise Hoffnung einer friedlichen Verständigung, wo die Kaufleute bereits eine unaufschiebbare Auseinandersetzung mit Waffengewalt erblickten.

Reinhard Isenbrand fuhr fort: »Nehmen wir den Konflikt als sicher an, so ist die Stellung Deutschlands und Europas zu ihm das Nächstwichtige... für uns das Wichtigste. Nach meinen Berliner Informationen wird Europa neutral bleiben. Die Pressestimmen, die sich seit einigen Tagen mit der Annullierung der europäischen Amerikaschulden durch ein siegreiches England befassen, halte ich für bestellte Arbeit. Eine direkte Beteiligung Europas an diesem Kriege wäre selbstmörderisch. Sie wäre überhaupt nur an der Seite Englands denkbar, aber dann wäre unser Land den Einwirkungen der amerikanischen Kriegsmittel fast wehrlos preisgegeben. Ich glaube, wir brauchen die Möglichkeit einer direkten Beteiligung am Kriege überhaupt nicht ernsthaft zu erörtern. Desto mehr aber unsere Maßnahmen als neutraler Staat.

Es ist klar, daß wir beide Parteien beliefern können, ohne unsere Neutralität zu verletzen. Die Sentimentalität haben wir Gott sei Dank verlernt. Mögen im Publikum Sympathien für diese oder jene Seite hier oder dort vorhanden sein. Für uns ist es reines Lieferungsgeschäft. Eine Möglichkeit, durch intensive Arbeit unsere Volkswirtschaft zu heben... die letzten Spuren vergangener Kriegsjahre zu tilgen.

Auch über die Transportfrage brauchen wir uns den Kopf nicht zu zerbrechen. Wir liefern frei ab Essen. Wie die Besteller die Ware von dort weiterschaffen, ist ihre eigene Sache. Sind die Herren der gleichen Meinung?«

Philipp Jordan erbat das Wort.

»Die Transportfrage ist für England sehr einfach. Es bringt die Fabrikate auf dem Landwege und durch den Kanaltunnel bequem auf die Insel. Bis Calais deckt die Neutralität die Transporte. Von dort der Unterseetunnel... wenn er nicht wider Erwarten von amerikanischer Seite zerstört wird.

Für die Transporte nach Amerika kommen U-Boote und Flugschiffe in Betracht. Ich hörte, daß die Union mit zwanzig Prozent Verlust aller Sendungen auf dem Luftwege durch den Kaperkrieg rechnet. Der Satz ist in ihren Kalkul eingestellt.

Aber die Transportfrage ist nicht unsere Sorge. Sie ist nicht einmal die Hauptsorge der Kriegführenden. Beide Parteien werden vielfach nur kaufen, um die Ware für den Gegner zu sperren, und werden sie ruhig hier im Lande lassen.«

»Dann die Frage der Preise?«

Reinhard Isenbrand sagte es mit einem Blick auf Georg Baumann.

»Die Preise sind durch die deutsch-französische Industriegemeinschaft festgelegt. Nach unten, nicht nach oben...«

Georg Baumann legte die Hand auf eine starke Preisliste.

»Hier sind die Grundpreise für Stahl und alle Stahlfabrikate. Wir haben in der Gemeinschaft verhandelt und für den Fall des Kriegsausbruches einen sofortigen Aufschlag von 300% in Aussicht genommen.«

»Was sollen wir verkaufen?«

Die Frage des Chefs war allgemein gestellt. Professor Pistorius ging an ihre Beantwortung.

»Das wird in der Hauptsache von der Länge des bevorstehenden Krieges abhängen. Für kurze Kriegsdauer Halbfabrikate. Bei längerer Kriegsdauer Fertigfabrikate. Sachverständige rechnen damit, daß 40% sämtlicher Luftstreitkräfte in den ersten zehn Kriegstagen vernichtet sein werden. Es wird alles davon abhängen, ob der Krieg so lange dauert, daß ein Ersatz des verlorenen Materials in Frage kommt. Die Amerikaner suchen durch die Masse zu ersetzen, was ihnen an Qualität abgeht. Sie arbeiten fieberhaft am Ausbau ihrer R. F. c.-Flotte. Inzwischen ist unser Typ ausgebildet, der die anderthalbfache Geschwindigkeit entwickelt. Die Kriegführenden werden uns jeden Motor der neuen Type zu jedem Preise aus den Händen reißen ...«

Ein Klingelzeichen der pneumatischen Post auf dem Seitentisch. Ein Briefchen sprang aus der Kapsel. Es war an Philipp Jordan adressiert. Reinhard Isenbrand runzelte unwillkürlich die Brauen. Die Konferenz sollte nicht gestört werden.

Jordan riß den Umschlag auf.

»Das Wettrennen hat begonnen. Mein Vertreter meldet mir, daß Mr. Stamford als Bevollmächtigter von Cyrus Stonard bei ihm ist. Er will unsere gesamte Rohstahlerzeugung ab Kokille kaufen. Fest für zwei Jahre. Zweitausend Dollar die Tonne.«

»Alle Wetter. Der Herr aus Amerika hat es eilig.«

Der Ruf entfuhr Fritz Öltjen, der um seinen Stahl besorgt war.

»Wird nicht gemacht.« Isenbrand sagte es kurz und knapp. »Nur feste Mengen zum Konventionspreise.«

Jordan schrieb die Antwort nieder und schickte sie durch die pneumatische Post zurück.

Professor Pistorius äußerte sich über die voraussichtliche Dauer des Krieges. Vier Jahre von 1914 bis 1918 der große Europäische Krieg. Zwei Jahre der erste Japanische Krieg. Neun Monate der zweite. Die Reihe konvergierte stark. Nach dieser Voraussetzung mußte auch der kommende Krieg kurz sein.

Schon wieder meldete sich der pneumatische Apparat. Eine neue Mitteilung an Jordan. Mr. Stamford wollte eine Million Tonnen Rohstahl fest kaufen. Es war ein Auftrag von zwei Milliarden Dollar. Cyrus Stonard gab sich nicht mit Kleinigkeiten ab. Nahm man als das Wahrscheinliche an, daß seine Agenten zur gleichen Stunde bereits in allen anderen europäischen Stahlwerken verhandelten, so mußte er für rund fünfzig Milliarden Dollar kaufen. Öltjen überschlug die Produktionsziffern der Industriegemeinschaft. Baumann kalkulierte. Jordan schrieb die Frage nach der Art der Zahlung.

Die Antwort kam in einer Minute zurück.

»Gute Dollarschecks. Zahlbar bei den besten Banken des Kontinents.«

Reinhard Isenbrand wechselte einen Blick mit Jordan.

»Der Dollar wird fallen. Wir brauchen reale Werte. Verpfändung amerikanischer Bodenschätze. Von Erzgruben und Petroleumquellen im Werte von zwei Milliarden. Sonst machen wir das Geschäft nicht.«

Die Antwort flog in das Postrohr. Professor Pistorius sprach weiter:

»Unsere Fabrikation ist zu mehr als 99% eine Friedensfabrikation. Aber wir haben zwei Spezialitäten, die auch für den Krieg in Betracht kommen. Flugzeugmotoren. Dann unsere durch Kreisel stabilisierten Unterwasserboote für Handelstransporte. Unsere Stabilisierung ist besser als die der Kriegsboote der streitenden Mächte.«

Wieder ein Zeichen der Pneupost. An Philipp Jordan. Aber diesmal von einem anderen Vertreter. Mr. Bellhouse verhandelte für England über die sofortige Lieferung von hunderttausend Motoren. Preise der Industriegemeinschaft. Zahlbar in Gold.

Noch bevor die Herren darüber einen Beschluß fassen konnten, warf das Rohr einen neuen Brief aus. Mr. Stamford lehnte die Verpfändung amerikanischer Bodenschätze ab. Offerierte dafür den Betrag in deutscher, in der Union gemachter Anleihe mit Golddeckung.

Reinhard Isenbrand lehnte ab.

»So reich sind wir vorläufig noch nicht, daß wir unsere eigenen Anleihen zurücknehmen können. Verpfändung oder keinen Stahl!«

Das englische Angebot war einer Diskussion wert.

Der nächste Brief betraf Mr. Stamford. Er holte drahtlos neue Informationen von Washington ein. Würde in einer Stunde neues Angebot machen.

Der englische Antrag war gut. Aber er war noch besser, wenn er nach Kriegsausbruch kam. Dann traten die 300% Zuschlag automatisch ein. Auch die Vollmachten Isenbrands waren durch die Industriegemeinschaft beschränkt. Wurde jetzt abgeschlossen, geschah es wahrscheinlich zu Preisen, die schon in wenigen Tagen weit überholt sein konnten.

Das Rohr warf ein neues Briefchen in den Raum. An den Chef selbst.

»Meine Herren, in diesem Augenblick meldet unser Berliner Vertreter: ›Die Regierungen von Rußland, Deutschland und Frankreich haben unbedingte Neutralität beschlossen. Sich gegenseitigen Schutz derselben verbürgt!‹ Es ist so gekommen, wie ich es vermutete. Für die Abschlüsse folgende Gesichtspunkte: Die Valuten beider Kriegführenden werden stürzen. Lieferung daher nur gegen Zahlung in deutscher Währung. Oder gegen Verpfändung von Bodenschätzen. Gold ist mit Vorsicht in Zahlung zu nehmen. Sein Kurs ist Schwankungen unterworfen. Wenn die Abschlüsse vor Kriegsausbruch getätigt werden, ist für alles nach dem Ausbruch zu liefernde Material der Aufschlag der Industriegemeinschaft einzusetzen.

Das große Wettrennen um die Erzeugnisse unserer Arbeit hat begonnen. Ich hörte, daß der linksstehende Teil unserer Arbeiterschaft proenglisch gegen den Gewaltherrscher Stonard ist. Sorgen Sie für Aufklärung. Wir haben jetzt nicht Politik zu treiben, sondern nur für unsere Volkswirtschaft zu arbeiten und zu verdienen. Geben Sie mir Bericht, sowie sich etwas von Wichtigkeit ereignet. Im Anschluß an größere Aufträge ist die Vermehrung der Belegschaft und der Ausbau der Werke sofort in Angriff zu nehmen.«

In der Dunkelheit der kurzen Sommernacht senkte sich R. F. c. 1 aus der Höhe auf den Wald von Trenton hinab. Noch lagen die großen Staatswerke leblos in der Finsternis, die Wege und Stege des Ortes und erst recht des Waldes waren menschenleer. Silvester Bursfeld kannte das Gehölz von seinem früheren Aufenthalt. Einen tiefen grabenartigen Einschnitt zwischen alten Eichen, der das Flugschiff bequem aufnehmen konnte, so daß sein Rumpf selbst in nächster Nähe unsichtbar in der Bodenfalte steckte. Zu allem Überfluß rafften sie das vorjährige Laub zusammen, das hier in hoher Schicht auf dem Boden lag, und bestreuten den Körper des Schiffes damit.

Als zwei harmlose und unauffällige Wanderer schritten Silvester Bursfeld und Atma der Stadt zu. Im Scheine der Morgendämmerung gingen sie an den ersten Häusern des Ortes vorbei und näherten sich ihrem Ziele. Sie kamen zu früh. Viel zu früh, denn die Uhr der nahen Kirche verkündete eben erst die vierte Morgenstunde. Silvester Bursfeld brannte vor Ungeduld. Er gab erst Ruhe, als sie vor dem wohlbekannten Hause in der Johnson Street standen. Mit sehnsüchtigen Blicken betrachtete er die grünumsponnenen Fenster des Gebäudes. Am liebsten wäre er kurzerhand über den Zaun gestiegen und hätte die Bewohner aus dem Schlafe alarmiert.

Die unerschütterliche Ruhe Atmas brachte ihn wieder zur Besinnung.

»Ruhig, Logg Sar. Keine Übereilung. Wenn das Mädchen noch hier ist, werden wir sie auch in drei Stunden aufsuchen können.«

Die Worte des Inders warfen neue quälende Zweifel in die Seele Silvesters. »Wenn das Mädchen noch hier ist.« Was meinte Atma damit? Wo sollte Jane anders sein als bei ihrer Mutter? Wußte Atma irgend etwas und wollte es nicht sagen? Die Pein der Ungewißheit übermannte ihn. Seufzend folgte er dem Inder und ließ sich neben ihm auf einer Bank in den nahen Parkanlagen nieder. Langsam und bleiern schlichen die Stunden. Vom Kirchturm schlug es fünf, sechs und nach weiteren qualvollen sechzig Minuten sieben Uhr. Silvester sprang auf.

»Jetzt ist es Zeit. Um sieben Uhr ist Jane stets munter, schon in der Wirtschaft tätig.«

Nach wenigen Minuten stand er vor dem Gitter und schellte. Der schrille Ton der elektrischen Glocke war in der Morgenstille deutlich zu vernehmen. Aber im Hause blieb alles ruhig. Dreimal, viermal wiederholte Silvester das Schellen, ohne daß sich etwas geregt hätte.

Atma war ihm nur langsam gefolgt. Bedächtig, als wolle er das erste Wiedersehen der Liebenden nicht stören. Jetzt stand er neben Silvester, deutete mit der Hand auf eine Stelle der Hauswand.

»Sieh!«

Eine kleine weiße Tafel hing dort im Efeugewirr der Hauswand. Im unsicheren Licht der Morgendämmerung war sie den Blicken Silvesters entgangen. Jetzt war sie deutlich zu erkennen und auch zu lesen. Die triviale alltägliche Mitteilung, daß das Haus zu vermieten, das Nähere im Nachbarhause zu erfahren sei. Silvester spürte, wie seine Knie zitterten und ihm den Dienst versagten. Er mußte sich auf den Inder lehnen.

»Ich ahnte es, daß wir das Mädchen hier nicht finden würden. Aber wir werden es finden und werden es nach Europa bringen.«

Diese wenigen mit Überzeugung gesprochenen Worte Atmas gossen neue Kraft in Silvesters Seele. Er folgte dem Gefährten, der zum Nachbarhause ging, dort Einlaß begehrte und auch fand.

Die Herren wünschten das zur Vermietung stehende Nachbarhaus zu sehen. Aber gern... Es könne sofort geschehen.

An der Seite Atmas schritt Silvester durch die ihm so wohlbekannten Räume. Dort stand der Nähtisch am Fenster. An ihm saß Jane, als er sie das letztemal vor seiner Verhaftung sah. Die Stickerei, an welcher sie damals arbeitete, lag auch jetzt noch dort. Geradeso, als ob die Stickerin eben erst aufgestanden sei. Wenn jemand ein Haus verließ, um seinen Wohnsitz woanders zu nehmen, dann würde er sicherlich die Arbeit dort nicht so liegenlassen. Silvester Bursfeld konnte eine Bemerkung nicht unterdrücken.

»Es ging alles so schnell«, erklärte der jugendliche Führer. »Mr. Glossin brachte Miß Jane in seinen Kraftwagen und fuhr sofort mit ihr weg. Sie hatte nur wenig Gepäck bei sich.«

Silvester hatte genug gesehen. Durch einen Blick verständigte er sich mit Atma.

Ob die Herren die Wohnung mieten wollten?

Vielleicht... sie würden es sich überlegen. Im Laufe des Nachmittags wiederkommen. Ein kurzer Abschied, und die Freunde gingen die Johnson Street entlang. Silvester schritt wie im Traum dahin. Mechanisch wiederholten seine Lippen wohl hundertmal die letzten Worte des Inders: »Wir werden das Mädchen finden und sicher nach Europa bringen.« Die eintönige Wiederholung gab ihm allmählich das innere Gleichgewicht zurück. So folgte er Atma, der den Weg zum Bahnhof einschlug.

»Wohin wollen wir, Atma? Was wird aus unserem Schiff?«

»Das Schiff liegt gut versteckt. Nach Neuyork wollen wir. Den Doktor Glossin fragen, wo das Mädchen ist.«

Silvester erschrak.

»Das heißt, den Kopf in den Rachen des Löwen legen.«

Atma blieb unbewegt und erwiderte gleichmütig: »Du trägst den Strahler an der Seite. Verbrenne ihn zu Asche, wenn er dir Böses tut. Aber verbrenne ihn erst, wenn er mir geantwortet hat.«

Dr. Glossin stand im Privatkabinett des Präsident-Diktators. Cyrus Stonard schob einen Stoß Briefe beiseite und ließ seinen Blick einen kurzen Moment auf dem Doktor ruhen.

»Was haben Sie in der Affäre Bursfeld festgestellt?«

»Über den Vater, daß er seit vielen Jahren tot ist.«

»Kennen die Engländer sein Geheimnis?«

»Ich bin überzeugt, daß sie nichts davon wissen. Als Gerhard Bursfeld fühlte, daß ihm sein Geheimnis auf hypnotischem Wege entrissen werden sollte, hat er sich selbst getötet. Ich habe prominente Leute in England befragt... Sie wissen von nichts.«

Ein Schimmer der Befriedigung glitt über die durchgeistigten Züge des Diktators.

»Dann... meine ich, können wir losschlagen, sobald die Unterwasserstation an der ostafrikanischen Küste in Dienst gestellt ist.«

»Wir können es, Herr Präsident, wenn wir es nur mit England zu tun haben.«

Der Diktator blickte verwundert auf.

»Mit wem sollten wir es sonst noch zu tun bekommen?«

Dr. Glossin zögerte mit der Antwort. Nur stockend brachte er die einzelnen Worte heraus: »Mit den Erben Bursfelds ...«

Cyrus Stonard zerknitterte den Entwurf einer Staatsdepesche.

»Den Erben... die Sache scheint sich zu komplizieren. Neulich war es nur einer. Der famose Logg Sar, der so merkwürdig aus Sing-Sing entwischte und unser bestes Luftschiff mitnahm. Wer ist denn jetzt noch dazugekommen?«

»Zwei Freunde, die auf Gedeih und Verderb mit Silvester Bursfeld verbunden sind.«

»Drei Leute also. Drei einzelne schwache Menschen. Sie glauben im Ernst, daß drei Menschen unserem Dreihundert-Millionen-Volk gefährlich werden könnten? Herr Dr. Glossin, Sie werden alt. In früheren Jahren hatten Sie mehr Selbstvertrauen.«

Die Worte des Präsident-Diktators trafen den Arzt wie Peitschenhiebe. Er erblaßte und errötete abwechselnd. Dann sprach er. Erst stockend, dann fließender und schließlich mit dem Feuer einer unumstößlichen inneren Überzeugung: »Herr Präsident, ich habe vor dreißig Jahren gesehen, wie Gerhard Bursfeld mit einem einfachen Apparat, nicht größer als meine Hand, auf große Entfernungen Dynamit sprengte. Ich sah, wie er Patronen in den Läufen weit entfernter Gewehre zur Explosion brachte, und wie er fliegende Vögel in der Luft verbrannte... Ich staunte, ich hielt es für Zauberei, und... Gerhard Bursfeld lachte und sagte, es wäre der erste Anfang einer neuen Erfindung. Ein schwacher Versuch, dem ganz andere, viel größere folgen würden.«

»Gerhard Bursfeld ist seit langen Jahren tot. Sie sagten es eben selbst. Seine Erfindung wurde mit ihm begraben.«

Cyrus Stonard sagte es. Es sollte abweisend klingen, aber seiner Stimme fehlte die sichere Entschiedenheit, die ihr sonst eigentümlich war.

»Das Geheimnis ist nicht mehr begraben. Es war eingesargt, aber es ist wieder auferstanden. Logg Sar... Silvester Bursfeld hat die Entdeckung von neuem gemacht und... er muß sie bedeutend vervollkommnet haben. Der Vater sprach von der Möglichkeit, durch telenergetische Konzentration an jeder Stelle des Erdballes Millionen von Pferdestärken auf engstem Raume zu fesseln. Er sprach davon, daß seine Erfindung jedem Kriege ein Ende bereite. Der Sohn tritt in die Fußstapfen des Alten. Zu dritt sitzen sie in Schweden am Torneaelf und bauen an der Erfindung weiter. Gelingt es ihnen, sie so zu entwickeln, wie der Vater es vorhatte, dann ...«

Cyrus Stonard hatte sich erhoben. Mit der ausgestreckten Rechten gebot er dem Arzte Schweigen.

»Sprechen Sie es nicht aus, was mein Ohr nicht hören darf. Sie nannten den Ort, an dem die Erfinder ihre... bedenklichen Künste treiben. Sie kennen ihn genau?«

»Genau. Ein abgelegenes Haus an den Ufern des Tornea... Acht Kilometer von Linnais entfernt.«

»So befehle ich Ihnen, diese drei Erfinder zu vernichten... Aber gründlich. Das bitte ich mir aus. Nicht wieder Pfuscharbeit wie neulich in Sing-Sing. In vierzehn Tagen ist die Unterwasserstation kriegsbereit. Ich erwarte bis dahin Ihre Meldung, daß mein Befehl vollzogen ist. Unauffällig... und gründlich.«

Doktor Glossin war entlassen. Die Gebärde des Diktators war nicht mißzuverstehen. Er ging mit schwerem Herzen. Ein unklares Gefühl lastete auf ihm.

Während das Regierungsschiff ihn in eiligster Fahrt von Washington nach Neuyork brachte, suchte er des dumpfen dunklen Gefühles dadurch Herr zu werden, daß er seine narkotischen Pillen nahm und einen halbstündigen künstlichen Schlaf genoß. Aber als er durch die Straßen Neuyorks schritt, war das Gefühl wieder da und wurde von Minute zu Minute stärker.

Der Doktor betrat das Haus in der 317ten Straße. Der Lift brachte ihn in das zehnte Stockwerk. Sein Diener nahm ihm Stock und Hut ab, und dann saß er in dem bequemen Schaukelstuhl seines Wohnzimmers und begann zu überlegen. Mit einer Objektivität, als ob es sich um eine dritte fremde Person handle, analysierte er seine Empfindungen und kam nach zehn Minuten zum Ergebnis, daß er Furcht habe.

Dr. Edward Glossin, der Mann mit dem weiten Gewissen, der über Leichen hinweg sich jeden Weg erzwang, hatte zum erstenmal in seinem Leben Furcht. Cyrus Stonard hatte ihm den Auftrag gegeben, drei Menschen zu beseitigen. Ein einfacher Auftrag im Vergleich mit so manchem anderen. Das Rezept war simpel und oft bewährt. Man nahm ein Luftschiff mit einem Dutzend kräftiger Polizisten oder Soldaten, fuhr bei Dunkelheit nach Linnais, umstellte das Haus, verhaftete die Gesuchten und schlug sie bei der Verhaftung tot, weil sie Widerstand leisteten. Ganz einfach war die Sache. Der Doktor hatte sie öfter als einmal praktisch ausprobiert.

Doch diesmal hatte Dr. Glossin Angst. Ein inneres Gefühl warnte ihn, mit Silvester Bursfeld und seinen Freunden anzubinden...Aber der Befehl des Diktators. Wenn Cyrus Stonard befahl, gab es nur zwei Möglichkeiten: Zu gehorchen oder die Strafe für den Ungehorsam zu erleiden.

Dr. Glossin sann hin und her, wie er sich aus dem Dilemma ziehen könne. Ausgehoben mußte das Nest in Linnais werden. Die Gefahr, daß man sich die Finger dabei verbrannte, war nach seiner sicheren Überzeugung vorhanden. Aber nur ein inneres Gefühl sagte ihm das. Äußerlich sah das Unternehmen ziemlich harmlos aus. Man mußte es einem Dritten plausibel machen. Aber wem? Wer hatte noch ein Interesse, die Erfindung und die Erfinder vom Erdboden zu vertilgen?

So würde es gehen! Eine Möglichkeit tauchte in seinem Gehirn auf.

Natürlich! Das war der richtige Weg. Die Engländer hatten genau soviel Interesse am Untergange Silvester Bursfelds und seiner Freunde wie die Amerikaner.

Dr. Glossin durchdachte die weiteren Schlußfolgerungen und Ausführungen des Planes mit immer größerer Schwierigkeit. Es wollte ihm nicht mehr recht gelingen, die Schlüsse der Kette richtig aneinanderzureihen. Er spürte ein fremdartiges Ziehen in den Nackenmuskeln. Ein dumpfer Druck legte sich um seine Schläfen. Er hatte das Gefühl, als ob sein Wille ihm nicht mehr selber gehöre, sondern einem fremden Zwange folgen müsse. Mit Gewalt suchte er sich zusammenzuraffen. Er wollte aus dem Lehnstuhl aufstehen. Aber schwer wie Blei waren ihm Hände und Füße.

Mit verzweifelter Anstrengung gelang es ihm schließlich, die Hand von der Stuhllehne loszulösen und bis zum Kopfe zu bringen. Er fühlte, daß seine Stirn mit feinen Schweißperlen bedeckt war.

Der Stuhl stand in der Ecke des Arbeitszimmers. Die Türöffnung zum Nebenraum befand sich unmittelbar daneben. Sie hatte keine Türflügel, sondern war durch einen dichten Vorhang von Perlenschnüren geschlossen. Die Besucher, welche zu Dr. Glossin kamen, wurden von seinem Diener immer zuerst in dieses Zimmer geführt.

Der Arzt spürte, wie ein übermächtiger fremder Wille seinen eigenen zu unterjochen drohte. Und er fühlte auch, daß der Strom des fremden Fluidums von jener Türöffnung her auf ihn eindrang. Verschwommen und dunkel erinnerte er sich, die Hausglocke vor irgendeinem unermeßbaren Zeitraum läuten gehört zu haben. Ein Willenstrom, viel stärker und mächtiger als sein eigener, stand im Begriff, ihn zu unterjochen.

Der erste Angriff mußte in jenen Minuten erfolgt sein, in denen er so ganz in seinen Plänen und Kombinationen über den Befehl des Diktators versunken war. Während sich seine Gedanken auf diesen Plan konzentrierten, hatte er dem fremden Angriff eine gute Fläche geboten. Sonst hätte er die Wirkung wohl früher spüren müssen, hätte sich sofort dagegen zur Wehr setzen können. So war sie ihm erst zum Bewußtsein gekommen, als es schon beinahe zu spät war. Erst das Erlahmen seiner eigenen selbständigen Schlußfähigkeit hatte ihn den fremden Angriff deutlich fühlen lassen, aber da war die Lähmung durch den fremden Willen schon weit gediehen.

Dr. Glossin kämpfte wie ein Verzweifelter. Alles, was er noch an Willensfähigkeit besaß, ballte er in den einzigen autosuggestiven Befehl zusammen:

»Ich will nicht...Ich will nicht ...«

Unaufhörlich formte er den kurzen Satz im Gehirn, und empfindlich beinahe wie ein körperlicher Schlag traf ihn jedesmal der Gegenbefehl der fremden Kraft: »Du sollst...Du mußt...Du wirst ...«

Die Minuten verstrichen. Die feine Porzellanuhr auf dem Kaminsims schlug ein Viertel. Dr. Glossin hörte den Schlag deutlich und raffte sich zu erneuter Anstrengung zusammen. Wenn es ihm nur gelingen wollte, aufzustehen...Ganz unmöglich.

Dr. Glossin strengte sich an, freie Bewegungen zu machen. Er blickte auf seine Knie. Er versuchte, den Muskelgruppen seiner Beine den Befehl zu geben, daß sie seinen Körper erheben sollten. Und spürte schon im gleichen Augenblick, daß der fremde Befehl »Du mußt« mit verstärkter Heftigkeit auf sein Ich hämmerte, daß er seine ganze Persönlichkeit ohne Deckung ließ, sobald er ein einziges seiner Glieder besonders beeinflussen und zur Bewegung zwingen wollte.

Stärker wurde das schmerzliche Ziehen in der Gegend des Genicks. Der körperliche Schmerz griff weiter und verbreitete sich über die ganze linke Gesichtshälfte, über die Seite seines Körpers, welche dem Perlenvorhang zugewendet war. Dr. Glossin fühlte, daß er bald erliegen müsse, wenn es ihm nicht gelänge, den Körper zu drehen und Angesicht zu Angesicht dem fremden Willen entgegenzutreten.

Schon wieder war über dem stummen, erbitterten Ringen eine Viertelstunde verstrichen. Die Uhr schlug zweimal. Dr. Glossin hörte sie nur noch wie aus der Ferne, so wie man etwa beim Einschlafen noch undeutlich und nur verworren die letzten Geräusche empfindet. Mit einer verzweifelten Anstrengung konzentrierte er den Rest der ihm noch gebliebenen Willensenergie in einen einzigen Befehl. Und der schon zu drei Vierteln gelähmte Körper gehorchte diesem Aufgebot an Willenskraft. Mit einem einzigen kurzen Ruck warf der Arzt sich in dem Stuhl herum, so daß sein Antlitz in voller Breite dem Perlenvorhang zugewendet war. Einen Augenblick schien es, als wolle die Muskelbewegung und die eigene Aktion den fremden Einfluß brechen. Aber nur einen Augenblick. Während Dr. Glossin seinem Körper den Befehl erteilte, sich umzudrehen, war sein ganzes Ich dem fremden Angriff schutzlos preisgegeben. Der Moment ohne Deckung hatte genügt. Mit einem Seufzer ließ er den Kopf auf die Brust sinken, die Augen weit geöffnet.

Durch den Perlenvorhang trat Atma in das Zimmer bis dicht an den Schlafenden heran. Auch er sah erschöpft aus. Silvester Bursfeld, der ihm auf dem Fuße folgte, bemerkte es mit Erschrecken. Der Inder trat an den Schlafenden heran und strich ihm über die Augen und die Stirn. Silvester bemerkte, wie der Inder seiner eigenen Erschöpfung Meister zu werden versuchte, wie er sich selbst gewaltsam zwang und von neuem ganze Ströme seines eigenen Willenfluidums in den Körper des Schlafenden gleiten ließ. Dann trat er zurück und ließ sich auf einen Sessel fallen. Auf einen Wink von ihm trat Silvester Bursfeld hinter eine Portiere, so daß er den Blicken Glossins entzogen war.

Wieder verstrichen Minuten. Die Uhr hob an und schlug dreimal. Da kam Bewegung und Leben in die schlummernde Gestalt. Dr. Glossin richtete sich auf wie ein Mensch, der aus tiefem Schlafe erwacht. Er fuhr sich über die Stirn, als müsse er seine Gedanken sammeln. Dann begann er mit sich selbst zu sprechen.

»Was wollte ich ... Ach ja ... den Ring muß ich holen. Er ist im Banktresor ...«

Er warf einen Blick auf die Uhr.

»Dreiviertel ... Ich komme gerade noch vor Kassenschluß zurecht. Aber ich muß mich eilen.«

Straff und rüstig erhob er sich aus dem Stuhl und schritt durch den Vorhang hindurch. Er ging an Atma vorüber, als ob der Inder Luft wäre, und verließ die Wohnung.

Silvester hörte die Tür ins Schloß fallen und trat hinter dem Vorhang hervor.

»Wo geht er hin? ... Was hat er vor?«

»Er geht nach seiner Bank. Er wird den Ring holen und hierherbringen.« Atma sprach es leise und mit matter vibrierender Stimme. Die Anstrengung dieses hypnotischen Duells zitterte noch in ihm nach.

»In einer halben Stunde wird er wieder hier sein. Bis dahin haben wir Ruhe.«

»Und der Diener?«

»Er schläft in seinem Winkel auf dem Flur. Glossin hat Befehl, ihn nicht zu vermissen.«

»Du glaubst, daß Dr. Glossin gutwillig hierher zurückkommt?«

Atma blickte gleichmütig vor sich hin.

»Der Körper Glossins ging hinaus. Seine Seele ist gefesselt. Mein Wille lenkt seinen Körper.«

»Warum fragtest du nicht nach dem Aufenthalt von Jane?«

»Erst den Ring und dann das Mädchen. Laß mir Ruhe. Ich bin erschöpft. Ich brauche neue Kräfte, wenn Glossin zurückkommt.«

Der Inder lehnte sich in seinem Stuhl zurück. Die Muskeln seiner Glieder erschlafften. Er schien jetzt selbst ein Schlafender zu sein. Es blieb Silvester Bursfeld nichts anderes übrig, als zu warten.

Unruhig schritt er in dem Raume hin und her. Weiter krochen die Minuten. Zehn Minuten ... eine Viertelstunde ... zwanzig Minuten. Er hörte, wie die Tür geschlossen wurde. Dr. Glossin war zurückgekommen. Er blieb auf dem Flur stehen. Unschlüssig, als ob er etwas suche. Dann hörte Silvester, wie er den Spazierstock hinstellte. Gleich darauf trat er durch den Perlenvorhang in das Arbeitszimmer. Ohne von den beiden Besuchern Notiz zu nehmen, ging er auf den Schreibtisch zu, ließ sich vor ihm auf dem Sessel nieder, zog ein winziges Päckchen aus der Brieftasche und begann, es auszupacken. Das Seidenpapier raschelte zwischen seinen schmalen, wohlgepflegten Fingern. Nun kam der Ring zum Vorschein. Ein schwerer goldener Ring. Ein Meisterwerk alter indischer Goldschmiedekunst, genau von der gleichen Form wie derjenige an der Hand Atmas und mit dem gleichen Chrysoberyll geziert. Er hielt den Ring in der Hand und blickte nachdenklich auf den Stein.

Der Ausdruck auf seinen Zügen wechselte. Von Minute zu Minute. Bald glich er einem Träumenden, schien ganz geistesabwesend zu sein. Dann wieder glitt der Schimmer eines Verstehens und Begreifens über seine Züge.

Jetzt machte er Anstalten, sich selbst den Ring auf den Ringfinger der Rechten zu schieben.

Atma sah es, und seine Augen weiteten sich. Mit vorgebeugtem Halse saß er da, und jeder Teil seines Körpers vibrierte vor innerer Spannung.

Dr. Glossin stand im Begriff, die ihm im schwersten Kampfe aufgezwungene hypnotische Suggestion aus eigener Kraft zu durchbrechen. Der Befehl lautete, den Ring zu holen und zu übergeben. Schon das Zögern auf dem Flur war nicht ganz in der Ordnung. Er sollte vergessen, daß er einen Diener besaß. Einen Augenblick hatte er dort trotzdem gewartet, ob der Bediente ihm nicht Stock und Hut abnehmen würde. Das kurze Zögern hatte dem Inder die Gefahr verraten.

Jetzt griff er zum stärksten Mittel. Er strich ihm mit beiden Händen über die Schläfen und Augen. Die Wirkung zeigte sich sogleich.

Die Bewegung der Linken, die den Ring auf den rechten Ringfinger schieben wollte, wurde langsamer. Dicht vor der Fingerspitze kam sie ganz zur Ruhe.

Dr. Glossin saß mit vorgebeugtem Oberkörper an seinem Schreibtisch. Beide Ellbogen waren auf die Tischplatte aufgestützt. Die Rechte streckte den Ringfinger vor. Die Linke spielte kaum einen Zentimeter entfernt mit dem breiten Goldreif vor der Fingerspitze. Es sah aus, als ginge vom Ringfinger eine magnetische Kraft aus, die den Reif heranholen wolle, und als wirke unsichtbar, aber gewaltig eine zweite Kraft im Raume, welche die linke Hand immer wieder zurückriß, sooft sie sich zu nähern versuchte. So ging das Spiel leise hin und her, zitternd durch lange Minuten.

Silvester sah es, und siedende Angst kroch ihm zum Herzen.

»Wenn Glossin den Ring auf den Ringfinger schiebt, sind wir verloren.«

Es herrschte vollkommene Stille im Zimmer. Nur das Ticken der Uhr war zu vernehmen. Aber Silvester empfand die Worte so deutlich, als habe sie ihm irgendeine Stimme laut vorgesprochen.

Er versuchte, sich das Unsinnige des Gedankens klarzumachen. Was konnte es denn für eine Wirkung haben, wenn Dr. Glossin wirklich den Ring auf den Finger brachte? Er faßte nach dem Strahler, den er an der Seite trug. Versagte die Kunst Atmas, so besaß er die Macht und das Mittel, den Menschen dort in einer Sekunde in Atome zu zerreißen, zu verbrennen, in ein Häufchen Asche und eine Dampfwolke aufzulösen. Aber dann...ja dann würde er auch niemals erfahren, wohin dieser Teufel die arme Jane verschleppt hatte.

Er ließ die Hand vom Strahler. Er begriff, daß der Sieg Atmas über Glossin notwendig war, sollte sein weiteres Leben noch Wert für ihn haben.

Tausendfach waren die Fäden der Leben miteinander verflochten. Das hatte ihn Kuansar in Pankong Tzo gelehrt. Äußere Vorgänge, scheinbare Zufälligkeiten waren oft zuverlässige Zeiger, die das Spiel viel größerer Kräfte dem Sehenden deutlich zeigten. Und nun kam ihm klare Erkenntnis. In dem winzigen Raume dort zwischen Ring und Fingerspitze kam der Kampf zweier Mächte um die Weltherrschaft zum Ausdruck. Jeder Versuch, von seiner Seite einzugreifen, war zwecklos. In diesem Kampfe mußte er ein stiller Zuschauer bleiben, mußte abwarten, wie das Geschick sich erfüllen würde.

Der Kampf ging zu Ende. Dr. Glossin ließ den Ring auf die Tischplatte fallen. Silvester wollte hinzutreten und ihn nehmen. Ein Wink Atmas scheuchte ihn zurück. Der Inder hatte sich erhoben und war dicht an den Tisch herangetreten. Silvester sah, daß er den letzten Rest seiner gewaltigen telepathischen Kraft zusammenraffte, um dem Gegner seinen Willen aufzuzwingen. Und nun trat die

Wirkung ein. Dr. Glossin wickelte den Ring wieder in das Seidenpapier, verschnürte das Päckchen, erhob sich und trat dicht an Atma heran. Ruhig hielt er ihm das Paketchen hin und sagte mit eintöniger Stimme: »Hier bringe ich den Ring.«

Atma nahm das Paketchen in Empfang und begann es langsam und gemessen wieder aufzumachen. Dr. Glossin war nach der Übergabe an seinen Schreibtisch zurückgegangen. Dort saß er ruhig und schaute wie geistesabwesend auf die Schreibmappe.

Atma nahm den Ring und schob ihn selbst Silvester über den Ringfinger der Rechten. Breit und kühl legte sich das Gold des massiven Reifens um das Fingerglied. Silvester fühlte neue Zuversicht in sein Herz dringen, als er den Ring wieder an der Stelle fühlte, an der er ihn so lange Jahre getragen hatte. Alle Ängstlichkeit war geschwunden. Die Zuversicht auf sicheren Sieg erfüllte ihn.

Die Stimme Atmas riß ihn jäh aus diesen Gedanken und Gefühlen.

»Wo ist Jane Harte?«

Der Inder sprach es, während sein Blick sich in den des Doktors bohrte.

Ein kurzes Zucken durchlief die Glieder des Arztes. Es schien, als wolle er sich noch einmal aufbäumen. Aber sein Widerstand war gebrochen. Der Ausdruck einer trostlosen Müdigkeit trat auf seine Züge, während seine Lippen die Antwort formten.

»Auf Reynolds-Farm in Elkington bei Frederikstown.«

Silvester sog die Antwort Wort für Wort wie ein Verdurstender ein. Frederikstown in Kolorado. Den Flecken Elkington kannte er sogar durch Zufall. Die Farm würde sich finden lassen. Jetzt waren alle Schwierigkeiten überwunden. Noch eine kurze Spanne Zeit, und er würde Jane wiedersehen, würde sie im schnellen Flugschiff allen feindlichen Gewalten entziehen.

Atma stand vor dem Arzt. Mit zwingender Gewalt gab er ihm seine letzten Befehle.

»Du wirst bis vier Uhr schlafen. Wenn du aufwachst, wirst du alles vergessen haben. Den Ring, Logg Sar und Atma.«

Der Kopf Dr. Glossins sank auf seine Arme und die Tischplatte nieder. Er lag in tiefem Schlafe.

»Um vier weckst du deinen Herrn.« Im Vorbeigehen sagte es Atma zu dem Diener, der auf dem Flur schlummernd in einem Sessel saß. Flüchtig strich er ihm dabei über Stirn und Augen. Dann schlug die Wohnungstür hinter den Freunden ins Schloß.

Enttäuscht und verbittert hatte Glossin Reynolds-Farm an jenem Tage verlassen, an dem Jane seinen Antrag abwies. Aber auch Jane war durch diese Erklärung erschüttert und aus einer trügerischen Ruhe aufgescheucht. Sie brauchte jemand, auf den sie sich stützen, dem sie sich anschmiegen konnte. Nach dem Tode ihrer Mutter war ihr Glossin solche Stütze geworden. Ein väterlicher Freund, dem sie vertraute. In ihrem natürlichen Schutzbedürfnis zu vertrauen versuchte, soweit ein instinktives, ihr selbst unerklärliches Mißtrauen es zuließ.

Die Werbung Glossins hatte das Verhältnis mit einem Schlage zerstört, hatte Jane von neuem in schwere seelische Kämpfe gestürzt. Das Gefühl tiefster Verlassenheit übermannte sie von neuem. Was blieb ihr nach alledem noch auf dieser Erde? Die Mutter tot... Silvester verloren und verschollen... Glossins Freundschaft falsch?! ...

Dazu die Gesellschaft dieser alten Negerin, deren Anblick und Wesen ihr von Tag zu Tag widerlicher wurde. Das Grinsen der alten Abigail hatte jetzt einen besonderen Inhalt und Ausdruck gewonnen, der Jane erschreckte und peinigte. Dazu Redensarten der Schwarzen, die ihr zwar größtenteils unverständlich blieben. Aber auch das wenige, das sie verstand und erriet, erschreckte sie.

Sie verließ das Haus nicht mehr. Die Spaziergänge und Wagenfahrten der früheren Wochen unterblieben. Mit müdem Hirn suchte sie die Fragen zu beantworten.

Was sollte aus ihr werden? Was hatte Glossin mit ihr vor? Weshalb hatte er sie gerade hierher gebracht?... Was sollte sie weiter beginnen?... Wenn sie irgendwo eine Stellung annähme... Eine untergeordnete Stellung... irgendwo... nur fort von hier... fort!... Wäre sie doch in Trenton geblieben! Kein Brief, kein Lebenszeichen aus Trenton hatte sie jemals erreicht.

Fort!... Fort!... Warum war sie nicht schon längst fort?... Warum hatte sie nicht gleich nach der Werbung Glossins die Farm verlassen?

Wie oft hatte sie sich diese Frage schon vorgelegt. Und jedesmal war sie an einen Punkt gekommen, wo sie keine Antwort auf die Frage fand. Warum nicht? Wie viele Versuche hatte sie schon gemacht, Reynolds-Farm zu verlassen. Warum hatte sie das Vorhaben niemals ausgeführt?

Wie ein schwerer Alpdruck lag es auf ihr. Warum nicht...Sie wurde doch nicht gefangengehalten? Nicht einmal bewacht oder kontrolliert.

Sie brauchte doch nur ihr Köfferchen zu packen und das Haus zu verlassen. Nur bis zum nächsten Dorfe zu gehen, um in Sicherheit zu sein. Sogar ungesehen von Abigail konnte sie das Haus verlassen. Denn das hatte sie schon bald nach ihrer Ankunft hier entdeckt, daß das alte Negerweib der Flasche zugetan war. Gleich nach dem Auftragen des Mittagsmahles verschwand die Alte, und öfter als einmal hatte Jane sich selbst um das Abendessen kümmern müssen. Sie wußte, daß Abigail Stunden hindurch besinnungslos irgendwo in einem Winkel lag. Lange Stunden, in denen sie, von niemand verhindert, das Haus verlassen konnte.

Weshalb hatte sie es nicht getan? Weshalb tat sie es nicht heute?

Ihr Antlitz, so schön und jugendlich, aber blaß durch Kummer und Aufregung, erhielt einen tatkräftigen Zug. Die Falten zu den Mundwinkeln vertieften sich, ihre Augen bekamen ein neues Feuer. Alle Lebensenergien in ihr drängten zur Tat.

Mit einem plötzlichen Ruck erhob sie sich von ihrem Sitz und schritt nach dem Schlafkabinett. Hastig ergriff sie ein paar der notwendigsten Kleidungstücke und begann sie in den kleinen Handkoffer zu stopfen. Und erinnerte sich zur gleichen Zeit, wie oft sie das gleiche schon früher versucht hatte und niemals damit zum Ziele gelangt war. Heute ging es viel besser. Kleiderschicht fügte sich auf Kleiderschicht, und mit einem Seufzer der Befriedigung drückte sie den Bügel des Handkoffers zusammen. So weit war sie früher noch niemals gekommen.

Jetzt nur noch zuschließen! Der Schlüssel befand sich in ihrer Handtasche dort auf dem Tische. Sie entnahm ihn der Tasche, wandte sich wieder dem Koffer zu und fühlte, wie die alte Lähmung von neuem über sie kam. Wie Blei wurden ihr die Füße. Nur mit Mühe konnte sie die wenigen Schritte vom Tisch zum Koffer zurücklegen. Endlich war es gelungen, aber nun lag das Blei in ihren Armen. Sie versuchte es, den Schlüssel in das Schloß zu schieben...Da fiel er klirrend auf die Diele.

Einen Augenblick starrte sie hoffnungslos auf das kleine blinkende Eisen, das da vor ihr auf der Zimmerdiele lag. Dann durchzuckte ein Schluchzen ihren Körper. »...Warum...kann ich...nicht?...Warum...o Gott!...Warum...«

Sie fiel vornüber auf die Tasche und blieb Minuten hindurch regungslos liegen...Eine Macht, ein Einfluß, ihr selbst unerklärlich und unfaßbar, verhinderte sie, dieses offene und unbewachte Haus zu verlassen...Sie ging in das andere Zimmer und warf sich auf ihr Ruhebett.

»Die Qual!...Warum...muß ich diese Qualen leiden?...Wo bleibst du, Silvester?...Mutter, ach wäre ich bei dir!...Wäre ich mit dir gestorben!

Sterben...jetzt noch sterben?...Unterhalb des Hauses...da bildet der Bach einen kleinen See...da kann ich sie finden...die Ruhe...die Erlösung von aller Qual...«

Sie raffte sich von ihrem Lager empor.

»Ja!...ja...ja...«

Die Festigkeit des gefaßten Entschlusses prägte sich in ihren Mienen aus. Schnell schritt sie zur Tür, um sie zu öffnen. Mochte irgendeine unheimliche Kraft ihr die Flucht aus diesem Hause zu den Menschen hindern, die Flucht in die Ewigkeit sollte ihr niemand verbieten.

Sie griff den Türdrücker und öffnete die Tür.

Die keifende Stimme der schwarzen Abigail drang ihr ans Ohr. Offenbar war die Alte dabei, irgendeinem Besucher den Zutritt zu verwehren, vielleicht einen Hausierer abzuweisen.

»Kann ich nicht einmal sterben?«...Sie wollte die Tür wieder leise ins Schloß drücken...Da...ihre Hand umkrampfte den Drücker.

Welche Stimme?...Der Fremde...Mit einem Ruck riß sie die Tür auf.

»Silvester!« Ein Schrei aus tiefstem Herzen. Mit geschlossenen Augen lehnte sie an dem Türrahmen und streckte die Hand nach ihm aus.

»Silvester ...!«

Sie sah es nicht, wie Abigail, von einem kräftigen Faustschlag getroffen, in eine Ecke flog, wie ein Mann mit Tigersprüngen die Treppe hinaufdrang, sie fühlte nur, daß sie am Herzen Silvesters ruhte, daß eine leichte, weiche Hand ihr Gesicht streichelte, daß Worte der Liebe und des Glückes ihr Ohr trafen.

Erik Truwor arbeitete allein im Laboratorium zu Linnais. Nach den Plänen Silvesters baute er den neuen Strahler zusammen. Der Apparat war viel größer als der erste, den die Freunde mit auf die Reise genommen hatten. Der neue Strahler nahm immerhin den Raum eines mäßigen Schrankes ein.

Aber er war geradezu lächerlich klein, wenn man seine Wirkungen betrachtete. Die neue Konstruktion konnte zehn Millionen Kilowatt telenergetisch konzentrieren. Diese Riesenleistung wurde nur dadurch möglich, daß der Apparat die Energie nicht mit den hergebrachten Mitteln erzeugte, sondern nur die überall im Raum vorhandene Energie freimachte.

Es drehte sich um die alte, schon von Oliver Lodge zum Anfang des Jahrhunderts aufgestellte Hypothese, daß in jedem Kubikzentimeter des äthererfüllten Raumes ein Energiebetrag von zehn Milliarden Pferdekraftstunden in latenter Form vorhanden ist. Etwa so, wie die Pulverladung einer Mine Hunderttausende von Metertonnen enthält. Der Fingerdruck eines Kindes genügt, um diese gewaltige Energie zu entfesseln. Es ist nur notwendig, daß dieser schwache Druck die Knallkapsel zur Entzündung bringt, die dann die Mine detonieren läßt.

»Das Problem der telenergetischen Konzentration ist praktisch gelöst.« Stolz und siegesgewiß hatte Silvester die Worte gesprochen. Wenige Stunden, bevor er in windender Sturmfahrt nach Westen ausbrach, um von dort sein Liebstes zu holen.

Die letzte Schwierigkeit, die noch zu lösen blieb, betraf das genaue Zielen. Es war notwendig, das entfernte Objekt, auf welches der Energiestrom gerichtet wurde, zu sehen. Erik Truwor fühlte die reine Freude eines intellektuellen Genusses, als er die Aufzeichnungen Silvesters durchlas. Die aus dem Strahler entsandte Formenenergie reflektierte zu einem winzigen Teile von der Konzentrationsstelle zum Strahler zurück und entwarf hier ein optisches Bild dieser Stelle. Jetzt, da er es las, schien es ihm beinahe trivial einfach. Eine simple Rückmeldung, wie sie in der Technik an tausend Stellen seit hundert Jahren gebräuchlich war. Nach der Theorie mußte sich auf der weißen Mattglasscheibe des neuen Strahlers ein genaues Bild des Ortes zeigen, an dem die Energie sich konzentrierte.

Er schaltete den Apparat ein. Nebel wallten auf der Scheibe hin und her. Es flimmerte durcheinander. Gestalten wollten sich bilden, doch es wurde kein klares Bild.

Noch einmal überprüfte er die Schaltung. Dann machte er sich an die Arbeit. Die Stunden verrannen. Er spürte es nicht. Die Mitternacht verstrich, und der Morgen kam. Niels Nielsen, der alte, noch vom Vater überkommene Diener, fand seinen Herrn im Laboratorium in die Arbeit versunken.

»Herr Erik, Ihr Bett blieb unberührt.«

Erik Truwor winkte ab und riß ärgerlich einen Draht heraus, den er falsch geschaltet hatte.

»Stören Sie mich nicht.« Der Diener ging.

Stillschweigend erschien er wieder und stellte eine Platte mit kalter Küche auf einen Seitentisch.

Erik Truwor hatte die Schaltung vollendet. Schaltete ein und sah noch weniger als zuvor. Ein schwerer Fehlschlag! Rastlos arbeitete er weiter.

Erik Truwor spürte Hunger. Ein Blick auf die Uhr zeigte ihm, daß er seit vierzehn Stunden im Laboratorium arbeitete.

Automatisch begann er zu essen. Der starke schwarze Kaffee erfrischte ihn. Während er aß und trank, gewann er Distanz zu seiner Arbeit. Er fand die Kraft, völlig von neuem zu beginnen. Er prüfte die Schaltung Silvesters. Hier war eine Verbesserungsmöglichkeit.

Die sekundären Erscheinungen mußten zurückgehalten werden. Es bestand Gefahr, daß sie den gewollten Effekt überwucherten.

Erik Truwor arbeitete. Und aß in langen Pausen. Die zweite helle Nordlandsnacht brach herein.

Der Diener kam. »Vielen starken Kaffee!« Mit dem Befehl jagte ihn Erik Truwor aus dem Laboratorium. Die Vorzüge der veränderten Schaltung wurden ihm immer einleuchtender, je weiter er baute und schaltete.

Die zweite Nacht verging und der zweite Vormittag. Er zog die letzte Schraube fest und suchte seiner Aufregung Herr zu werden.

Mit zitternder Hand schaltete er den Strahler ein. Nebel zogen über die Mattscheibe.

Er regulierte an den Mikrometerschrauben. Der Nebel löste sich. Blaue und grüne Flächen wurden sichtbar.

Er mußte sich setzen. Die Knie versagten ihm. Dann ein gewaltsames Aufraffen. Ein letztes Drehen an der Feinstellung. Scharf und deutlich zeigten sich die Föhren, die zwanzig Kilometer entfernt am Unterlaufe des Tornea standen. Erik Truwor kannte die Stelle.

Die Mattscheibe bot ein Bild, wie man es seit langen Jahren in der photographischen Kamera beobachten konnte. Doch das Bild hier wurde auf ganz andere Weise gewonnen. Es kam nicht rein optisch, sondern energetisch zustande.

Der Wurf war geglückt. Er stellte den Strahler ab und warf sich erschöpft auf das Ruhebett im Laboratorium.

Mit offenen Augen lag er dort und starrte zur Decke. Die Macht lag jetzt in seiner Hand. Die Macht, die Menschen nach seinem Willen zu zwingen. Zu Asche zu verbrennen, was ihm widerstrebte. Eine Macht, wie sie nie zuvor ein einzelner Mensch besessen hatte.

Er fühlte die furchtbare Verantwortung, die mit der Macht verbunden war... und dann wurden seine Gedanken sprunghaft. Die Natur forderte ihr Recht. Die Augen fielen ihm zu. Nach vierzig Stunden intensivster Arbeit verlangte der Körper Ruhe.

Es wurde nur ein fieberhafter Halbschlaf. Der Geist war zu erregt und riß den Körper mit.

Er fuhr empor. Drei Stunden hatte er im Halbschlummer gelegen. Im Augenblick war er wieder vollkommen wach. Der Schreiber der drahtlosen Station hatte in der Zwischenzeit gearbeitet. Er las die Zeichen auf dem Papierstreifen: »Haben den Ring. Gehen nach Elkington, Reynolds-Farm, Jane zu holen.«

Er rieb sich die Stirn. Jane nicht in Trenton? Aus dem Atlas entnahm er die genauen Koordinaten und richtete den Strahler. Die Nebel wogten. Jetzt ruhigere Linien. Grünes Feld. Ein Farmhof. Er regulierte und konnte jede Fuge und Maserung der Hoftür erkennen.

Eine Gestalt schritt von links her in das Bild... Silvester Bursfeld. So scharf und deutlich, als ob er in Greifweite stünde. Silvester kam allein und hatte nicht einmal den kleinen Strahler an der Seite.

Erik Truwor wollte dem Freunde etwas zurufen und vergaß, daß er durch tausend Meilen von ihm getrennt war.

Eine andere Gestalt hob sich auf der Bildfläche ab. Ein schwarzes, häßliches Negerweib. Erik Truwor sah, wie sie Silvester vom Hofe zu weisen versuchte, wie der Freund sie zurückdrängte und der Haustür zuschritt. Wie das Negerweib ihn zurückzustoßen versuchte. Wie der sonst so gutmütige ruhige Silvester plötzlich den Arm hob, das Weib weit von sich schleuderte und in das Haus stürmte. Die Tür fiel hinter ihm ins Schloß, und Viertelstunden verstrichen.

Erik Truwor empfand eine wachsende Unruhe. Er vermißte den kleinen Strahler an der Seite Silvesters. Diese winzige, aber furchtbare Waffe, die ihn gegen jeden Angriff geschützt hätte. Und er vermißte Atma. Wo blieb der Inder? Die zweite Frage beunruhigte ihn fast ebenso stark wie die erste. Gewaltsam zwang er sich zur Ruhe.

»Sie müssen packen... natürlich... es ist ja klar, daß Jane nicht, wie sie geht und steht, nach Europa fahren kann.... Eine Stunde Zeit gebe ich ihnen... dann ...«

Er betrachtete das Dach des Farmhauses. Ob es wohl gut brennen möchte, wenn er den Strahler auf den Dachfirst wirken ließ? Die Holzschindeln sahen ganz danach aus. Rissig, von der Sonne ausgedörrt. Es mußte ein gewaltiges Feuer werden.

Dann überdachte er die Folgen. Es konnte zu gut brennen. So schnell, daß die Flammen den Ausgang sperrten, bevor die Liebenden die Gefahr erkannten. Er durfte es nicht wagen, die Säumigen durch die Gewalt der telenergetischen Konzentration aus dem Hause zu treiben. So saß er mit steigender Ungeduld. Hoffte vergebens, daß Silvester wieder erscheinen oder Atma auftreten würde.

Ein silberner Fleck am blauen Himmel erregte seine Aufmerksamkeit. Mit der Lupe betrachtete er die Stelle auf der Mattscheibe.

Kein Zweifel, es war R. F. c. 1, der Rapid Flyer, der dort heranzog. Er kannte die Formen des Flugschiffes.

Erleichtert atmete er auf.

Atma kam mit R. F. c. 1, um die Säumigen zu holen. Mochte er gesteckt haben, wo er wolle... Atma war da. Jetzt mußte alles zu einem guten Ende kommen.

Das Flugschiff kam schnell heran. Hinter dem Farmhaus ging es nieder. Jetzt entschwand es den Blicken Eriks. Die Silhouette des Farmhauses schob sich dazwischen.

...Warum landete Atma nicht auf dem Farmhofe?...Vielleicht war der Platz hinter dem Hause für den Wiederaufflug geeigneter.

Erik Truwor wartete...und sah fünf Gestalten über den Hof laufen...In das Haus verschwinden.

»Atma ist da...Atma kam zur rechten Zeit...Es wird noch alles gut.«

Mit diesen Worten suchte sich Erik Truwor zu beruhigen. Er hatte unter den Fünfen die Gestalt Glossins erkannt. Nach den Schilderungen, die ihm Silvester gegeben. Das Nachziehen des rechten Fußes. Der stechende Blick. Es war unverkennbar. Aber er hoffte, daß Atma mit R. F. c. 1 hinter dem Hause lag. Hoffte, daß der Inder eingreifen und die Widersacher zerschmettern würde.

Minuten verstrichen. Nicht viele.

Die Tür des Farmhauses öffnete sich.

Einer der Männer trug etwas Helles auf den Armen...Jane...bewußtlos. Ihr Antlitz war weiß. Ihr Kopf lag schlaff und kraftlos auf der Schulter ihres Trägers. Dann zwei andere. Sie schleppten Silvester. Hatten ihn gefesselt und trugen ihn wie ein Stück Holz über den Platz.

Zuletzt Dr. Glossin. Ein Lächeln der Befriedigung auf den Zügen.

Lodernder Zorn packte Erik Truwor. Er faßte den Strahler und gab Energie.

Zwanzig Meter hinter dem Doktor glühte der Sand des Hofes hell auf. Schmolz in Weißglut und strahlte Hitze.

Der Arzt warf einen Blick rückwärts und begann um sein Leben zu laufen. Mit schleifendem Fuß jagte er über den Hof und zog einen feurigen Strudel hinter sich her, denn mit der Mikrometerschraube brachte ihm Erik Truwor die Glut des Strahlers nach...und zerriß dabei in der Aufregung einen Draht des Fernsehers.

Das Bild erlosch. Tausend Meilen trennten Erik Truwor von Reynolds-Farm. Erst jetzt kam es ihm zum Bewußtsein.

Mit fiebernden Händen suchte er nach dem zerrissenen Draht. Er mußte sich zur Ruhe zwingen. Mußte mit unendlicher Geduld eine Schraube lösen, den Draht fassen, vorziehen und wieder festschrauben. Kostbare Minuten verstrichen darüber. Nun endlich war die Verbindung wieder hergestellt. Das Bild erschien von neuem auf der Mattscheibe. – Der Hof war leer.

Rätsel und Geheimnisse, die er nicht zu lösen vermochte. Hatte Atma eingegriffen, die Gegner vernichtet? Brachte er jetzt Silvester und Jane im Flugschiff heim?

Erik Truwor wußte es nicht. Er war verurteilt, hier zu sitzen und zu warten. Einen Schwur leistete er sich. Das Feuer des Strahlers auf Glossin niederfallen zu lassen, sobald er ihn wieder vor die Augen bekäme.

Im Walde von Elkington lag R. F. c. 1 zwischen Haselsträuchern und Brombeerranken. Wenige Schritte davon entfernt saß Atma im Gras und wartete. Seine Züge verrieten Unruhe. Er war blaß, soweit die dunkle Haut eines Inders zu erblassen vermag, und abgespannt. Die ungeheure Anstrengung seines Kampfes mit Glossin wirkte noch in ihm nach. Er versuchte es, sich zu sammeln, neue Kraft aus den Meditationen und Selbstversenkungen seiner Religion zu schöpfen.

Die Sonne warf ihre Strahlen von Westen her schräg durch die Zweige und malte streifige Schatten auf den grünen Grund. Der Inder faßte seinen Schatten ins Auge und beobachtete, wie der dunkle

Streifen ganz langsam weiterkroch. Halme, die eben noch lichtgrün schimmerten, wurden ganz allmählich dunkel und farblos. Auf der anderen Seite tauchten Spitzen und Blätter ebenso sacht und allmählich wieder in leuchtendes Sonnengold. Die Betrachtung dieser langsamen Veränderung, des steten und ruhigen Wechsels der Dinge tat Atma wohl. Sein Nervensystem fand allmählich die Ruhe wieder. Alle seine Sinne konzentrierten sich auf den wandernden Schatten und einen Steinblock, der noch etwa einen Fuß von dem Schatten entfernt war.

»Ich will warten, bis der Schatten den Stein berührt. Ist Logg Sar dann mit dem Mädchen noch nicht zurück, dann will ich gehen und sie holen.«

Er sprach es zu sich selbst, und nachdem er sich so die Zeitspanne gesetzt hatte, verharrte er regungslos, von der Sonne beschienen, in die Betrachtung des wandernden Schattens versunken und spürte, wie ihm Minute um Minute die alte Kraft und Ruhe zurückkehrte. Die Eidechsen kamen neugierig hinzu und liefen furchtlos über seine Füße. Eine Haselmaus führte dicht vor ihm ihren possierlichen Tanz auf, ohne sich um den regungslosen Körper zu kümmern. Jetzt streifte der Schatten den Stein. Soma Atma erhob sich. Erschreckt entflohen die Tiere des Waldes. Ein kurzer Blick auf das Chronometer. Zwei Stunden waren verflossen, seitdem Silvester von ihm ging, hinein nach Reynolds-Farm, das Mädchen zu holen... zwei Stunden. Atma erschrak. Zwanzig Minuten hätten genügen müssen. Auch dann noch, wenn die Liebenden ein langes Wiedersehen feierten.

Mit langen Schritten eilte er der Farm zu. Die Flügel der Hoftür waren nur angelehnt. Er schritt über den Hof in das Wohnhaus und fand es verlassen. Der Vorraum leer. Der große Wohnraum ohne eine lebende Seele. Aber die Unordnung verriet deutlich einen stattgehabten Kampf. Drei Stühle umgeworfen. Die Tischdecke in Falten. Ein Glas zerbrochen am Boden. Und dort Logg Sars Hut. Seine Handschuhe ...

Während er den Raum verließ und die Treppe weiter hinaufstieg, malte sein Geist sich plastisch die Szenen aus, die sich hier abgespielt hatten während der Stunden, in denen er dort draußen im Walde ruhte, wartete und frische Kraft sammelte.

Es wäre niemals passiert, wenn er bei voller Kraft gewesen wäre. Dann hätte er mit wachem Nervensystem das kommende Unheil rechtzeitig gespürt.

Nun hatte er das Ende der Treppe erreicht. Ein turmartiger Erker bot Aussicht nach allen Seiten. Atma trat an die Scheiben, durchspähte den klaren Abendhimmel und sah in der Richtung auf Westen einen hellen Fleck seine Bahn ziehen. Ein Flugschiff... Zu dieser Zeit... in dieser Höhe. Es konnte nur von Elkington her kommen. Noch war es Zeit. In langen Sätzen sprang der Inder die Treppe hinunter und eilte dem Walde entgegen, wo R. F. c. 1 unter Ranken und Kräutern neuen Flügen entgegenharrte.

R. F. c. 2 hatte Kurs West zu Nordwest. Der Kommandant Charles Boolton stand am Ausguck. In der Kabine saß Dr. Glossin in einem der leichten bequemen Korbsessel. Seine Züge trugen die Spuren von Leiden und Kämpfen, seine Augen waren gerötet. Er machte einen übermüdeten und übernächtigten Eindruck. Ihm gegenüber in einem zweiten Sessel lag die zierliche Gestalt Janes, von tiefer Ohnmacht umfangen. In einer Ecke des Raumes, auf dem Boden, mit starken Stricken schwer gefesselt, Silvester Bursfeld. Dr. Glossin erhob sich von seinem Stuhl. Langsam, als ob jeder Schritt ihm Schmerzen bereitete, ging er durch den Raum auf die Ohnmächtige zu.

Er beugte sich über Jane und fühlte ihren Puls. Mit sanfter Gewalt brachte er ihre Lippen auseinander und flößte ihr aus einer kleinen Kristallflasche einige Tropfen einer rot schimmernden Flüssigkeit ein. Er fühlte, wie der Puls danach stärker ging, wie das Blut die Wangen der Bewußtlosen leicht rötete. Beruhigt kehrte er zu seinem Platze zurück und nahm selbst ein wenig von der Flüssigkeit. Dann ruhte sein Blick lange auf dem gefesselten Silvester.

Bedingungslose Vernichtung hatte Cyrus Stonard befohlen. Den einen der drei hatte er. Diesmal sollte er der Vernichtung nicht entgehen.

Dr. Glossin überschlug die Zeit. Noch Dreiviertelstunden. Dann war das Flugschiff über Montana. Dort am Ostabhange der Rocky Mountains hatte er einen Schlupfwinkel. Und dann... dann ging es mit R. F. c. 2 in sausender Fahrt nach Sing-Sing zurück. Der drahtlose Befehl, die neue Maschine dort betriebsbereit zu halten, war längst gegeben. Diesmal sollte die Vollziehung des Urteils schnell und glatt vonstatten gehen. Ohne Zeugen. Nur er wollte dabei sein und sich überzeugen, daß der Strom diesmal auch wirklich seine Schuldigkeit tat. Dann war die alte Scharte ausgewetzt. Dann konnte ihm auch Cyrus Stonard keinen Vorwurf mehr machen.

Dr. Glossin lächelte befriedigt. Die Arznei hatte ihn körperlich erfrischt. Die Hoffnung, daß seine Pläne schnell zu glücklichem Ende kommen würden, stärkte ihn.

Sein Gedankengang wurde unterbrochen. Er hörte, wie der Kommandant in das Telephon nach dem Motorraum sprach. R. F. c. 2 flog mit voller Besatzung. Es hatte außer dem Kommandanten noch einen Ingenieur und zwei Motorwärter an Bord.

Der Kommandant sprach dringlich:

»Die Umdrehung beider Turbinen ist von 8000 auf 5000 gefallen und fällt dauernd weiter. Was ist bei Ihnen los?«

Dr. Glossin wurde aufmerksam. Jetzt irgendein Motordefekt. Ein Versagen der Turbinen. Das konnte seine Pläne stören.

Eine leichte Erschütterung ging durch das Schiff. Die Spitze neigte sich etwas nach unten, und im Gleitfluge stieg es aus der gewaltigen Fahrthöhe hinab. Die Tür des Motorraumes öffnete sich. Der Ingenieur trat herein. Den Lederanzug bespritzt, Spuren von Ruß und Öl an den Händen.

»Mr. Boolton, beide Maschinen stehen. Sie drehen sich nur noch, weil der Luftzug die Schrauben rotieren läßt. Die Maschinenkraft ist weg.«

Der Kommandant fuhr auf, wie eine gereizte Bulldogge.

»In drei Teufels Namen, Wimblington, wollen Sie uns bis auf die Knochen blamieren? R. F. c. 2 ist das beste Schiff unserer Flotte. Bringen Sie die Maschinen in Gang, oder ich bringe Sie vor das Kriegsgericht.«

Der Ingenieur eilte in den Turbinenraum zurück. Er vergaß es, die Tür hinter sich zu schließen. Das Geräusch von allerlei Werkzeugen und Hantierungen drang in die Kabine. Derweil ging das Flugschiff ohne Motorkraft unaufhaltsam im Gleitflug zur Erde. Nur noch zehn Minuten, und es mußte landen, wenn die Maschinenkraft nicht wiederkam.

Der Ingenieur erschien wieder im Raum.

»Herr Kapitän, der Fehler sitzt in den Zündanlagen. Die Maschinen bekommen keinen Zündstrom.«

Der Kommandant wurde blaurot im Gesicht.

»In Satans Namen, Herr, Sie sollen die Maschinen in Gang bringen. Sie werden erschossen, wenn wir notlanden müssen.«

Mit der unangenehmen Aussicht auf den Tod durch eine Kugel verließ Wimblington den Raum. Die Dinge erfuhren dadurch keine Änderung. Die Maschinenkraft blieb aus. Der Gleitflug in die Tiefe dauerte an. Schon befand sich R. F. c. 2 in einer dichten Atmosphäre, nur noch 3000 Meter über dem Boden. Noch vor kurzem waren die Sonnenstrahlen vom Westen her klar und kräftig in den Raum gefallen. Jetzt nicht mehr dreißig, sondern nur noch drei Kilometer hoch, war das Schiff bereits im Dämmerschatten der Erde. Kommandant Boolton durchspähte zähneknirschend die Gegend und suchte einen passenden Landungsplatz für das Schiff. Er bemerkte, daß es ihm gerade noch möglich sein würde, über einen Hochwald hinwegzukommen und auf einer mäßig großen grasbestandenen Lichtung niederzugehen.

Die Aufregung des Kommandanten hatte sich auch Glossin mitgeteilt. Unruhig lief er mit kurzen Schritten in der Kabine hin und her. Sein Blick fiel auf Silvester Bursfeld. Der Gefangene hatte sich herumgeworfen, so daß er Jane sehen konnte, die immer noch in leichtem Schlummer lag. Die Blicke Glossins und Logg Sars trafen sich, und Schrecken kroch dem Doktor an das Herz.

In diesem Augenblick fühlte er, daß der Motordefekt keine zufällige Panne war. Er fühlte es, daß die unheimliche, unbekannte Macht wieder hinter ihm her war. Er hätte einen Eid darauf geschworen, daß dieselbe Kraft, die damals die Maschine in Sing-Sing lähmte, jetzt auch die Turbinen des Rapid Flyers in ihrer Arbeit anhielt. Mechanisch faßte er nach der Tasche, welche die kleine wirksame Schußwaffe barg.

R. F. c. 2 setzte auf die Grasnarbe auf. Mit vollendeter Steuerkunst hatte Kommodore Boolton das Schiff noch über die letzten Hochstämme des Waldes gebracht. Unmittelbar am Waldrande kam es zur Ruhe und wurde von den Schatten der schnell wachsenden Dämmerung umfangen. Boolton ließ das Steuer los und drehte sich um, als ein Geräusch seine Aufmerksamkeit fesselte. Wie zur Salzsäule erstarrt blieb er stehen und stierte durch die Seitenscheiben.

Ein zweites Flugschiff schoß aus der Höhe hinab, gewann Gestalt und legte sich kaum hundert Meter von R. F. c. 2 entfernt auf den Rasen. Das von Minute zu Minute unsicherer werdende Licht der Dämmerung genügte noch, um die Formen erkennen zu lassen.

Kommodore Boolton fand zuerst die Sprache wieder.

»Ich will des Teufels Großmutter heiraten, wenn es nicht R. F. c. 1 ist. Es fliegt kein anderer Bau von der Sorte in der Welt. R. F. c. 3 ist noch in der Montage.«

Der Kommandant hatte seinen Ärger vergessen. Die Neugier, wie R F. c. 1 hier plötzlich auftauchen könne, überwog alle anderen Gefühle. Dr. Glossin stand da, die Hand an der Schußwaffe, und blickte auf das fremde Schiff.

Dort drüben regte sich nichts. Unheimliche Ruhe herrschte. Kommodore Boolton brach das Schweigen.

»Was brennt hier! Habt ihr Feuer an den Maschinen?«

Er schrie es nach dem Turbinenraum hin.

Auf die Antwort brauchte er nicht zu warten. Dicht neben ihm öffnete sich die massive Metallwand von R. F. c. 2. Das Metall glühte eine Sekunde hellrot, die nächste grellweiß und versprühte dann als Dampf. Noch bevor es Zeit hatte, zu schmelzen und wegzufließen. Die innere Holzbekleidung flammte einen kurzen Moment, aber auch sie versprühte und verschwand, bevor es zu einem richtigen Feuer kommen konnte. Nur ein letzter Brandgeruch machte sich bemerkbar.

Schon war die dem neuen Flugschiff zugekehrte Seitenwand von R. F. c. 2 in der Größe mehrerer Quadratmeter verschwunden.

Kommodore Boolton sah, wie sein gutes Schiff sich vor seinen Augen in Dampf und Nichts auflöste. Mit geballten Fäusten stürzte er erbittert auf die entstandene Öffnung zu.

... Und geriet in den sengenden Strahl der telenergetischen Konzentration. Im Augenblick flammten die Kleider an seinem Leibe auf. Er wollte zurück und war doch schon tot, verbrannt, in rotglühende Kohle und stäubende Asche verwandelt, bevor noch der Gedanke, daß er bedroht sei, in seinem Gehirn Wurzel fassen konnte.

Die Flamme des Strahlers fraß weiter. Schon lag die Kabine bloß. Jetzt versprühte die dem Angreifer zugekehrte Wand des Motorenraumes.

Ingenieur Wimblington war nicht gewillt, seine Maschinen ruinieren zu lassen. Seine Rechte fuhr nach der Tasche. Schon lag die Präzisionsschußwaffe in seiner Faust. Prasselnd schlugen die Geschosse gegen die Flanken von R. F. c. 1.

Das erste... das zweite... das dritte... das vierte ging darüber hinweg, denn der feurige Strahl faßte den Ingenieur, fraß die Waffe in seiner Hand, fraß die Hand und fraß ihn selbst, bevor er ein fünftes Mal abdrücken konnte.

Mit aufgehobenen Händen sprangen die Monteure durch die Öffnung ins Freie.

Der eine zersprühte und verglühte im Augenblick des Absprunges. Den zweiten traf der Strahl in der Zehntelsekunde, die er in der Luft schwebte. Etwas weiße Asche fiel auf den Rasen.

Dr. Glossin hatte die Katastrophe im Motorenraum nicht gesehen. Mit Aufbietung aller Kräfte hatte er in diesen Sekunden die Verschlußschrauben gelöst, die die Tür auf der Backbordseite des Flugschiffes verschlossen hielten.

Mit einem Sprunge riß er Jane an sich. Mit einem Ruck hatte er auch die Schußwaffe wieder zur Hand.

Der Schuß blitzte auf. Aus nächster Nähe war die Waffe auf Silvester gerichtet.

Schmerzlich zuckte der Getroffene zusammen. Eine kräftige Abwehrbewegung mit den eng gefesselten Händen brachte den Doktor ins Wanken. Er wäre gestürzt, hätte er nicht im letzten Moment die Waffe fallen lassen und sich an den Türpfosten geklammert.

Jetzt zeigte sich die Kraft, die in diesem mißgestalteten Körper vorhanden war.

Die bewußtlose Jane noch immer auf dem Arm, glitt Glossin von der Plattform der Kabine auf der Backbordseite zum Flugschiff hinaus und lief auf den Wald zu.

Im gleichen Augenblick, in dem Atma R. F. c. 1 verließ und in langgestreckten Sätzen auf R. F. c. 2 zustürmte. Als Glossin auf der Backbordseite den Boden berührte, sprang Atma auf der Steuerbordseite in das Schiff.

Er sah Silvester gefesselt und durchschnitt die bindenden Stricke gedankenschnell. Er ließ den Strahler in Silvesters Hände fallen, glitt im selben Moment schon zur anderen Seite des Flugschiffs hinab und stürmte dem Walde zu.

Es war hohe Zeit. Nur noch undeutlich schimmerte Janes weißes Kleid durch die Stämme. Dr. Glossin hatte einen bedeutenden Vorsprung, und die Schatten der Dämmerung wuchsen von Sekunde zu Sekunde. Aber Dr. Glossin war alt, und Atma war jung, Dr. Glossin trug eine schwere Last auf seiner Schulter, und Atma war ungehindert.

Der Vorsprung Glossins nahm von Minute zu Minute ab. Durch das Stoßen und Schütteln des Laufes war Jane wieder zum Bewußtsein gekommen und sträubte sich mit allen Kräften. Sie schlug auf den Arzt ein, warf sich wild zurück und hinderte ihn schwer.

Schon hörte er den keuchenden Atem des Inders hinter sich. Da packte ihn die Todesfurcht. Das Verhängnis kam hinter ihm. Nur noch einmal entrinnen!

Eine kleine Schlucht öffnete sich vor ihm. Er ließ Jane zu Boden gleiten, sprang in die Tiefe und lief die Bodenfalte entlang. Hier herrschte schon Dunkelheit. In seiner dunklen Kleidung war er in dem dichten Unterholz nicht mehr zu sehen. Vorsichtig schlich er von Baum zu Baum weiter, bemüht, jedes Geräusch zu vermeiden.

Atma war bei Jane stehengeblieben. Vorsichtig hob er sie auf, trug und führte sie aus dem Walde auf das freie Feld zurück, brachte sie sicher in die Kabine von R. F. c. 1 und sah dann nach Silvester.

Der lag ohnmächtig in sich zusammengesunken. Der Strahler war seinen Händen entfallen. Aus der Wunde strömte das Blut.

Atma kam nicht zu früh. Das Messer, welches vor kurzem die Fesseln durchschnitt, zertrennte jetzt die Gewandung. Die getroffene Seite lag bloß. Eine Schlagader war verletzt. Im Rhythmus des Herzschlages spritzte der rote Lebenssaft.

Es dauerte geraume Zeit, bis Atma des Unheils Herr wurde. Endlich stand die Blutung.

Die Wundränder schlossen sich. Vorsichtig trug Atma seinen Jugendgespielen in das andere Schiff und bettete ihn mit unendlicher Sorgfalt.

Jetzt wußte Atma den Freund und das Mädchen geborgen. Seine Gestalt straffte sich, und mit dem Strahler in der Hand wandte er sich dem Walde zu. In der letzten Dämmerung des entschwindenden Tages stand dort die Ruine von R. F. c. 2.

Der Strahler wirkte. Jetzt brauchte der Inder nicht mehr so sorgfältig zu zielen und zu konzentrieren. Mit Gewalt explodierten zehntausend Kilowatt in dem Wrack. Im Augenblick glühte der ganze Rumpf hellrot auf. Schnell wuchs die Hitze zu blendender Weißglut. Das Aluminium des Körpers begann zu brennen. Millionen von Funken und Sternchen warf die glühende Masse nach allen Seiten in die Luft. Dann floß sie zusammen. Eine einzige Lache geschmolzener Tonerde, wo noch vor kurzem ein vollendetes Meisterwerk menschlichen Erfindungsgeistes gestanden hatte.

Atma stellte den Strahler ab. Aber die hellrot glühende Schlackenmasse da drüben gab noch nicht Ruhe. Die Flammen sprangen auf den Waldrand über. Das dürre Gras brannte, einige Grenzbäume fingen Feuer.

Atma sah das Schauspiel, ohne etwas dagegen zu tun.

Mit schnellen Griffen ließ er die Turbinen von R. F. c. 1 angehen. Der Rapid Flyer stürmte in die Höhe. Weit hinter ihm lag der brennende Wald. Atma sah es und lächelte.

»Wenn der Wind gut steht, Glossin, dann lernst du diese Nacht doch noch ...«

Der Rest erstarb im Brausen der Turbinen.

Atma trat an die Steuerung und setzte das Schiff auf reinen Nordkurs. Der Weg gerade über den Pol blieb der sicherste.

Auf der Wiese vor dem Herrenhause in Linnais setzte R. F. c. 1 leicht und beinahe erschütterungsfrei auf. Mit starken Armen trug Erik Truwor den wunden Freund in sein Heim, während Jane am Arm Atmas folgte.

Und dann kamen Tage banger Sorge. Die Verwundung Silvesters war nicht lebensgefährlich. Die Kugel Glossins war an einer Rippe abgeglitten und hatte nur eine Fleischwunde verursacht.

Bedenklicher war das hohe Fieber. Der alte Arzt aus Linnais schüttelte ratlos den Kopf. Keine Wundinfektion, glatt fortschreitende Heilung der Verletzung und trotzdem diese Fieberschauer, die den Kranken bis an den Abgrund der Vernichtung führten. Seine Kunst und sein Latein waren hier zu Ende.

Lange Tage und kurze, hell dämmernde Nächte folgten aufeinander, in denen Jane nicht vom Lager Silvesters wich, Atma sich mit ihr in die Pflege teilte. Atma, der die Dinge anders ansah als der schwedische Arzt. Atma, der die wildesten Fieberträume Silvesters beruhigte, wenn er ihm die Hand auf die Stirn legte.

»In der fünften Nacht wird die Entscheidung fallen.«

Atma hatte es Erik Truwor zugeflüstert, als sie den Verwundeten aus dem Rapid Flyer trugen und auf sein Lager betteten. Jane hatte die Worte gehört, so leise sie auch gesprochen wurden.

Heute war die fünfte Nacht. In dem verdunkelten Zimmer saß Jane am Lager Silvesters und bewachte jede Regung des Kranken.

Es war nach Mitternacht, und das fahle Licht des jungen Tages dämmerte durch die Schatten des Zimmers. Mit Angst und Freude bemerkte Jane eine Veränderung in den Zügen Silvesters. Es zuckte leise darin. Die geschlossenen Augenlider schienen sich heben zu wollen. Der Körper machte schwache Bewegungen.

War das der Tod? Oder war es Erwachen zu neuem Leben?

Die Sorge überwältigte Jane. Sie wollte Atma rufen, doch die Stimme versagte ihr. Rückhaltlos überließ sie sich den Gefühlen, die in ihr stürmten. Sie umschlang Silvesters Hals, sie flüsterte ihm zärtliche Worte zu und drückte ihre Lippen auf seine Stirn. Alle Instruktionen des Arztes, alle Weisungen Atmas waren in diesem Augenblick vergessen.

»Silvester, verlaß mich nicht! Silvester, bleibe bei mir!«

War es der Klang ihrer Stimme so nahe an seinem Ohr? Einen Augenblick hob er die Augenlider, als suche er mit Gewalt die Umgebung zu erkennen. Dann schlossen sie sich wieder. Der Kopf sank tiefer. Er lag ganz still und regungslos.

»Silvester!«

Ein Schrei aus tiefster Not war es. Leise sank sie neben dem Bett auf die Knie und vergrub das Antlitz in ihre Hände.

Atma war in das Zimmer getreten. Seine Augen ruhten forschend auf den Zügen Silvesters.

»Die Seele ist stärker als der Tod ... Er ist gerettet.«

Er murmelte es leise und trat zurück.

Von neuem öffnete der Kranke die Augen. Diesmal viel freier und leichter. Und sah mit freudvollem Staunen den blonden Kopf an seiner Brust, dessen Antlitz ihm verborgen war.

»Wer ... Was ist ...«

Jane war aufgesprungen.

»Er lebt, er wird leben!«

Noch erkannte Silvester sie nicht.

»Wer ist ... wer bist ...«

»Jane, deine Jane bin ich ... Jane ist bei dir! Gott hat uns wieder vereinigt.«

Der Schimmer des Verstehens, des Wiedererkennens flog über die Züge Silvesters.

»Jane?«

»Ja, deine Jane ... für das ganze Leben!«

»Jane! ... Jane!« ... Er wiederholte den Namen, als gewähre ihm das Aussprechen höchste Seligkeit. Er hob die Arme und legte sie um Janes Hals. Er zog ihr Haupt zu sich und lehnte seine Wange an die ihre.

»Meine Jane«, sagte er so leise, daß sie wohl bemerken konnte, wie die körperliche Schwäche ihn zu übermannen drohte.

»Vor Gott schon lange und jetzt auch vor den Menschen.«

Seine Augen schlossen sich wieder, aber das selige Lächeln blieb auf seinen Lippen. Schnell und sanft schlummerte er ein.

Mit unhörbaren Schritten trat Atma neben Jane.

»Dein Geliebter schläft. Die Gefahr ist vorüber. Du armes Kind mußt auch ruhen. Komm und laß mich allein mit Silvester. Zur rechten Zeit will ich dich rufen.«

»Er schläft, er ist gerettet!« wiederholte Jane. Sie sprach es leise. Einen langen Blick warf sie auf den ruhig Schlummernden und folgte dem Inder.

Nachdem die Krisis überstanden, die Kraft des Fiebers gebrochen war, machte die Genesung Silvesters schnelle Fortschritte. Schon am dritten Tage ging er an Janes Arm über die Wege des parkartigen Gartens, der das Herrenhaus umschloß, und jede Stunde des Tages war eine Stunde des Glücks für die Liebenden. Nach einer Woche wagten sie es, den Pfad zum Ufer des Torneaelf zu wandern, berückt und entzückt von der romantischen Schönheit dieser wunderbaren Landschaft. Ein unendliches Glücksgefühl durchflutete ihre Herzen. In dem dichten Grase am Flußufer ließen sie sich nieder. Silvester lehnte seinen Kopf in Janes Schoß und schloß tief atmend die Augen.

»Wenn ich deine liebe Gestalt nicht fühlte, möchte ich glauben, es wäre nur ein schöner Traum, und würde den Himmel bitten, daß er mir ein Ende fände. Jane, du bist bei mir«, er zog ihre Hände an seine Lippen und küßte sie. »Die guten Feenhände, ihnen verdanke ich mein Leben.«

»O Silvester, wie gern wäre ich für dich gestorben, hätte mein Tod dir Rettung bringen können. Du hast so vieles, wofür du leben mußt. Ich habe nichts als dich. Was sollte aus mir werden, wenn ich dich nicht hätte.«

Ihre Arme umschlossen den Geliebten. Ihre Augen versenkten sich ineinander ... ihre Lippen fanden sich in einem langen, langen Kuß.

Teil III

»Auf die Postille gebückt zur Seite des wärmenden Ofens ...«

Es war Geburtstag im Hause Termölen. Das Geburtstagskind Andreas Termölen trug seine acht Jahrzehnte, so gut ein Mensch sie zu tragen vermag. Schon am Vormittag hatte er den Festrock aus feinem schwarzen Tuch angelegt. Die Kriegskreuze aus dem großen Kampfe von Anno 14 bis 18 schimmerten auf der linken Brustseite.

Das volle, weiße Haar, der starke Schnurrbart gaben dem Gesicht einen energischen Zug. Doch die Jahre machten sich fühlbar. An der Seite seiner Luise, der fünf Jahre jüngeren Gattin, hatte der Jubilar in den Vormittagsstunden die Schar der Gratulanten empfangen. Die Wirtz, die Schmitz, die Raths und wie sie alle hießen. Der Duft von Blumenspenden erfüllte das Wohnzimmer. Der Alte hatte sich aufrechtgehalten. Mit alten Freunden und Kriegskameraden geplaudert und ein Gläschen getrunken.

Danach das Mittagsmahl. Nur zu zweit mit seinem Luischen, die mit ihm jung gewesen und alt geworden war. Da spürte er die Anstrengungen des Tages. Die Hände zitterten mehr als gewöhnlich. Der Rücken schmerzte ein wenig.

Besorgt betrachtete ihn die Gattin.

»Es is also, als et Bismarck schon gesacht hat. Die ersten Siebenzig sind alleweil die besten. Da is nichts dran zu ändern, Luische.« So suchte er die Sorge der Gattin fortzuscherzen. Und war doch froh, als er sich nach geschehener Mahlzeit behaglich in dem alten Ledersessel ausstrecken konnte. Da konnten sich die alten Glieder wohlig ruhen und lösen.

Die Termölensche Ehe war kinderlos. Die Liebe der alten Leute betätigte sich an Neffen und Nichten. Auch an der dritten Generation, die zum größten Teil schon erwerbstätig im Leben stand.

Der alte Mann wollte sein Schläfchen machen. Aber die Anregungen und Ungewohnheiten des Tages wirkten nach. Er war zu aufgeregt dazu.

»Wat meinst du, Luischen, ob de Jong, de Willem, hüt von Essen röwerküttt?«

»Ich mein, er wird schon komme, wenn er Zeit hat.«

Die Zwiesprach galt dem Oberingenieur Wilhelm Lüssenkamp von den Essener Stahlwerken. Der stand nun auch schon im fünfzigsten Lebensjahre. Aber für die beiden Alten blieb er nach wie vor »de Jong, de Willem«.

Der Alte sann einige Zeit über die Antwort nach.

»Wenn er Zeit hat. Et jibt jetzt mächtig zu don. Et jibt bald Krieg. Engländer und Amerikaner. Et soll mich freuen, wenn dat Volk sich ordentlich de Köpp zerschlägt.«

Dann sprangen seine Gedanken zu einem anderen Gegenstand über.

»Wer hätt dat jedacht, Luische, dat aus unserer Reisebekanntschaft auf dem Schiff...damals hinter Bonn...dat daraus wat Ernstlichet werden wird. Ich han mir nachher jedacht, die jungen Leut' müßten mich für 'nen alten Schwefelkopf halten. Und da kütt dann en Brief aus Amerika. Un dann noch einer aus Schweden. Dat muß ich nochmal lesen.«

Frau Luise Termölen brachte die Briefe. Der alte Mann versuchte zu lesen. Die Hand war zu zitterig, und die Schrift verschwamm ihm vor den Augen.

»Lis du es jet, Luische. Du hast jüngere Augen.«

Frau Luise setzte sich zurecht und las die fünfzigmal gelesenen Briefe zum einundfünfzigstenmal.

Trenton, den 14. Dezember 1953.

Geehrter Herr Termölen!

Ein wunderbarer Zufall hat es gefügt, daß die Hinweise, die Sie mir vor Jahresfrist gaben, mir wirklich ziemlich vollkommene Klarheit über meine Herkunft gebracht haben. Ich bin, wie Sie aus dem Poststempel ersehen können, in Trenton. In denselben Staatswerken, in denen auch Frederic Harte bis vor zwei Jahren seine Stellung bekleidete. Er verlor sein Leben bei einem Unfall. Aber seine Witwe weiß über die Schicksale der einzelnen Familienmitglieder gut Bescheid. Ich habe Frau Harte und ihre Tochter Jane kennen und schätzen gelernt. Nach den langen Unterhaltungen, die ich mit Frau Harte hatte, ist es für mich Gewißheit, daß ich der Sohn von Gerhard Bursfeld bin, der im Herbst 1922 in Mesopotamien verschollen ist. Zeit und Ort stimmen genau mit den Angaben, die mir von anderer Seite her über das Verschwinden meines Vaters bekannt wurden. Die Wahrscheinlichkeit, daß zwei Deutsche an derselben Stelle zur selben Zeit in dieser Weise verschwinden sollten, ist praktisch gleich Null. Auch Frau Harte bestätigte die Ähnlichkeit mit Gerhard Bursfeld, von dem sie gute Bilder besitzt. Ich darf Sie danach auch als meinen Verwandten betrachten und begrüße Sie als

Ihr dankbarer
Silvester Bursfeld.

Der Brief war an den Kniffstellen mehrfach eingerissen und trug die Spuren häufiger Lektüre.

»Wer hätte dat jedacht, Luische, dat die Menschen sich auf Jottes weiter Welt so zusammenfinden. Laß mich och den zweiten Brief hören.«

Frau Luische rückte die Brille zurecht und las weiter. Der andere Brief war neuesten Datums.

Linnais, den 5. Juli 1955.

Mein lieber Herr Termölen!

Ich bin der glücklichste Mensch auf der Welt und verdanke Ihnen, daß ich es bin. Hätten Sie mir damals nicht die Nachweise gegeben, wär ich nie zu Mrs. Harte gekommen. Dann wäre Jane Harte auch nicht meine liebe Braut und in zwei Stunden mein angetrautes Weib. Es treibt mich, Ihnen von meinem Glück Kenntnis zu geben. Heute nachmittag gehen wir auf die Hochzeitsreise. Italien, Griechenland, Ägypten bis zu den Pyramiden. Jane kennt die Alte Welt noch nicht. Sie hat immer in Amerika gelebt. Auf der Rückreise wollen wir Sie besuchen. Ich lade mich und meine junge Frau auf die Mitte des Monats für ein paar Tage bei Ihnen zu Gaste. Durch Jane, die es von ihrer Mutter weiß, erfuhr ich, daß Sie am 8. Juli Ihren achtzigsten Geburtstag feiern. Wir gratulieren dazu von den Ufern des Torneaelf her und werden unsere Glückwünsche bald mündlich wiederholen.

Ich bleibe

Ihr ergebenster ...

Frau Luise blickte von ihrer Lektüre auf. Nun war der alte Mann doch eingeschlafen. Die Natur verlangte ihr Recht. Sie ließ ihn ruhig schlummern und bereitete leise den Kaffeetisch für den Nachmittag. Der Junge, der Wilhelm, wurde ja erwartet. Vielleicht kamen auch noch andere Gäste. – – –

Die Hausglocke erklang. Andreas Termölen fuhr aus seinem Schlummer empor. Eine kräftige männliche Stimme im Vorraum. Wilhelm Lüssenkamp trat in das Zimmer. Der blonde Rheinländer begrüßte den alten Oheim herzlich und brachte ihm seine Gabe dar. Einen Korb mit Rosen, zwischen denen die rotgekapselten Hälse von einem Dutzend guter Flaschen verheißungsvoll blinkten.

»Alter Wein für alte Leute, Onkelchen. Meine besten Glückwünsche. Lange kann ich nicht bleiben. Wir arbeiten mit Nachtschicht. Mit List und Tücke bewog ich den Kollegen Andriesen, mich über den Nachmittag zu vertreten. Erwischte einen freien Werkflieger, der mich bis Düsseldorf mitnahm, und da bin ich.«

Andreas Termölen ließ den Wortschwall über sich ergehen. Drückte die Hände seines Neffen herzlich und lange.

»Et freut mich, Jong, dat du noch auf en paar Stündchen den Weg zu deinem alten Ohm jefunden hast. Dafür sollst du och dat erste Stück vom Kuchen haben.«

Sie setzten sich an den Kaffeetisch, griffen zu und ließen sich schmecken, was Frau Luise darbot.

In die idyllische Ruhe dieses stillen Heims kam Wilhelm Lüssenkamp aus dem sausenden Getriebe der großen Essener Stahlwerke. Kam, brachte die Unrast und Anspannung harter Arbeit mit, und fand bei dem alten Manne freudiges Verständnis. Bis vor fünfzehn Jahren hatte Andreas Termölen selbst eine leitende Stellung in der rheinischen Stahlindustrie bekleidet. Er wußte, was es bedeutet, den Gang der Schmelzöfen zu überwachen und Abstich auf Abstich in die Kokillen zu bringen. Begierig lauschte er den Erzählungen des Neffen.

Daß das Werk im Laufe der letzten vierzehn Tage die Zahl der Stahlöfen verdreifacht habe. Tag und Nacht wurde mit riesenhaft vermehrtem Personal gearbeitet. Eben trocken, wurden die Öfen schon in Betrieb genommen. Vorsichtig begann die Beheizung. Die Gasanlage war Gott sei Dank auf Zuwachs gebaut und lieferte den nötigen Brennstoff.

War nach vierundzwanzigstündiger Beheizung die letzte Spur von Feuchtigkeit aus dem Mauerwerk getrieben, dann wurde der volle Flammenstrom angestellt. Dann stieg die Hitze im Ofeninnern in wenigen Stunden auf grelle Weißglut. Dann warfen die Maschinen Charge auf Charge in den Ofen. Gußbrocken, Schmiedeeisen und alle anderen Rohstoffe, aus denen in der Höllenglut der edle Stahl gekocht wurde.

Der warme Betrieb mußte Tag und Nacht durchgehen, weil man die Öfen nicht einfrieren lassen durfte. Aber er ging jetzt forciert. Er war schon verdreifacht und sollte noch einmal verdreifacht werden.

»Wat soll dat all? Wo wollt ihr mit der Unmasse Stahl hin?«

Wilhelm Lüssenkamp zuckte mit den Achseln.

»Nicht meine Sorge, Ohm. Das Schmelzwerk hat den Auftrag, soviel Stahl wie möglich zu liefern. Wenigstens aber eine Million Tonnen im Jahr. Da heißt es: Anbauen und sich dranhalten. Übrigens... ich verrate damit kaum ein Geheimnis: Es ist stadtbekannt, daß die Amerikaner unmenschliche Stahlmengen für ein Sündengeld fest gekauft haben und in Deutschland stapeln.«

»Et jibt Krieg, Jung. Ick hab dat schon vorher jesagt.«

»Kann sein, Onkel Andreas. Es sieht so aus, als ob John Bull und Uncle Sam sich an die Kehle wollen. Der Amerikaner kauft Stahl. Der Engländer interessiert sich mehr für fertige Sachen. Im Motorenraum, unsere neuen Turbinen... ich will mich nicht rühmen... aber die haben's in sich und haben's auch den Englischen angetan. Bei den Probefahrten haben wir zwölfhundert Kilometer geschafft. Die bis jetzt schnellsten Maschinen, das ist die amerikanische R. F. c.-Type. Tausend Kilometer. Von uns um zweihundert Kilometer geschlagen. Der englische Kapitän, der eine Probefahrt mitmachen durfte, war einfach platt. Steckte die Entfernung zwischen Fredericsdal an der grönländischen Südspitze und der Wendemarke auf der Azoreninsel immer wieder auf dem Globus ab und schüttelte den Kopf. Seitdem sind die Engländer scharf hinter den Turbinen her. Zehntausend Stück sofort in festen Auftrag.«

Wilhelm Lüssenkamp ließ den Blick auf den Kriegsorden des Oheims ruhen.

»Du hast die alten Denkzeichen angelegt?«

Er beugte sich vor und ließ einzelne Spangen der Dekoration durch die Finger gleiten.

»Sommeschlacht... Verdun... Kemmelberg... Ypern... Dixmuiden... Chemin des Dames... blutige Orte. Nach dem, was wir schon als Kinder hörten, muß es da böse zugegangen sein.«

Der alte Mann nickte zustimmend.

»Jong, et is jetzt vierzig Jahre her. Aber die Tage stehen mir noch wie heute vor dem Gesicht. Manchmal scheint et mir noch heut unglaublich, dat ich damals am Leben geblieben bin... Et war die Hölle. Et war mehr als die Hölle.« Der Alte schwieg, von der Erinnerung ergriffen. Der Neffe nahm das Thema auf.

»Es war schlimm, Onkel Andreas. Aber jetzt kommt es noch viel schlimmer. Der Krieg, der uns bevorsteht, wird das Entsetzlichste, was die Welt jemals gesehen hat. Dreihundert Millionen Nordamerikaner gegen siebenhundert Millionen Briten. Die Industrie der Erde schon jetzt keuchend in voller Kriegsarbeit. Neue Mittel, neue Mordmethoden, von denen die meisten Menschen heute noch keine Ahnung haben. Aber... es geht nicht um unsere Haut. Die beiden Weltmächte, die übriggeblieben sind, schneiden sich die Kehle ab. Niemand kann die Katastrophe aufhalten. Sie ist unabwendbar. Wenn sie nicht morgen kommt, dann übermorgen. Aber sie kommt. Ich glaube nicht, daß wir noch im Frieden den Kornschnitt erleben. Nach meiner Meinung muß der amerikanische Diktator ganz plötzlich und unvermutet losschlagen, wenn er die besseren Chancen auf seine Seite bringen will. Die Engländer sprechen seit fünfzig Jahren vom *Saxon day*. Ich meine, er steht dicht vor der Tür, und kein Mensch kann das Verhängnis aufhalten.«

»Kein Mensch ...«

Der alte Mann wiederholte es nachdenklich.

»Sie haben et nicht verdient, dat wir ihnen eine Träne nachweinen. Laßt sie sich meinetwegen die Hälse abschneiden... janz wat anderes, Jung'! In zehn Tagen jibt et bei uns Besuch. Einer von den Bursfelds. Ich hab dir ja erzählt, wie wunderlich wir ihn entdeckt haben. Seine Jroßmutter war meine Schwester. Eine Schwester deiner Mutter. Er wird uns mit seiner jungen Frau besuchen. Sieh, dat du in den Tagen auch mal zu uns kommst.«

Wilhelm Lüssenkamp versprach es. Sah auf die Uhr und bemerkte, daß es die höchste Zeit zum Aufbruch sei. Er mußte eilen, wenn er sein Flugzeug an der verabredeten Stelle treffen wollte. Die siedende Arbeit rief ihn zurück, fort aus dieser ruhigen Feierstimmung, in die Gluten und zu den rasselnden Maschinen industriellen Hochbetriebes.

Glockengeläut klang vom Turm der alten Kirche von Linnais. Über die sonnenbeschienenen Dächer des Ortes, über bestellte Felder, die in kurzen Sommerwochen spärlichen Ertrag brachten, zogen die

Töne dahin, das Tal des Torneaelf entlang und verloren sich schließlich in bläulicher Ferne zwischen den föhrenbestandenen Ufern.

In der Kirche herrschte gedämpftes Licht. In hundert Farben spielte es durch die bunten Fenster. Die Kirche fast leer. Nur einige zwanzig Personen auf den dreihundertjährigen Eichenbänken und in den Chorstühlen.

Die Orgel setzte ein. Die Klänge des Chorals drangen durch den Raum. Es war der Hochzeitstag Silvesters. Der Tag seiner Vereinigung mit Jane.

Die Orgel schwieg. Der alte Geistliche segnete den Bund. Jane im weißen Kleide, den Myrtenkranz im lichtblonden Haar, ätherisch zart. Sie glich den Engelsgestalten, welche die Kunst eines alten Meisters über dem Altar geschaffen hatte. Silvester, den Arm nach der Verwundung noch in der Binde, aber froh und glücklich.

Dicht hinter dem Paar die beiden Zeugen der Zeremonie: Erik Truwor und Soma Atma.

Der Inder ruhig, in sich versunken. Der freie Ritus der Zeit erlaubte es ihm, hier als Zeuge zu dienen. Seine Gedanken weilten bei den Lehren der eigenen Religion. An das Rad des Lebens dachte er, an das wir alle gebunden sind. An das Kämpfen und Leiden aller Kreatur, die erst nach tausendfacher Wiedergeburt und Bewährung zur ewigen Seligkeit des Nirwana eingehen darf.

Erik Truwor hoch gereckt. Jede Muskel verhaltene Kraft. Glücklich beim Glücke des Freundes. Doch schon weitere Pläne erwägend. Ungeduldig über jede Verzögerung, die seine Lebensaufgabe erfuhr.

Der Priester wechselte die Ringe. Leicht schob sich der goldene Reif auf den schlanken Finger der Braut. Hart und schwer legte er sich an Silvesters Hand neben den Ring von Pankong Tzo.

Atma sah es, und seine Gedanken nahmen einen anderen Lauf.

»Wer schon gebunden ist, soll sich nicht nochmals binden. Zwei Pflichten kann niemand erfüllen, zwei Herren niemand dienen.«

Der christliche Priester sprach milde Worte. Daß sie nun eins seien. Daß jedes dem anderen gehöre, bis einst der Tod sie scheiden würde.

Atma sah nur die beiden Ringe an Silvesters Hand.

Auch Erik Truwors Gedanken wanderten. Fort aus dem grünen Tale, nordwärts über brandendes Meer und weite Eisflächen zu verschneiten Felsen. Nur undeutlich drangen die Worte des Priesters an sein Ohr. Im Geiste baute er dort nordwärts in eisigen Fernen bereits eine neue Zufluchtsstätte. Ein neues Heim, unentdeckbar und unangreifbar.

Der Geistliche hatte geendet. Segnend legte er die Hände auf die Häupter der Neuvermählten. Ein voller Sonnenstrahl fand seinen Weg bis zum Altar und wob aus goldenem Licht eine Krone auf dem Scheitel der Braut. Die Orgel fiel wieder ein. Die Feier ging dem Ende zu.

Kraftwagen brachten die Teilnehmer zum Hause Truwor zurück, wo das Mahl gerichtet war. Gäste aus dem Ort: Der Vogt von Linnais mit seiner Gattin. Der Königliche Richter. Besitzer freier Bauernhöfe aus der Umgebung von Linnais mit ihren Frauen.

Eine schwedische Hochzeit mit den alten Sitten und Gebräuchen. Seit einem Menschenalter hatte die hohe Halle des Hauses so zahlreiche Gesellschaft nicht mehr beherbergt. Seitdem Erik Truwors Mutter starb und der Vater nur noch seiner Wissenschaft und seinen Reisen lebte.

Jetzt dröhnte der Dielenboden unter den Schritten kräftiger hoher Gestalten. Scherzen und Lachen erklangen und verjagten die Geister der Einsamkeit.

Amtmann Bjerkegrön führte als Respektsperson den Vorsitz und das Wort an der Tafel. Richter Kongsholm sekundierte ihm vom anderen Ende her. Es wurde geschmaust und getrunken. Der Amtmann brachte den Toast auf das junge Paar aus. Der Richter wollte nicht nachstehen und sprach auf künftige Paare, die in dieser Halle noch Hochzeit halten würden. Der nächste Bräutigam müsse Erik sein. Seit tausend Jahren stünde Haus Truwor und sei stets vom Vater auf den Sohn vererbt worden. Also ...

Er schloß in nicht mißzuverstehender Weise und leerte sein Glas auf die noch unbekannte Braut.

Um drei Uhr hatte das Mahl begonnen. Um sechs Uhr saß man noch. Viele Toaste waren ausgebracht, viele Gläser geleert worden. Die Köpfe waren rot, und die Stimmung ging hoch. Allgemeines Stimmengebraus erfüllte den Raum. Mancher sprach, um zu sprechen, und achtete nicht sonderlich mehr darauf, ob er Zuhörer fand.

Erik Truwor hatte in der allgemeinen Lebhaftigkeit unbemerkt seinen Platz verlassen und sich halb rückwärts hinter Atma einen Stuhl hingezogen. Der Inder war ruhig und schweigsam wie gewöhnlich. Während der Richter von künftigen Hochzeiten sprach, ruhte sein Blick auf den altersbraunen Deckenbalken der Halle. Wieder kam ihm in jener Sekunde die unheimliche Gabe des Fernsehens, und er glaubte verzehrende Flammen um das Gebälk lecken zu sehen.

»Dein brauner Kumpan ist schweigsam, Erik. Wir wollen ihm zeigen, was eine Hochzeit in Schweden ist. Ein Brautführer darf nicht nüchtern bleiben, wenn er der Braut Ehre machen soll.« Der dicke Vogt rief es lachend und kam dem Inder mit einem vollen Pokal vor. Atma tat Bescheid. Dem Vogt und vielen anderen. Nur war der Trunk, der bald goldglänzend, bald funkelnd wie Rubin in seinem Glase schimmerte, kein Wein.

Erik Truwor beugte sich vor.

»In dreißig Minuten muß Silvester aufbrechen, wenn er den Anschluß an die Regierungslinie nach Deutschland erreichen soll.«

»So laß ihn gehen.«

Atma sagte es ruhig und leidenschaftslos.

»Du kennst meine Landsleute nicht. Sie wollen den Brauttanz. Sie wollen den Schleier der Braut vertanzen, wollen zuletzt aus dem Brautschuh trinken. Ich bedaure es jetzt, daß ich die alten Freunde und Nachbarn eingeladen habe. Es gibt Anstoß, wenn das Paar jetzt aufsteht.«

Atma überblickte die Tafel. Sie waren alle in ihrem Element. Der Richter hielt dem Beisitzer einen Vortrag über einen besonders interessanten Fall aus der letzten Sitzung. Der Vogt machte der Frau Amtmann Komplimente. Der Amtmann begann auf die Regierung zu schimpfen.

»Ich muß mit Silvester noch sprechen. Wir haben ihm eine Woche für seine Hochzeitsreise zugestanden. Ich habe mich besonnen, er mag vierzehn Tage reisen.«

Atma wandte sich aufmerksam um.

»Warum das? Du wolltest ihn zuerst nur drei Tage entbehren. Er hat dir die Woche abgerungen. Warum jetzt zwei Wochen?«

»Weil...ich habe meine Gründe, die ich dir später sagen werde. Ich muß das Paar jetzt aus dem Saal herausbekommen.«

Atma ließ seinen Blick von neuem über die Tafel gehen. Er erhob sich und trat an die schmale Wand der Halle. Es sah aus, als ob er dort irgend etwas erklären oder zeigen wolle.

Schon hoben einige aus der Gesellschaft die Köpfe und blickten angespannt auf das dunkle Getäfel der Wand. Die Frau Amtmann fiel dem Vogt ins Wort.

»Sehen Sie...das herrliche Bild...ein indisches Schloß, wie es scheint. Wie wundervoll! Die bunten Kuppeln im stahlblauen Himmel...unser Erik ist ein scharmanter Gastgeber. Er bietet uns einen Extragenuß...Wohl Bilder von seinen exotischen Reisen ...«

Der dicke Vogt hob neugierig den Kopf und folgte der weisenden Hand seiner Nachbarin. Eben noch schien ihm weißer Nebel über die Wand zu wallen. Jetzt sah er in strahlender Schönheit den Kaiserpalast von Agrabad.

Und machte den Nachbarn darauf aufmerksam. Und der den nächsten. Wie ein Lauffeuer ging es um die Tafel. Die mit dem Rücken gegen die Schmalwand saßen, drehten sich um. Wo Silvester und Jane nur das dunkle Getäfel erblickten, schimmerte den andern das wunderbare Bauwerk altindischer Kunst in strahlender Schöne. Aus dem stehenden wurde ein bewegtes Bild. Der Palast zog näher heran. Die staubige, sonnenbeschienene Straße dehnte sich bis in den Saal. Längst hatte der Richter seinen Prozeß, der Amtmann seinen Zorn auf die Regierung vergessen. Fasziniert starrten die Gäste auf das Schauspiel an der Wand. Die Elefanten des Königs kamen. Mit vergoldeten Stoßzähnen und purpurnen Schabracken.

Es schien ein bunter Film zu sein, wie man ihn in allen Theatern hatte. Aber ein Film von unerhörter Farbenpracht. Und er blieb nicht an der Wand. Einzelne Figuren liefen bis weit in den Saal hinein.

Lobbe Lobsen zog seinen Stuhl zurück, weil ein staubiger Pilger ihm direkt über die Füße lief. Immer wunderbarer wurde es. Atma, der eben noch in europäischer Kleidung da war, stand plötzlich im exotischen Gewand unter den Gestalten, begrüßte hier einen, nickte dort einer Figur zu, wurde gekannt und wieder gegrüßt.

Derweil stand Erik Truwor draußen vor dem Hause am Schlage des Kraftwagens und tauschte den letzten Händedruck mit dem jungen Paar.

»Reist glücklich! Genießt euren Honigmond! Die letzten drei Tage seid ihr Gäste im Hause Termölen. Am 19. hole ich dich von der Station der Regierungslinie ab. *Farewell!*« Der Motor sprang an. Der Führer mußte sich eilen, um das Regierungsschiff nach Deutschland noch im Flughafen zu fassen.

Erik Truwor kehrte langsam in die Halle zurück. Er fand Atma ruhig auf einem Sessel an der Schmalwand der Halle sitzend. Die Hochzeitsgesellschaft starrte mit aufgerissenen Augen auf diese Wand, als ob dort ein besonderes Schauspiel zu erblicken wäre. So ähnlich mußten wohl die Studenten in Auerbachs Keller ausgesehen haben, als Mephisto ihnen edle Weine aus dem trockenen Holz des Tisches fließen ließ. Erik Truwor konnte sich eines Lächelns nicht erwehren.

Atma erhob sich und ging auf seinen Platz am Tische zurück. Im gleichen Augenblick begann das Bild, welches die Zuschauer so fesselte, zu verblassen. Es wurde neblig, verlor die Farbe, und schon war wieder die dunkle Wand sichtbar. Nur langsam löste sich die Erstarrung der Gäste. Dann entlud sich der Beifall um so lauter.

Herrlich... großartig... wundervoll. Die Plastik der Bilder. Das Hinaustreten der Figuren in den freien Raum. Sie waren fast alle in Stockholm gewesen und hatten das Kino mit allen Feinheiten gesehen. Farbig natürlich. Auf Nebelwände projiziert. Aber niemals hatten sie gesehen, daß einzelne Figuren des Bildes bis unter die Zuschauer liefen.

Sie sparten nicht mit ihren Komplimenten gegen den Gastgeber.

Und niemand vermißte das Brautpaar. Hin und wieder trank ihm einer zu, als ob Jane und Silvester noch auf ihren Plätzen säßen. Sie schmausten und zechten bis spät nach Mitternacht und dachten erst in den Morgenstunden an die Heimfahrt.

Erik Truwor kannte Atmas Künste. Er wußte, daß es dem Inder ein leichtes war, dieser ganzen auf keinerlei Widerstand eingestellten Gesellschaft die unwahrscheinlichsten optischen und akustischen Phänomene zu suggerieren. Aber es erfüllte ihn dennoch mit Erstaunen, als er sah, wie der Amtmann auf den leeren Stuhl von Jane zuschritt, sich feierlich vor einem Nichts verbeugte, mit einem Nichts im Arm durch die Halle walzte und das Nichts wieder zum Stuhle zurückgeleitete. Als die Amtmännin sich mit geschmeicheltem Lächeln erhob und ebenso solo durch den Raum tanzte. In der festen Überzeugung, vom Bräutigam aufgefordert zu sein, von ihm geführt zu werden.

Es wirkte auf Erik Truwor, weil alle Gäste diesen Tänzen besonderen Beifall spendeten. Weil sie alle den Schemen sahen, den der Wille Atmas ihnen aufzwang, weil er allein der Suggestion nicht unterworfen war und das unsinnig Groteske dieser Tänze voll spürte.

Er war es zufrieden, als die letzten das Haus verließen.

Gefolgt von Atma, ging er in das Laboratorium. Dort stand der neue Strahler, gekuppelt mit dem Fernseher.

»Wo mag das Paar jetzt sein?«

Der Inder antwortete nicht sogleich. Seine Augen blickten weit geöffnet in die Ferne. Langsam kamen die Worte.

»Im Süden in weiter Ferne... über schneebedeckten Bergen.«

»Du meinst im deutsch-italienischen Regierungsschiff? Wir werden sehen.«

Erik Truwor sagte es mit stolzer Befriedigung. Er richtete den Apparat. Er ließ einen leichten Energiestrom strahlen. Ein Bild erschien auf der Scheibe. Ziehende Wolken, schneebedeckte Gipfel. Die Alpenkette... das Gotthardmassiv. Ein schimmernder Punkt darüber.

Er arbeitete an den Mikrometerschrauben der Feinstellung. Er richtete und visierte.

Da wuchs der Punkt zum großen Flugschiff. Jede Schraube, jede Niete wurde erkennbar. Er mußte dauernd regulieren, um das schnell fahrende Schiff in dieser Vergrößerung nicht aus dem Gesichtsfelde zu verlieren.

Jetzt stimmten Regulierung und Flugschiffbewegung genau überein. Regungslos verharrte das Schiff in der Mitte der Bildfläche. Vorn dicht hinter der breiten Zellonscheibe der Kabine standen Silvester und Jane. Hand in Hand, glücklich lächelnd, blickten sie vor sich nieder in die fruchtbare italienische Ebene.

»Alle diese Kriegsgerüchte sind ... ich will den Ausdruck unserer Zeitungsleute gebrauchen ... sind stark verfrüht. Die Welt gehört den Anglosachsen. Sie wären Toren, wenn sie sich gegenseitig zerfleischen wollten. Der innere tiefliegende Grund zum Kriege fehlt, und deshalb wird es trotz allen Pressegeschreis und aller Nervosität keinen Krieg geben. Das ist meine persönliche Ansicht ... und nicht meine Ansicht allein.«

Dr. Glossin sprach in der überzeugenden und beinahe hypnotisierenden Art, über die er so gut verfügte.

Lord Horace Maitland saß ihm in der Bibliothek von Maitland Castle gegenüber. »Ihre Worte in Ehren, Herr Doktor. Aber warum versucht Amerika die europäische Stahlproduktion aufzukaufen?«

Lord Horace ließ die scharfen grauen Augen forschend auf dem Arzte ruhen. Dr. Glossin hatte seine Muskeln in der Gewalt. Es war ja vorauszusehen, daß die Bemühungen der amerikanischen Agenten den Engländern nicht verborgen bleiben würden.

»Es ist eine wohldurchdachte Maßnahme des Herrn Präsident-Diktators, um den Frieden der Welt aufrechtzuerhalten.«

»Ich muß gestehen, daß mir die Zweckmäßigkeit dieses Weges nicht völlig einleuchtet.«

»Eure Herrlichkeit wissen vielleicht nicht, daß ich geborener Schotte und nur durch Naturalisation Amerikaner bin. Ich betrachte es als meine vornehmste Aufgabe, die guten Beziehungen zwischen den beiden Ländern zu pflegen ... Sie werden einwenden, daß für diesen Zweck die gegenseitigen Botschafter der beiden Mächte vorhanden sind. In erster Linie gewiß! Aber ein Botschafter ist immer eine offizielle Persönlichkeit. Was er spricht, spricht er amtlich im Namen seines Standes. Vieles darf er nicht sagen, was zu sagen doch bisweilen gut ist.«

Lord Horace strich mit beiden Händen die Zeitung auf dem Tisch glatt. Ein leichter Sarkasmus lag in den Worten seiner Erwiderung.

»Sie dagegen, Herr Doktor, sind nicht mit der Last der Amtlichkeit beschwert, obwohl wir in England ziemlich genau wissen, daß Sie der vertraute Ratgeber des Präsident-Diktators sind. Sie sprechen ganz privatim als Herr Doktor Glossin mit Lord Maitland, der zufälligerweise der Vierte Lord der englischen Admiralität ist. So meinen Sie es?«

»Genau so, Lord Horace. Und so erwidere ich denn: Wir erfuhren, daß die Agenten Englands auf dem Kontinent Kriegsmaterial in größtem Maße bestellten und kauften. Wir hätten mit gutem Rechte das gleiche tun können. Die Rüstungen beider Staaten wären dadurch bis zur Fieberhitze in die Höhe getrieben worden. Wir zogen es vor, unsere friedliche Gesinnung dadurch zu zeigen, daß wir nur den unverarbeiteten Rohstahl kauften. Es ist uns leider nicht in dem beabsichtigten Umfange gelungen. Ihre Regierung läßt nach unseren Ermittelungen Kriegsmaterial auf dem Kontinent bauen, durch das Ihre Luftstreitkräfte um fünfzig von Hundert verstärkt werden. Die Industrie auf dem Kontinent versteht es leider nur zu gut, aus der politischen Spannung Kapital zu schlagen. Immerhin werden Ihre Rüstungen durch unsere Stahlkäufe in solchen Grenzen gehalten, da wir selbst nicht neu zu rüsten brauchen.«

Die Worte Dr. Glossins verfehlten ihre Wirkung auf Lord Horace nicht. Es war richtig, daß Amerika bisher nur Stahl gekauft hatte. Den freilich in ungeheuerlichen Mengen. Noch gab sich Lord Maitland nicht gefangen.

»Sie werden die erworbenen Mengen nach den Staaten bringen und dort selbst die Waffen daraus schmieden.«

Erstaunen malte sich auf Glossins Zügen. »Wir denken gar nicht daran, die zehn Millionen Tonnen Stahl, die wir bisher erwarben, nach den Staaten zu bringen. Es genügt uns, daß sie der Kriegsindustrie entzogen sind. Und... vergessen Eure Herrlichkeit nicht... wir haben schnell gekauft. Haben noch zu erträglichen Preisen gekauft.

Eine Entspannung der politischen Lage wird über kurz oder lang eintreten. Die Völker der Welt werden sich, wie es immer nach solchen Situationen geschah, mit erneutem Eifer der Produktion für den Frieden hingeben. Aber das Rohmaterial wird dann teurer sein...« Doktor Glossin fuhr mit erhobener Stimme fort: »Dann werden wir über diesen riesenhaften Vorrat frei verfügen. Wir haben es verhindert, daß Schwerter daraus gefertigt wurden, wir werden dann Pflugscharen daraus schmieden lassen. Die Wunden, die dieser Stahl schlagen wird, sollen fruchtbringende Ackerfurchen werden. So ist es die Meinung und der Wille meines...«

Er brach jäh ab, als habe er zuviel gesagt.

»... meines Herrn, des Präsident-Diktators Cyrus Stonard«, ergänzte Lord Maitland die Worte Glossins in Gedanken. Jetzt war er überzeugt.

Der Doktor behandelte die Kriegsgefahr als nicht vorhanden. Das konnte Verstellung sein, zu plump, um einen englischen Staatsmann auch nur eine Sekunde zu täuschen. Aber Dr. Glossin entwickelte gleichzeitig ein Zukunftsgeschäft, das den Amerikanern Milliarden von Golddollars bringen mußte, wenn die Spannung sich friedlich löste. Der Größe dieser wirtschaftlichen Aussichten konnte der Engländer sich nicht entziehen. Busineß bleibt Busineß. Der Grundsatz saß zu tief im englischen Denken und Fühlen, um nicht zu wirken.

Eine Meldung des englischen Geheimdienstes hatte Lord Horace darüber unterrichtet, daß Dr. Glossin erst vor wenigen Tagen eine lange Unterredung mit Cyrus Stonard gehabt hatte. Es war außer Zweifel, daß er im Auftrage des Diktators sprach. Amerika suchte den Krieg zu vermeiden, machte dabei aber gleichzeitig ein Milliardengeschäft. Die Taktik war eines Cyrus Stonard würdig. Er vermied den Krieg, dessen Ausgang unter allen Umständen unsicher war, und schuf gleichzeitig die Prosperität, die seine Gewaltherrschaft wieder auf eine Reihe von Jahren sichern mußte.

Blitzschnell gingen diese Gedanken Lord Horace durch den Kopf. Er prüfte in kurzen Minuten des Schweigens den Plan nach allen Richtungen und fand ihn wohldurchdacht. Das Netz war gut gewoben. Keine Masche war von der Nadel gefallen.

Von diesem Augenblick an neigte er zu der Überzeugung, daß Cyrus Stonard ehrlich den Frieden wolle. Die Frage, ob auch England ihn wolle, stand auf einem anderen Brett. Es hatte danach jedenfalls die Möglichkeit, sich die Zeit für einen Konflikt nach Gefallen zu suchen.

Lord Maitland hielt die Angelegenheit für wichtig genug, um zu einer Besprechung nach London zu fahren. Er überließ Dr. Glossin der Gastfreundschaft von Maitland Castle und der Gesellschaft von Lady Diana.

Maitland Castle war in der Tudorzeit erbaut. Spätere Umbauten hatten im Innern mehr Luft und Licht geschaffen, ohne das Äußere bemerkenswert zu verändern. Vor der Südfront des Schlosses lag eine breite Terrasse, gegen den Garten durch eine Sandsteinmauer begrenzt, mit Efeu und Monatsrosen übersponnen.

Die Wasserkünste des Schlosses spielten. Aus gewaltigen Löwenrachen schossen die breiten Strahlen in Muschelschalen, fielen regenbogensprühend von Kaskade zu Kaskade die Mauerhöhe hinab, füllten ein großes Bassin, um schließlich in Form eines schilfumrandeten Baches dem See zuzufließen.

Im Schatten einer Ulme saß Lady Diana in einem bequemen Korbstuhl. Das Buch, in welchem sie gelesen hatte, lag lässig in ihrer Hand.

Ihr gegenüber saß Dr. Glossin.

»Herr Doktor... Ihr Interesse für meine Person versetzt mich in Erstaunen. Es geht weit über das hinaus, was meine anderen Gäste mir entgegenbringen, und... was ich entgegengebracht haben möchte.

Mein Gemahl sagte mir, daß Sie im Interesse unseres Vaterlandes nützliche Arbeit tun, den Frieden zwischen beiden Ländern erhalten helfen. Das ist in meinen Augen ein großes Verdienst. Es gibt Ihnen manche Freiheit. Aber jede Freiheit hat Grenzen ...«

Diana Maitland zeigte Bewegung, als sie von der Erhaltung des Friedens sprach. Zum Schluß klang ihre Stimme kalt abweisend.

»Eure Herrlichkeit legen meinen Worten einen falschen Sinn unter. Was ich sagte, hängt mit dem Wohlergehen unserer beiden Länder eng zusammen.«

»Herr Doktor, Sie sprechen in Rätseln. Ich kann beim besten Willen keinen Zusammenhang zwischen meiner Mädchenzeit in Paris und dem Wohlergehen unserer Länder finden. Aber ich bewundere Ihre Quellenforschung. Sie sind wirklich recht genau über meine Vergangenheit unterrichtet ...«

»Ich bin es in der Tat, Lady Diana. Ich bin es noch genauer, als Sie glauben.«

»Bitte, Herr Doktor, ich habe nichts zu verbergen ...«

Diana Maitland sagte es hart und spöttisch, um einen Überzudringlichen ein für allemal abzuweisen.

»Ich sagte Eurer Herrlichkeit, daß unsere beiden Länder durch einen mächtigen und gefährlichen Feind bedroht sind.«

»Ich hörte es bereits, Herr Doktor.«

»Der Feind ist Erik Truwor.«

Langsam brachte Dr. Glossin die Worte hervor. Und konnte ihre Wirkung Wort für Wort verfolgen.

Lady Diana, eben noch das Bild sarkastischer Überlegenheit und kalt abweisender Ruhe, erblaßte. Ihre Augen weiteten sich bei der Nennung des Namens Truwor, als ob sie ein Gespenst sähe. Ihr Gesicht war sehr bleich. Viel mehr als die heitere Ruhe offenbarte die leidenschaftliche Erregung, deren Spiegel es jetzt war, alle Wunder dieses schönen Antlitzes. In dem prachtvollen Rahmen des reichen dunkelbraunen Haares, mit den halbgeöffneten Lippen und den bebenden Nasenflügeln hatte es etwas Dämonisches. Aus ihren Augen sprühte die Glut eines flammenden Zornes, eines tödlichen Hasses.

»Erik?! ... Erik Truwor...?« rief sie heftig.

Sie warf den Kopf zurück und sah Glossin mit durchdringenden Blicken an.

»Wie können Sie einen Namen aussprechen, dessen Nennung allein eine schwere Beleidigung für mich ist?«

»Ich nannte den Namen eines Mannes, der heute unsere beiden Länder schwer bedroht ... und der vor langen Jahren, Lady Diana, auch einmal in Ihr Leben eingebrochen ist.«

»Was sagen Sie? Erik Truwor bedroht ... bedroht das große England, bedroht das ganze Amerika? ... Ein einzelner Mann die mächtigsten Reiche der Welt? Soll das ein Scherz sein, Herr Doktor ...«

Ihre Stimme bekam einen drohenden Klang. »So würde mir Ihre Anwesenheit in Maitland Castle von diesem Augenblick an für immer unerwünscht sein.«

»Die Ungnade Eurer Herrlichkeit würde ich in Kauf nehmen, wenn ich die harte Tatsache zu einem leichten Scherz stempeln könnte.

Ich nannte Erik Truwor. Zusammen mit zwei Freunden haust er in Schweden an der finnischen Grenze. Der eine seiner Freunde ist Silvester Bursfeld, der Sohn jenes Gerhard Bursfeld, den ich vor dreißig Jahren in den Tower brachte. Die beiden kennen das Geheimnis des Vaters, und sie entwickeln die Erfindung weiter.

Bursfeld weiß, daß sein Vater als ein Opfer englischer Politik im Tower starb. Darum gilt seine Arbeit der Rache an England. Erik Truwor läßt ihn gewähren. Der Dritte im Bunde, ein Inder, hat für sein Vaterland auch eine ... kleine Rechnung mit England zu begleichen.

Vom Torneaelf droht dem englischen Reiche eine Gefahr, viel schwerer, viel größer, als Cyrus Stonard mit seinem Dreihundertmillionenvolk sie jemals sein könnte. Erik Truwor mit seinen zwei Freunden ist mehr zu fürchten als Cyrus Stonard.«

Lady Diana hatte ruhig zugehört. Nur ihre Blässe verriet ihre innere Erregung.

»Wissen Sie, was Erik Truwor mir antat?«

Dr. Glossin setzte die Worte vorsichtig und langsam.

»Ich weiß, daß er der Verlobte der jungen Komtesse Raszinska war und daß er ihr... den Verlobungsring zurücksandte.«

»Sie wissen viel... vielleicht nicht alles.«

»Ich weiß auch, Lady Diana, daß Sie Erik Truwor hassen. Um so weniger werden Sie sich besinnen, zum Wohle Ihres Vaterlandes zu handeln und Ihren Gemahl auf die Gefahr aufmerksam machen, die von Linnais her der Welt droht.

Lady Diana, fassen Sie den korrekten Sinn meiner Mitteilung: Erik Truwor und seine beiden Freunde sind im Besitze des Geheimnisses, um dessentwillen die englische Regierung Gerhard Bursfeld in den Tower brachte.

Noch ist es Zeit! Ein einfacher Handstreich! Gut organisiert! Schnell unternommen und durchgeführt! Hat Ihre Regierung die Sache erst einmal beschlossen, wird sie auch wissen, wie sie durchzuführen ist.«

Lady Diana hatte sich aufgerichtet. Widerstreitende Gefühle kämpften in ihr. Die Erinnerung an die glücklichen Monate in Paris wurde lebendig. Die Gestalt Erik Truwors traf ihr geistiges Auge. Die Zeit nach dem brüsken Bruch, die schrecklichste ihres ganzen Lebens, wachte auf.

Glossin sah ihr Zaudern.

»Hat Diana Raszinska vergessen, was ihr angetan wurde?«

Diana Maitlands Augen flammten auf. Aus fremdem Munde zu hören, was sie im Innersten bewegte ...

Dr. Glossin fuhr fort: »Ich sagte Ihnen bei unserer ersten Unterredung, daß Sie mir eines Tages die Hand zum Bündnis bieten würden. Der Tag ist gekommen. Zum Bündnis gegen den Feind unserer beiden Länder, der auch Ihr persönlicher Feind ist. Der Ihnen das Schwerste angetan hat, was ein Mann einer Frau antun kann.«

Dr. Glossin streckte seine rechte Hand vor. Wenige Minuten des Schwankens. Dann legte Diana ihre Rechte in die des Doktors.

»Es sei, Herr Doktor. Mein Gewissen bleibt unbelastet. Hegt Erik Truwor keine feindlichen Pläne gegen England, so wird er frei aus dieser Prüfung hervorgehen. Sonst... Ich tue nur, was ich gegen jeden Feind meines Landes tun würde.«

Lady Diana erhob sich. Ihre Erregung wich einer tiefen Abspannung. Sie hatte das Bedürfnis, aus Glossins Nähe zu kommen, allein zu sein, zu ruhen. Dr. Glossin begleitete sie bis an die Pforte des Schlosses. Dann kehrte er auf die Terrasse zurück.

Lord Horace Maitland war mit den Ergebnissen seiner Londoner Reise zufrieden. Seine Mitteilungen hatten ersichtlichen Eindruck auf das Kabinett gemacht. Man sah in London, wie die gefährliche Wetterwolke, die seit vierzehn Tagen dunkel drohend am politischen Himmel hing, allmählich lichter wurde. Während man vor zwei Wochen fast jede Stunde den Ausbruch des Krieges erwartete, schien die Gefahr jetzt von Tag zu Tag geringer zu werden. Man sah in London die Kriegsgefahr weichen und hatte keine Erklärung dafür.

In diesen Stand der Dinge war Lord Horace mit den Anschauungen und Darlegungen getreten, die Dr. Glossin ihm entwickelt hatte.

Es gibt im Schachspiel gefährliche Züge, bei denen die feindliche Figur den König angreift und gleichzeitig die Dame gefährdet. Solch einen Zug hatte Cyrus Stonard offenbar auf dem Brett. Während England Hals über Kopf Milliarden in neuem Kriegsgerät festlegte, kaufte er nur Stahl. Band starke Kräfte des Gegners und behielt die Möglichkeit, zur gegebenen Zeit Milliarden für die Union einzuheimsen.

Nachdem man die Absicht des Gegners erkannt hatte, war es möglich, Abwehrpläne zu schmieden. Diese Möglichkeit dankte man den Informationen von Lord Horace, und die Anerkennung dafür kam zum Ausdruck.

Lord Horace war zufrieden nach Maitland Castle zurückgekehrt. Er erkannte die Bedeutung und Wichtigkeit seines amerikanischen Gastes. Sein Entschluß, mit ihm auch fernerhin gute Beziehungen zu pflegen, ihn sich zu verpflichten, stand fest. In dieser Stimmung trafen ihn die Mitteilungen Dianas. Eine Gefahr für das Reich?... Eine Erfindung, an der alle bekannten Kriegsmittel zuschanden wurden?... Die Sache ging England und Amerika gleichermaßen an.

Ganz dunkel spürte Lord Horace, daß die Union im Grunde selber zufassen und die Gefahr beseitigen könne... Aber England hatte eine alte Rechnung mit diesen Leuten. Auch Lord Horace hatte damals die Akten des Bursfeld-Prozesses durchgesehen. Gehörte der Sohn des Mannes, der einst im Tower seinem Leben selber ein Ende setzte, zu diesem Kleeblatt in Linnais, dann mußte sich die Kraft der neuen Macht in der Tat zuerst gegen England richten. Dann war es in erster Linie Englands Sache, diese Gegner unschädlich zu machen... aufzuheben... und vielleicht die Erfindung selbst der Wehrmacht Englands dienstbar zu machen.

An diese letzte Möglichkeit dachte Dr. Glossin wohl sicher nicht. Lord Horace zog sie in die Berechnung hinein. Ein einzelner konnte sterben, bevor ihm das Geheimnis entrissen war. Drei Mitwisser... getrennt voneinander, in den sicheren Verliesen des Towers. Es mußte wunderbar zugehen, wenn es dann nicht gelang, in den Besitz des Geheimnisses zu kommen.

Dr. Glossin hatte seine Minen gut gelegt, die Fäden durch Lady Diana geschickt gesponnen. Er hatte eine lange Unterredung mit seinem englischen Gastfreund. Als er nach zweistündigem Gespräch das Zimmer von Lord Horace verließ, lag die Genugtuung des großen Erfolges unverkennbar auf seinen Zügen. Es war ihm geglückt, was er selbst kaum für möglich gehalten hatte. Es war ihm gelungen, den klugen und weitsichtigen Engländer vor seinen Wagen zu spannen.

Die Engländer hatten sich verpflichtet, die Kastanien für ihn aus dem Feuer zu holen. Sie nahmen ihm das schwerste Stück der Arbeit ab. Waren die drei erst einmal gefangen, dann brauchte man nicht mehr zu fürchten, daß plötzlich verzehrendes Feuer die Welt überfiel. Dann war die Bahn für neue Pläne frei.

Der Sonnenball berührte die stahlblauen Fluten des Tyrrhenischen Meeres und übergoß den Azurspiegel mit einer Flut roter und gelber Tinten. Auf dem Korso von Neapel wogte die Menge, Fremde und Einheimische, in buntem Durcheinander. Die Neapolitaner lachend und schwatzend, sich der Naturschönheiten ihrer Stadt und ihres Landes kaum noch bewußt. Die Fremden entzückt und gefesselt von einer Farbensinfonie, die ihre Töne von Minute zu Minute wandelte. Aber keiner von den Tausenden, die hier promenierten, genoß die Reize des Abends wohl so wie das Paar, das weitab von der Menge der Promenierenden seinen Platz auf der Straße zum Posilip gefunden hatte, wo das Grabmal Virgils sich neben dem alten Römerweg erhebt.

Schon lange saßen sie dort wortlos, Hand in Hand, bis eine kühle Brise den Mann veranlaßte, das Schweigen zu brechen.

»Wollen wir nicht lieber zurückgehen, Jane? Es weht frisch von der See.«

»Nein, Silvester, laß uns noch bleiben ...«

Noch fester umschloß sie Silvesters Arm.

»Es ist unser letzter Abend in Italien. Du weißt ja nicht, mit welchem Grauen ich an die kommenden Stunden denke, in denen wir wieder zurück müssen, in denen du mich allein lassen wirst.«

»Jane... ich lasse dich doch nur für kurze Zeit, für wenige Tage, höchstens Wochen allein. Dann komme ich zu dir zurück, und dann sind wir für immer vereint. Noch viele, noch schönere Tage wird uns das Leben bescheren.«

»Noch schönere Tage?... Kann es noch Schöneres geben, als was wir jetzt genossen haben? Wie ein Traum, wie ein unendlich schöner Traum liegen die Tage der letzten Wochen hinter mir... Unsere Hochzeit in Linnais. Wie Atma die ganze Gesellschaft betörte und wir ungesehen abreisen konnten... die wunderbare Fahrt über die Eisgipfel der Alpen... Dann der erste Gruß der sonnigen Gefilde Italiens... das Mittelmeer, der Nilstrom, die Pyramiden... Rom... das hat mir weniger gefallen. Du sprachst viel von der Geschichte und Größe der Stadt. Aber ich... bedenke nur, daß ich von Kindheit an immer in Trenton in unserem Haus und Garten gelebt habe. Rom, das war mir zuviel ...«

Enger schmiegte sie sich an ihren Gatten.

»Aber am meisten freue ich mich darauf, wenn wir nach dieser Reise erst ruhig in unserem eigenen Heim sitzen werden, wenn ich nicht mehr zu sorgen brauche, daß...o warum, Silvester...warum müssen wir uns noch einmal trennen, warum willst du noch einmal von mir gehen...laß mich doch nicht zurück...laß mich nicht allein in der fremden Welt zurück...nimm mich mit nach Linnais. Ich will euch nicht stören. Ich will weder dir noch deinen Freunden in den Weg kommen, solange ihr mit eurer Erfindung zu tun habt. Nur laß mich bei dir bleiben.«

Fester umschloß Silvester sein junges Weib.

»Nein, Jane. Das ist unmöglich. Aber es sind ja nur wenige Wochen. Dann ist das große Werk vollendet. Dann bin ich unabhängig. Dann werden wir leben können, wie und wo es uns gefällt. Wo es uns am besten gefällt, da werden wir unser Heim gründen, nach dem ich mich ebenso sehne wie du.«

Nach langem Schweigen hub Jane wieder an: »Ich weiß, Silvester, auch du gehst nur ungern. Erik Truwor ist es, der uns trennt...Ja, Erik Truwor ...«

Vorwurf und Bitterkeit lagen in den letzten Worten.

»Jane! Du kennst Erik Truwor nicht. Und weil du ihn nicht kennst, kannst du ihn nicht verstehen. Unser Werk...sein Werk ist größer als Menschenliebe und Menschenleid. Er arbeitet am Schicksal der Menschheit. Sollte das Geschick zweier Menschen ihn hindern dürfen...Nein, Jane. Keinen Vorwurf für Erik Truwor.«

Einen Augenblick saß Jane schweigend in sich zusammengesunken. Plötzlich warf sie ihre Arme um ihn.

»Wenn du wüßtest, Silvester, was so manchmal bald stärker, bald schwächer mich beunruhigt. Bei Tag und auch bei Nacht, wenn ich in deinen Armen liege ...«

»Jane...liebe Jane. Was ist es, was dich quält?«

»Wenn ich es sagen könnte...wenn ich es wüßte, was es ist...ich würde es dir sagen...Eine dunkle Wolke...wenn mein Auge in der schönen glücklichen Zukunft sucht, quillt es schwer und schwarz vor meinen Blicken auf...Eine Ahnung...eine Furcht...ich weiß nicht, was es ist, aber alle heiteren Bilder verschwinden, ich muß die Augen schließen, muß weinen.«

»Jane...du liebes, armes Kind. Die letzten Monate haben zu sehr auf dich eingestürmt. Mein Verschwinden, der Tod deiner Mutter, der Streich Glossins...das war zu viel für dein Herz. Scheuch sie weg, die trüben Ahnungen, wenn sie wiederkommen. Denke an mich. Denke an das Glück, das uns die Zukunft bringen wird ...«

Sekunden des Schwankens. Dann legte Jane ihre Arme um Silvesters Hals.

Liebevoll hüllte er ihre zarten Schultern in einen Schal und zog sie an seine Brust.

Es war ein wehmütiger und tränenreicher Abschied, als Silvester sich endlich in Düsseldorf von seiner jungen Gattin trennte, um allein nach Linnais zurückzukehren. Nur der Gedanke machte das Auseinandergehen für Silvester und Jane erträglich, daß es nur eine Trennung von wenigen Wochen sein sollte. Nur noch einige Verbesserungen. Die Konstruktion und Ausführung eines neuen, noch viel stärkeren Strahlers. Dann, das war der feste Entschluß Silvesters, sollte ihn nichts mehr von seinem Weibe fernhalten. Mit dem festen Versprechen, in spätestens vier Wochen zurückzukehren und dann für immer mit ihr zusammenzubleiben, hatte er sich schließlich aus den Armen Janes gerissen.

Er hatte ihr einen kleinen telephonischen Empfangsapparat dagelassen. Hatte sie zuletzt noch getröstet.

»Mein Liebling, wenn ich auch noch einmal auf kurze Zeit von dir gehe, werde ich doch immer bei dir sein. Ich werde imstande sein, jeden Augenblick dein Bild lebendig vor mir zu sehen, werde in jedem Augenblicke wissen können, was du tust, und wie es dir geht. Und dir gibt dieser Apparat die Möglichkeit, wenigstens meine Stimme zu hören. Ich werde keinen Tag vorübergehen lassen, ohne dich zu sehen und mit dir zu sprechen.«

Silvester hatte ihr den Gebrauch des Apparates genau gezeigt. Einen Druck auf einen Knopf, und die Elektronenlampen brannten. Den Hörer ans Ohr, und jedes Wort, das er in Linnais in den Schalltrichter sprach, wurde deutlich gehört.

So war Silvester gegangen. Jane blieb allein im Hause Termölen zurück. Betreut von den beiden alten Leuten. Wie eine Tochter gehegt und gepflegt von Frau Luise und doch betrübt und einsam.

Auf den Himmel der vierzehntägigen Hochzeitsreise folgte die Hölle der Trennung. Jane lernte in diesen schmerzvollen Tagen und Wochen kennen, was es für eine Frau bedeutet, ihr Herz an einen Mann zu hängen, der einer großen Idee verschrieben ist. Neben dem leichten Goldreif, der ihn an Jane band, trug Silvester den schweren Ring, der ihn mit Erik Truwor und Soma Atma zu einer Dreiheit zusammenschmiedete. Das bittere Schicksal der Frau, die mit ihrer Liebe den Plänen und der Lebensarbeit des Mannes nachstehen muß!

Nur wenig hatte ihr Silvester von seinen Erfindungen und Arbeiten erzählt. Daß die Erfindung in wenigen Wochen abgeschlossen sei. Daß sie ihm solchen Gewinn bringen würde, daß er dann alle Berufsarbeit lassen und sich ganz seinem Eheglück widmen könne. Das war der Trost, der Jane in diesen Tagen aufrechthielt. Der Gedanke, daß diese Trennung nur noch eine letzte kurze Prüfung sei. Daß danach Silvester für immer bei ihr bleiben, ihr ganz gehören werde.

Herr Andreas Termölen schmunzelte, und Frau Luise zeigte ein verständnisvolles Lächeln, wenn Jane des Nachmittags in der vierten Stunde unruhig zu werden begann. Sie sorgte dafür, daß ihre Uhr auf die Sekunde genau die richtige Zeit zeigte. Eine Minute vor vier flammten an jedem Tage die Elektronenlampen auf, und um vier Uhr drangen die ersten Worte Silvesters aus dem Hörer an ihr Ohr. Worte der Sehnsucht, Versicherungen unerschütterlicher Liebe, Tröstungen, daß wieder ein Tag der Trennung vorbei sei. Mitteilungen, daß die Arbeit gut gefördert würde, daß das Ende in nahe Nähe gerückt sei.

Silvester sprach. Er stand in Linnais in seinem Arbeitsraum. Den Schalltrichter der großen Telephonanlage am Munde. Den Strahler auf das Zimmer von Jane gerichtet, das Bild seines jungen Weibes lebendig vor sich auf der Mattscheibe.

Jane konnte nur hören, doch nicht zurücksprechen. Eine Station zum Senden in einem Privathause hätte besondere Einrichtungen und Vorkehrungen erfordert, die in der Kürze der Zeit nicht durchzuführen waren. Sie mußte sich darauf beschränken, die Worte ihres abwesenden Gatten zu hören, Silvester konnte nur ihr Bild auf der Mattscheibe betrachten, mußte auf das gesprochene Wort verzichten. Wohl sah er, wie die Worte, die er selbst sprach, auf ihr Mienenspiel wirkten, wie die Beteuerungen seiner Liebe und Zuneigung den Schimmer der Freude über ihre zarten Züge verbreiteten, doch von dem, was sie selber sprach, konnte nichts an sein Ohr dringen.

So hätte diese tägliche Unterhaltung einseitig bleiben müssen, wenn nicht die Liebe neue Mittel für die Verständigung gefunden hätte.

Die vor Silvester stehende Mattscheibe gab das genaue Bild Janes, gab es in Lebensgröße. Jeden Zug, jede Bewegung ihrer Lippen konnte Silvester genau beobachten, und schnell lernte er es, ihr die Worte von den Lippen abzulesen. Er sah Jane und sprach. Jane hörte seine Worte, antwortete, und aus der Bewegung ihrer Lippen erriet er den Sinn der Antwort. Wiederholte ihn, ersah ihre Bestätigung aus ihrem glücklichen Lächeln.

Jetzt am Ende der zweiten Woche der Trennung hatten es die Getrennten gelernt, sich auf diese Weise zu unterhalten, als ob sie nebeneinandersäßen und nicht fünfhundert Meilen zwischen ihnen lägen. Die tägliche Plauderstunde stärkte Jane den Mut bis zum nächsten Tag. Sie war für Silvester die Quelle, aus der er die Kraft schöpfte, sich wieder in seine Arbeit zu stürzen, die Apparate fertigzumachen, deren schnellste Vollendung Erik Truwor so dringend heischte.

Die Nächte in Linnais waren auch in den letzten Julitagen noch hell.

Auf alle Fälle unbequem hell nach der Meinung des englischen Obersten Trotter. Viel zu hell nach dem Geschmack des Dr. Glossin. Zwar ging die Sonne um Mitternacht eine Stunde unter den Horizont. Aber die Dämmerung gestattete es immer noch, einen Mann im freien Felde auf zweihundert Meter zu erkennen. Vollständige Dunkelheit wäre der kleinen Truppe willkommener gewesen, die unter der Führung von Oberst Trotter im Walde von Linnais lagerte.

Zwanzig Mann. Ausgesuchte englische Soldaten. In kleinen Trupps zu vier bis fünf, in Zivil, waren sie im Laufe der letzten drei Tage mit den Regierungsschiffen der Linie Edinburg-Haparanda angekommen. Als harmlose Reisende waren sie den Torneaelf stromaufwärts gezogen. Hier ein wenig Angelsport treibend. Dort Mineralien sammelnd. Alles andere, nur keine Soldaten vorstellend.

Zu vorgeschriebenen Stunden waren sie alle an dem bestimmten Platze, einer Waldlichtung in der Nähe vom Hause Erik Truwors. Dort waren sie und vergnügten sich als sportfreudige Touristen. Sie schlugen Zelte auf, kochten im Freien ab und machten es sich bequem.

In einem der Zelte saß der Oberst Trotter im Gespräch mit Dr. Glossin und vertrat mit britischer Hartnäckigkeit seinen Standpunkt.

»Mein Befehl lautet, drei Bewohner dieses Hauses, namentlich angeführt als Erik Truwor, Silvester Bursfeld und Soma Atma, aufzuheben und lebendig nach London zu bringen. Es ist bei den englischen Offizieren Sitte, Dienstbefehle genau zu vollziehen. Sie mögen als Zivilist eine andere Anschauung von der Sache haben. Für mich und meine Leute gilt die meinige.«

»Herr Oberst, Sie unterschätzen die Gegner, mit denen Sie es zu tun haben. Ich bin über Ihren Plan erschrocken. Sie wollen das Haus mit zwanzig Mann umstellen, einfach hineingehen und die Gesuchten verhaften?«

»Genau so, wie Sie es sagen, Herr Doktor. Das ist die Art und Weise, wie wir solche Aufträge ausführen. Wenn meine Leute das Haus umstellt haben, kommt keine Maus mehr heraus. Ich würde es freilich bedauern müssen, wenn die Gesuchten zu fliehen beabsichtigen. In diesem Falle sind meine Leute angewiesen, zu schießen.«

Dr. Glossin lief wie ein gefangenes Raubtier in dem engen Zelte hin und her und rang die Hände.

»Herr Oberst, Sie haben keine Ahnung, mit wem Sie es zu tun haben. Sie mußten mit einem Flugzeug herkommen und den stärksten brisantesten Torpedo, den Ihre Armee besitzt, auf das Dach abwerfen. Eine Sekunde nach Ihrer Ankunft mußte das ganze Haus bis zum tiefsten Keller pulverisiert sein. Dann bestand einige ... ich sage nicht volle, aber doch wenigstens einige Aussicht, daß die Verschwörer unschädlich gemacht wurden.«

Oberst Trotter lächelte mitleidig.

»Sie scheinen ernstlich Furcht vor den Bewohnern dieses Hauses zu besitzen. *Well*, Herr Doktor, als Zivilist sind Sie nicht verpflichtet, besonderen Mut zu entwickeln. Aber Sie werden mich diese Angelegenheit auf meine Weise erledigen lassen.«

Der Oberst blickte auf seine Uhr.

»Gleich elf. Es wird in dem verdammten Lande nicht dunkel. Ein Sergeant, der gut Schwedisch spricht, ist unterwegs, um sich das Haus und seine Bewohner genauer anzusehen.«

»Auch das noch!« Dr. Glossin stieß die Worte in einem Übermaß von Unwillen hervor.

»Haben Sie an dieser Maßnahme etwas auszusetzen, Herr Doktor? Es ist bei allem Militär der Welt Sitte, daß man vor dem Angriff aufklärt.«

Während der Oberst seine Ansicht mit der Bestimmtheit des alten Soldaten aussprach, hatte Dr. Glossin sich wieder auf den niedrigen Feldstuhl gesetzt. Ernst und bestimmt kamen die Worte aus seinem Munde.

»Mag das Schicksal Erbarmen mit Ihnen und Ihren Leuten haben. Sie sind in der Lage eines Mannes, der einem Tiger nur mit einem Spazierstöckchen bewaffnet entgegentritt.«

Ein Mann trat in das Zelt. Auch im Zivilanzug war der Soldat unverkennbar. Sergeant MacPherson, der von der Aufklärung zurückkam. Ein Schotte mit buschigen Brauen, großen graublauen Augen und ergrautem Vollbart. Er gab seinen Bericht in kurzer, knapper Form. Erst hatte er das Haus von außen vorsichtig umgangen und beobachtet, daß zwei Männer zusammen an einer Maschine im Hause arbeiteten.

Über den dritten konnte er nichts in Erfahrung bringen. Da war er kurz entschlossen in das Haus eingetreten. Die Gartentür stand offen. Ungehindert kam er durch den Garten in das Haus. Eine Treppe führte zur Veranda.

Die Veranda war leer... Schien wenigstens im ersten Moment leer zu sein. Als er weiter in das Haus hineingehen wollte, hörte er plötzlich eine Stimme. Auf einem niedrigen Diwan in der Ecke der Veranda saß ein Mensch mit brauner Haut. Noch ehe er seine Fragen in Schwedisch vorbringen konnte, sprach der Inder ihn englisch an. Nur wenige Worte. Einen Sinn habe er darin nicht entdecken können, so sehr er auch auf dem Rückwege darüber nachgedacht habe.

Wie die Worte hießen, wollte der Oberst wissen.

»Jawohl, Herr Oberst! Der Mensch sagte zu mir: Was du suchst, ist nicht hier; was hier ist, suchst du nicht.«

»Nonsens!... Humbug!... Indische Gaukelei!«... Der Oberst stieß es wütend zwischen den Zähnen hervor. Dann wurde er wieder dienstlich und fragte weiter:

»Wenn ich Sie recht verstanden habe, MacPherson, sind die drei gesuchten Personen in dem Hause und stehen auch nicht im Begriff, es zu verlassen.«

»Jawohl, Herr Oberst, das ist meine Meldung.«

Auf einen Wink des Obersten verließ der Schotte das Zelt.

Oberst Trotter blickte wieder auf seine Uhr.

»Ich denke, Doktor, in einer Stunde haben wir die Burschen.«

Dr. Glossin beachtete den Obersten gar nicht. Er hatte die Hände über dem rechten Knie gefaltet und wiederholte mechanisch die Worte Atmas: »Was du suchst, ist nicht hier; was hier ist, das suchst du nicht.«

Der Oberst wurde ungeduldig.

»Die Geschichte fängt jetzt an, Herr Doktor. Werde ich den Vorzug haben, Sie dabei an meiner Seite zu sehen?«

»Ich ziehe es vor, mir das Abenteuer sehr von weitem anzusehen.«

»Sie werden hier in fünf Minuten allein sein.«

»Ich werde es zu ertragen wissen. Die Einsamkeit birgt keine Gefahr.«

»Wie Sie wollen, Herr Doktor.«

Der Oberst trat auf den Platz, und wie durch Zauberei verschwanden die Zelte. Die Kochgeschirre wurden zusammengepackt. Alles wurde in Taschen und Rucksäcken untergebracht. Es dauerte wirklich nur fünf Minuten, dann stand Dr. Glossin einsam in der Waldlichtung. Eine Kolonne von einundzwanzig Mann bewegte sich vorsichtig und lautlos durch den dichten Wald hin auf das Truworhaus zu.

Dr. Glossin blieb noch fünf Minuten ruhig wartend stehen. Dann zog er eine kleine Pfeife und ließ in kurzen Pausen schrille Pfiffe ertönen.

Das Gebüsch teilte sich. Ein Mann erschien und ging auf den Doktor zu.

»Sergeant Parsons zur Stelle.«

»Es ist gut, Parsons. Sie sahen die einundzwanzig Narren hier abziehen?«

Sergeant Parsons grinste. Die Engländer waren seine Freunde nicht.

»Ich sah sie talabwärts ziehen, Herr Doktor.«

»Sie haben vierzig Mann bei sich?«

»Jawohl, Herr Doktor. Vierzig ausgesuchte Burschen.«

»Gut bewaffnet.«

»Nebel, Tränen und Mordtau.«

»Die andern haben Mantelgeschosse. Insgesamt viertausend Schuß.«

»*Allright*, Sir. Werden uns vorsehen.«

»Gut, Parsons. Folgen Sie mit Ihren Leuten ungesehen den Engländern. Sie kennen Ihre Aufgabe?«

Den gleichen Pfad, den vor einer Viertelstunde einundzwanzig Engländer hinabgegangen waren, folgten ihnen jetzt einundvierzig Amerikaner. Dr. Glossin blieb auf der Lichtung zurück.

Oberst Trotter erreichte mit seinen Leuten in einer halben Stunde das Truworhaus. In der fahlen Nachtdämmerung lag es deutlich vor ihnen. Er ließ seine Leute in weitem Bogen ausschwärmen, bis die beiden äußersten Flügel vor der Vorderseite des Hauses zusammenstießen. An dieser Stelle des Kreises hielt sich der Oberst selbst auf. Langsam zog sich die Kette bis an den mannshohen, durch

Birkenteer braunrot gefärbten Holzzaun zusammen. Oberst Trotter schwang sich auf den Zaun, um als erster in den Garten zu springen.

Da krachte ein Schuß. Er kam aus einer der kleinen Schießscharten zu beiden Seiten der Haustür. Haarscharf pfiff das Projektil am Kopf des Obersten vorüber und riß ein Stückchen Stoff an der rechten Schulter ab.

Der Oberst gelangte unversehrt in den Garten, und an allen anderen Stellen der Umzäunung folgten ihm seine Leute. Aber dies Eindringen war das Signal für ein Massenfeuer, das aus allen Fenstern und Luken des Hauses begann. Das Truworhaus war mit Munition gut versorgt. Es hatte den viertausend Schüssen der Angreifer reichlich die dreifache Zahl entgegenzustellen. In geschlossenen Feuergarben sprühten die Geschosse aus Fenstern und Luken und fegten durch den Garten. Hier und dort verriet ein Aufschrei, daß der eine oder der andere von den Engländern getroffen worden war.

Es gab Verwundete und Tote. Nur dadurch, daß die Angreifer, soweit sie überhaupt noch lebten und bewegungsfähig waren, sich zu Boden warfen, jeden Busch, jede Bodenfalte als Deckung nutzten und alle Künste des Kolonialkrieges anwandten, gelang es ihnen, Meter um Meter näher an das Haus heranzukommen.

In der Deckung eines starken Wacholdergestrüppes lag Oberst Trotter. Die Kugeln umpfiffen ihn. Jetzt bedauerte er es, dem Rate des Amerikaners nicht gefolgt zu sein.

Seine Leute schossen nur noch vereinzelt und zielten dabei sorgfältig auf die Punkte, von denen die Feuerströme der Verteidiger herkamen. Hier und dort hatten sie auch Erfolg. Oberst Trotter konstatierte trotz seiner recht ungemütlichen Lage, wie hier und dort eine Schießscharte nach einem glücklichen Treffer der Angreifer verstummte.

Trotz alledem...das Rezept des Amerikaners...den dicksten Lufttorpedo von obenher und unversehens auf den gottverdammten Kasten geworfen...Oberst Trotter wurde die Empfindung nicht los, daß der Plan recht viel für sich hatte.

Zweihundert Meter bergaufwärts stand Dr. Glossin und beobachtete durch ein gutes Glas den Kampf. Er gab für das Leben der Engländer keinen roten Cent mehr. Wenn die Angegriffenen ihr Feuer gut leiteten, mußten sie die wenigen Angreifer bei diesem Munitionsaufwand zu Hackfleisch zerschießen. Ungeachtet aller Deckungen und Schleichkünste. Um so mehr wunderte sich der Arzt, daß etwa die Hälfte der Engländer immer noch am Leben war, daß sie sogar langsam, aber unaufhaltsam das Feuer der Verteidiger zum Schweigen brachten. Jetzt feuerte die eine Schmalwand des Hauses nicht mehr. Der letzte Treffer von englischer Seite hatte dort eine kräftige Explosion verursacht. Bedeutendere Munitionsmengen mußten in die Luft gegangen sein.

Wenige Minuten warteten die Angreifer noch. Dann stürmten sie gegen diese schmale Seite vor. Eine schmale Tür, aus starken Bohlen gefügt, war ihr Ziel. Axthiebe trafen das Holz. Krachend gaben Schloß und Angeln nach. Die Angreifer wollten über die gefallene Tür in das Innere dringen, aber sie kamen nicht dazu.

Es war ganz klar. Dr. Glossin, der den Gang der Dinge als ruhiger Beobachter verfolgte, war sich dessen sicher. Mit der Tür war eine Kontaktvorrichtung verbunden, die im Innern des Hauses eine schwere Explosion hervorrief, sobald die Tür aus den Angeln wich.

Weithin über die Berglehnen zu beiden Seiten des Tornea rollte der dumpfe Donner der Explosion und übertönte das Rauschen des Flusses.

Die Angreifer, eben noch im Begriff, das Haus mit stürmender Hand zu nehmen, taumelten zurück.

Ein Brand war im Innern ausgebrochen. Rotglühend erleuchtet flammte hier und dort ein Fenster auf.

Und dann...Dr. Glossin hatte zweifelsohne einen günstigeren Platz gewählt als der Oberst Trotter, der sich erst jetzt hinter seinem Wacholdergebüsch hervorwagen konnte...Dr. Glossin sah von seinem zweihundert Meter höher gelegenen Standpunkt, wie das ganze Dach des Hauses sich leicht hob und dann öffnete, wie der Krater eines ausbrechenden Vulkans. Eine ungeheure Flammensäule stieg empor und riß viele Tausende von hölzernen Schindeln mit. Brennend stiegen die leichten Holzstückchen hoch in den fahlen Himmel. Brennend fielen sie wieder langsam zu Boden. Das Haus war nach der Explosion nur noch ein einziges wogendes und brandendes Feuermeer. In seinen Kellern mußten enorme Mengen brennbarer Öle lagern. Mußten durch die Explosion Feuer gefangen haben und sandten nun Flammenberge und schwere Wolken dichten schwarzen Qualmes empor. Schon war der obere Fachwerkbau des Hauses bis auf wenige Sparren verzehrt. Reichlich genährt brodelte das Flammenmeer weiter. Die uralten Zyklopenmauern des unteren Teiles, vor Jahrhunderten gefügt, für die Ewigkeit gebaut, wurden rotglühend.

Dr. Glossin beobachtete das Schauspiel und vergaß vor seiner wilden Schönheit für kurze Zeit Sorgen und Pläne.

Die Glut drang von innen nach außen durch. Auf den weiten dunklen Mauerflächen zeigten sich plötzlich rosa Flecken. Wuchsen, wurden immer heller, flossen zusammen, bis schließlich die ganze wohl meterstarke Wand in voller Rotglut dastand. Und dann begann der Mörtel, der diese erratischen Blöcke zum Mauerwerk verband, in der höllischen Hitze zu schmelzen. Flüssig und weiß glühend lief es an hundert einzelnen Stellen aus den Mauerfugen.

Dann stürzten die letzten Reste des Truworhauses zusammen. Im Augenblicke bildete das Rechteck der Zyklopenmauern nur noch einen wirren Haufen rot- und hellweißglühender Blöcke.

Ein glühendes Hünengrab, das unter schmelzenden Felsbrocken die tausendjährige Geschichte eines heldenhaften Geschlechtes begrub – – – und mit ihr den letzten dieses Geschlechtes.

Die Engländer hatten sich vor der unerträglichen Glut weit zurückgezogen. Längst war der Aufenthalt innerhalb der Gartenumfriedigung unerträglich. Schon brannte der hölzerne Zaun an mehreren Stellen. Erst unten am Fluß machten sie halt. Kühlten die brennenden Gesichter, die verbrannten Hände im frischen Wasser des Elf. Bemerkten, daß ihnen die Kleidung, von der strahlenden Hitze des Brandes versengt, in Fetzen vom Leibe hing.

Verstört und niedergeschlagen musterte Oberst Trotter das Häuflein der Überlebenden. Eine Stimme hinter ihm:

»Herr Oberst, Sie haben sie nicht einmal tot bekommen!«

Es war die Stimme Dr. Glossins.

Der Oberst fuhr sich über den halb versengten Schnurrbart.

»*Damm' your eyes, Sir!* Sie sind tot! Es ist keine Maus rausgekommen. Sie sind in ihren Schlupfwinkeln gebraten worden. Wenn es Ihnen Spaß macht, suchen Sie die Reste in dem Trümmerhaufen da oben. Aber verbrennen Sie sich nicht die Fingerspitzen. Ich weiß, was ich meiner Regierung zu melden habe.«

Oberst Trotter war von den Flammen angesengt, schmutzig und unansehnlich geworden. Sein Gesicht schmerzte ihn, so daß er sich zum Fluß beugte und frisches Wasser über die gerötete Stirn schüttete.

Nach dem kalten Wasser fühlte er neue Kraft. Er wollte dem verdammten Amerikaner deutlich werden. Doch als er sich dazu anschickte, war Dr. Glossin verschwunden. Ebenso plötzlich, wie er aus dem Walde herausgetreten war, hatten ihn die Sträucher und Stämme des alten Forstes wieder aufgenommen.

Mr. E. F. Goody, der Führer der Opposition im australischen Parlament, faßte die Hauptpunkte seiner zweistündigen Rede noch einmal im Schlußwort zusammen.

»Die Welt ist heute zu eng geworden. Es scheint, als ob die beiden großen Staaten nicht mehr nebeneinander Platz haben. Wir müssen unsere Stellung zwischen den beiden Parteien wählen. Beides sind Englisch sprechende Völker. Jedem von uns durch Bande des Blutes verbunden. Staatsrechtlich steht uns England näher. Aber unsere wirtschaftlichen Beziehungen weisen nach Amerika. Der Energie der Vereinigten Staaten verdanken wir es, daß unser Land von dem schweren Druck der japanischen Gefahr befreit wurde. Die Klugheit gebietet uns, heute Anschluß an Amerika zu nehmen ...«

Laute Beifallsrufe unterbrachen den Sprecher. Es ging sonst ebenso ernsthaft und gesetzt im australischen Parlament zu wie im Hause der Gemeinen zu London. Aber hier waren die Leidenschaften auf das höchste erregt. Die weißbärtigen Farmer aus Queensland und Neusüdwales, die Kaufleute aus Viktoria, die Viehzüchter aus Westaustralien und Alexandraland sprangen von ihren Sitzen auf und machten ihrer Begeisterung in lauten Cheerrufen Luft. Es dauerte Minuten, bis der Redner fortfahren konnte.

»...Ich stelle fest, daß Regierungspartei und Opposition in diesem Punkt einig sind. Australien muß sich geschlossen an die Seite Amerikas stellen, wie es Kanada vor fünf Jahren getan hat. Die angelsächsische Rasse hat vor vierzig Jahren die neue Doktrin vom Selbstbestimmungsrecht der Völker verkündet. Diese Lehre ist nie wieder aus der Welt verschwunden. Wir nehmen dieses Recht der Selbstbestimmung für uns in Anspruch und beschließen den Zollbund mit der amerikanischen Union.«

Der Schluß der Rede ging in brausenden Cheerrufen unter. Das alte Parlament, welches hier in Sydney tagte, war nicht wiederzuerkennen. Tücher wurden geschwenkt. Händeklatschen mischte sich in die Beifallsrufe. Einzelne Parlamentsmitglieder sprangen auf die Sitze und gestikulierten mit den Armen.

Die bevorstehende Abstimmung konnte nur noch eine reine Formsache sein. Die einstimmige Annahme des Beschlusses war sicher.

Einzelne Mitglieder verließen den Sitzungssaal, traten in die Vorhalle, sprachen mit Journalisten und Geschäftsfreunden. Von Mund zu Mund sprang die Nachricht weiter, gelangte ins Freie und wälzte sich durch die breiten Straßen Sydneys. Seit dreißig Jahren hatte Australien seine besondere Flagge, den Union Jack, mit dem aufgelegten australischen Wappen. Das Kreuz mit den Symbolen des Landes lag auf dem roten Tuch der britischen Flagge. Jetzt tauchten in wenigen Minuten an unzähligen Fenstern Arrangements der australischen Flagge und des Sternenbanners auf. Es war unbegreiflich, woher diese Unmenge amerikanischer Fahnen im Augenblick kam, die hier im Winde flatterten und den Straßen ein festliches Aussehen gaben.

Während die Begeisterung durch die Straßen lief und das Parlament zur Abstimmung schritt, saß der australische Premierminister G. A. Applebee dem Königlich Großbritannischen Sondergesandten Mr. Swift MacNeill gegenüber.

»Ich habe die Ehre, Ihnen mitzuteilen, daß die englische Regierung die Lage als außerordentlich ernst ansieht. Der Beschluß des australischen Parlamentes ist ungesetzlich, weil er alte, wohlerworbene Rechte des Mutterlandes verletzt.«

Mr. MacNeill sprach die Worte langsam und unbewegt. So mochten vor zweitausend Jahren Tribunen und Legaten die Weltmacht Roms in die Wagschale geworfen haben: *Roma locuta, causa finita!*

Mr. Applebee überlegte seine Erwiderung sorgfältig, bevor er den Mund aufmachte.

»Es ist der einstimmige Beschluß des Parlamentes, Sir! Ein Land mit einer Bevölkerung von vierzig Millionen steht geschlossen hinter dem Parlament. Dadurch, daß Australien in ein engeres Verhältnis zur amerikanischen Union tritt, hört es nicht auf, ein Freund Englands zu sein ...«

»Australien ist ein Teil des britischen Reiches.« MacNeill sagte es kurz und schroff.

»Gewesen, Sir! Bis zum heutigen Tage gewesen! Mit dem heutigen Parlamentsbeschluß nimmt das Land das Recht voller politischer Mündigkeit und Souveränität für sich in Anspruch.«

»Diesen Ausspruch erkennt die britische Regierung nicht an. Ich kann meine Warnung nur wiederholen. Die Lage ist ungemein ernst.«

Die Züge des australischen Ministers röteten sich allmählich. Die innere Erregung ließ seine Stimme vibrieren.

»Die Lage ist für das britische Reich genau so ernst wie für uns, wenn Ihre Regierung darauf bestehen sollte, die einstimmigen Beschlüsse eines freien und mündigen Volkes zu mißachten. Australien kann nicht ausgehungert werden. Es hat einen bedeutenden Überschuß an Fleisch und Brot. Es hat in seiner Bevölkerung fünf Millionen wehrhafter Männer ...«

»Ich hoffe nicht, daß das Land der Welt das traurige Schauspiel einer abtrünnigen Kolonie bieten wird.«

Der Engländer sagte es, um etwas zu sagen. Er war seiner Sache nicht mehr so sicher wie im Anfang.

Mr. Applebee fuhr fort: »Ein solches Schauspiel mag für England traurig sein. Die Sympathien der Welt sind fast immer bei den Kolonien gewesen, welche die Freiheit für sich in Anspruch nahmen und ...«

Mr. Applebee schwieg. Auch der englische Gesandte blieb still. Der Name des Diktators Cyrus Stonard stand unausgesprochen zwischen ihnen. Der Australier fühlte sich der amerikanischen Unterstützung sicher. Der Engländer hatte die Überzeugung, daß die amerikanische Wehrmacht in dem Augenblick losschlagen würde, in dem ein englischer Soldat oder ein englisches Schiff die Freiheit des fünften Kontinents antasteten.

»Ich hoffe, daß es der Umsicht der englischen Regierung gelingen wird, die Lage zu entspannen.«

Das waren die Abschiedsworte, mit denen der australische Premier den Gesandten entließ.

Mr. Applebee kehrte in sein Kabinett zurück. Ein Klerk meldete ihm, daß Mr. Jones ihn zu sprechen wünsche. Mr. J. F. C. Jones, der Sondergesandte des Präsident-Diktators. *Allright*, der sollte die frohe Botschaft aus erster Quelle vernehmen. Der Australier hielt ihm die Liste mit dem Abstimmungsergebnis entgegen.

»Die Sache ist in Ordnung, Sir! Einstimmiger Beschluß von Oberhaus und Unterhaus. Der erste Fall in der Geschichte Australiens, daß ein Beschluß in beiden Häusern mit allen Stimmen angenommen wird.«

Mr. Jones trocknete sich die hohe Stirn mit einem seidenen Taschentuch.

»Ich sehe leider, daß ich zu spät gekommen bin. Ich wollte Sie bitten, die Abstimmung um vierzehn Tage zu verschieben.«

Mr. Applebee sank sprachlos auf seinen Stuhl.

»Ich verstehe nicht. Ich denke, das amerikanische Volk ersehnt die Vereinigung ebensosehr wie wir?«

»Es ersehnt sie. Nur ein Aufschub von vierzehn Tagen. Aus Gründen der äußeren Politik der amerikanischen Union.«

Mr. Applebee machte eine hilflose Bewegung.

»Wenn ich auch nur mit der Andeutung eines solchen Wunsches vor das Parlament trete, bin ich in zwei Minuten später nicht mehr Minister.«

Der Amerikaner betrachtete seine Stiefelspitzen.

»Ich werde mich umgehend mit Washington in Verbindung setzen, den Tatbestand mitteilen, um neue Instruktionen bitten. Die Sache liegt klar. Der Parlamentsbeschluß ist in der ganzen Stadt, jetzt vielleicht schon in allen Großstädten des Kontinents bekannt. Das Volk auf der Straße ist in einem Freudenrausch. Wir können nicht daran denken, diese Stimmung zu stören. Aber ... Sie sind das ausführende Organ für die Beschlüsse. Wenden Sie Ihre ganze Kunst auf, um England hinzuhalten. Beachten Sie wohl, die Sache soll durchaus so vor sich gehen, wie sie verabredet wurde. Sie ist nur aufgeschoben, nicht aufgehoben. Bei dieser Sachlage wird es Ihnen möglich sein, einen Konflikt um vierzehn Tage hinauszuschieben ... Ich hoffe, es wird Ihrer Kunst gelingen.«

Mr. Applebee versprach, sein möglichstes zu tun. Während von draußen her der Jubel der enthusiasmierten Menge dumpf in den Raum drang, empfahl sich der Amerikaner mit kräftigem Händedruck.

Unter den Passagieren des Flugschiffes Stockholm-Köln befand sich Dr. Glossin. Während seine Mannschaft nach dem Abenteuer in Linnais im eigenen Schiff nach den Staaten zurückkehrte, fuhr er nach Deutschland.

Das Flugschiff war ein gutes, ziemlich schnelles Fahrzeug der mitteleuropäischen Verkehrsgesellschaft. Für zweihundert Passagiere eingerichtet, legte es bei einer Stundengeschwindigkeit von etwas über vierhundert Kilometer die Strecke Stockholm-Köln in rund vier Stunden zurück. Dr. Glossin war um acht Uhr morgens von Stockholm fortgeflogen. Fahrplanmäßig mußte das Schiff den Kölner Flughafen zwölf Uhr mittags erreichen. Jetzt stand er zwischen Malmö und Kiel über der Ostsee.

Der Doktor hatte es sich in einer Fensterecke bequem gemacht und zog bei sich die Bilanz des Geschehenen.

Die Sachen waren nicht schlecht gegangen. Erik Truwor und die Seinen waren vernichtet. Es war bereits schwarz auf weiß gedruckt zu lesen. Haparandas Dagblad hatte in der Morgenausgabe einen kurzen Bericht über das Unglück von Linnais. Eine rätselhafte Brand- und Explosionskatastrophe, die mehrere schwedische Bürger das Leben gekostet haben sollte. Er hatte einige Exemplare der Zeitung gekauft, bevor er von Haparanda die Reise nach dem Süden antrat.

Dr. Glossin konnte zufrieden sein. Der heikle Auftrag des Präsident-Diktators war erledigt. Die drei Menschen, die er wirklich fürchtete, waren tot. So, wie er es geplant hatte, war es geschehen. Die Engländer hatten ihm die gefährliche Arbeit besorgt. Daß die bei der Gelegenheit etwas angesengt worden waren, störte ihn wenig. Wenn er an den eingebildeten Trotter dachte, der schließlich seine Brandblasen im Tornea kühlen mußte, empfand er ein gewisses Vergnügen.

Erik Truwor war tot. Der Mann, der im Begriffe stand, eine Macht zu gewinnen, an der Weltreiche zerschellen konnten. Der greuliche Inder war verbrannt. Der braune Satan, der ihn, den starken Hypnotiseur, selbst in den Bann der Hypnose gezwungen hatte. Und Silvester Bursfeld war gestorben. Silvester, dessen späte Rache er fürchten mußte. Silvester, der ihm Jane entrissen hatte.

Das Verhältnis des Arztes zu dem Mädchen war immer komplizierter geworden. Er brauchte sie als Medium von unübertrefflicher Leistung. Als ein Medium, mit dessen Hilfe er räumlich und zeitlich ins Weite blicken, die Pläne und Taten seiner Gegner rechtzeitig erkennen, entfernte Zusammenhänge aufzudecken vermochte. Das war es, was ihm in den letzten Wochen gefehlt hatte. Alle seine Mißerfolge schrieb er diesem Fehlen zu. Jane mußte wieder fest in seiner Hand sein.

Sein Medium, sein Talisman und seine Liebe!

Mit verzweifelter Kraft klammerte sich die vereinsamte Seele des alternden Mannes an den Gedanken, Jane ganz sein Eigen zu nennen. Er fühlte unbewußt, daß diese Liebe für ihn die Entsühnung bedeute. Er träumte von einem neuen Leben in Reynolds-Farm an Janes Seite. Jetzt fuhr er nach Düsseldorf, um sie für sich zurückzuerobern.

Warum mußte auch Jane einen Brief an ihre Nachbarin in Trenton schreiben und sich erkundigen, ob das Grab ihrer Mutter gut gepflegt werde. Es lag auf der Hand, daß dieser Umstand dem um das Wohl seines Mündels so ängstlich besorgten Vormund von den Empfängern des Briefes nicht verheimlicht werden würde. So wußte Dr. Glossin, daß Jane im Hause Termölen in Düsseldorf lebte. Es war einfach, beinahe zu einfach gewesen, ihren Aufenthaltsort zu erfahren. Viel schwieriger würde es sein, mit ihr in Verbindung zu treten.

Während das Schiff die westfälische Ebene überflog, versuchte der Arzt, sich einen Plan zu machen. Wann hatte er Jane das letztemal gesehen? Damals, als der Inder R. F. c. 2 wie Wachs schmelzen ließ; als Glossin um sein Leben laufen mußte. Das mußte eine Annäherung des Doktors unmöglich machen. Es kam noch dazu, daß Jane doch inzwischen mit Silvester zusammengewesen sein, von ihm erfahren haben mußte, welche Rolle Glossin bei seiner Gefangennehmung und Verurteilung gespielt hatte. Es schien bei solcher Sachlage ein unmögliches Unterfangen für den Arzt, Jane vor die Augen zu treten.

Aber schwierige Aufgaben reizten ihn. Er kannte seine eigene hypnotische Macht über Jane. Gelang es ihm, sich ihr zu nähern, seinen Einfluß wirken zu lassen, so mußte es ihm glücken, sie wieder ganz in seinen Bann zu zwingen, alle störenden Erinnerungen wegzusuggerieren. Nur der erste Angriff mußte geschickt ausgeführt werden. Die ersten dreißig Sekunden entschieden alles.

Ruhig und mit voller Nervenkraft an das Werk gehen, darauf kam es an. Er nahm einige der winzigen Pillen, die ihm eine genau auf die Minute dosierte Nervenentspannung verschafften, und streckte sich in den Sessel zurück. So saß er regungslos, bis das Schiff in Köln landete. Eine knappe halbe Stunde später schritt er durch die Straßen Düsseldorfs auf das Haus Termölen zu.

Sein Plan war einfach. Zu irgendeiner Stunde würde Jane doch einmal die Wohnung verlassen. Sie auf der Straße abpassen, das Fluidum wirken lassen, sie beeinflussen, sie in seinen Bann zwingen. Er war so einfach, daß er wohl gelingen mußte. Wenn nicht... es gab wohl ein »Wenn«, aber Dr. Glossin hatte es gar nicht in den Bereich der Möglichkeit gezogen.

Er schlenderte die Straße entlang, und der Zufall begünstigte ihn.

Jane trat aus dem Hause und ging in der Richtung nach dem Rattinger Tor hin. Dr. Glossin verschlang ihre Gestalt mit den Blicken. Sie hatte sich ein wenig verändert, seitdem er sie zuletzt sah. Die beängstigend ätherische Zartheit ihres Teints war einer gesünderen Farbe gewichen. Ihre Figur war voller und kräftiger geworden.

Sie ging die Straße entlang, blieb hier und dort vor einem Schaufenster stehen und musterte die Auslagen. Mit der Gewandtheit eines Jägers pirschte sich der Doktor an sie heran. Unbeachtet in ihre nächste Nähe kommen, den Einfluß wenige Sekunden wirken lassen, und das Spiel war gewonnen.

Während Jane die Schmuckstücke im Schaufenster eines Juweliers betrachtete, kam er dicht an sie heran, stand unmittelbar hinter ihr und ließ seine ganze Energie spielen.

Jane schien es zu merken. Unangenehm, wie eine fremde körperliche Berührung. Sie drehte sich um und sah ihm unbefangen in die Augen.

Dr. Glossin erschrak. Das war das Mädchen nicht mehr, das sich in Trenton und Reynolds-Farm willenlos seinem Blick unterwarf. Er gab das Spiel verloren, erwartete im nächsten Moment eine Flut von Vorwürfen zu hören, sann auf schnellen Rückzug.

Nichts dergleichen geschah.

Jane begrüßte ihn wie einen alten Bekannten. Sie lud ihn ein, mit in das Haus zu kommen, und geleitete ihn dort in das Besuchszimmer. Hier erkundigte sie sich nach allen Bekannten in Trenton.

Dr. Glossin beantwortete ihre Fragen ausführlich und versuchte, dieses eigentümliche Benehmen zu ergründen. Ganz vorsichtig ließ er den Namen Elkington fallen. Jane reagierte nicht darauf. Der Doktor wurde deutlicher. Er sprach von Elkington, wo er sie das letztemal gesehen habe. Jane blickte ihn verwundert an.

»Elkington? ... Elkington? ... Ich bin nie in Elkington gewesen. Soweit ich mich erinnere, haben wir uns das letztemal in Trenton beim Begräbnis meiner Mutter gesehen.«

»Aber meine liebe Miß Jane, können Sie sich auch nicht an Reynolds-Farm erinnern ...«

Jane schüttelte verneinend das Haupt. Dabei lachte sie vergnügt; lachte den Doktor geradezu aus, bis er seine Neugier nicht mehr meistern konnte.

»Darf ich fragen, Miß Jane, welcher Umstand Ihre Heiterkeit erregt?«

»Gewiß, Herr Doktor, ich amüsiere mich darüber, daß Sie mich noch immer als Miß anreden. Ich glaubte, mein Mann hätte Ihnen meine Vermählung längst mitgeteilt ...«

Dr. Glossin sah nicht sehr geistreich aus. Das Erstaunen war zu groß, die Neuigkeit war zu überraschend und kam zu plötzlich.

Jane sah es und brach in ein helles Gelächter aus.

»Sie wissen also nicht, daß ich verheiratet bin? Wissen natürlich auch nicht, wer mein Mann ist?«

»Keine Ahnung, Mrs. ... Mrs. ...«

»Mrs. Bursfeld, damit Sie meinen vollen Namen kennenlernen, Herr Doktor.«

»Ich konnte es mir fast denken.«

Dr. Glossin murmelte die Worte unhörbar vor sich hin. Mochte Jane immerhin geheiratet haben, so war sie heute doch schon wieder Witwe. Das sollte ihn nicht stören. Aber er mußte klar sehen, welche Veränderung mit ihr vorgegangen war.

Ihre Erinnerung war lückenhaft. Sie wußte nichts mehr von Reynolds-Farm, wußte vielleicht überhaupt nicht mehr, daß es jemals einen Menschen namens Logg Sar gegeben hatte, obwohl sie heute Mrs. Bursfeld war. Todesurteil, Verrat, alle die Dinge, bei denen Glossin eine so schlimme Rolle spielte, waren ihrem Gedächtnis entschwunden. Es war dem Doktor klar, daß hier eine suggestive Beeinflussung vorlag. Man hatte Jane diese aufregenden Vorfälle vergessen lassen, um ihr hier ein ruhiges Leben der Erholung und Kräftigung zu ermöglichen. Die guten Wirkungen der Maßnahme zeigten sich auch unverkennbar an ihrem Aussehen.

Aber noch etwas anderes mußte geschehen sein. Während Dr. Glossin mit Jane sprach, versuchte er die alten Künste. Ganze Ströme magnetischen Fluidums ließ er auf sie wirken, während er im Laufe des Gespräches ihre Hände ergriff. Mit aller Kraft suchte er sie wieder unter seinen Willen zu zwingen. Ein Weilchen ließ ihn Jane gewähren. Dann entzog sie ihm ihre Hände.

»Nun ist es genug, Herr Doktor. Sie sehen mich an...so...was...wollen Sie?«

Bei diesen Worten schaute sie ihm selbst so sicher und unbeeinflußt in die Augen, daß er seine Bemühungen aufgab.

Ein mächtiger Wille hatte Jane gegen alle hypnotischen Beeinflussungen von anderer Seite verriegelt. Wohl konnte er ruhig mit Jane sprechen. Aber alle Annäherung konnte ihm nichts nutzen. Sie war gegen seinen Einfluß gefeit. Eine Verriegelung, die Atma gelegt hatte...Dr. Glossin zweifelte, ob es ihm je gelingen könnte, sie wieder aufzuheben. Ein einziges Mittel blieb, eine schwere seelische Erschütterung. Wenn sie stark genug war, wenn sie die Seele mit voller Macht traf, dann konnte sie den Riegel vielleicht zerbrechen.

Dr. Glossin lehnte sich in seinen Stuhl zurück und holte aus seiner Brusttasche ein zusammengefaltetes Zeitungsblatt hervor.

»Ich bitte Sie um Verzeihung, Mrs. Bursfeld, wenn meine Blicke länger als üblich an den Ihren hingen, meine Hände länger als gewöhnlich in den Ihren ruhten. Die überraschende Mitteilung Ihrer Vermählung bringt mich in eine eigenartige Lage, macht eine Nachricht, die sonst nur bedauerlich gewesen wäre, zu einer Trauerbotschaft.«

Jane blickte ihn mit weitgeöffneten Augen an. Überraschung und Bestürzung malten sich auf ihren Zügen.

»Eine schlimme Nachricht aus Linnais.«

Dr. Glossin sagte es, während er Jane das Haparanda Dagblad mit der Nachricht vom Untergange des alten Hauses Truwor hinhielt.

Jane warf einen Blick darauf.

»Herr Doktor, ich verstehe kein Schwedisch. Sie müssen mir das übersetzen.«

Dr. Glossin nahm das Blatt wieder an sich und begann Wort für Wort zu übersetzen. Die Nachricht vom Brande, von den Explosionen. Vom Untergange des ganzen alten Hauses in einer einzigen wabernden Lohe. Vom sicheren Tode aller Insassen.

Während er Zeile für Zeile übersetzte, wurde Jane von Sekunde zu Sekunde blasser. Bei den letzten Worten sank sie mit einem leisen Schrei ohnmächtig von ihrem Stuhl auf den Teppich.

»Jetzt oder nie...vielleicht ist der Riegel gebrochen.«

Dr. Glossin beugte sich über die ohnmächtig Daliegende. Er strich ihr über die Stirn. Alles magnetische Fluidum, über das er verfügte, versuchte er in ihren Körper zu jagen. Sie wieder ganz unter seinen Willen und Einfluß zu zwingen.

Er befahl ihr, sich zu erheben, und Jane führte den Befehl aus. Mit halbgeschlossenen Augen stand sie vor ihm.

Auf einen Dritten hätte die Szene einen wunderbaren Eindruck gemacht...Kein Wort wurde gesprochen. Lautlos erteilte Dr. Glossin seine Befehle. Lautlos vollzog sie Jane, solange sie sie noch vollzog.

Eine Richtung der Pupillen von Jane gefiel dem Doktor nicht. »Sehen Sie mich an. Sehen Sie mir genau in die Augen«, befahl er.

Jane leistete dem Befehl keine Folge. Erst wanderte ihr Blick. Dann drehte sich ihr Haupt und dann der ganze Körper. Sie wandte dem Doktor halb den Rücken zu. Wäre Dr. Glossin über die Himmelsrichtungen in dem Zimmer orientiert gewesen, hätte er bemerkt, daß Jane genau nach Norden blickte.

So stand sie. Minuten hindurch. Dr. Glossin bot seine ganze Kraft auf und hatte keinen Erfolg. Wenn der Riegel jemals gebrochen war, so war er in diesen Sekunden wieder zusammengeschweißt. Jetzt wandte sich Jane ruhig dem Doktor wieder zu. Sie zeigte eine heitere Miene. Jede Angst und Unruhe waren wie weggewischt. Sie nahm die Unterhaltung da wieder auf, wo sie vor langen Minuten gestockt hatte.

»Dieser Zeitungsbericht ist doch längst überholt. Ein bedauerlicher Zwischenfall. Ein Brand, der im Laboratorium von Erik Truwor ausbrach. Ich hörte davon. Es ist schade. Es hält die Arbeiten wieder auf. Ich werde meinen Mann ein paar Tage länger entbehren müssen. Aber Sie können beruhigt sein. Er ist unversehrt und arbeitet mit allen Kräften an seiner Erfindung weiter ...«

Dr. Glossin hatte das Empfinden, als ob alles um ihn niederbräche. Eben noch seines Sieges gewiß. Im Bewußtsein, drei Gegner vernichtet zu haben. Im Begriff, Jane wieder unter seinen Einfluß zu zwingen.

Und nun? Die junge Frau stand sicher und selbstbewußt vor ihm. Sie lachte über die Mitteilungen, die sie niederschlagen sollten.

»Herr Doktor, Ihre Nachrichten sind überholt. Ich habe neuere, bessere.«

Mit dieser im Konversationston vorgebrachten Bemerkung schlug sie alle seine Angriffe zurück, vereitelte sie seine Anstrengungen, setzte sie ihn der Gefahr aus, sich lächerlich zu machen, wenn er seinen Besuch noch weiter ausdehnte.

Dr. Glossin empfahl sich. Äußerlich höflich, innerlich zerrissen und wütend.

»Wenn nicht die eine, so die andere! Wir wollen sehen, wie Lady Diana die Nachricht aufnimmt.«

Mit diesem Vorsatz verließ er das Haus.

Das war die Stellung der beiden Flotten. Vor der Broken-Bai auf der Reede von Port Jackson lagen die sechs großen australischen Schlachtschiffe. Die »Tasmania«, »Viktoria«, »Kaledonia« usw. Mit den leichteren Streitkräften insgesamt fünfzehn Fahrzeuge. Etwa sechzehn Kilometer nördlich nach Rielmond hin ankerte das englische Geschwader. Es hatte alles in allem rund die doppelte Schiffszahl der australischen Flotte und auch die doppelte Kampfstärke.

Nur Kommodore Blain und die Herren von der Admiralität in London wußten, warum ein englisches Geschwader von solcher Stärke plötzlich in der Nähe von Sydney auftauchte. Vielleicht geschah es, um den Vorstellungen des englischen Sondergesandten MacNeill ein besonderes Gewicht zu verleihen. Vielleicht war es auch wirklich nur ein Zufall.

Mochte dem sein, wie ihm wolle. Die Besatzungen der australischen Schiffe vom Admiral Morison bis hinab zu den letzten Midshipmen waren über die Anwesenheit nicht erbaut. Für den Admiral Morison waren zwar die strikten Anweisungen seiner Regierung bindend, die ihm einen nicht nur höflichen, sondern sogar herzlichen Verkehr mit der englischen Flotte zur Pflicht machten. Aber Admiral Morison war einer gegen dreißigtausend Mann der Flottenbesatzung.

Mittags um zwölf wurde der Beschluß des australischen Parlaments auf der Flotte bekannt. Es war Essenszeit. Wer nur irgendwie dienstfrei war, saß beim Mittagmahl. Die Mannschaften in den großen luftigen Zwischendecks, Offiziere und Ingenieure in ihren Messen. Die Gebräuche der Marine und der anglosächsischen Marine ganz besonders sind ehrwürdig und wenig veränderlich. Es gab Speck mit dicken Erbsen, wie ihn die Seeleute Nelsons schon bei Aboukir und Trafalgar bekommen hatten und wie ihn aller Voraussicht nach auch noch die Enkel und Urenkel der hier Schmausenden erhalten würden. Nur so weit hatte sich der soziale Gedanke auch in der australischen Flotte durchgesetzt, daß die Offiziere das gleiche erhielten wie die Mannschaften, also in diesem Falle ebenfalls Speck mit dicken Erbsen.

So saßen sie und speisten. Die Mannschaften zu Hunderten. Die Offiziere zu Dutzenden. Nur der Kapitän allein. Eben jenem alten Brauche folgend, der im Kapitän eines Schiffes einen Halbgott erblickt, den kein anderer Sterblicher essen sehen darf.

Also saß Kapitän George Shufflebotham, der Kommandant der »Tasmania«, allein in seiner Kabine und verzehrte das kräftige, aber Durst erregende Mahl. Es lag in seinen persönlichen Gewohnheiten begründet, daß er dabei den Whisky nur wenig mit Soda verdünnte. Gerade als er das letzte Stück Speck mit einem guten Schluck Whisky vom Stapel ließ, kam der Läufer in seine Kabine und legte ihm die Funkendepesche auf den Tisch.

Kapitän Shufflebotham kaute und las. Schluckte und schlug mit der Faust auf den Tisch.

Mit der Depesche in der Hand verließ er seine Kabine und ging in das Mannschaftsdeck, wo die Leute gerade mit den Resten der Mahlzeit beschäftigt waren. Winkte den ersten besten heran.

»Kannst du lesen, mein Junge?«

»Ich denke ja, Herr Kapitän.«

»Dann lies mal! Lies das Ding so laut vor, daß alle es hören können!«

Mit einem Blick hatte Jimmy Brown den Inhalt der Depesche überflogen und begriffen. Stellte sich in Positur und brüllte mit Riesenstimme: »Achtung!...Ruhe!...Verlesung auf Befehl des Herrn Kapitäns ...!«

Als Jimmy Brown geendet hatte, durchbrauste ein ungeheurer Jubel das Zwischendeck. Kapitän Shufflebotham beobachtete mit triumphierender Miene die Wirkung der Verlesung. Dann winkte er Jimmy Brown beiseite, nahm die Depesche zurück und sprach angelegentlich mit ihm.

Jimmy Brown hörte zu. Erst ruhig. Dann mit weit aufgerissenen Augen, als verstünde er nicht, was der Kapitän sage und wolle. Dann mit beginnendem Verständnis und schließlich mit kaum verhehltem Vergnügen. Der Kapitän ging in seine Kabine zurück. Jimmy Brown ließ Erbsen Erbsen sein und machte sich auf dem Deck zu schaffen. Auf Deck, und zwar an der Flaggenleine. Ganz langsam stieg der Union Jack, der im Topp des Gefechtsmastes flatterte, herunter. Kurze Zeit hatte Jimmy Brown danach an einer Stelle der Flaggenleine zu tun. Er bastelte, knotete und knüpfte, während ein paar Kumpane ihn nach allen Seiten deckten.

Dann kam die Flaggenleine wieder in Bewegung. Sie stieg. Aber sie nahm eine eigenartige und von keiner seefahrenden Nation anerkannte Flagge mit empor. Es war ein großer Scheuerlappen, der dort majestätisch in die Höhe ging, und in einem Drittel der Mastlänge folgte ihm der Union Jack. Als die Leine zur Ruhe kam und von Jimmy Brown festgeknotet wurde, flatterte der Lappen munter im Topp, und tief unter ihm, beinahe Halbmast, stand die Flagge Großbritanniens.

Es war Unfug...Grober Unfug...Wenn die Mannschaften einmal mit der Beköstigung oder sonstwie unzufrieden waren, hatten sie solchen Lappen an die Flaggenleine geknotet. Die Götter mögen wissen, wie dem Kapitän Shufflebotham in der Whiskylaune der Gedanke kam, diese alte Geschichte wieder aufzuwärmen und zu einer offenkundigen Verhöhnung der britischen Flagge zu benutzen. Es genügt, daß es geschah und auf den anderen Schiffen Nachahmung fand. Auch auf der »Viktoria«, der »Alexandra«, der »Kaledonia« und allen anderen hatte man die Depesche des Parlamentsbeschlusses erhalten und war tatenlustig. Vergebens warfen sich die Offiziere ins Mittel und verboten das Manöver. Es grenzte so ziemlich an Meuterei. Überall wurden die Vorgesetzten zurückgedrängt, und auf allen Schiffen der australischen Flotte flatterte nach wenigen Minuten ein übler Lappen über dem Union Jack.

Vergeblich sandte Admiral Morison von seinem Flaggschiff, der »Melbourne«, eine dringende Depesche nach der anderen und drohte, die Schiffskommandanten vor ein Kriegsgericht zu bringen. Sie beteuerten die Unmöglichkeit, diese sonderbaren Flaggen gegen den Willen der gesamten Mannschaften niederzuholen. Bis auf den Kapitän Shufflebotham. Der antwortete überhaupt nicht. Er lag auf dem Sofa seiner Kabine und schlief den Schlaf des Gerechten.

Aber die eigenartige Flaggenparade war von mehr als einer Stelle gesehen worden. Auch Kommodore Blain, der Chef des englischen Geschwaders, hatte sie bemerkt. Bei der Entfernung von sechzehn Kilometer konnte er auch mit einem guten Glase nur erkennen, daß eine einfarbige dunkle Flagge über dem Union Jack saß. Darum schickte er einen Flieger aus, der sich das Ding in der Nähe besehen sollte. War entrüstet, als er hörte, daß die ältesten und zerrissensten Schauerlappen in den Toppen der australischen Flotte über der geheiligten Flagge Englands wehten. Dann griff er zum Telephon und rief den Admiral Morison selber an.

Die Unterredung war auf englischer Seite von bemerkenswerter Kürze, aber inhaltvoll. Admiral Morison betonte, daß seine Flotte sich im Zustande halber Meuterei befände, daß sein eigenes Schiff den Unsinn nicht mitmache, daß er bemüht bleibe, wieder ordnungsmäßige Zustände herzustellen. Die Antwort des Admirals Blain war kurz und schroff.

»Es ist drei Viertel eins. Wenn die Lappen noch um eins hängen, schieße ich.«

Die telephonische Verbindung brach ab. Admiral Morison rief den Kapitän und die Offiziere seines Flaggschiffes. Es war in zwölf Minuten eins, als sie bei ihm eintraten. Von ihnen hörte er, daß das englische Geschwader die Anker aufgenommen habe und nordwärts über die Kimme dampfe. In fliegender Hast benachrichtigte er sie von der Unterredung mit dem Engländer. Zehn Minuten vor eins hatten sie die Lage begriffen. Natürlich...die englische Flotte segelte auf Gefechtsentfernung von

101

dreißig Kilometer irgendwohin, wo sie im Falle eines Kampfes die australischen Flieger erst ausfindig machen mußten, während Admiral Blain wußte, wo er den Gegner zu suchen und zu treffen hatte.

Neun Minuten vor eins...acht Minuten vor eins.

Die Schiffe noch jetzt zum Streichen dieses verdammten Schauerlappens zu bringen?...Ganz unmöglich. Seit fast einer Stunde versuchte man es ja vergeblich. Dann wenigstens nicht wehrlos zugrunde gehen. Sich nicht hier vor Anker in Grund schießen lassen. Es war sechs Minuten vor eins, als vom Admiralschiff an alle Einheiten der Flotte der Befehl kam, schnellstens Anker aufzunehmen und gefechtsklar zu machen.

Niemals wurde ein Befehl in der australischen Marine schneller befolgt. So schwerhörig sie früher auf den einzelnen Schiffen gewesen waren, so hellhörig wurden sie jetzt. Man hatte das Verschwinden der englischen Flotte beobachtet und machte sich seinen Vers darauf.

Vier Minuten vor eins waren alle Anker gelichtet. Drei Minuten vor eins lief die australische Flotte, die einzelnen Geschwader in Kiellinie, mit voller Maschinenkraft seewärts Kurs Süd zu Südost.

Admiral Morison sah auf die Uhr. Eine Minute vor eins. Er trat in den Kommandoturm. Immer noch die schwache Hoffnung im Herzen, daß der Engländer seine Drohung nicht wahrmachen würde. Daß es ihm selber gelingen würde, die Flotte unter den Kanonen der Botany-Bai in Sicherheit zu bringen. Der Kampf mit der doppelt so starken englischen Flotte war zu aussichtslos, als daß er ihn irgendwie wünschen konnte. Der Kapitän der »Melbourne« war hinsichtlich der Engländer anderer Meinung.

Schon schwirrten englische Flieger über der Kimmung. Und dann kamen die ersten englischen Geschosse. Zunächst keine Treffer. Aber jeder Schuß gab Veranlassung zu Korrekturen, und immer näher bei den Schiffen schlugen die schweren Geschosse in die See, dort wüste und wütende Wasserberge emporreißend.

Die Aussichten, ein schnell und im Zickzackkurs fahrendes Schiff auf dreißig bis vierzig Kilometer Entfernung direkt zu treffen, waren natürlich minimal. Dafür aber hatte die Technik dieser Tage Geschosse geschaffen, welche das alte Prinzip der bereits im Weltkriege benutzten Wasserbomben weiter ausbauten. Sie explodierten erst vierzig Meter unter Wasser, warfen dann aber eine Woge auf, welche jeden in fünfhundert Meter Nähe befindlichen Panzer zum Kentern bringen mußte. Die Kriegstechnik hatte, wie immer, auf den verbesserten Angriff einen verbesserten Schutz folgen lassen. Die Kriegsschiffe waren mit stabilisierenden Kreiseln ausgerüstet, die den kippenden Wogen Widerstand zu leisten vermochten. Bis zu einem gewissen Grade wenigstens.

Aber nun folgten die englischen Salven in dichter Folge. Admiral Morison zog seine Schiffe weit auseinander, um aus dem schlimmsten Strudelwasser herauszukommen. Auch die Australier feuerten, was die Rohre hergeben wollten, und ihre Flieger meldeten die Einschläge, verbesserten die Richtungen.

Aber es stand schlimm um die Schiffe Morisons. Schon trieb die Kaledonia gekentert kieloben. Jetzt faßte ein Zufallstreffer die Alexandra und verwandelte sie in der nächsten Sekunde in eine graue Wolke kleiner Stahlbrocken und gelblich schwelenden Rauches. Wohl hatten auch die australischen Kanoniere einige Fahrzeuge des Gegners gekippt, und einem Torpedoflieger war es gelungen, einen Lufttorpedo aus zweitausend Meter auf das Deck des Alcestes zu setzen und ihn in Trümmer zu zerreißen. Aber es war klar, daß die australische Flotte nur noch für die Ehre der Flagge focht...welcher Flagge denn?

Ein bitteres Lächeln umspielte die Züge des Admirals Morison, als er den Gedanken dachte. Für die Laune, hier einen Scheuerlappen zu hissen, schlug sich seine Flotte auf Leben und Tod mit dem weit überlegenen Gegner. Um dieser Laune willen mußte er in schreiendem Gegensatz zu den Befehlen seiner Regierung mit einer Flotte kämpfen, mit der ihm die Pflege freundschaftlicher Beziehungen befohlen war. Es war bitter für einen Mann, dessen Leben bisher strenge Pflichterfüllung gewesen war. Aber Admiral Morison stand unter dem Zwange der Verhältnisse und beschloß, auszuharren bis zum Ende.

Eine Meldung eines seiner Flieger ließ ihn aufmerken.

»Englischer Panzer Alkyon gekentert. Ohne Schuß von uns.«
Schon kam eine zweite Meldung von einem anderen Flugschiff:
»Amphitrite geht auf Grund. Ohne Schußeinwirkung von uns.«
Die dritte Meldung folgte unmittelbar:
»Niobe sinkt. Es scheinen U-Boote zu wirken«.

Die folgenden Sekunden brachten noch ein halbes Dutzend gleichartiger Meldungen. Bis Admiral Blain den ungleichen Kampf aufgab und mit dem Reste seiner Schiffe nach Nordosten entfloh.

Admiral Morison sammelte den Rest seines Geschwaders und setzte den Kurs auf den bisherigen Standort der englischen Flotte. Nach beendetem Kampf war es Seemannspflicht, Überlebende zu retten.

Auf halbem Wege, auf der Höhe von Sydney, kamen ihm U-Boote entgegen. Hundert U-Boote. In Kiellinie zogen sie in Überwasserfahrt daher. Große, schwer gepanzerte Kreuzer von einer Art, wie sie Australien nicht besaß. Sie fuhren schnell und waren im Augenblick heran.

Es konnten Feinde sein. Aber keinem Menschen in der australischen Flotte kam dieser Gedanke. Sie alle, von dem Schiffskommandanten bis zu den einfachen Kanonieren, erblickten in diesen Booten die Erretter vom sicheren Untergang und begrüßten sie mit brausendem Cheer. Da ging am Heck des ersten Bootes ein rötlicher Ball empor, breitete sich im Winde aus und zeigte das Sternenbanner der amerikanischen Union. Amerikanische U-Boote hatten unter der Führung des Admirals Willcox eingegriffen. Unbekannt mit den letzten Entschließungen von Cyrus Stonard, sah Willcox die australische Flotte im Kampfe mit der englischen Übermacht. Mochten die Politiker treiben, was sie wollten. Der Seebär Willcox wußte nur, daß Australien nächstens amerikanisch werden würde. Das hatte ihm genügt.

Die australische Flotte lief in den Hafen von Sydney. Die amerikanische U-Boot-Flotte folgte nach einer plötzlichen Entschließung des Admirals Willcox. Der meinte, daß es Zeit sei, das warme Eisen zu schmieden, und kümmerte sich den Teufel um diplomatische Gebräuche und Abmachungen.

Die Kunde von dem Gefecht und dem Eingreifen der amerikanischen Hilfe war den Flotten drahtlos vorausgeeilt. Eine bange Stunde hindurch hatten in Sydney die Häuser unter dem schweren Feuer der kämpfenden Flotten gebebt. Dann kam die Erlösung. Hilfe und Sieg durch die Amerikaner. Da schlug die bange Stimmung in das Gegenteil um. Die Amerikaner, die jetzt im Hafen lagen, die in einzelnen Trupps an Land kamen, wurden mit hellem Jubel begrüßt. Niemand in ganz Sydney dachte mehr an die Tagesarbeit. Von dichten Scharen waren die Straßen schwarz, während die Häuserfassaden im Flaggenschmuck verschwanden.

Einer der wenigen, die nicht an diesem allgemeinen Jubel teilnahmen, war der australische Premier Mr. Applebee. Der Staatsmann dachte an die Zukunft und fuhr bei MacNeills, dem englischen Gesandten, vor. Nicht ohne sich einen bestimmten Plan zurechtgemacht zu haben.

Der Engländer empfing ihn hochmütig und kalt. Das Erstaunen zu deutlich zur Schau tragend, als daß es für ganz natürlich gehalten werden konnte.

»Was wünschen Sie, Herr Ministerpräsident? Ich glaube kaum, daß wir uns nach dieser Affäre noch etwas zu sagen haben.«

Mr. Applebee war auf den Empfang gefaßt.

»Gestatten Sie, daß ich anderer Meinung über die Vorfälle bin. Es war der englische Admiral, der die Feindseligkeiten eröffnete und den ersten Schuß auf unsere Flotte tat. Auf unsere kleine Flotte, die sich in diesem unglücklichen Augenblick in offensichtlicher Meuterei befand. Sie dürfen überzeugt sein, daß ich diesen Flaggenunfug genau so verurteile wie unser Admiral Morison. Der ganze Unsinn geht von einem als Trinker bekannten Kapitän aus, der heute noch seines Amtes enthoben werden soll. Doch dieser Umstand rechtfertigt das schroffe Vorgehen Ihres Admirals nicht. Was ist dabei herausgekommen? Gerade das, vor dem ich heute vormittag warnen zu müssen glaubte. Ein Eingreifen Amerikas an unserer Seite.

Aber trotz aller dieser Vorfälle ... höchst bedauerlichen Vorfälle, die uns und Ihnen Menschenleben und gute Schiffe gekostet haben, hoffe ich immer noch, daß sich die Affäre in friedlicher Weise beilegen lassen wird. Ich habe nach Ihrem letzten Besuch auf Mittel und Wege gesonnen, dem Parlamentsbeschluß die Spitze abzubrechen. Ich hoffe, solche gefunden zu haben, und wäre untröstlich, wenn die Verständigung jetzt scheitern sollte.«

MacNeills horchte auf. Eine Möglichkeit, den Parlamentsbeschluß zu inhibieren? Das gab der Sache eine neue Wendung. Er erwiderte, er wolle umgehend drahtlos Instruktionen seiner Regierung einholen.

Mr. Applebee war noch keine Stunde von diesem Besuch zurückgekehrt, als er den Gegenbesuch MacNeills empfing. Die englische Regierung bestehe auf restlose Aufklärung der Vorfälle. Danach würde sie ihre weiteren Schritte einrichten.

Mr. Applebee atmete auf. Das hieß, aus dem Diplomatischen in die tägliche Gebrauchssprache übersetzt, daß auch England die Sache nicht über das Knie brechen wolle. Restlose Aufklärung... das waren wenigstens vierzehn Tage. Mehr hatte Cyrus Stonard nicht verlangt. Er schüttelte dem Engländer beim Abschied mit ostentativer Herzlichkeit die Hand.

Mr. MacNeills fuhr im Kraftwagen nach seinem Hotel zurück. Am Prinz-Alfred-Park geriet das Auto in den Strom der singenden, johlenden, flaggenschwingenden Menge. Das Gedränge zwang den Chauffeur, langsam zu fahren. Ein australischer Matrose, ein Sternenbanner in der Rechten schwingend, sprang auf das Trittbrett. Ließ die Flagge wehen.

»Hallo, Boys, drei Hurras für Uncle Sam!«

Vieltausendstimmig wurde der Ruf von der Menge aufgenommen und rollte wie ein Donnerwetter die breite Straße entlang. Da fühlte MacNeills, daß Australien für England unwiederbringlich verloren sei. Der Führer hatte sich durch den Menschenstrom gewunden, die ruhige Seitenstraße erreicht.

»Fahr zu, Chauffeur!«

Kurz und scharf rief es der Engländer und warf sich in das Kissen zurück.

Die gespannte politische Lage nötigte auch den Vierten Lord der Admiralität, seinen Landaufenthalt für unbestimmte Zeit zu unterbrechen. Lord Horace Maitland war mit Familie und Dienerschaft in sein Stadthaus übergesiedelt, ein einfaches, aber geräumiges Palais aus der Zeit des dritten Georg. Kaum zehn Minuten von der Admiralität entfernt.

Eine kleine Gesellschaft der nächsten Bekannten saß dort um den Teetisch versammelt. Lord Horace kam aus einer Sitzung. In diesem Kreise durfte er sich ziemlich frei äußern.

»Die Ansichten im Kabinett waren geteilt. Einige meiner Kollegen hoffen immer noch, daß sich ein Krieg...der Krieg, der um Englands Schicksal geht...vermeiden läßt. Die Entscheidung liegt beim Parlament, das morgen zusammentritt.«

»Eine bange Nacht für alle, die mit ihrem Blute für das Vaterland eintreten müssen.«

Einer der Gäste hatte es gesagt.

»Noch eine lange, bange Nacht!«

Lady Diana flüsterte es mit bewegter Stimme. Sie blickte geistesabwesend vor sich hin und rührte mit dem kleinen Silberlöffel mechanisch in der Teetasse.

Lord Horace betrachtete sie mit forschendem Blick. Seit Tagen fiel ihm eine Veränderung an ihr auf, für die er keine Erklärung fand. Was konnte die ruhige, gefestigte Natur seiner Frau so außer Fassung bringen? Der drohende Krieg?...Wenig wahrscheinlich! Was sonst?

Lady Diana atmete, wie von einer Last befreit, als die Gäste sich empfahlen. Lord Horace sah, wie gezwungen das Lächeln war, mit dem sie sie verabschiedete.

Vergeblich wartete er auf ihre Rückkehr.

»Die Lady hat sich in ihre Räume zurückgezogen.«

Der Bescheid wurde ihm auf seine Frage. So war es ihm unmöglich, dem Grunde dieser Veränderung näherzukommen. Es hieß wohl zu warten, bis seine Gattin freiwillig sprechen würde.

Er war in Sorge. Seine Heirat war eine Liebesheirat im besten und edelsten Sinne. Die Erhöhung des Gatten, die unerwartete Erbschaft des Lordtitels hatte das innige zarte Verhältnis der Gatten nicht geändert. Die Liebe, die in der Hütte blüht, stirbt leicht im Palast. Hier war das nicht der Fall. Doch seit einigen Tagen fühlte Lord Horace, daß etwas Fremdes zwischen ihm und seiner Gattin stand.

Lady Diana schritt rastlos in ihrem Zimmer hin und her, mit fieberisch geröteten Wangen. Die Lippen wie durstig geöffnet.

Die Stutzuhr schlug die sechste Stunde.

Diana Maitland hielt in ihrem Gang inne und starrte auf das Zifferblatt.

»Schon wieder ein Tag vergangen...ohne Nachricht...Noch eine Nacht wie die vergangene ertrage ich nicht...Warum das alles?...Um eines Mannes willen, dessen Namen ich längst aus meinem Leben gestrichen zu haben glaubte. Ah ...«

Sie warf sich auf den Diwan. Die eine Hand schob ungeduldig die Kissen zurecht, die andere strich das Haar von der Schläfe. Ihre Augen waren geschlossen, aber es zuckte zuweilen in den langen Wimpern.

Eine Welt lag zwischen diesem unruhig sinnenden, gegen Tränen kämpfenden Weib und jener heiteren, strahlenden Schönheit, die noch vor wenigen Tagen den Mittelpunkt der glänzenden Gästeschar in Maitland Castle bildete.

Ihre Lippen formten Worte.

»Warum lasse ich mich in wachendem Zustand von diesen Träumen quälen? Ist es nicht genug an den unruhigen Nächten?...Warum diese Angst?...Was habe ich getan, was ich nicht vor mir selbst, vor aller Welt verantworten könnte?

Ich bin nur feig...oder vielleicht krank...und könnte doch gerade so glücklich sein, wie mich die Welt schätzt.«

Lady Diana richtete sich heftig auf.

»Horace beobachtet mich...meine Aufregung ist ihm nicht entgangen...ich bin ihm kein Geständnis schuldig! Nein, nein! Soll ich ein zweites Mal für eine Sünde büßen, die keine war?«

Erschöpft warf sie sich auf den Diwan zurück und schlug die großen dunklen Augen zur Zimmerdecke auf. Wie unter einem Zwange sprach sie weiter:

»Der eine liegt auf dem Père Lachaise. Der andere in Linnais...?«

Ein Pochen an der Tür. Auf silbernem Tablett brachte die Zofe einen Brief. Ein großes graues Kuvert. Deutsche Briefmarken. Die Schrift der Adresse schien ihr wohl bekannt, und doch konnte sie den Schreiber nicht erraten.

»Legen Sie den Brief auf den Tisch. Ich werde ihn später lesen.«

Sie sagte es mit gleichgültiger Stimme. Kaum hatte die Zofe den Raum verlassen, als sie aufsprang und den Umschlag mit zitternden Fingern zerriß. Ein einfaches Zeitungsblatt bildete den Inhalt. Eine schwedische Zeitung. Ihre Sprachkenntnisse reichten hin, den Inhalt halb zu entziffern, halb zu erraten. An einer Stelle ein roter Strich. Eine fettgedruckte Stichmarke...Linnais ...

Sie ging zum Diwan zurück, zwang sich gewaltsam, die wenigen Zeilen Wort für Wort zu lesen:

»Linnais, den 20. Juli. Eine Katastrophe, die noch der Aufklärung bedarf, hat gestern das in unserer Nähe liegende Gehöft der Truwors betroffen. Um Mitternacht flog das Herrenhaus unter schweren Explosionen in die Luft. Es wurde von dem erst kürzlich aus dem Auslande zurückgekehrten Besitzer bewohnt, der zwei Freunde als Gäste bei sich hatte. Mit Sicherheit ist anzunehmen, daß alle Insassen den Tod gefunden haben. Über die Ursache der Katastrophe gehen Gerüchte, die wir ihrer Unkontrollierbarkeit wegen vorläufig nicht wiedergeben wollen.«

Mit einem leisen Aufschrei sank Diana Maitland auf den Diwan zurück. Wie im Traume sah sie, wie sich die Tür öffnete, Lord Horace in das Zimmer trat, die Tür hinter ihm ins Schloß fiel. Es war ihr unmöglich, sich zu erheben. Es gelang ihr nur, sich etwas aufzurichten.

»Du hast eine unangenehme Nachricht erhalten?«

»Eine unangenehme Nachricht...wie kommst du auf die Frage?«

Lord Horace deutete auf das am Boden liegende Zeitungsblatt.

»Wer sandte dir diese Zeitung?«

Die Antwort kam nicht gleich. Endlich kam sie...zögernd und unfrei:

»Dr. Glossin.«

»Von Dr. Glossin?!«

Lord Horace trat einen Schritt zurück.

»Von Dr. Glossin?...Gib mir, bitte, eine Erklärung. Du bist sie mir schuldig. Was steht in dem Blatt, daß dich in eine solche Erregung versetzt?«

Lady Diana zögerte, stockte. Erst nach geraumer Weile hatte sie ihre Stimme in der Gewalt.

»Du darfst mir nicht zürnen, Horace. Es überkam mich plötzlich...gewiß eine Folge der letzten kritischen Tage. Sie haben Ansprüche auf meine Nerven gemacht, denen ich nicht gewachsen war... Die Zeitung von Dr. Glossin...oh, gewiß! Es wird dich interessieren, welchen Erfolg die Expedition nach Linnais gehabt hat. Dr. Glossin...ah, gewiß! Es wird dich interessieren, welche Nachrichten er überbringt.«

»Warum schickte er die Zeitung an deine Adresse?«

»Ich glaube...ich glaube...nun sehr einfach, ihr Männer seid doch jetzt Feinde.«

Diana Maitland versuchte zu scherzen.

»Sein patriotisches Gewissen erlaubt ihm keinen Verkehr mehr mit dir...Ich werde dir diese Zeilen übersetzen.« Sie las ihm den Inhalt der Notiz vor.

»Ah, sehr gut...Der Plan ist also gelungen. Unbegreiflich, daß noch keine Meldung von Oberst Trotter vorliegt...Doch du?...Du freust dich nicht? Und nahmst doch zuerst so starken Anteil an dem Plan.«

Diana war zurückgesunken. Sie drückte das feine Spitzentuch gegen die Stirn. Ihre Brust bewegte sich heftig.

»Diana, was ist dir?«

»Nichts! Habe Geduld mit mir, Horace. Es wird vorübergehen. Überlasse mich heute mir selbst, ich bitte dich!«

»Schenke mir Vertrauen, Diana. Befreie dich von der Last. Sage mir, was dich quält.«

Lord Maitland näherte sich ihr und legte den Arm beruhigend um ihren Nacken.

Diana zuckte leise zusammen. Ihr Körper erzitterte.

»Lasse mich! Lasse mich! Ich bin nicht die, die ...«

Klage und Herausforderung schienen zu gleicher Zeit im Klange dieser Worte zu liegen. Lord Horace zog seine Hände von ihren Schultern zurück. Betroffen sah er das jagende Wechselspiel von Licht und Schatten auf ihren Zügen. Er wagte nicht zu sprechen, wagte nicht diese Qual, in der ihre Seele sich wand, zu unterbrechen. Endlich nach langem Schweigen schien ihr der Entschluß zu reifen. Ein harter Zug legte sich um ihren Mund.

»Ich will nicht länger schweigen. Nur die Wahrheit kann mir helfen.«

Sie sprach ohne Schwäche.

»Hör mich an als mein Gatte, mein Freund...als mein Richter.« Sie wendete sich ihm zu und blickte ihn mit freien Augen an.

»Du weißt, Horace, daß meine Eltern Polen waren. Unser Nachbar war der Fürst Meszinski. Er hatte einen einzigen Sohn Raoul. Raoul war drei Jahre älter als ich. Schon als halbe Kinder galten wir als Verlobte. Die Familien wollten es so haben. Mein Vater war reich. Raoul entstammte einem alten Geschlecht und trug den Fürstentitel. Es paßte so schön zusammen, alter Adel und Reichtum. Im Grunde genommen, ein Handel, den beide Familien ausgeklügelt hatten. Ich wußte nichts davon. Raoul auch nicht. Wir hatten einander lieb, wie sich Kinder liebhaben. Wir wußten beide nichts vom Leben und von der Liebe.

Raoul wurde Offizier und lernte das Leben kennen. Während mein Herz sich gleichgeblieben war, wurden seine Empfindungen leidenschaftlicher. Noch ein Jahr, und unsere Ehe sollte geschlossen werden...Da kam der Krieg gegen die Russen und die Deutschen. Die vierte Teilung Polens war ihr Ziel. Du weißt, daß nach einem kurzen heldenmütigen Verzweiflungskampf Polen der Übermacht erlag. Als Raoul auszog, waren alle Vorbereitungen für eine schnelle Eheschließung getroffen. Wir schickten uns an, zur Trauung zu gehen, als eine starke russische Kavalleriepatrouille in den Gutshof einbrach. Die Hochzeitsgesellschaft stob auseinander. Raoul schoß den feindlichen Führer vom Pferde und entfloh.

Zur Strafe wurde unsere Besitzung verbrannt. Mein alter Vater mißhandelt, so daß er bald darauf starb. Meine Mutter floh nach Finnland, ihrer Heimat. Ich weigerte mich, ihr zu folgen, und ging als Krankenschwester zur Armee.

Als eines Tages ein neuer Transport Verwundeter in unser Lazarett eingeliefert wurde, sah ich darunter Raoul, den ich schon tot geglaubt. Er hatte eine schwere Brustwunde. Raoul selbst wußte genau, wie es um ihn stand. Nur das Bewußtsein, mich um ihn zu wissen, hielt das schwache Lebensfünkchen noch in Glut.«

Lady Diana Maitland fuhr fort: »Jetzt erkannte ich ganz, wieviel tiefer seine Liebe war als die meine. Ich hatte ihn geliebt, wie ich jeden zu lieben geglaubt hätte, den mir meine Eltern zur Heirat bestimmten.

Aber ebenso, wie meine Gegenwart seine letzten Tage leicht machte, machte sie ihm das Scheiden schwer.

Ich sah, wie er in Sehnsucht und Liebe sich nach mir verzehrte. Sein unaufhörliches Flehen drang in mich. Meine Liebe werde ihn retten; mein volles Liebesumfangen werde ihn gesunden lassen. Worte süßen Rausches drangen in mein Herz. Noch wehrte ich mich, da sah ich ihn erbleichen, als ob sein Blut zur Erde niederströme. Ich schrie auf, ich glaubte, ihn auf der Stelle sterben zu sehen. Er sah mich mit einem Blick an, in dem sich sein ganzes Empfinden widerspiegelte. Liebe, Enttäuschung, Jammer, Verzweiflung. Er griff nach seiner Brust, als wolle er den Verband abreißen. Da... da hatte ich keine Kraft mehr zum Widerstande ...

Ich saß Tag für Tag an seinem Lager, bis sein Leben verlosch. Ich sah ihn hinübergehen, scheiden ohne Schmerz, voll von Glück.

In mir war alles versunken, alles verschwunden. Mir war's, als hätte ich alles nur im Traum erlebt. Nur das letzte Wort Raouls haftete in meinem Gedächtnis... ›Diana!‹ In diesem sterbenden Hauch von den bleichen Lippen hatte eine Unendlichkeit von Jubel, von Staunen und von Glück gelegen. In der Erinnerung blieb nur der Spielkamerad, der Jugendfreund.

Die Jahre und die Ereignisse sind über mich hingegangen, ohne den Teil meiner Seele zu berühren, in dem alles verschlossen war. Nur einmal wurde die Tür dazu geöffnet, erbrochen... und die Erinnerung hieran blieb ...«

Ein leichter Schauer durchlief ihren Körper.

»In dem Zusammenbruch unseres Vaterlandes hatten wir alles verloren. Ich wurde Gesellschafterin bei einer schwedischen Gräfin, die meiner Mutter befreundet war. Wir lebten den größten Teil des Jahres in Paris. Auf einer Gesellschaft lernte ich einen schwedischen Ingenieur kennen. Überlegen erschien mir seine Persönlichkeit gegenüber den anderen Männern, die ich kennengelernt hatte. Alle Vorzüge des Geistes und des Körpers schienen mir in ihm vereint... Wir liebten uns... Ich war glücklich, glücklich ...«

Ein leises, verlorenes Lächeln schwebte wie ein Hauch um ihre Lippen. Sie empfand eine ungewohnte Erleichterung. Diese Selbstdemütigung schien ihr Herz zu stärken, wie eine Handlung ungestümen Wagemuts. Sie lächelte... Dann verdüsterten sich ihre Züge wieder. Ihre Stimme, eben noch bewegt, wurde monoton.

»Ein Lazarettarzt war unbemerkt Zeuge von Raouls letzter Stunde gewesen. Er tauchte eines Tages in Paris auf. Er erkennt mich wieder und belästigt mich mit seinen Zudringlichkeiten. Meinem Verlobten entgeht es nicht. Er stellte ihn zur Rede. Der Mensch weist ihn an mich. Ich erzählte alles, was vorgefallen. Mein Verlobter erschießt ihn im Duell... Und ich?!... Ich erhalte am nächsten Tag seinen Ring zurück... ohne ein Wort, eine Silbe.«

Sie senkte den Kopf und schloß die Lider. Die Erinnerung an jene Vorgänge ließ sie jetzt noch zittern.

»Ich fühlte mich bis auf den Tod gedemütigt. Ich begriff nicht, wie ich noch leben sollte... vernichtet, verachtet, mitleidlos beiseite geworfen.

Hundertmal wünschte ich mir damals den Tod. An die Stelle der Liebe trat der Haß. Ich haßte so grausam, wie eine Frau nur hassen kann... Was dann kam, weißt du. Ich wurde Sängerin. Im Taumel des Lebens glaubte ich, Vergessenheit zu finden, um nur zu bald völliger Enttäuschung zu begegnen. Ich beschloß, nur noch meiner Kunst zu leben, und widmete ihr mein ganzes Sein ...

Und dann kamst du... du warst edel, warst gut zu mir. Du zeigtest mir deine Bewunderung, deine Achtung, dein Vertrauen. Du warst bereit, dein Schicksal, dein Leben mit dem meinen zu verbinden, deinen Namen einer Frau zu geben, deren Leben du kaum kanntest.«

Mit starrem Gesicht hatte Lord Maitland gelauscht.

Eine qualvolle Pause entstand.

Lord Horace preßte die Zähne zusammen. Widerstreitende Empfindungen ergriffen ihn. Er empfand die rückhaltlose Aufrichtigkeit Dianas als etwas Wohltuendes. Doch ein anderer Instinkt kämpfte gegen dieses Gefühl in ihm an. Etwas seinem eigenen Wesen Feindseliges tauchte in ihm auf, wollte ihn dazu bringen, all seinen Mut zusammenzuraffen, seine Liebe und sein Mitleid zu bezwingen, seiner Gattin den Rücken zu kehren.

Diana schien seine Gedanken zu erraten.

»Horace! Horace!« schrie sie mit erstickter Stimme. Alles Blut wich aus ihrem Gesicht.

Der Lord hörte die angsterfüllte Stimme. Er stürzte auf sie zu und schloß ihr den Mund mit zitternden Händen, erschüttert, entsetzt. Er schloß ihre Augen, die starr und weit geöffnet waren. Seine Wimpern wurden feucht.

... Sie fühlte seine Bewegung, sie spürte auf ihren Augen die Finger, die sie berührten, wie nur Liebe und Mitleid zu berühren wissen.

Ihre Arme streckten sich und schlangen sich um den Hals des Mannes.

»Du liebst mich, du glaubst an mich?«

Lord Horace ergriff ihre Hände.

»Laß mir Zeit... seien wir mutig... du hast die Gespenster der Vergangenheit geweckt. Es wird Zeit brauchen, sie wieder zur Ruhe zu bringen ...«

»Du fragst nicht nach dem Namen, Horace?«

»Wozu den Namen? Laß ihn begraben sein, Diana.«

»Ich muß ihn dir nennen, daß du alles verstehst... er ist... Erik Truwor.«

»Lord Maitland wünschen Eure Herrlichkeit zu sprechen.«

Der Diener meldete es, und gleich danach trat Lord Horace in das Kabinett des englischen Premierministers. Die Stimmung war ernst. Vor zwei Stunden war die offizielle Nachricht von dem Gefecht vor Sydney in London eingetroffen. Noch hielt die englische Regierung sie zurück. Doch schon liefen unkontrollierbare Gerüchte durch die Straßen der englischen Metropole. Erzählungen von einer unerhörten Schmach, die der Flagge Englands durch amerikanische Streitkräfte zugefügt sein sollte.

Trotz aller Gesetze und Postregale gab es Dutzende geheimer Empfangsstationen für die Funkmeldungen der ganzen Welt in London. Stationen, die auf einem Schreibtisch bequem Platz hatten und Funkennachrichten aus Australien und Südafrika ebenso sicher auffingen wie aus Schottland oder Frankreich.

Die Londoner Börse wurde zuerst von den Gerüchten getroffen. Sie war in einer trostlosen Baissestimmung. Das Publikum in den Straßen glich einem aufgeregten Bienenschwarm, und Lord Gashford, der leitende Staatsmann des britischen Weltreiches, fühlte den Druck der schweren Verantwortung mehr denn je. Wohl hatte er durch die letzte Instruktion an den australischen Gesandten MacNeills noch eine Frist für die letzte unwiderrufliche Entscheidung gesichert. Aber er war sich dessen voll bewußt, daß die letzte Entscheidung mit Riesenschritten heranrückte.

Lord Maitland hielt ihm das Zeitungsblatt hin, welches Glossin an Lady Diana gesandt hatte.

»Die Nachricht ist gut, wenn sie wahr ist. Wir wissen es noch nicht. Seit sechsunddreißig Stunden warte ich auf den Bericht des Obersten Trotter, der vom Kriegsministerium mit der Expedition beauftragt wurde.«

»Oberst Trotter ...?«

»Wie meinten Sie?«

»Nichts von Wichtigkeit. Nur bin ich der Ansicht, daß der Bericht längst da sein müßte. Es ist unerhört, daß wir das Ergebnis einer von uns betriebenen Unternehmung durch ein schwedisches Lokalblatt erfahren müssen.«

Die Züge des Premiers verrieten von neuem Sorge und Ungewißheit über den Ausgang der Expedition.

»Ich fürchte, daß irgend etwas bei der Unternehmung nicht in Ordnung ist. Auf keinen Fall können wir daran denken, eine Entscheidung zu treffen, bevor wir nicht den Bericht Trotters oder noch besser den Oberst selbst hier haben. Ich habe den Kriegsminister kurz vor Ihrem Erscheinen um seinen Besuch bitten lassen. Ich denke, das wird er sein.«

Sir John Repington trat in das Gemach. In seiner Begleitung kam Oberst Trotter. Er machte nicht eben den besten Eindruck. Die Haut seines Gesichtes schälte sich wie Platanenrinde im Frühjahr. Der stattliche Schnurrbart war bis auf einen kargen Überrest der Schere zum Opfer gefallen. Der erste Eindruck auf alle in diesem Raume Befindlichen war der, daß es nicht gefahrlos sei, mit Erik Truwor und seinen Leuten anzubinden. Waren sie wirklich unter den brennenden Trümmern ihres Hauses begraben, so hatten ihre Flammen und sonstigen Verteidigungsmittel jedenfalls auch dem Gegner reichlich zu schaffen gemacht.

Der Eindruck verstärkte sich, als Oberst Trotter seinen mündlichen Bericht gab. Acht von seinen Leuten tot, zum Teil in den Flammen umgekommen, verschollen. Fünf mehr oder weniger schwer verwundet. Nur mit sieben Leuten war der Oberst nach England zurückgekommen.

Im übrigen bestätigte sein Bericht die Mitteilung des schwedischen Blattes und ergänzte sie. Nach tapferer Gegenwehr war das Feuer der Verteidiger niedergekämpft, das Haus sturmreif geschossen worden. In diesem Moment brachen Explosion und Brand aus, von denen das schwedische Blatt allein berichtete. Sicher waren die Verteidiger, soweit sie das Feuer der Angreifer noch lebend überstanden hatten, in der Gewalt der Explosionen und in der Hölle der Feuersbrunst umgekommen.

Die englischen Minister spürten eine große Erleichterung, während Oberst Trotter den Gang der Dinge schilderte.

»So weit ganz gut«, unterbrach hier Repington. »Aber warum haben Sie nicht sofort nach der Affäre einen drahtlosen Bericht an das Amt geschickt? Sie hatten unser bestes Modell der kleinen Stationen mit. Warum haben Sie nicht sofort gefunkt?«

»Es ging nicht, Sir! Es ging trotz aller Bemühungen nicht. Der Mann, der mit dem Apparat Bescheid wußte, war gefallen. Die anderen konnten ihn nicht in Betrieb bringen.«

Der Kriegsminister runzelte die Stirn.

»Sehr bedauerlich. Der einzige Funker, den Sie bei Ihrer Truppe hatten, durfte nicht exponiert werden, Herr Oberst. Und dann später ... Sie sind mit einem unserer Flugschiffe zurückgekehrt. Warum haben Sie da nicht gefunkt?«

Oberst Trotter zerrte verzweifelt an den spärlichen Resten seines Schnurrbartes.

»Es ging nicht, Sir! Es ging absolut nicht! Der Telegraphist erklärte, daß sein Apparat in Unordnung sei. Aus unerklärlichen Gründen in Unordnung sei und nicht funktioniere. Es war nichts zu machen.«

Lord Maitland blickte den Premier an und dieser den Kriegsminister. Einen Moment flammte ein unbestimmter Verdacht in den Herzen der drei Männer auf.

Oberst Trotter gab seinen schriftlichen Bericht, den er während der Überfahrt verfaßt hatte, in die Hände des Kriegsministers und verließ das Kabinett. Lord Horace schaute ihm nachdenklich nach.

»Wenn ich gewußt hätte, daß man gerade diesen Oberst Trotter mit einer so wichtigen Mission betraute, würde ich es kaum unterlassen haben, meine Bedenken geltend zu machen.«

Sir John Repington bekam einen roten Kopf und nahm seinen Offizier in Schutz. Der alte Zwiespalt zwischen Armee und Marine machte sich bemerkbar. Der Premier legte den Zwist bei.

»Lassen wir die Nebensächlichkeiten. Aus dem eben gehörten Bericht geht mit Sicherheit hervor, daß die Expedition ihren Zweck erreicht hat. Den Zweck, Großbritannien von einem unbekannten und unter Umständen unbequemen Gegner zu befreien. Wir können unsere Beschlüsse jetzt ohne

Hemmung von dieser Seite her fassen. Nach den Ereignissen des Vormittags ist die Beschlußfassung nicht länger aufzuschieben. Das Parlament ist in London versammelt. Die Parteiführer sind von mir verständigt. Sie können ihre Leute in zwei Stunden zusammen haben. Auf Wiedersehen in zwei Stunden!«

Sobald ihn seine Kollegen verlassen hatten, gab Lord Gashford den offiziellen Bericht über die Schlacht bei Sydney an die Presse und die Nachrichtenagenturen. Im Augenblick wurde er an tausend Stellen Londons bekannt. Extrablätter in Auflagen von Millionen kamen heraus, wurden den Händlern aus den Händen gerissen und vielmals gelesen, bevor sie auf dem Pflaster unter den Rädern der Wagen und den Füßen der hin und her wogenden Menge ein Ende fanden. Die Unruhe wuchs, die Aufregung stieg, und die Stimmung der Bevölkerung Londons näherte sich schnell jenem Siedepunkte, bei welchem gefährliche und unvorhergesehene Ausbrüche der Leidenschaft zu fürchten sind.

Das Parlament war das natürliche Ventil, durch das diese Spannung sich entladen mußte. Und das Parlament war vollzählig bis auf den letzten Mann versammelt, war sich seiner Pflichten gegen das Land bewußt, als die Minister ihre Plätze auf den Bänken der Regierung einnahmen.

Die Tagesordnung war einfach. Stellungnahme zu der Affäre von Sydney. Ein ausführlicher Bericht über das Vorkommnis lag jedem Mitglied gedruckt vor. Die meisten Abgeordneten lasen ihn kaum noch. Sie waren durch ihre Zeitungen informiert.

Die Abstimmung war nur noch Formsache.

Das englische Parlament beauftragte die Regierung, den Vereinigten Staaten von Nordamerika den Krieg zu erklären und ihn mit aller Energie zu führen.

Mit diesem Auftrage zog sich das Kabinett zurück. Es hatte mit der Ausführung der Beschlüsse vollauf zu tun: die vorhandenen Streitkräfte mobil zu machen, Reserven einzuberufen, die Industrie nach dem großzügigen Plan zu mobilisieren. Jeder einzelne Fachminister hatte sein Pensum. Daneben blieb noch eine Formalität zu erfüllen. Dem amerikanischen Botschafter in London Mr. Geddes mußte der Kriegszustand amtlich mitgeteilt werden. Es waren ihm, wie es in der veralteten diplomatischen Sprache immer noch hieß, die Pässe zuzustellen. Zur gleichen Stunde, zu welcher der englische Botschafter in Washington die Kriegserklärung überreichte.

Lord Gashford sah sich forschend um.

»Lord Maitland, Sie sind mit Mr. Geddes persönlich bekannt. Wollen Sie ihn besuchen und ihm die Mitteilung machen?«

Lord Horace nickte zustimmend. Er war mit Mr. Geddes seit Jahren befreundet. Er wollte den Auftrag übernehmen, um dem, was unvermeidlich geschehen mußte, wenigstens die versöhnlichste Form zu geben.

»Betonen Sie besonders bei Ihrem Besuch, daß sich unser Kampf nicht gegen das blutsverwandte Volk richtet, sondern nur gegen den Tyrannen. Daß wir je schneller desto lieber wieder zu friedlichen Zuständen kommen wollen, sobald eine freiheitliche Regierung in Washington es uns möglich macht.«

Lord Gashford wußte, warum er diese salbungsvolle Mitteilung überbringen ließ. Mr. Geddes war durch seine freiheitliche Gesinnung bekannt. Im Herzen ein Philanthrop und Pazifist. Keineswegs ein überzeugter Anhänger der unbeschränkten Herrschaft des Diktators. Letzten Endes ein Schwärmer für Menschenverbrüderung und Ideale, die in dieser Welt harter Realitäten kaum zu erreichen sind.

Cyrus Stonard kannte die Engländer. Er wußte, daß sie seit Jahrhunderten jeden Krieg, jeden Treubruch, jeden Überfall mit einem philanthropischen Mäntelchen behängt hatten, und in einem Anfall seines grimmigen weltverachtenden Humors hatte er ihnen einen überzeugten Philanthropen als Botschafter geschickt. Eben Mr. Geddes, der von ganzem Herzen an alle diese Phrasen glaubte, bei allen Verhandlungen aus vollster Überzeugung damit operierte und letzten Endes doch genau tun mußte, was Cyrus Stonard wollte.

Der Kraftwagen hielt vor der amerikanischen Botschaft. Lord Horace schritt durch das Vestibül und Treppenhaus. Durch die Räume, die er bei Besuchen und Festlichkeiten so oft betreten hatte. Aufgescheuchte Dienerschaft lief umher. Gepackte Koffer standen auf den Fluren. Mr. Geddes hatte der Parlamentssitzung in der Diplomatenloge beigewohnt. Er wußte, daß der Krieg unvermeidlich war, und hatte alle Maßregeln für eine schnelle Abreise getroffen.

Lord Horace ließ sich durch den zurückhaltenden Empfang nicht abschrecken. Er trat an Mr. Geddes heran und ergriff dessen Rechte mit seinen beiden Händen.

»Mein lieber alter Freund, Sie wissen, ich bringe Ihnen schlechte Botschaft. Es ist ein schwerer Gang für mich. Doch einer mußte sie Ihnen bringen. Da habe ich es übernommen.«

Langsam legte Mr. Geddes seine zweite Hand auf die beiden Hände von Lord Horace. Er war zu bewegt, um sprechen zu können.

Eine Minute standen sie so. Dann machte sich Lord Maitland mit sanfter Bewegung frei. Noch eine Verneigung, und er verließ das Haus. Der alte Diener, der ihn so oft bei Festlichkeiten empfangen und geleitet hatte, gab ihm auch jetzt das Geleit bis zur Tür.

Lord Horace atmete tief auf, als das Auto in schneller Fahrt durch die sonnige Straße fuhr. Es war auch für ihn, den routinierten Staatsmann und Diplomaten, ein bitteres Stück Arbeit gewesen, einem Manne wie Geddes die Mitteilung zu überbringen, daß seine Mission hier zu Ende sei.

In der Nacht vom 19. auf den 20. Juli war die große amerikanische Transradiostation in Sayville im vollen Betrieb. Um die dritte Morgenstunde liefen alle Maschinen. Sie erzeugten die hochfrequente Sendeenergie und schickten sie über die Maschinengeber in die sechzehn Antennen der Station.

Im Telegraphistensaal standen die automatischen Schreibapparate und verwandelten die aus allen Teilen Amerikas ankommenden Drahtdepeschen in gelochte Papierstreifen.

Die Telegraphisten nahmen die gelochten Streifen aus den Stanzapparaten, ersahen aus den Adressen, nach welcher Himmelsrichtung sie bestimmt waren, und verteilten sie danach auf die Maschinengeber der verschieden gerichteten Antennen.

Der Chefelektriker saß in seinem Glaskasten, von dem aus er einen Überblick über die ganze Station hatte. Vor ihm auf dem Tisch lag das Stationsbuch. Er war beschäftigt, die letzten Telegramme einzutragen.

Da plötzlich... Mr. Brown stand auf und lauschte... Ein fremder Ton drang aus dem Maschinenraum her. Er kannte seine Station. Jede Unregelmäßigkeit verriet sich seinem geübten Ohr. Er sprang auf, verließ seinen Glaskasten und sah im Vorbeieilen, daß auch im Transmitterraum Unordnung ausgebrochen war. Alle Automaten standen still.

Er eilte in den nächsten Saal zu den Maschinengebern. Das gleiche Bild hier. Eine Lähmung hatte alle diese Apparate getroffen, die eben noch im fliegenden Tempo arbeiteten und Depeschen in alle Welt schickten.

Die Maschinengeber lagen still. Es war erstaunlich, aber schließlich denkbar. Das Undenkbare, das Unmögliche geschah im Nebenraum, in dem die großen, von den Maschinengebern gesteuerten Sendekontakte eingebaut waren. Die Kontakte arbeiteten. Sie tanzten auf und ab, schlossen und öffneten den Maschinenstrom und gaben unverkennbare Morsezeichen.

Der Chefelektriker stürzte in diesen Raum. MacOmber, der alte, sonst so zuverlässige Maschinist, trat ihm verstört entgegen. Er deutete sprachlos auf die großen Kontakte, die sich, wie von unsichtbaren Geisterhänden bedient, bewegten.

Ein höllischer Spuk war es. Aber ein Spuk, der nach einem festen Plan vor sich ging. Alle diese Bewegungen und Manipulationen spielten sich ganz systematisch ab. Er vermochte aus dem Knattern der Kontakte ohne weiteres den Wortlaut der Botschaft herauszuhören, die hier gegeben wurde.

»Sayville. An alle!... Sayville. An alle!... Wer das Schwert nimmt, wird durch das Schwert umkommen. Die Macht warnt alle vor dem Kriege.«

Mr. Brown stürzte sich auf den nächsten Sendekontakt und suchte ihn mit Gewalt festzuhalten. Die Kontakte arbeiteten unbeirrt weiter.

Dreimal hintereinander gab die Station diese Depesche. Dann begannen mit einem Schlage wieder die Automaten und Maschinengeber zu arbeiten. Kaum zehn Minuten hatte der Spuk gedauert.

Mr. Brown stand in seinem Glaskasten und strich sich die Stirn. Er wußte nicht, ob er wache oder träume. Mit verstörten Mienen blickten die Telegraphisten auf ihren Vorgesetzten. Keiner von ihnen kümmerte sich um die Apparate. Aber die Automaten, die nervenlosen Maschinen, taten ihre Schuldigkeit. Sie schrieben die Depeschen auf, die jetzt von allen Seiten her in Sayville einliefen. Anfragen von amerikanischen und überseeischen Stationen, was die Sendung von Sayville zu bedeuten habe.

Eine dringende Staatsdepesche aus Washington: »Befehl, den Stationsleiter sofort vom Amt zu suspendieren. Die Station dem Stellvertreter zu übergeben!«

Mr. Brown war mit seinen Nerven fertig. Er übergab die Station seinem Vertreter und setzte sich hin, um mit zitternden Händen einen ausführlichen Bericht über das Vorkommnis zu schreiben.

Für die Geschichte jener Zeit ist der Bericht ein wichtiges Dokument geworden. Er gibt noch verhältnismäßig objektiv eine Darstellung der unerklärlichen Beeinflussungen, denen die Großstationen der ganzen Erde in den folgenden Wochen bald hier, bald dort ausgesetzt waren. Eine unbekannte Macht hatte sich des drahtlosen Verkehrs bemächtigt. Sie gab ihre Depeschen »An alle!«, wie es ihr gefiel, unter Benutzung der vorhandenen Stationen ab.

Kapitän H. L. Fagan vom amerikanischen Marinedepartement, der eiserne Fagan, wie ihn seine Kameraden nannten, hatte Vortrag beim Präsident-Diktator. Mit aufmerksamen Blicken folgte Cyrus Stonard den Erklärungen, die Kapitän Fagan an Hand umfangreicher, an der Wand befestigter Zeichnungen gab.

Sie stellten die große amerikanische Unterwasserstation dar, die im Laufe des letzten Jahres in aller Stille, vollkommen geheim, an der afrikanischen Ostküste in der Höhe der Seschellen entstanden war. Durch gründliche Lotungen hatten amerikanische Schiffe eine Stelle ausfindig gemacht, die zweihundert Kilometer von der Küste entfernt mitten im freien Ozean lag und doch nur hundert Meter tief war. Es war die Spitze irgendeines vor Millionen Jahren in der Tiefe des Indischen Ozeans versunkenen Berges. Taucher hatten das Gelände untersucht und die Sprengungen vorbereitet, durch die man eine Plattform von etwa einem Quadratkilometer hundertfünfzig Meter unter dem Seespiegel schuf. Dann kam der Bau.

Zwanzig gewaltige Hallen. Jede einzelne groß genug, die größten Flugschiffe, Flugtaucher und U-Boote aufzunehmen. Jede Halle mit den Maschinen für alle vorkommenden Reparaturen ausgerüstet. Jede Halle mit vielfacher Sicherheit gegen den gewaltigen Wasserdruck erbaut. Darüber hinaus noch durch ein System sinnreicher Sicherheitsschotten gegen Wassereinbrüche geschützt. Unterirdische, tief in den Fels des Berges gesprengte Gänge verbanden die Hallen miteinander. Zisternen waren mit Hilfe stärkerer Sprengmittel in den Basalt hineingearbeitet, die Hunderttausende von Tonnen der besten Treiböle für die Maschinen amerikanischer Kriegsfahrzeuge aufnehmen konnten.

Ferner große Luftschleusen. Ein Druck auf einen der vielen Hebel in der Apparatenzentrale der Station genügte, und eine riesenhafte hydraulische Plattform hob sich wie eine plötzlich entstehende Insel aus den Fluten des Ozeans, bereit, Fahrzeuge aufzunehmen und sicher mit in die Tiefe zu bringen.

Es war ein wahrhaft großartiger unterseeischer Flottenstützpunkt, den ein Befehl Cyrus Stonards hier mitten in der Wasserwüste entstehen ließ. An einer Stelle, von der aus es amerikanischen Streitkräften ein leichtes sein mußte, jede in Mittelafrika neu entstehende Kriegsindustrie im Entstehen zu zerschmettern und Indien schwer zu bedrohen.

Als Cyrus Stonard vor dreizehn Monaten den Befehl gab, erklärten die Fachleute die Sache für unausführbar. Bis der eiserne Diktator den eisernen Kapitän fand. Cyrus Stonard entsann sich deutlich der ersten Unterredung mit dem Kapitän. Unbedingte Geheimhaltung des Planes und des Baues forderte der Diktator. Kapitän Fagan hatte damals wenige Minuten überlegt.

»Wir müssen mit fünftausend Mann arbeiten, wenn wir in einem Jahr fertig werden wollen. Ein Geheimnis, um das fünftausend Menschen wissen, ist kein Geheimnis mehr. Also müssen wir Sklaven für den Bau nehmen.«

Kapitän Fagan hatte es damals mit einer Ruhe und Selbstverständlichkeit gesagt, die sogar den Diktator eine Minute verblüffte. Nur eine Minute. Dann hatte er die Vorzüglichkeit der Idee erfaßt.

Zuchthäusler führten die unterseeische Station aus. Menschen, die von den amerikanischen Gerichten zu langjährigen Freiheitsstrafen verurteilt worden waren. Es kamen Monate, in denen der elektrische Stuhl wenig zu tun hatte, weil der Diktator auffallend häufig begnadigte. Aber nur Menschen, die mit Eisen und Stahl umzugehen verstanden, Menschen, die in die Branche paßten. –

Kapitän Fagan gab dem Präsident-Diktator auf dessen Fragen präzisen Bericht.

»Die Hallen eins bis sechzehn sind fertig. Versehen mit Proviant, Brennstoff und Munition. Vier Hallen sind noch im Bau. Die Wohnhallen für das ordentliche Marinepersonal. Die Zuchthäusler sterben wie die Fliegen. Haben auch schlechte Unterkunft in den Verbindungstunnels.«

»Der Endtermin ist um drei Wochen überschritten. Wann werden die Wohnhallen fertig beziehbar dastehen?«

Die Stimme des Präsident-Diktators klang scharf und schneidend, als er die Frage stellte.

»In drei Tagen, Herr Präsident.«

»Sie bürgen dafür?«

»Ich bürge, Herr Präsident.«

»Sind die Verteidigungsanlagen fertig?«

»Sie sind fertig, Herr Präsident. Die Station ist von einem dreifachen Kranz unterseeischer Torpedominensender umgeben. Die akustischen Empfänger sprechen auf jedes Schraubengeräusch unter und über Wasser an. Die Hertzschen Strahler fassen auf zehn Kilometer jedes Ziel und dirigieren die Torpedos zu seiner Vernichtung.«

»Wie steht es mit dem Schutz gegen Luftsicht?«

»Seit acht Wochen arbeiten unsere Seefärber. Es war ein glücklicher Gedanke, unsere Station wie einen Tintenfisch mit eigenen Farbdrüsen auszustatten. Das Azoblau, welches die Seefärber Tag und Nacht in gleichmäßigem Strome in die See geben, färbt das Wasser so gleichmäßig, daß die ganze Untiefe vollkommen unsichtbar wird. Auch aus zweitausend Meter Höhe konnten unsere eigenen Flugschiffe die Station nicht finden, wenn die Färber arbeiteten. Wir mußten eine besondere Erkennungsboje auslegen.«

Cyrus Stonard hatte sich erhoben. Seine Augen leuchteten wild in fanatischem Glanz, während er den Mann betrachtete, der das Riesenwerk in einem Jahr glücklich zum Abschluß gebracht hatte.

»Kurz und gut, Herr Kapitän! Wann sitzt der letzte Niet? Wann kann die Station in den Krieg eintreten?«

»In drei Tagen, Herr Präsident! In drei Tagen sind die Marinemannschaften in ihren Quartieren, die Sklaven weggeschafft. In drei Tagen leistet die Station alles, was sie zu leisten hat.«

»Ich danke Ihnen – – – – Herr Admiral! Sie haben Ihre Sache gut gemacht. Sie bleiben weiter zu meiner Verfügung.«

Cyrus Stonard sprach mit befehlsgewohnten Lippen. Kapitän Fagan errötete. Ein Zittern ging durch seine bis dahin unbewegliche Gestalt. Ein Lob aus dem Munde des Diktators. Ein uneingeschränktes Lob und zugleich die Ernennung zum Admiral. Das war mehr, als er in diesen zwölf Monaten schwerer Arbeit mit Nächten der Verzweiflung und Tagen des Mißmuts zu hoffen gewagt hatte.

Er beugte sich nieder, wollte die Hand des Diktators ergreifen und küssen. Cyrus Stonard wehrte ab.

»Lassen Sie, Herr Admiral! Gehen Sie, und dienen Sie mir und dem Lande so weiter, wie Sie bis jetzt gedient haben!«

Mit unsicheren Schritten verließ Admiral Fagan das Kabinett.

In der Mitte des Gemaches blieb Cyrus Stonard stehen und blickte ihm lange Zeit nach. Es zuckte und arbeitete in den aszetischen Zügen des Diktators. Seine Lippen bewegten sich und formten Worte, während ein verächtliches Lächeln sie umspielte.

»Da geht er hin... der Eiserne... Errötet und zittert wie ein junges Mädchen. Um das eine Wörtchen Admiral... Hätte ich ihn hart angefahren, seine Arbeit getadelt, ihn weggejagt, er wäre davongeschlichen... hätte kein Wort des Widerspruchs gewagt... Eisern... pah!... so sind sie alle... ohne Ausnahme! Nur wenn sie den Herrn fühlen, tun sie, was sie sollen... was für das Land nötig ist... Kreaturen, die ein Wort von mir erhöht oder in den Staub wirft ...«

Der Präsident-Diktator kehrte langsam zu seinem Sessel zurück. Weltverachtung sprach aus seinen Zügen. Es waren alles Sklaven. Im Grunde nicht besser als die Fünftausend, die das letzte Jahr auf dem Seegrunde gefrondet hatten.

Ein Gefühl des Überdrusses überkam ihn. Warum sich mühen und plagen, um diese Sklavenherde mit Gewalt den Weg zu ihrem Glück zu führen. Weil...weil ...

Ein Adjutant trat ein. Leutnant Greenslade brachte eine Depesche. Einen Bericht über die Vorgänge in Sayville. Legte sie auf den Tisch und erwartete in dienstlicher Haltung die Befehle des Diktators.

Cyrus Stonard überflog das Blatt. Die rätselhafte Beeinflussung der großen Radiostation in Sayville. Das selbsttätige unhemmbare Arbeiten der Geber. Das Spielen der Schalter. Schließlich die kurze wunderbare Depesche: »An alle!...Die Macht warnt vor dem Kriege.«

Und wußte in demselben Moment, daß Glossin gelogen hatte! Daß Erik Truwor und die Seinen am Leben und im Besitze der Macht waren!

In diesen Sekunden erlebte der Präsident-Diktator einen jähen und schweren Sturz. Eben noch im Gefühl eines unendlichen Machtbesitzes. Herr der halben und bald der ganzen Erde. Absoluter Gebieter über dreihundert Millionen. Und jetzt von einer unbekannten und unangreifbaren Macht bedroht, in seinen Entschlüssen und Befehlen gehemmt.

Wie eben noch Kapitän Fagan durch wenige Worte des Diktators umgeworfen wurde, so brach Cyrus Stonard über den Inhalt der Depesche zusammen. Er saß vor seinem Tisch, ließ das Haupt auf die Arme sinken und verbarg sein Gesicht. Ein Schluchzen erschütterte den hageren, nur der Arbeit gewidmeten Körper.

Leutnant Greenslade stand in vorschriftsmäßiger Haltung. Sah den Präsident-Diktator die Haltung verlieren und begann um sein Leben zu zittern. Es lebte niemand in den Vereinigten Staaten, der sich rühmen konnte, Cyrus Stonard schwach gesehen zu haben. Leutnant Greenslade hatte nur einen Gedanken.

Wehe, wenn Stonard die Augen wieder aufmacht! Wehe, wenn der Diktator mich sieht! Dann bin ich verloren!

In diesem Augenblick erhob Cyrus Stonard den Kopf. Mit Augen, die abwesend und weltentrückt blickten, schaute er um sich.

»Dr. Glossin soll kommen!«

Leutnant Greenslade übermittelte den Befehl und ging dann mit sich selbst zu Rate, ob er es wagen dürfe, in den Staaten zu bleiben.

Dr. Glossin stand im Kabinett des Präsident-Diktators. Cyrus Stonard erhob sich statuenhaft von seinem Platz. Seine Rechte ergriff die Depesche und ballte sie krampfhaft zusammen. Er sprach kein Wort. Langsam kam er dem Doktor näher, bis er nur noch drei Schritte von ihm entfernt stand. Dann schleuderte er ihm den Papierball mit jähem Ruck in das Gesicht.

Dr. Glossin machte keine Bewegung, den Wurf abzuwehren. Der Ball traf ihn zwischen die Augen und fiel zu Boden. Der Arzt verlor die letzte Spur von Farbe. Er kannte den Inhalt der Depesche, die ihm Cyrus Stonard eben ins Gesicht geschleudert hatte. Seit zwanzig Minuten wußte er, daß all seine Arbeit während der letzten Wochen vergeblich war. Die einzigen Menschen, die er zu fürchten hatte, waren seinen Nachstellungen entgangen. Waren irgendwo in Sicherheit und ließen ihre Macht spielen.

Er war in diesem Augenblick nicht einmal fähig, die Beleidigung zu empfinden, die in dieser Behandlung lag. Der Papierball wirkte wie eine Flintenkugel. Der von ihr Getroffene empfindet den Schuß nicht als Beleidigung, aber er fällt danach um. Dr. Glossin begann auf seinen Füßen zu wanken, tastete mit den Händen nach einem Halt.

Dem Präsident-Diktator hatte der physische Ausbruch Erleichterung verschafft. Die unmittelbare Wirkung des Schlages, der ihn getroffen hatte, ließ nach. Er begann klarer zu sehen. Sah den Menschen vor sich, der im Begriff stand, umzusinken.

Da ließ er sich selbst wieder in seinem Sessel nieder und winkte dem Doktor.

»Setzen Sie sich!...Setzen Sie sich!...Nicht dahin...hierher! Hier dicht zu mir her...ja, hier...Halt, heben Sie das erst auf!«

Er wies mit der Hand auf die zerknüllte Depesche. Er kommandierte den Doktor wie einen Hund, und Dr. Glossin gehorchte wie ein geprügelter Hund. Jetzt saß er auf dem angewiesenen Sessel, dicht neben Cyrus Stonard, und entfaltete ganz mechanisch den Papierball.

»Lesen Sie!«

Dr. Glossin las die Depesche, die er heute schon so oft gelesen hatte.

»Was haben Sie mir gesagt? Und was sagen Sie jetzt?«

Der Arzt war unfähig, eine zusammenhängende Antwort zu geben. Cyrus Stonard sah, daß er ihm die Möglichkeit zur Sammlung geben müsse. So befahl er weiter:

»Geben Sie mir noch einmal einen genauen Bericht über die Vorgänge in Linnais. Nicht gefärbt, absolut genau!«

Dr. Glossin raffte sich zusammen. Er begann zu sprechen und wurde ruhiger, je weiter er in seinem Bericht kam.

»Die Engländer waren zur selben Zeit am Platze wie ich. Als ich den englischen Führer kennenlernte, war ich über seine Naivität erstaunt. Ich wollte ihn zurückrufen lassen, aber die Zeit war zu kurz. Ich hatte keine Möglichkeit mehr, die Expedition zu verhüten ...«

Cyrus Stonard streifte den Arzt mit einem kalten Blick.

»Das kommt davon, wenn die Werkzeuge anfangen, selbst zu denken. Ihnen hatte ich den Befehl gegeben, die drei zu vernichten. Ihnen! ... Nicht den Engländern. Ich habe Ihre Eigenmächtigkeit nach Ihrem ersten Bericht nicht gerügt, weil Sie mir einen Erfolg meldeten. Einverstanden war ich nicht damit.

Warum habe ich Sie zu meinem Werkzeug gewählt? ... Weil ich mir solche bewährte Kraft für manche Geschäfte nicht entgehen lassen durfte. Wenn Ihr Talent nicht ausreicht, drei Menschen vom Erdboden verschwinden zu lassen, wenn Sie dazu die Engländer gebrauchen ... Mann, warum haben Sie die Engländer auf die drei gehetzt, anstatt selbst zu gehen?«

Dr. Glossin stammelte: »... Interesse des Landes ... Rücksicht auf die Neutralen ... diplomatische Schwierigkeiten.«

»Unsinn ... Dummheit ... was geht mich Schweden an? Denken Sie, ich hätte die Möglichkeit, die Neutralität dieses Ländchens zu verletzen, nicht in meinen Kalkul eingezogen?«

Er blickte dem Doktor scharf in die Augen.

»Sie haben Furcht gehabt! Erbärmliche, feige Furcht vor den drei Leuten! Darum wollten Sie den Fuchs spielen. Andere Leute die Kastanien aus dem Feuer holen lassen ... So ist diese ... Gemeinheit zustande gekommen ... Merken Sie wohl auf! Sie stehen von heute ab unter Überwachung. Sie wissen, was das heißt. Der Verdacht einer Verräterei, eines Ungehorsams, und Sie verschwinden. Denken Sie daran, wenn Sie mir jetzt antworten.

Ich wünsche genau Ihre Meinung über diese drei Menschen zu wissen. Ob sie noch am Leben sind ... oder ob diese Depesche etwa von einer anderen Stelle kommt. Und wenn sie leben, was sind ihre Pläne, wie groß ist ihre Macht, wie weit reicht sie? Werden sie sich in dem kommenden Kampfe auf eine Seite stellen? Überlegen Sie sich genau, bevor Sie antworten. Es geht um Ihren Hals.«

Dr. Glossin wußte, daß der Präsident-Diktator nicht scherzte. Eine unbefriedigende Antwort ... ein Druck auf den Klingelknopf am Schreibtisch und er erlebte den nächsten Stundenschlag nicht mehr. Er sammelte seine Gedanken und sprach langsam Wort für Wort abwägend:

»Nein! Es ist ausgeschlossen, daß eine dritte Stelle in Betracht kommt. Ich war Augenzeuge der Katastrophe in Linnais, und ich sage doch, es sind die drei, die die Depesche sandten.«

»Wie konnten sie entkommen? Sie mußten doch schließlich fürchten, eines Tages ausgehoben zu werden. Sie konnten sich durch einen unterirdischen Gang sichern, der irgendwo in den Bergen oder am Fluß ins Freie mündet.«

»Ich habe daran gedacht. Aber dann müßte er schon lange bestanden haben. Die drei sind erst seit wenigen Wochen in Linnais. Die Anlage eines Ganges braucht Monate, wenn nicht Jahre. Immerhin bleibt der unterirdische Gang die nächstliegende Erklärung. Es könnte sein, sie hätten ihn mit ihren phänomenalen Hilfsmitteln in dieser kurzen Zeit geschafft ... oder ... sie sind ...«

Dr. Glossin preßte sich mit beiden Händen die Stirn zusammen, als ob ihm der Schädel unter der Gewalt des neuen Gedankens springen wollen. Er schwieg.

Cyrus Stonard trieb ihn zum Weiterreden: »...oder sie sind? Sprechen Sie doch!«

»Oder sie haben unsere Augen geblendet und sind unsichtbar durch unsere Reihen gegangen!«

Cyrus Stonard betrachtete den Doktor zweifelnd.

»...unsichtbar?...Das wäre der Teufel selbst!...Sich unsichtbar machen?...Es geht um Ihren Kopf, Herr Dr. Glossin! Tischen Sie mir keine Märchen auf. Sie werden alt. Ich mußte es Ihnen schon einmal sagen.«

Dr. Glossin sah den Präsident-Diktator ruhig an. Ohne Furcht vor der Gewalt, die jeden Moment sein Leben zerstören konnte. Mit weltabgewandten, weltentrückten Blicken. Dann sprach er. Erst leise und stockend. Dann immer bestimmter und mit gehobener Stimme:

»Was Ihnen Kindermärchen scheint, ist für manchen schon längst Wahrheit und Tatsache. Sie sind der Mann der Realitäten. Der Mann, der seine Politik mit Blut und Eisen macht. Es ist Ihre Stärke, aber...es wird Ihre Schwäche, wenn Kräfte und Dinge aus einer anderen Sphäre an Sie herantreten. Es gibt Wissende, die über diese Dinge nicht lächeln, sondern...ich selbst, Naturwissenschaftler, Skeptiker, ich glaube eher, daß sie aufrecht und unsichtbar durch unsere Reihen gegangen sind, als daß sie sich wie die Maulwürfe in einen unterirdischen Gang verkrochen haben.«

Der Präsident-Diktator zerknitterte die Sayville-Depesche mit energischem Griff von neuem.

»Mögen sie gemacht haben, was sie wollen! Ich halte mich an die realen Tatsachen. Die Macht existiert. Sie ruht in den dreien. Sie hat in Sayville angesprochen. Weshalb warnen sie, wenn sie handeln können? Weshalb haben sie dann nicht auch bei der Geschichte vor Sydney eingegriffen und das Gefecht verhindert?«

»Das ist meine Hoffnung. Sie haben es nicht gekannt. Ihre Macht reicht nicht so weit. Noch nicht so weit. Sonst hätten sie es verhindert. Vorläufig bluffen sie nur. Die Warnung war ein Bluff...«

»Es geht um den Kopf, Herr Dr. Glossin. Sagen Sie nur, was Sie mit Ihrem Kopf vertreten können.«

»Es ist meine feste Überzeugung, Herr Präsident. In ihrer ganzen Tragweite ist die Erfindung erst im Entstehen begriffen. Nur so finde ich eine Erklärung für das Nichteingreifen in die Affäre vor Sydney. Nur so kann ich es verstehen, daß sie warnen, anstatt zu verbieten. Die Fassung der Depesche ist für mich der unumstößliche Beweis, daß die Entwicklung der Macht irgendwo stockt.«

Der Präsident-Diktator war den Ausführungen Glossins mit wachsender Spannung gefolgt.

»Ich glaube Ihnen. Die Folgerung ist einfach. Den Engländern an den Leib! So schnell wie möglich! An Stellen, die der Macht heute noch unerreichbar sind. In Indien...In Südafrika...vielleicht...jedenfalls so schnell wie möglich, denn eines Tages sind sie doch so weit.«

Cyrus Stonard drückte auf den Knopf. Ein Adjutant kam.

»Die Herren vom Kriegsrat! In einer halben Stunde!«

Er sprach wieder zu Dr. Glossin.

»Unsere Pläne müssen geändert werden. Wir wollten England in England schlagen. Jetzt müssen wir es am Äquator versuchen. Das verdanke ich Ihrer Neigung für unkontrollierbare Privatunternehmungen.«

Cyrus Stonard blickte den Arzt an, wie eine Schlange ihr Opfer betrachtet. Mit kaltem, klarem Blick. Lange Sekunden bewegten sich die Lider seiner Augen nicht, und Dr. Glossin fühlte das Blut in seinen Adern gefrieren. Dann fuhr der Präsident-Diktator langsam fort:

»Es gibt ein Mittel für Sie, um sich vollständig zu rehabilitieren. Fangen Sie mir die drei! Wenn Sie sie mir lebendig bringen, will ich Sie belohnen, wie noch niemals ein Mensch von einem anderen belohnt worden ist. Wenn Sie sie tot bringen, soll Ihr Lohn noch überreich sein. Alle Machtmittel, die ein Land von dreihundert Millionen bieten kann, stehen Ihnen zur Verfügung. Neutralität...ich pfeife darauf. Jedes Mittel, jedes Verfahren ist Ihnen erlaubt, wenn es zu dem Ziele führt, die drei in meine Gewalt zu bringen. Denken Sie immer an das Ziel. Seine Erreichung wird unermeßlich belohnt. Mißlingen ist Verrat.«

»...Oder sie sind unsichtbar durch unsere Reihen gegangen.« Dr. Glossin hatte die Möglichkeit gegenüber dem Präsident-Diktator ausgesprochen und hatte damit gesagt, wie es geschehen war.

Als Oberst Trotter als erster über den Gartenzaun von Linnais sprang, stand Erik Truwor in Begleitung seiner beiden Freunde unmittelbar neben ihm. Die hypnotische Kraft Atmas blendete den Obersten und schlug seine Leute mit Blindheit.

»Es ist gut, wenn wir einige Zeit für tot gelten.« Erik Truwor hatte damit den Plan für die nächsten Wochen und Monate gegeben. Atma und Silvester übernahmen die Ausführung. Atma verwirrte die Sinne der Gegner. Silvester trug den kleinen Strahler und brachte die Schießwaffen, mit denen die Fenster des Truworhauses gespickt waren, zum Feuern.

Während die Engländer das Haus belagerten, gingen die drei zur Odinshöhle. Dort ließen sie sich nieder. Aus der Tafel des Fernsehers war das Haus von jeder Seite und in allen Details sichtbar. Silvester Bursfeld ließ den Strahler arbeiten. Er unterhielt das Gewehrfeuer, solange noch eine Patrone vorhanden war. Dann kam das Ende.

Erik Truwor hatte sich entschlossen, sein Vaterhaus zu opfern. Als die Tür unter den Axthieben der Stürmenden einbrach, gab er selbst aus dem großen Strahler die volle Konzentration in das Brennstofflager des Hauses. Zehnmillionen Kilowatt in zehntausend Kilogramm Benzol. Das Truworhaus wurde in einer Sekunde zum feuerspeienden Berg.

Erik Truwor verfolgte das Schauspiel auf der Mattscheibe des Fernsehers. Sein Gesicht blieb unbeweglich, wie aus Stein gemeißelt.

Als die Mauern zusammenstürzten, wandte er den Blick von der Platte ab.

»Sie wähnen uns dort begraben. Ihr Glaube gibt uns die Ruhe für die letzten Vorbereitungen.«

Der Rapid Flyer stand in der Höhle. Als Dr. Glossin mit dem Obersten sprach, als Oberst Trotter seine Brandwunden im Tornea kühlte, trug R. F. c. 1 die Freunde nordwärts davon. Langsam, in niedrigem Flug. Vorsichtig die Deckung der Berge und Föhren nehmend. Ungesehen und ungehört.

Erst als sie in sicherer Weite waren, stieg der Flieger zu größeren Höhen empor und nahm reinen Nordkurs. Über offene See und schweres Packeis. Über Länder und über weite Eisflächen.

Nach dreistündiger Fahrt senkte sich das Schiff. Stieß durch Nebel und Wolken und ruhte auf der Eisfläche, die wie eine ungeheure massive Kuppe den nördlichen Pol unserer Erde umgibt.

Sie landeten inmitten der endlosen Eiswüste und fanden dennoch ein wohnliches Heim. Silvester sah es mit Staunen.

Erik Truwor hatte den halben Monat, den Silvester nach seiner Vermählung abwesend war, nicht ungenutzt gelassen.

Er hatte sich hier ein Schloß geschaffen. Einen Eispalast im wahren Sinne des Wortes. Aus der flachen verschneiten Eiswüste erhob sich blaugrünlich schimmernd ein Eisberg hundert Meter empor. Ein massiver Eisblock, bis Erik Truwor kam und den Strahler spielen ließ. Da fraß die entfesselte Energie das Eis mit gieriger Zunge. Gänge bildeten sich. Säle und Kammern entstanden, während das Schmelzwasser in Strömen ins Freie lief.

Dann waren die Tage gekommen, an denen der alte Schäfer Idegran auf der Torneaheide der Wodanshöhle in immer weiterem Bogen aus dem Wege ging. Es fauchte in der Höhle. Es schwirrte in den Lüften. Erik Truwor hielt seinen Umzug wie der wilde Jäger. Vollgepackt mit Lebensmitteln und Brennstoffen, mit Apparaten und Werkzeugen fuhr der Rapid Flyer zwischen dem Eisschloß am Pol und dem Haus am Tornea hin und her. Es war nur noch eine leere Schale, die Oberst Trotter mit seinen Leuten belagerte.

Silvester sah das neue Heim zum erstenmal. Sie traten in das Innere des Berges, und eine wohlige Wärme umfing sie. Ein kleiner Strahler machte gerade so viel Energie frei, daß die Luft in den Räumen gut erwärmt war, aber das Eis der Wände noch nicht schmolz.

Erik Truwor ließ sich im großen Wohngemach auf einen Sessel nieder.

»Hier bin ich, hier bleibe ich! Hier findet uns niemand. Die Schiffe, die über den Pol gehen, fliegen hoch. Auch aus nächster Nähe würden sie nur den Eisberg sehen.«

Atma lag bewegungslos auf einem Diwan. Er ruhte, meditierte, wie er es stets tat, wenn seine Kraft, seine telepathische Willensmacht nicht verlangt wurden. Silvester brauchte viele Stunden, um durch alle Räume zu schreiten. Er sah das Laboratorium und die neuen großen Strahler. Er versenkte sich in die Verbesserungen, die Erik Truwor während seiner Abwesenheit angebracht hatte, und dann sah er die Teile der Telephonanlage. Sie waren noch nicht zusammengebaut.

Seine Gedanken flogen zu Jane. Sie würde diesen Nachmittag vergeblich auf seinen Anruf warten. Er würde ihr Bild sehen. Der Fernseher gestattete es zu jeder Zeit. Doch er würde nicht mit ihr sprechen können. Sie würde warten...würde in Sorge sein. Um so mehr, wenn wenn irgendwoher die Nachricht von Linnais, vom Untergang des Hauses zu ihr käme.

Er erschrak bei dem Gedanken und trat an den großen Strahler. Er richtete ihn und schaltete die Energie ein. Das Bild erschien auf der Scheibe. Ein Flußlauf. Industriewerke, Häuser. Jetzt die charakteristische Gestalt des Rattinger Tors von Düsseldorf. Nun die Straße, das Termölensche Haus...

Er verzehnfachte die Vergrößerung und regulierte mit den Mikrometerschrauben.

Die Küche...Frau Luise Termölen...die gute Stube...dort Jane. Ihr gegenüber eine andere Gestalt. Silvester Bursfeld brachte die Vergrößerung noch einmal auf das Zehnfache. Jetzt standen die Figuren fast in Lebensgröße vor ihm. Jane blaß, erschreckt, dem Umsinken nahe. Ihr gegenüber Dr. Glossin.

Silvester ließ das Bild stehen und lief in das Gemach, in welchem Atma lag.

Der Inder kam und sah das Bild. Eine Veränderung war eingetreten. Jane lag regungslos am Boden. Ein Zeitungsblatt neben ihr. Dr. Glossin bemühte sich um die Eingesunkene, richtete sie auf, sprach auf sie ein.

Soma Atma stand in kataleptischer Starre. Seine Pupillen verengten sich bis zum Verschwinden. Seine Seele verließ den Körper und ging auf die Wanderung.

Das Bild auf der Mattscheibe veränderte sich. Silvester sah, wie das Blut seinem Weib in die Wangen zurückkehrte. Sie erhob sich. Aufrecht stand sie da, lächelte spöttisch und deutete mit einer verächtlichen Handbewegung auf das Zeitungsblatt, und dann verließ Dr. Glossin mit allen Zeichen der Enttäuschung und des Mißmutes den Raum.

Es dauerte lange, bis der Inder sich aus dem Krampfe löste. Dann sprach er, ruhig und leidenschaftslos wie immer: »Dein Weib weiß, daß du lebst.«

Er kehrte in seinen Raum zurück und versank wieder in das stille Vorsichhinstarren, Ruhen und Sinnen, in dem er Tage und Wochen verbringen konnte.

Die Arbeit rief. Erik Truwor hatte Verbesserungen vorgeschlagen, die sich auf eine noch genauere Einstellung bezogen. Silvester Bursfeld hatte von seiner Hochzeitsreise eine ganz neue Idee mitgebracht. Eine Zielvorrichtung, die es gestatten mußte, mit dem Strahler auch gegen bewegte Ziele zu operieren, während er volle Energie im Raum auslöste.

Das hielt Silvester jetzt für das Wichtigste, und Erik Truwor stimmte ihm bei. Mit den vorhandenen Einrichtungen ließ sich die Energiemenge wohl haarscharf auf jeden Punkt der Erdoberfläche einstellen. Aber es war noch nicht möglich, die Einstellung mit voller Sicherheit bewegten Zielen folgen zu lassen, während die Energie wirkte. Erik Truwor verlangte, daß man mit dem großen Strahler auch schnellfliegende Ziele fassen könne, während er auf irgendeinem Punkt der Erde zehn Millionen Kilowatt brodeln ließ.

Eine Änderung der Schaltung war dazu notwendig. Der Energiestrom, der vom Ziel reflektiert wurde und das Bild auf der Mattscheibe erzeugte, mußte von der Hauptenergie abgezweigt werden. Widerstände waren einzubauen, die diesen Nebenstrom automatisch so schwach hielten, daß er das Bild nicht sprengte, die Mattscheibe nicht fraß. Es bedurfte mancher Tage, um die neuen Ideen praktisch auszuführen.

Erik Truwor war die treibende Kraft. Er stand vor dem Amboß, das Antlitz von der Glut des Feuers gerötet, und schmiedete die für den Neubau nötigen Stücke. Die Funken umsprühten ihn, während er den Hammer schwang und das glühende Eisen formte. Als Schlosser, Dreher und Mechaniker in einer Person arbeitete Silvester. Er feilte, schnitt und schliff und hörte dabei die Worte Erik Truwors.

Wie ein Prophet sprach Erik Truwor von der Zukunft, die er nach seinem Willen formen wollte. »Von Mitternacht kommt die Macht.« Öfter als einmal fiel das Wort von seinen Lippen, während er einem Schmiedestück mit wuchtigen Hieben die letzte Form gab. Machtgefühl klang aus den Schlägen, mit denen er den Hammer auf den Amboß schmetterte, daß es weithin durch die Eishallen dröhnte.

Silvester hörte nur mit halbem Ohr hin. Er war unruhig bei der Arbeit, und seine Gedanken weilten in weiter Ferne. Wohl hatten ihn die Worte Atmas vorübergehend beruhigt. Doch zufrieden würde er erst sein, wenn Ätherschwingungen und Elektronenbewegungen Janes Bild wieder bis an den Pol führten und seine Stimme über Spitzbergen und Skandinavien bis in das stille Gemach nach Düsseldorf brächten. Er lechzte danach, sein junges Weib zu sehen, mit ihr zu sprechen, und arbeitete hastig und freudlos an dem Neubau, zu dessen schneller Ausführung Erik Truwor ihn zwang. Die Ruhestunden während der langen hellen Polnacht benutzte er, um auf dem Gipfel des Berges die Antennen für die drahtlose Station zu ziehen.

Nur eine schwere seelische Erschütterung kann den Riegel zerbrechen. Dr. Glossin wußte es. Darum hatte er Jane das Zeitungsblatt mit der Nachricht über die Katastrophe von Linnais gegeben. Im letzten Moment, als der Riegel wankte, als er brechen wollte, hatte Atma eingegriffen. Seiner Kraft war es gelungen, die Verriegelung noch einmal zu halten und zu schließen. Aber sie hatte durch den schweren Angriff Glossins eine Beschädigung erlitten. Ein zweiter unvermuteter Stoß konnte sie leicht sprengen.

Einstweilen war Jane beruhigt. In jenem Moment, als sie unter dem niederschmetternden Eindruck der Nachricht von Linnais halb ohnmächtig in den Armen Glossins hing, war es plötzlich wie eine feste und unumstößliche Gewißheit durch ihre Seele gegangen: Silvester lebt. Er ist mit seinen Freunden geborgen. Ich werde bald von ihm hören. Es war die telepathische Beeinflussung des Inders, die ihr diese Zuversicht gab, die sie instand setzte, die Worte Glossins zu belächeln, ihm ihre andere bessere Überzeugung entgegenzuhalten.

Dr. Glossin hatte das Haus Termölen verlassen. Niedergeschlagen, innerlich zerrissen. Er fühlte alle seine Stützen wankend werden.

Seitdem sich Cyrus Stonard mit dem Gedanken des Krieges gegen das britische Weltreich trug, lag in Glossins Unterbewußtsein das Empfinden, daß der Präsident-Diktator um seine Herrschaft, vielleicht sogar um seinen Kopf spielte. Es blieb ihm selbst verborgen und unbewußt, bis der leidenschaftliche Ausbruch des Diktators es ans Licht rief. Jetzt empfand er es von Tag zu Tag und von Stunde zu Stunde deutlicher. Der Stern Cyrus Stonards war im Sinken. Es war Zeit, sich von ihm zu trennen. Für einen Charakter wie Glossin aber war die Trennung gleichbedeutend mit Verrat, mit dem Übergang zur anderen Partei.

Er dachte nicht mehr daran, den Auftrag Cyrus Stonards zu erfüllen. Mochte der Diktator die drei selber fangen, wenn er sie haben wollte. Aber Jane wollte und mußte er unter allen Umständen in seine Gewalt, auf seine Seite bringen, koste es, was es wolle. Es war ihm nicht geglückt, den Riegel im ersten Ansturm zu sprengen. Kein Wunder, wenn eine hypnotische Kraft wie diejenige Atmas ihn gefügt hatte. Aber Dr. Glossin wußte auch, daß jeder Angriff die Verriegelung schwächte, daß sie doch eines Tages brechen mußte, wenn sie nicht ständig erneuert wurde. Er beschloß, vorläufig in Düsseldorf zu bleiben, das Haus, in welchem Jane wohnte, zu beobachten, die nächste Gelegenheit abzupassen und auszunutzen.

Die vierte Nachmittagsstunde kam heran, die Zeit, zu welcher Silvester mit Jane zu sprechen pflegte. Wie gewöhnlich setzte sie sich an den Apparat und hielt den Hörer erwartungsvoll an das Ohr.

Nur noch Sekunden, dann mußte die Stimme Silvesters zu ihr dringen. Dann würde sie aus seinem eigenen Munde hören wie der Brand in Linnais verlaufen war und wo er sich jetzt mit seinen Freunden befand.

Jane saß und harrte auf die erlösenden Worte. Wartete, während die Sekunden sich zu Minuten häuften und aus den Minuten Viertelstunden wurden.

Der Apparat blieb stumm. Nur das leichte Rauschen der Elektronenverstärker war an der Telephonmembrane zu hören.

Jane saß und wartete. Sie konnte es ja nicht wissen, daß Silvester in diesem Augenblick den Strahler am Pol richtete, ihr Bild auf die Mattscheibe brachte. Sie harren sah und hundertmal den Umstand verwünschte, daß die Antennen für die telephonische Verbindung noch nicht gespannt waren. Sie wußte nur, daß sie hier vergeblich auf Silvesters Stimme harrte, und Zweifel begannen ihr zum Herzen zu steigen.

Die Worte Glossins kamen ihr in den Sinn. Sollte es doch wahr sein, daß...? Sollte die Zeitung nicht gelogen haben, die ihr Glossin damals gab?

Die zweite Erschütterung, die den Riegel sprengen konnte, vielleicht schon sprengen mußte, kam ohne das Zutun Glossins. Kam, weil sechshundert Meilen entfernt in Schnee und Eis ein paar Drähte nicht rechtzeitig gespannt worden waren.

Die Minuten verrannen. Die Uhr hub zum Schlage an und verkündete die fünfte Stunde. Die Zeit, für welche Jane nach der Verabredung die Elektronenlampen brennen, ihren Apparat in der Empfangsstellung stehen lassen sollte, war vorüber.

Das war ihr klar, Silvester war nicht da... Es war ihm irgend etwas zugestoßen... Er war ...

Sie dachte das Wort nicht zu Ende. Von einem plötzlichen Impuls getrieben, sprang sie auf und faßte einen Entschluß. Einen übereilten und unsinnigen. Aber sie hatte in diesen Minuten nur noch das eine Gefühl, daß sie fort müsse. Silvester zu suchen, bis sie ihn gefunden habe.

Vorsichtig öffnete sie die Tür zu dem Zimmer der alten Termölen. Die hatten ihr Nachmittagsschläfchen noch nicht beendet. Leise machte sie die Tür wieder zu. Hastig füllten ihre zitternden Hände eine kleine Ledertasche mit dem Notwendigsten. Ein paar Zeilen an die Alten. Daß sie ginge, ihren Gatten zu suchen.

An der Tür blieb sie stehen und umfaßte mit einem langen Blick noch einmal den schlichten Raum, in dem sie die letzte glückliche Stunde mit Silvester verlebt hatte. Da stand ja noch der Elektronenempfänger, mit dem sie jederzeit und überall seine Stimme hören konnte, wenn er sie rief. Sie eilte darauf zu und hing den Apparat über ihre Schulter. Lautlos und ungesehen verließ sie die Wohnung. Aber nicht ungesehen das Haus.

Dr. Glossin sah sie auf die Straße treten. Er folgte ihr. Erst in die Uferbahn, dann in das Flugschiff. Sorgfältig darauf achtend, daß er selbst nicht von ihr gesehen werde. Eifrig darauf bedacht, sie nicht aus den Augen zu verlieren.

Der telenergetische Strahler Silvesters arbeitete mit einer besonderen, von ihm zum erstenmal in reiner und konzentrierter Form dargestellten Art der Energie, mit der Formenergie. Sein Apparat enthielt, in besonderer Art gespeichert, einen verhältnismäßig nur geringen Vorrat dieser Energieform.

Um trotzdem die gewaltigen Leistungen des Strahlers zu erklären, muß man sich zwei Umstände vor Augen halten. Erstens die automatische Selbsterneuerung der Formenergie. Eine keimfähige Eichel besitzt nur unmeßbar geringe Mengen von Formenergie. Diese winzige Menge reicht aus, um aus vorhandenen Stoffen und einfacher Sonnenstrahlung einen großen Eichbaum entstehen zu lassen. Danach aber ist die ursprünglich vorhandene Menge der Formenergie keineswegs erschöpft. Im Gegenteil, sie erfährt automatisch eine Vergrößerung, denn der aus der ersten Eichel erwachsene Baum bringt neue Eicheln in großer Menge hervor.

Nach dem gleichen Grundsatz erfuhr der in dem Strahler gespeicherte Vorrat an Formenergie durch das Arbeiten des Apparats keine Schwächung, sondern er blieb dauernd auf gleichbleibender Höhe.

Zweitens muß immer wieder betont werden, daß der Strahler auf die überall im Raum vorhandene physikalische Energie nur auslösend wirkte, wie etwa der Fingerdruck gegen einen Flintenhahn auf die in der Gewehrpatrone vorhandene chemische Energie. Nur die Größe und Formgebung der strahlenden Elemente begrenzten die Wirkungen, die mit dem Apparat zu erreichen waren. Den letzten großen Strahler hatte Silvester auf eine Höchstleistung von 10 Millionen Kilowatt oder 13 Millionen Pferdestärken bemessen. Das war eine Leistung von imposanter Stärke, eine Energiemenge, die sich im Laufe von Stunden und Tagen ins Riesenhafte häufen konnte. Es war geboten, vorsichtig mit Maschinen von solcher Leistungsfähigkeit umzugehen, Sorge zu tragen, daß die Wucht ihres Angriffes sich nicht auf unbeabsichtigte Ziele richtete.

Es konnte nichts passieren, solange der Strahler richtig bedient wurde, solange die wenigen und einfachen Vorschriften seiner Handhabung beachtet wurden. Doch um sie zu beachten, mußte man seine Sinne beisammen haben. Man durfte nicht kopflos vor Schreck und Aufregung sein, wie es Silvester war, als er in der sechsten Stunde des vierten Tages. den die drei am Pol zubrachten, vom Strahler forteilte.

Um die vierte Stunde dieses Tages hatte Silvester den Strahler gerichtet, die neue Telephonanlage eingeschaltet und wollte Jane von seiner Rettung Mitteilung machen. Er stellte den Strahler auf das bekannte Ziel und brachte das Bild von Janes Zimmer in Düsseldorf auf die Mattscheibe. Jeder Gegenstand des fernen Raumes wurde sichtbar. Nur den Empfangsapparat konnte er nicht finden, den er Jane bei seinem Abschied übergeben hatte, und Jane selbst war nicht da.

Silvester suchte. Er ließ den Strahler Zoll für Zoll vorrücken und verfolgte mit wachsender Aufregung und Sorge das Bild auf der Scheibe, jeden Raum im Hause Termölen. Er sah jedes der ihm so wohlvertrauten Zimmer. Er erblickte den alten Herrn und Frau Luise. Er sah, wie sie bekümmert schienen und eifrig miteinander sprachen. Er verfolgte die Spuren Janes auf der Straße. Die Bilder aller der Wege und Orte, die er während seines Aufenthalts in Düsseldorf mit ihr betreten hatte zogen auf der Scheibe vorüber. Er suchte in steigender Verwirrung und Angst, bis er nach stundenlangem Bemühen die Nachforschung entmutigt aufgeben mußte.

Atma! war sein Gedanke. Atma mußte ihm helfen. Atma besaß wohl die Mittel und Kräfte, um wiederzufinden, was er selbst mit seiner wunderbaren Entdeckung nicht zu finden vermochte. So ließ er den Strahler und lief durch Gänge und Höhlen, bis er auf Atma traf. Er fand ihn im Gespräch mit Erik Truwor. Worte und Sätze schlugen an sein Ohr, auf die er in seiner Erregung kaum achtete.

»Zwinge, ohne zu verwunden! Gebrauche die Macht, ohne zu töten!«

»Wenn es geht, Atma. Ich will nicht morden. Doch soll ich die Macht nicht anwenden, weil Widerstrebende zu Tode kommen könnten?«

»Nein! Mit der Macht wurde uns die Pflicht, sie zu gebrauchen. Über den Gebrauch sind wir Rechenschaft schuldig. Die Größe der Macht erlaubt uns, ohne Tötung auszukommen.«

Ein zwingender Wille ging von der Gestalt des Inders aus. Seine ruhige, gleichbleibende Sprache wirkte auch auf Silvester. Bekümmert und aufgeregt war er in das Gemach getreten. Von dem einzigen Gedanken getrieben, von Atma Hilfe zu erbitten. Jetzt vergaß er seine Sorgen und Wünsche und geriet in dessen Bann. Er ließ sich nieder, um das Ende der Erörterungen abzuwarten. Atma betrachtete ihn einen kurzen Moment, und der Ausdruck eines tiefen Mitleids flog über sein bronzefarbenes Antlitz.

»Jane ist nicht bedroht.«

Atma sprach mit halblauter Stimme, Erik Truwor schien es kaum zu hören. Silvester empfand die Worte wie lindernden Balsam.

»Jane ist nicht bedroht.« Unhörbar wiederholte er die tröstenden Worte unzählige Male für sich selber und sank dabei immer mehr auf seinem Sessel zusammen. Eine Reaktion kam über ihn. Erst jetzt fühlte er die Anstrengungen der letzten Tage. Während der Tagesstunden in der Werkstatt. Des Nachts mit dem Bau der Antenne beschäftigt. Nur wenige spärliche Ruhestunden dazwischen. Sein Herz schlug matter, eine bleierne Müdigkeit überkam ihn, während er automatisch die Worte wiederholte: »Jane ist nicht bedroht.«

Seine Gedanken begannen zu wandern. Was für ein Leben führte er doch. Abenteuerlich, vom Schicksal gekennzeichnet und verfolgt von Anfang an. Nur einmal war sein Lebensschiff in ruhiges Fahrwasser gekommen. Damals in Trenton, als er friedlich seinem Beruf in den Staatswerken nachgehen konnte. Als ihm das Haus Harte zur zweiten Heimat wurde, als ihm ein zartes Liebesglück erblühte. Welcher Dämon hatte ihn damals getrieben, der Erfindung nachzujagen, dieser Entdeckung, die schon seinen Vater Freiheit und Leben gekostet. War nicht Unheil unlösbar mit dem Problem verbunden? Brachte der Versuch, es zu lösen, nicht Tod und Verderben auf jeden, der sich damit abgab?

Wie glücklich hätte sich sein Leben ohne diese Erfindung gestaltet. Jetzt könnte er auch in Trenton mit Jane verbunden sein, dort an ihrer Seite ruhig leben. Gewiß, nur als ein Dutzendmensch, als einfacher Ingenieur der Werke, ein winziges Rädchen in einem riesigen Getriebe.

Den Ehrgeiz hätte er begraben müssen. Aber dafür hätte er ein bescheidenes Glück gewonnen. Das Leben an der Seite Janes. Niemand hätte es dort gewagt, hätte es wagen können, ihn so kurze Zeit nach der Vereinigung wieder von der Seite seines Weibes fortzureißen. Wieviel Schmerzliches wäre ihm erspart geblieben. Die Verhaftung und Verurteilung. Die schweren Tage in Sing-Sing.

Er hob den Kopf, und sein Blick traf sich mit dem von Atma. Es schien, als ob der Inder jeden Gedanken hinter der Stirn Silvesters gelesen hätte. Er schüttelte verneinend das Haupt, und Silvester ergriff den Sinn.

Es wäre ihm nicht erspart geblieben! Auch wenn er nie an die große, gefährliche Erfindung gedacht hätte, würden feindliche Gewalten ihn aus einem stillen Glück gerissen haben. Dann war es wohl Schickung, der niemand zu entgehen vermag.

Die Lehren von Pankong Tzo wurden wieder in ihm lebendig: Wir sind alle auf das Rad des Lebens gebunden und müssen seinen Drehungen willenlos folgen. Nur um ein Geringes können wir in jedem der vielen Leben, zu denen wir verurteilt sind, unsere Stellung auf dem Rade verändern.

Traumartig verschwommen jagten die Gedanken durch sein Gehirn. Wie im Traum hörte er die Stimme Erik Truwors:

»Ich brauche dich, Atma. Wenn ich die Macht anwende, sollst du als mein... als unser Botschafter zu den Menschen gehen und ihnen meinen Willen kundtun.«

Der Inder neigte zustimmend das Haupt.

»Ich werde gehen, wenn es an der Zeit ist. Tsongkapa sagt: ›Gehe zu den Menschen, ihnen die Neuordnung der Dinge zu verkünden‹ ...«

Ein dumpfes Krachen unterbrach die Worte. Ein Schüttern und Beben gingen durch die Eishöhlen. Wie wenn die Schollen schweren Packeises im Sturm knirschend gegeneinandergepreßt werden. Der Boden, auf dem sie standen, schwankte.

»Der Strahler ...!«

Atma sprach es, bevor noch Erik Truwor oder Silvester ein Wort fanden.

»Wo steht der große Strahler?«

»Im unteren Gange.«

»Nach oben damit! Von unten kommt das Wasser.«

Der Inder eilte schon dem unteren Gange zu. Erik Truwor und Silvester folgten ihm. Über die breiten Eisstufen ging der Weg nach dem untersten Gang, der zu den Werkstätten und Laboratoriumsräumen führte. Zu gewöhnlicher Zeit ein leichter und bequemer Weg. Jetzt nur mit Vorsicht zu beschreiten. Der ganze Berg schien sich um etwa dreißig Grad gedreht zu haben, und in dieser schrägen Lage war der Abstieg über die glatten Stufen äußerst beschwerlich.

Auf einem Treppenabsatz stand der kleine Strahler, den sie schon aus Amerika mitgebracht hatten.

Jetzt war das Laboratorium erreicht. Doch schon bis zur halben Höhe überflutet. Mit einem Sprung warf sich Erik Truwor in das eisige Wasser, drang bis zu dem großen Strahler vor und trieb mit einem einzigen Faustschlag die beiden Regulierhebel auf ihre Nullstellungen. Er wollte den Strahler packen und die Stufen hinauf aus dem Laboratorium schleppen. Es war zu spät. Von Sekunde zu Sekunde stiegen die gurgelnden Wasser höher, während das Knirschen brechenden Eises den Berg erzittern ließ. Schon fand der Fuß keinen Halt mehr auf dem Boden. Nur noch schwimmend erreichte Erik Truwor die Stufe der Treppe.

Das Wasser stieg. Stufe auf Stufe kam es herauf, Stufe um Stufe mußten die drei Freunde sich zurückziehen. Dabei fühlten sie einen Druck auf der Brust, ein Brausen in den Ohren, ein Ziehen in den Gelenken, Zeichen, daß die Luft sich unter dem Druck des steigenden Wassers komprimierte. Die Erscheinung gab den Beweis, daß der Berg mit den Höhleneingängen unter den Wasserspiegel geraten war und daß die eingeschlossene Luft sich jetzt in den oberen Teilen der ausgeschmolzenen Räume verdichtete.

Auf dem Treppenabsatz ergriff Atma den kleinen Strahler und hing ihn sich um.

Jetzt schien der Berg zur Ruhe gekommen zu sein. Noch fünf bis sechs Stufen wurden von dem langsam und immer langsamer steigenden Wasser überschwemmt. Dann stand die Flut.

In dem oberen Wohnraum machten sie Rast.

»Gefangen! Elend gefangen und in der Falle eingeschlossen wie Ratten. Beinahe auch schon ersäuft wie Ratten.«

Erik Truwor stieß die Worte hervor, während er die geballte Faust auf die Tischplatte fallen ließ.

Schweigend ging Atma in den Nebenraum und kehrte mit dem Arm voller Kleidungsstücke zurück.

»Du bist kalt und naß, Erik!«

Erik Truwor stand auf und ergriff das Bündel. Es war nicht angebracht, in den nassen Kleidern zu bleiben. Er ging in das Nebengemach und ließ Atma und Silvester allein.

Was war geschehen? Während Erik Truwor die Kleidung wechselte, suchte sich Silvester die Vorgänge zu rekonstruieren. Als er den Strahler verließ, wollte er ihn abstellen und den Zielpunkt von Düsseldorf fortnehmen. Die Bedienungsvorschrift war einfach. Erst den Energieschalter in die Ruhestellung, dann den Zielschalter. In seiner Erregung und Verwirrung hatte Silvester zwei Fehler begangen. Er hatte den Zielschalter nicht in die Ruhestellung auf ein unendlich entferntes Ziel gerückt, sondern in der verkehrten Richtung auf das nächst mögliche Ziel. Aus Sicherheitsgründen war die kleinste Zielentfernung des großen Strahlers auf hundert Meter bemessen. Denn wenn es möglich gewesen wäre, den Schalter auf den absoluten Nullpunkt zu bringen, dann mußte ja die Energie sich im Strahler selber konzentrieren, mußte den Apparat und nach menschlicher Voraussicht auch den, der ihn bediente, momentan in Atome auflösen.

Silvester hatte beim Fortgehen den Zielhebel falsch herumgestellt, und er hatte dem ersten Versehen ein zweites hinzugefügt, indem er auch den Energiehebel auf volle Leistung rückte. Der zweite Fehler war eine logische Folge des ersten. Beide Hebel waren in der gleichen Richtung auf die Ruhestellung zu bringen. Täuschte man sich bei der Richtung des ersten, war es sehr naheliegend, daß auch der zweite falsch geschaltet wurde.

Der Strahler hatte vom Pol aus die Richtung geradlinig auf Düsseldorf. Die Ziellinie schnitt als mathematische Gerade schräg nach unten gerichtet in den Erdball ein. Durch die falsche Bedienung hatten 10 Millionen Kilowatt in Form von Wärmeenergie schräg unterhalb des Eisberges, nur 100 Meter von ihm entfernt, im massiven Poleis gearbeitet. Mit dem Effekt natürlich, daß das Eis zu schmelzen begann, daß sich unter dem Eisberg ein größer und immer größer werdender, mit Wasser gefüllter Raum bildete. Bis die schwache Eisdecke den Berg nicht mehr zu tragen vermochte. Bis sie auf der Seite des Berges, auf die der Strahler gerichtet war, krachend und knirschend zu Bruche ging und der Berg sich halb schräg nach unten in den geschmolzenen Pfuhl wälzte.

Der Berg war nach dem Brechen des Eises um beinahe dreißig Grad gekippt. Dann war er mit der Unterkante auf den Grund dieses so plötzlich entstandenen Sees aufgestoßen und zur Ruhe gekommen. Alle Eingänge des Baues waren dabei tief unter den Wasserspiegel geraten.

Erik Truwor kam zu den beiden Freunden zurück. Er traf Silvester in leisem Gespräch mit Atma. Die blassen, abgespannten Züge Silvesters verrieten seelisches Leiden. Das Bewußtsein daß er durch seine Unvorsichtigkeit das Unglück verursacht hatte, lastete schwer auf ihm. Mit gedämpfter Stimme erläuterte er dem Inder die Möglichkeiten und Mittel, durch die man sich befreien, vielleicht sogar die alte Lage des Berges wieder herstellen könne.

Atma lauschte aufmerksam seinen Worten, saß an seiner Seite und hatte Silvesters Rechte zwischen seinen Händen.

Erik Truwor ließ sich schweigend an dem Tisch nieder. Er verharrte in seinem Schweigen, aber seine Miene verriet, wie es in ihm kochte. Immer tiefer, immer steiler gruben sich die Falten in seine Stirn. Verachtung und Abweisung spielten um seine Lippen.

Silvester glaubte jetzt, die richtige Lösung gefunden zu haben. Man mußte den Berg so weit ausschmelzen, daß er frei schwamm und schwimmend sich in seine alte Lage zurückhob. Der Einfluß Atmas übte seine Wirkung auf Silvester. Er wurde ruhiger und eifriger. Eine leichte Röte überhauchte sein Antlitz, während er mit Bleistift und Papier die jetzige Lage des Berges skizzierte und entwarf, wie man mit der Ausschmelzung Schritt um Schritt vorgehen müsse.

Dröhnend fielen die Worte Erik Truwors in diese Erklärung: »Wie lange dauert das? – Wie viele Tage und Wochen gehen uns dadurch verloren? Ich sitze hier in der Falle, abgeschnitten von der Welt ... unfähig, zu erfahren, was draußen vorgeht ... unfähig, meine Macht wirken zu lassen, meinen Befehlen die Ausführung zu erzwingen ...

Eine schöne Macht, die von Weiberdienst und Weiberlaunen abhängig ist ... Der Welt Befehle geben ... zum Spott der Welt werden wir dabei ...«

Silvester erblaßte. Er zuckte zusammen, als ob jedes einzelne dieser Worte ihn körperlich traf.

»Verzeihe mir, Erik. Es war meine Schuld. Aber ich sehe schon den sicheren Weg zur Rettung.«

»Den Weg zur Rettung? ... Als ob es sich darum handelte ... Ich weiß, daß wir nicht verloren sind, solange wir auch nur den kleinen Strahler bei der Hand haben. In zehn Minuten können wir uns einen Weg ins Freie brennen. Mag der Eisberg dann stehenbleiben oder noch tiefer fallen. Irgendein Flugschiff können wir uns auch mit dem kleinen Strahler heranholen und bewohntes Gebiet erreichen. Aber unsere Einrichtung ist verloren. Meine Pläne erfahren einen Aufschub von Monaten ...«

Erik Truwor sprang erregt auf.

»In der Zwischenzeit verlernt die Welt die Furcht vor mir ...«

Ein Zucken durchlief den Körper Silvesters.

Atma erhob sich und trat auf Erik Truwor zu. Sein Gesicht suchte den flirrend ins Weite gerichteten Blick Erik Truwors, bis er ihn gefunden hatte.

»Wer gab dir die Macht?«

Minuten verstrichen, bis die Antwort von den Lippen des Gefragten kam.

»Der Strahler!«

»Wer schuf den Strahler?«

Noch einmal eine lange Pause.

Dann kam zögernd und etwas beschämt die Antwort: »Silvester ... du hast recht, Atma. Silvester gab uns die Macht. Wir dürfen ihm nicht zürnen, wenn sie jetzt durch sein Versehen gelähmt wurde.«

»Ich habe ihm nie gezürnt.«

Der Inder sagte es in seiner ruhigen Weise und fuhr fort, bevor Erik Truwor etwas darauf erwidern konnte: »Es ist nicht Zeit zum Streiten, sondern zum Handeln. Dein Plan, Erik, den Berg einfach zu verlassen, entsprang dem Zorn. Silvester weiß besseren Rat. Den Plan, den Berg zu heben, von hier aus die Mission zu erfüllen.«

Die Worte Atmas trafen das Richtige und Notwendige. Auch Erik Truwor konnte sich ihnen nicht entziehen.

Es galt, die augenblicklichen Lebensmöglichkeiten zu überschlagen.

Der Luftvorrat in den Höhlen mußte nach oberflächlicher Rechnung für wenigstens eine Woche langen. Im obersten Gange befanden sich Lebensmittel für mehrere Wochen. Durch einen glücklichen Zufall war dort auch ein Lager von allerlei Werkzeugen und Hilfsmaschinen untergebracht.

Die Lage war ernst, aber für den Augenblick wenigstens nicht verzweifelt.

Doch doppelt und dreifach hatte Atma recht, als er auf die Notwendigkeit eiligen Handelns hinwies. Die Wiederherstellung des alten Zustandes mußte jetzt ihre Hauptsorge sein.

Es war, als ob das Schicksal sie narren wolle. Eben noch Gebieter der Welt, Pläne schmiedend, wie sie der Welt ihren Willen kundtun und aufzwingen könnten. Und jetzt die Mittel für die Rettung des Lebens beratend. Es galt den Kampf gegen eine Million Kubikmeter Eis. Gegen diese gigantische Frostmasse, in deren Mitte sie eingeschlossen waren wie in einer Grabkammer der pharaonischen Pyramiden.

Jane hatte das Flugschiff der Linie Köln-Stockholm betreten. Dr. Glossin stand unter der Menge auf dem Flugplatz und hielt sich hinter einem Verkaufsstand für Zeitungen und Erfrischungen verborgen. Das Schiff wurde gut besetzt. Es zählte mehr als 120 Passagiere, die über die Aluminiumtreppe den Rumpf betraten. Die Aussichten, während der Fahrt von Jane nicht erblickt zu werden, waren nicht schlecht.

Erst im letzten Moment, als die Bedienungsmannschaft schon die Treppe abrücken wollte, trat er aus seinem Schlupfwinkel heraus und eilte als Letzter in das Schiff. Gleich danach wurde die Tür verschraubt, die Maschinen gingen an, und das Schiff verließ den Platz.

Dr. Glossin sah, daß der Korridor, der den Rumpf des Schiffes der Länge nach durchzog, beinahe menschenleer war, und eilte in die Raucherkabine. Hier wußte er sich in Sicherheit und konnte bis zur Landung in Stockholm bestimmt ungesehen bleiben.

Erst jetzt kam er dazu, sich sein Abenteuer und die möglichen Folgen in Ruhe zu überlegen. Wie kam Jane dazu, so plötzlich das Haus in Düsseldorf zu verlassen und nach Stockholm zu fahren? Auf den Gedanken, daß sie kopflos und ohne festes Ziel in die Welt hinausfuhr, kam er nicht.

Silvester mußte sie gerufen haben. Sicherlich hatte sie Nachricht von Silvester erhalten und fuhr jetzt den dreien nach. Durch diese Annahme gewann das Unternehmen aber plötzlich ein ernstes Gesicht. Silvester würde Jane am Flugplatz bei der Ankunft erwarten. Vielleicht schon in Stockholm. Vielleicht in Haparanda oder sonstwo.

In jedem Fall mußte unvermeidlich irgendwo der Moment kommen, in welchem Silvester an das landende Flugschiff herantrat, um Jane in Empfang zu nehmen. Wo Silvester war, da waren sehr wahrscheinlich auch die beiden anderen in nächster Nähe. Der Doktor verspürte ein kaltes Gefühl zwischen den Schultern, als er den Gedanken zu Ende dachte. Er zog einen kleinen Handspiegel aus der Tasche und betrachtete sorgfältig sein Antlitz. Und nickte zufrieden. Die Veränderungen, die er schon in Düsseldorf an seinem Äußern vorgenommen hatte, erfüllten ihren Zweck. Beruhigt steckte er den Spiegel wieder weg.

Nicht umsonst war er lange Jahre in die Schule politischer Verschwörungen und Intrigen gegangen. Genötigt gewesen, bald unter dieser, bald unter jener Maske aufzutreten. Die Veränderung des Äußern war meisterhaft. Nicht nach der Art plumper Anfänger mit künstlichen Bärten und Perücken, die jeder Polizeibeamte auf den ersten Blick erkennt. Nur eine leichte Färbung des Haares, eine andere Frisur und eine Garderobe nach europäischem Schnitt, die sich von der amerikanischen Tracht bemerkenswert unterschied. Dazu seine Fähigkeit, den Ausdruck des Gesichts, das Spiel seiner Züge willkürlich zu verändern. Aus dem Dr. Glossin aus Neuyork war irgendein beliebiger und gleichgültiger europäischer Geschäftsreisender geworden.

Leuten gegenüber, die ihn nur oberflächlich kannten, mußte die Veränderung sicheren Schutz gewähren. Ob sie den prüfenden Blicken Janes standhalten würde, war ihm nicht so außer Zweifel. Daß Silvester, daß Atma sie mit einem Blick durchschauen würden, war ihm gewiß. Aber er rechnete damit, daß sie in der Freude des Wiedersehens auf die Mitreisenden wenig achten würden.

Das Schiff landete in dem Flughafen von Stockholm. Dr. Glossin blieb an seinem Fenster sitzen. Er beobachtete die Passagiere, die das Schiff verließen, die Leute, die sie hier erwarteten. Jane verließ das Schiff. Sie wurde von niemand erwartet, schien auch selbst nichts Derartiges zu erwarten. Nach einer kurzen Frage an einen Beamten wandte sie sich dem Schiff Stockholm-Haparanda zu, das auf dem Nachbargleis zur Abfahrt bereitstand. Glossin folgte ihr. Er nahm auch in dem zweiten Schiff wieder den Platz in der Raucherkabine.

Jane fuhr nach Haparanda. Es war der direkte Weg nach Linnais. Die letzten Zweifel schwanden ihm, daß die drei sich noch in der Nähe von Linnais verborgen hielten, daß Jane auf einen Ruf ihres Gatten an den Torneaelf fuhr. Er sah sie in Haparanda das Schiff verlassen und zur Eisenbahn gehen. Es war so, wie er vermutete. Sie nahm eine Karte nach Linnais. Er tat das gleiche und fuhr, nur durch eine Wagenwand von ihr getrennt, weiter nach Norden.

Nun stand Jane auf dem Bahnsteig in Linnais. Wieder allein! Niemand war hier, um sie in Empfang zu nehmen. Der Doktor wurde in seiner Überzeugung schwankend. Was hielt den Gatten ab, seiner jungen Frau wenigstens die paar Kilometer entgegenzufahren, die er jetzt noch höchstens von ihr entfernt sein konnte?

Dr. Glossin sah Jane über den Platz vor dem Bahnhof gehen, mit dem Führer eines Karriols verhandeln, sah sie davonfahren. Sollte Jane ihm im letzten Augenblick entgehen? Sollte das Karriol sie, den Strom entlang, zu irgendeinem neuen unauffindbaren Schlupfwinkel der drei führen? Sollte er hier in Linnais unverrichtetersache zurückkehren müssen? Nein und abermals nein. Er mußte Jane folgen, mußte erkunden, wo sie hin ging, wo sie blieb. Ein zweiter Wagen war schnell gefunden. Er gab dem Führer nur den Auftrag, dem ersten Wagen in einigem Abstande zu folgen.

Die Fahrt ging die Uferstraße, am Torneafluß aufwärts, entlang.

Das landschaftliche Bild war schön, doch Dr. Glossin sah nur die Gegend, in der er seine letzte Niederlage im Kampfe gegen die drei erlitten hatte. Und er sah vor sich die schlanke Gestalt Janes, nach der er in sehnender Gier verlangte, der er jetzt zu folgen entschlossen war, auch wenn der Weg ihn in den Bannkreis des Inders und des Feuer und Tod speienden Strahlers bringen sollte.

Das Karriol vor ihm hielt auf der Landstraße. Er sah, wie der Wagen umkehrte und leer nach Linnais zurückfuhr. Jane war ausgestiegen und hatte einen Weg den Bergabhang hinauf eingeschlagen. Er ließ den eigenen Wagen bis dorthin vorfahren, hieß ihn warten, auch wenn es Stunden dauern sollte, und folgte der Entschwundenen den Berg hinauf. Hin und wieder sah er ihr Kleid durch die Büsche schimmern. Der Weg führte in leichten Serpentinen zum Truworhaus.

Nun stand er am Waldrande, hatte freien Ausblick auf die Brandstätte. Und sah Jane niedergesunken an der von der Wut des Feuers geschwärzten und verglasten Trümmerstätte knien. Sie hatte die kleine Handtasche und den Telephonapparat fallen lassen und strich mit zitternden Händen über die Steintrümmer.

Das Haus, in dem sie den glücklichsten Tag ihres Lebens, ihren Hochzeitstag, verbracht hatte, eine wüste, brandgeschwärzte Ruine. Die blühenden Gartenanlagen vom Feuer zerfressen. Ihr Gatte verschwunden. Keine Nachricht von ihm.

Die Erschütterung war zu groß. Mit einem Aufschrei fiel sie ohnmächtig nieder. Jetzt brach der Riegel.

Dr. Glossin sah sie fallen und rührte sich nicht von seinem Platze. Jeden Augenblick erwartete er die Gestalt Silvesters, die des Inders auftauchen zu sehen. Vielleicht den Gefährlichsten der drei, Erik Truwor.

Minuten verstrichen. Nichts regte sich. Da begann er langsam die Wahrheit zu ahnen, zu vermuten und schließlich zu erkennen. Jane war aus eigenem Antrieb von Düsseldorf fortgegangen. Sie war an den Ort gegangen, den sie als das Heim der drei kannte, und sie war niedergebrochen, als sie es verwüstet und zerstört wiedersah. Niemand erwartete sie hier. Hilflos lag sie hier im Walde, seinem Verlangen schutzlos preisgegeben.

Er trat aus dem Walde und näherte sich dem Trümmerhaufen. Eine ungeheure Glut mußte hier gewirkt haben. Die Granitblöcke, aus denen die Zyklopenmauern des Truworhauses bestanden hatten, waren zu einer zusammenhängenden glasartigen Masse verschmolzen. Kein einfaches Feuer wäre imstande gewesen, das Urgestein zu schmelzen. Hier mußte die telenergetische Konzentration gewütet haben. Unzählige Tausende von Kilowatt mußten in diesem Gestein zur Entladung gekommen sein.

Dr. Glossin näherte sich Jane. Er wollte sie aufheben, den Berg hinunterbringen, als sein Blick auf den Telephonapparat fiel. Es reizte ihn, die Apparatur zu versuchen. Mit einem Griff schaltete er die Elektronenlampen ein.

Und er vernahm Worte einer wohlbekannten Stimme, Silvesters Stimme.

Es war in der vierten Nachmittagsstunde. Silvester hatte die Antennen am Pol gespannt und suchte Jane. Er suchte sie auf dem Bilde der Mattscheibe und konnte sie nicht finden. Während er mit dem Strahler die Straßen Düsseldorfs absuchte, sprach er Worte der Verzweiflung und der Liebe. Worte, die für Jane bestimmt waren und von Glossin gehört wurden.

»Jane, mein Lieb, wo bist du? Ich kann dich nicht sehen. Dein Zimmer ist leer ... Ich suche dich ... Alle Straßen, alle Plätze der Stadt ziehen auf dem Bilde vor mir vorüber. Nur du bist nicht da ...

Ich weiß nicht, wo du bist. Vielleicht hörst du meine Stimme. Ich will dich suchen, bis ich dich gefunden habe. Die ganze Welt will ich durchsuchen ...«

Glossin erschrak. Wie weit war die entsetzliche Erfindung gediehen! Sie konnten die ganze Welt im Bilde bei sich betrachten. Silvester suchte in Düsseldorf. Er brauchte nur in Linnais zu suchen, und er sah seinen alten Feind und hatte die Macht – Glossin zweifelte keinen Augenblick daran – ihn zu Staub und Asche zu verbrennen. Er schleuderte das Telephon von sich, als ob er glühendes Eisen gegriffen hätte.

Weg von hier. So schnell wie möglich weg von diesem Platze, der in der nächsten Sekunde von den dreien gesehen werden konnte.

Er stürzte sich auf Jane. Die hypnotische Verriegelung war gebrochen. Jane war seinem Einfluß wieder preisgegeben. Er ließ seine stärksten Künste spielen. Er strich ihr mit den Händen über Stirn und Schläfen. Mit äußerster Gewalt zwang er sie in seinen Bann. Mit seiner Hilfe und auf seinen Befehl erhob sie sich. Auf seinen Befehl hatte sie alles vergessen, was geschehen war ...

In scharfem Trab brachte das Karriol sie nach Linnais. Das Gefährt war nur für einen Passagier bestimmt. Er mußte sie während der Fahrt eng an sich ziehen. Hier vollendete er die hypnotische Beeinflussung ...

Als Jane in Linnais aus dem Wagen stieg, war sie eine ruhige junge Dame, die mit ihrem Oheim reiste. Wie weggewischt war die Erinnerung an Silvester, an das Truworhaus, an alles Böse, was Glossin ihr jemals zugefügt hatte.

Während die Bahn sie nach Haparanda brachte, während sie im Flugschiff nach Stockholm flogen, faßte Glossin seine letzten Entschlüsse.

Die Erfindung, die gefährliche Erfindung, welche die Macht über die Welt in die Hand eines einzigen Menschen legte, war vollendet. Nach den Worten, die er im Telephon gehört hatte, war kein Zweifel mehr daran erlaubt.

Cyrus Stonard kam mit seinem Entschluß zum Kriege zu spät. Die drei lebten nicht nur, sie besaßen auch die Macht, das Vabanquespiel des Diktators zu durchkreuzen.

Es war Zeit, sich von Cyrus Stonard zu trennen, zu den Engländern überzugehen. Dazu war es notwendig, nach London zu gehen. Aber England war im Kriege. Aller Luftverkehr war eingestellt. Die Linie Stockholm-London lag still. Nur der Hornissenschwarm von hunderttausend Kriegsflugschiffen schwärmte um die englische Küste, bereit, jedes Fahrzeug, das sich England auf dem Luftwege nähern sollte, zu vernichten.

Wer nach England wollte, mußte den Bahntunnel zwischen Calais und Dover benutzen. Die alte Linie Stockholm-London war seit einigen Tagen auf Stockholm-Calais umgelegt worden.

Das Schiff brachte Glossin und Jane in wenigen Stunden nach Calais. Seine Räder setzten bei der Landung auf ein Gleis auf, neben dem der Zug nach London stand. Nur ein Drahtgitter trennte den Flugsteig vom Bahnsteig. Aber es war nicht ganz einfach, das Gitter zu durchschreiten. Jenseit desselben, wo der Zug stand, begann praktisch bereits England. England, das sich in einem schweren Kriege befand. Die Paßkontrolle war scharf. Es drängten sich viele zu den Türen, aber mehr als einer wurde zurückgewiesen.

Dr. Glossin hatte Zeit. Er stand, Jane leicht untergefaßt, ruhig auf dem Bahnsteig und betrachtete die Umgebung.

Die See war von hier aus nicht zu erblicken. Sie lag drei Kilometer entfernt. Außerdem versperrten die gewaltigen Hochbassins den Blick in dieser Richtung. Jene Bassins, die stets mit Seewasser gefüllt waren, die sich in gleicher Ausführung auch auf der englischen Seite des Kanals befanden und deren Aufgabe es war, den Tunnel in wenigen Minuten vollaufen zu lassen. Für den Fall nämlich, daß etwa zwischen England und Frankreich kriegerische Verwicklungen entstanden, daß Truppen von der einen oder anderen Seite her durch den Tunnel in das Land des Gegners zu marschieren versuchten. Dr. Glossin betrachtete die Anlagen überlegen lächelnd. Sie waren veraltet. Man führte den Krieg heute auf andere Weise.

Er dachte an die Pestbomben, an die falschen Banknoten. Die Zeit verstrich darüber. Jetzt war es freier an den Toren des Zaunes geworden. Er zog seine Brieftasche heraus und suchte unter allerlei Papieren. Mit einem Kartenblatt in der Hand, Jane am Arm, schritt er durch die Sperre. Die englischen

Beamten warfen nur einen kurzen Blick auf das Papier und gaben ihm in achtungsvoller Haltung den Weg frei. Sie kannten die Unterschrift des Premierministers Lord Gashford.

Fünf Minuten später glitt der Zug aus dem Bahnhof, tauchte in das Dunkel des Tunnels, durchrollte die dreißig Kilometer unter dem Meer in ebenso vielen Minuten und eilte dann durch die Fluren von Canterbury auf London zu.

In einem großen Hotel in London nahm ein älterer Herr in Gesellschaft einer jungen Dame Wohnung. Als Dr. Glossin aus Aberdeen mit Nichte. Die Ausweise über seine eigene Person, die er dem revidierenden Beamten vorlegte, waren so vorzüglich, daß man der Behauptung, seine Nichte habe ihre Papiere verloren, ohne weiteres Glauben schenkte.

Durch die Straßen Londons schwirrten dunkle Gerüchte. Schlechte Nachrichten. In Afrika sollten die neuen englischen Industriestädte in der Gegend des Kilimandscharo von einem übermächtigen amerikanischen Geschwader vernichtet worden sein. Ein Vorstoß auf die Straße von Bab el Mandeb sollte den englischen U-Panzern schwere Verluste durch Lufttorpedos gebracht haben. Andere Gerüchte erzählten von englischen Niederlagen in der Australischen See und auf der Reede von Kapstadt.

Im Gebäude des Kriegsministeriums hatten sich die Mitglieder der englischen Regierung zu einer Besprechung der Lage versammelt. Dort lagen die authentischen Depeschen von den verschiedenen Kriegsschauplätzen vor und waren geeignet, dem Kabinett sorgenvolle Stunden zu bereiten.

Es hatte wirklich ein schwerer Angriff amerikanischer Luftstreitkräfte auf die junge angloafrikanische Kriegsindustrie stattgefunden. Flugschiffe in enormer Zahl waren plötzlich von der Ostküste her vorgestoßen, hatten die verhältnismäßig schwachen englischen Abwehrlinien durchbrochen und ihre Lufttorpedos auf die Industriewerke gesetzt. Derartige Angriffe waren schließlich möglich. Aber unerklärlich blieb es, wo die enormen Munitionsmengen herkamen. Dem Kabinett lagen die Depeschen verschiedener englischer Flugschiffführer vor. Depeschen, die diese, pflichttreu bis zum Tode, zum Teil noch abgesandt hatten, während ihre Schiffe bereits brennend in die Tiefe stürzten.

Sir Vincent Rushbrook hielt die letzten Depeschen von A. V. 317 in der Hand und las: »43 Grad östlicher Länge, 2 Grad südlicher Breite. Amerikanische Schiffe steuern nach Torpedoabwurf zur See. Verschwinden plötzlich im Wasser. Verdacht auf unterseeischen Stützpunkt. A. V. 317.«

Eine zweite Depesche war von demselben Flugschiff zehn Minuten später gegeben worden: »Unterwasserstation entdeckt 42 Grad 13 Min. östlicher Länge ...«

Hier brach die Depesche ab. Aus den Meldungen anderer Schiffe wußte man, daß A. V. 317 um diese Zeit brennend abgestürzt war.

Der Premier Lord Gashford versuchte es, die Fragen und Gedanken zu formulieren, die jedes Mitglied des Kabinetts beschäftigten.

»Warum greift Cyrus Stonard uns nicht in England an? Wir hielten Afrika für den sichersten Teil des Reiches. Unsere Agenten hatten uns einen amerikanischen Angriffsplan besorgt, der einen direkten Angriff auf die Inseln von Westen her vorsah. Der Meridian von Island bildet danach ungefähr die Frontlinie der amerikanischen Kräfte. Was konnte den Diktator veranlassen, diesen so lange vorbereiteten Plan aufzugeben, die britischen Inseln unbehelligt zu lassen, uns in Afrika anzufallen?«

Sir Vincent Rushbrook war, immer noch die beiden Depeschen von A. V. 317 in der Hand, an den Globus getreten.

»Es sieht so aus, als ob die Amerikaner einen Flottenstützpunkt etwa auf dem Äquator an der afrikanischen Ostküste angelegt haben. Ist es der Fall, dann, meine Herren, hat sich Cyrus Stonard im Brennpunkt unserer Macht festgesetzt. Von dieser Stelle aus...« – der Admiral ergriff einen kleinen Zirkel und demonstrierte damit auf dem Globus – »bedroht er in gleicher Weise unsere afrikanischen Besitzungen, den See- und Luftweg nach Indien und Indien selbst. Die letzte Depesche von A. V. 317 ist leider verstümmelt. Aber wir kennen den Längengrad. Sehr weit vom Äquator kann die Station nicht sein. Ihre Zerstörung halte ich für das Allernotwendigste. Sie muß allen anderen Kriegshandlungen vorausgehen. Unsere Luftstreitkräfte auf dem Meridian von Island sind dort durch den geänderten amerikanischen Plan größtenteils entbehrlich. Ich möchte ihnen den Befehl geben, den Meridian 42

Grad 13 Min. abzusuchen. Ein Unterwasserstützpunkt ist immer zu finden. Haben sie ihn gefunden, dann ist er auch vernichtet.«

Der Admiral schwieg. Er erwartete die Zustimmung des Kabinetts zu der unter Umständen so folgenschweren Maßnahme, die Verteidigungslinie über den Meridian von Island zu schwächen.

Lord Horace Maitland sprach: »Sie fragen, warum Cyrus Stonard seinen Angriffsplan geändert hat, warum er unsere Inseln meidet und auf der südlichen Halbkugel Krieg führt. Ich will es versuchen, Ihnen den Grund kurz und klar anzugeben. Er tut es, weil das Unternehmen des Obersten Trotter mißglückt ist. Weil der Bericht über den Erfolg seiner Expedition unrichtig ist. Weil die Macht, zu deren Vernichtung England und Amerika sich trafen, noch existiert, und weil Cyrus Stonard diese Macht fürchtet.«

Lord Maitland hatte seine Rede leise und tonlos begonnen. Von Satz zu Satz hatte sich seine Stimme gehoben. Jetzt schwieg er.

Die Wirkung seiner Worte auf die Mitglieder des Kabinetts war körperlich greifbar. Sir Vincent Rushbrook ließ den Unterkiefer hängen und starrte den Sprecher mit offenem Mund an. Lord Gashford verlor die überlegene Ruhe und sprang auf. Der Kriegsminister versuchte, den ihm unterstellten Oberst Trotter zu verteidigen. Lord Horace allein behielt seinen Platz und fuhr mit einer ruhigen, überzeugenden und schließlich alle Hörer zwingenden Stimme fort: »Meine Herren, ich habe bereits einmal meiner Meinung über die wenig glückliche Wahl des Obersten Trotter für diese Expedition Ausdruck gegeben. Er ist getäuscht worden, und die Amerikaner haben es wahrscheinlich gewußt. Nach dem, was ich von amerikanischer Seite über die drei in Linnais hörte, halte ich es für ausgeschlossen, daß sie sich von einem alten Troupier wie dem Obersten Trotter einfach in ihrem Hause verbrennen lassen. Sein Bericht klang zwar ganz plausibel. Aber mich hat er nicht überzeugt und die Herren Dr. Glossin und Cyrus Stonard wohl auch nicht.«

Sir Vincent Rushbrook hatte während der Worte von Lord Horace Gelegenheit gefunden, seinen Unterkiefer wieder zuzuklappen. Die Färbung seines Gesichtes war vom Roten ins Blaurote gestiegen. Jetzt brach er los: »Kann ein Mensch mit fünf gesunden Sinnen nur einen Augenblick glauben, daß drei einzelne schwache Menschen einer Weltmacht gefährlich werden können? Cyrus Stonard sollte mir leid tun, wenn er sich von solchen Hirngespinsten plagen ließe.«

Lord Horace hatte den cholerischen Admiral ruhig ausreden lassen. Nun fuhr er selbst unbewegt fort: »Cyrus Stonard ist besser informiert als wir. Durch den Doktor Glossin. Glossin ist der einzige, der die Erfindung von ihren Anfängen her kennt. Der weiß viel besser als wir, wie weit die drei jetzt mit der Erfindung gekommen sein dürften, wie weit sie damit wirken können und wie weit nicht. Den Beweis dafür gibt mir der veränderte amerikanische Kriegsplan. Die gegen die britischen Inseln gerichteten Streitkräfte sind zurückgezogen. Der Diktator fürchtet, die drei könnten ihm hier in den Arm fallen. Darum verlegt er den Angriff in die südliche Hemisphäre, wo er sich vor der Macht der drei noch sicher fühlt ...«

Lord Gashford unterbrach ihn. »Wenn Sie recht hätten, so wäre mir das Vorgehen des Diktators erst recht unerklärlich. Wie kann er sich in einen Krieg mit uns einlassen, wenn er die Macht der drei wirklich fürchtet?«

»Die Erklärung dafür ist in dem Wesen des Diktators zu suchen. Cyrus Stonard ist zweifellos der größte Staatsmann des zwanzigsten Jahrhunderts. Seit George Washington hat er am meisten für die amerikanische Union getan. Hätte er nicht den Ehrgeiz besessen, Diktator zu werden und zu bleiben, hätte er wie Washington gehandelt, er würde in der Geschichte neben und über Washington stehen. Ehrgeiz und Machthunger haben ihn verblendet. Er hält das amerikanische Volk, das an eine hundertfünfzigjährige Freiheit gewöhnt war, weiter unter einem schrankenlosen Absolutismus. Aber er sitzt auf einem Vulkan. Er braucht ständig neue Erfolge. Bleiben die aus, so ist's mit seiner Diktatur vorbei. Die Geschichte lehrt es uns hundertfach. Er spielt *va banque* und muß *va banque* spielen. Das amerikanische Freiheitsgefühl hat den Druck nur ertragen, solange die Schmach der japanischen

Niederlage in frischer Erinnerung war und solange Cyrus Stonard die Macht und den Reichtum Amerikas ständig gehoben hat. Selbst dann nur widerwillig. Einen Stillstand in seinen äußeren Erfolgen verträgt seine Herrschaft nicht.

Nach seinem Siege über Japan bleibt England als einziger Rivale übrig. Wer die Persönlichkeit Cyrus Stonards kennt, mußte sich klar darüber sein, daß er es versuchen würde, diesen letzten Rivalen niederzuschlagen. Dann war der Gipfel erreicht. Amerika beherrschte die Welt. Cyrus Stonard beherrschte Amerika.

Da stellt sich zwischen uns und ihn die geheimnisvolle Macht. Über deren Ziele möchte ich noch schweigen, weil ich nicht klar sehe. Er bringt es fertig, uns als Werkzeug zur Vernichtung dieser Macht zu benutzen. Der Streich ist mißlungen. Zum mindesten nicht sicher gelungen. Aber Cyrus Stonard kann nicht mehr zurück. Er schlägt los, wo er glaubt, nicht gehindert zu sein. Hätte er jetzt, nach monatelanger Kriegsvorbereitung, Frieden gehalten, wäre es um seine Herrschaft geschehen.

Er ist in den Krieg gegangen wie ein Feldherr, der am Erfolg zweifelt, aber lieber an der Spitze seiner Garden fallen als zurückweichen will. Cyrus Stonard steht auf der Grenze von Genie und Wahnsinn. Er hat die Grenze wohl schon nach der schlimmen Seite hin überschritten.«

Die Worte Lord Maitlands hatten die Mitglieder des Kabinetts in ihren Bann geschlagen. Die Gestalt des Diktators stand in ihrer Größe, aber auch mit ihren Schwächen und Leiden vor ihnen. Eine Frage des Kriegsministers führte die Mitglieder wieder in die reale Welt zurück.

»Was sollen wir jetzt tun? Sollen wir uns nicht wehren? Sollen wir uns auf eine geheimnisvolle Macht verlassen, deren Existenz doch zum mindesten, ich will sagen, persönliche Ansichtssache ist? Es wäre Englands und seiner Geschichte nicht würdig, wenn wir uns in der vagen Hoffnung auf eine übernatürliche Hilfe davon abhalten ließen, alles Notwendige für die Sicherheit des Reiches zu tun.«

Sir Vincent Rushbrook sprach: »Unsere Islandflotte muß sich in geschlossenem Angriff sofort auf Neuyork stürzen. Wir werden die Fünfzehnmillionenstadt in Asche legen. Das wird dem Diktator seine Gelüste auf Afrika und Indien am schnellsten austreiben.«

Lord Horace nahm noch einmal das Wort: »Ich befinde mich hier in einer eigenartigen Lage. Ich habe mich mit diesen Fragen doch vielleicht mehr beschäftigt als ein anderes Mitglied des Kabinetts. Ich sage Ihnen heute... denken Sie an meine Worte, meine Herren... Wir werden das Eingreifen der Macht in kürzester Zeit zu fühlen bekommen. Ich halte es für richtig, daß wir uns nur auf die Verteidigung beschränken.«

Die Worte des Lords Maitland vermochten das Kabinett nicht umzustimmen. Die letzten Depeschen über einen amerikanischen Angriff auf Indien ließen jede abwartende Haltung als schädlich erscheinen. Indien war die empfindlichste Stelle des britischen Weltreiches. Wer Indien anzutasten wagte, mußte niedergeschlagen werden.

Der englische Premier gab seinem Sekretär gemessenen Auftrag. »Ich erwarte den Vierten Lord der Admiralität. Jeder andere Besuch hat zu warten.«

Der Sekretär wunderte sich nicht über den Befehl. Die Stellung des Lords Maitland im englischen Kabinett hatte sich in den letzten Wochen beträchtlich gehoben. Seine genauen Kenntnisse der amerikanischen Verhältnisse machten ihn zu einem wichtigen Mitglied des Kabinetts. Darüber hinaus fand der alternde Lord Gashford in ihm eine wertvolle Hilfe. Eine Persönlichkeit, die Entschlußkraft mit der abgeklärten Ruhe des gereiften Mannes verband. Einen Mitarbeiter, der für sich selbst gar nichts erstrebte... wenigstens nichts zu erstreben schien und ganz in den Fragen der großen Politik aufging.

Lord Gashford hatte über die Ausführungen Lord Maitlands in der letzten Kabinettssitzung nachgedacht. Als Lord Horace in sein Arbeitszimmer eintrat, ging er ihm entgegen. »Ihre Ansichten über die Beweggründe des amerikanischen Diktators sind richtig. Wenn seine Handlungen überhaupt logischen Gründen entspringen, können sie nur so erklärt werden, wie Sie es neulich taten. Ich möchte in Ihrer Gegenwart einen Besuch empfangen, dessen Absichten mir nicht klar sind. Dr. Glossin hat sich bei mir melden lassen.«

Lord Horace konnte sein Erstaunen nicht verbergen.

»Dr. Glossin hier? Sollte das ein Friedensfühler sein?«

Dr. Glossin wurde von dem Sekretär in das Gemach geführt. Er kam mit der Unbefangenheit des vielgereisten Weltmannes. Begrüßte Lord Horace herzlich als einen alten Bekannten, ohne sich durch die Gegenwart des Premierministers geniert zu fühlen. Er erkundigte sich eingehend nach dem Befinden der Lady Diana und führte die Konversation mit einer Leichtigkeit, als befände er sich auf einem Fünfuhrtee und nicht bei den leitenden Ministern eines Weltreiches. Die beiden Engländer gingen auf die Tonart ein, obwohl sie innerlich vor Begierde brannten, dem Zwecke der Unterredung näherzukommen. Lord Horace schob dem Doktor Zigarren und Feuerzeug hin. Glossin bediente sich mit einer Gemächlichkeit, die den englischen Staatsmännern hart an die Nerven ging.

Dr. Glossin hatte zweifellos viel Zeit. Aber schließlich hatten die Engländer noch mehr. Sie warteten ruhig, bis er das Schweigen brach.

»Meine Herren, ich halte diesen Krieg für einen Wahnsinn. Nur der maßlose Ehrgeiz eines Mannes treibt zwei sprach- und stammgleiche Völker in den Kampf.«

Die Engländer sprachen kein Wort. Nur ein leichtes Nicken verriet ihre Zustimmung. Der Doktor fuhr fort: »Ich möchte die Lage durch einen Vergleich erklären. Die Welt gehört einer großen Firma, den *Englishspeakers*. Die Firma hat zwei Geschäftsinhaber. Es sind heute zwei feindliche Brüder, die zum Schaden des Hauses gegeneinander arbeiten. Die Firma kann nur gedeihen, wenn ihre Leiter einig sind und einig handeln. Müßte nicht der eine der Inhaber die Führung haben?«

Dr. Glossin schwieg und wandte dem Brande seiner Zigarre sehr eingehende Aufmerksamkeit zu.

»Die feindlichen Brüder sind wohl in diesem Gleichnis England und Amerika?«

Dr. Glossin bejahte die Frage Lord Gashfords durch ein leichtes Nicken.

Der Premier sprach weiter: »Welcher von den beiden wird dem anderen weichen?«

Glossin hatte wieder mit der Zigarre zu tun, bevor er die Antwort formulierte. Langsam, sorgfältig Wort für Wort wägend.

»Im Geschäftsleben würde es der sein, der die geringere Erfahrung hat...der weniger tüchtige... meistens wohl der jüngere.«

Lord Horace unterbrach ihn.

»Glauben Sie, daß Cyrus Stonard jemals freiwillig weichen würde?«

»Wenn nicht freiwillig, dann gezwungen!«

»Das hieße Stonard stürzen! Freiwillig wird er nie nachgeben.«

»Deswegen bin ich hier!«

Das Wort war heraus. Seine Wirkung auf den Premier war unverkennbar. Lord Horace blieb äußerlich unverändert. Nur sein Gehirn arbeitete fieberhaft und schmiedete lange Schlußketten...Er weiß, daß die geheimnisvolle Macht wirkt. Daß es vielleicht schon in nächster Zeit, vielleicht in wenigen Tagen nur noch eines leisen Anstoßes bedürfen wird, um den Diktator zu stürzen. Er wechselt beizeiten die Fahne...Immerhin, seine Arbeit kann England nützlich sein ...

Lord Gashford fragte mit leicht vibrierender Stimme: »Wie sollte es geschehen?«

»Das wird meine Sache sein!«

»Sie wollen das vollbringen? Und wenn es Ihnen gelänge, was hat England dafür zu zahlen?«

»Nichts!«

»Und was verlangen Sie dafür?«

»Englands Freundschaft!«

Lord Gashford reichte dem Doktor die Hand.

»Deren können Sie versichert sein. Für die Ausführung stehen Ihnen unsere Mittel zur Verfügung. Lord Maitland wird die Einzelheiten mit Ihnen besprechen.«

Sie hatten diese Besprechung im Stadthause von Lord Horace. Dr. Glossin verlangte von der englischen Regierung für sein Unternehmen keine materiellen Mittel. Nur ein paar Einführungsschreiben an einige amerikanische Vereinigungen. Das war alles. Lord Horace geriet in Zweifel, ob es dem Doktor jemals gelingen könne, mit solchen bescheidenen, fast kindlich anmutenden Hilfsmitteln einem Manne wie Cyrus Stonard gefährlich zu werden. »Das wäre alles, Herr Doktor?«

»Alles, mein Lord.«

»So wünsche ich Ihnen um der anglosächsischen Welt willen den besten Erfolg.«

»Ich danke Ihnen. Noch eine persönliche Bitte. In meiner Begleitung befindet sich hier in London meine Nichte, Miß Jane Harte. Mein Aufenthalt in den Staaten könnte längere Zeit dauern. In der Voraussicht kommender Umwälzungen und Unruhen habe ich sie hierhergebracht. Ich bin ihr einziger Verwandter. Sie hängt an mir, ist meine einzige Freude, hat außer mir niemand in der Welt. Wenn ich wüßte, daß sie in Ihrem Hause...bei Ihnen...bei Lady Diana einen Anhalt findet, wäre ich Ihnen mehr zu Dank verpflichtet, als ich es Ihnen in Worten ausdrücken kann.«

»Ich werde die junge Dame als Gast in mein Haus nehmen. Sie soll in sicherer Hut bei uns bleiben, bis Sie, Herr Doktor, aus den Staaten zurück sind.«

Der Doktor ergriff die Hand Lord Maitlands.

»Ich danke Ihnen, mein Lord. Ich bedaure es, Lady Diana nicht persönlich meine Empfehlung übermitteln zu können ...«

Dr. Glossin ging, den Mann zu verraten, durch den er zwanzig Jahre mächtig und reich gewesen war.

Seit jener Stunde, in der Diana die Todesnachricht Erik Truwors empfing, in der sie in der Fülle überströmender Gefühle ihre ganze Vergangenheit vor Lord Horace bloßlegte, war das Verhältnis der Gatten ein anderes geworden. Lady Diana zog sich nach Maitland Castle zurück. Lord Horace blieb in London, um sich mit verdoppeltem Eifer den Regierungsgeschäften zu widmen. Nicht nur die Sorge um das Land trieb ihn dazu, sondern wohl ebenso stark das Verlangen, sich durch angestrengte Arbeit zu betäuben, durch rastlose Tätigkeit der quälenden Gedanken ledig zu werden, die ihn seit jener Unterredung nicht loslassen wollten.

Mit dem Toten hatte er bald abgeschlossen. Was Diana getan, um dem Jugendgespielen, dem Manne, dessen Gattin sie werden sollte und fast war, den Abschied vom Leben leicht zu machen, das hatte er mit der abgeklärten Ruhe des gereiften Mannes verstehen und verzeihen gelernt.

Die Unruhe und Qual schuf ihm der andere. Der Lebende – den Diana noch für tot hielt. Und zu dessen Vernichtung sie doch ihre Hand geboten hatte.

War dieser Haß echt? Konnte solcher Haß echt sein?

War es nicht nur in Haß verkehrte Liebe, die wieder Liebe werden konnte?

Erik Truwor lebte!

Wie würde Diana die Nachricht von seiner Rettung aufnehmen?

Er bangte vor der kommenden Stunde und sehnte sie doch herbei.

Die Nachricht, daß sie nach London kommen solle, erreichte Diana um die vierte Nachmittagsstunde in Maitland Castle. Der Diener, der ihr die Botschaft überbracht, hatte längst den Raum verlassen. Diana saß immer noch regungslos und hielt das Papier in den Händen. Das Faksimile des chemischen Fernschreibers zeigte die charakteristischen Schriftzüge ihres Gatten. Nur wenige Worte.

»Ich bitte Dich, umgehend nach London zu kommen.«

Was bedeutete diese Botschaft? Horace rief sie...rief sie...warum?

Ihre Brust wogte im Widerstreit der anstürmenden Gefühle. Seit jenem Tage der Aussprache hatte sie Horace nicht wieder gesehen. In stillschweigender Übereinkunft hatte sie sich einer freiwilligen Verbannung unterworfen.

Ihre hellsichtigen Frauenaugen erkannten wohl, daß ein Mann, auch wenn er die Großherzigkeit ihres Gatten besaß, nicht so leicht und schnell über das hinwegkommen konnte, was sie ihm in ihrer Seelennot offenbarte. Deshalb hatte sie gewartet. Von Tag zu Tag...geduldig. Doch je länger sie warten mußte, desto schlimmer fraß die Pein des Wartens an ihr. Ihre Liebe zu Horace war so stark und rein, daß ihr nicht einen Augenblick der Gedanke kam, ganz andere Ängste und Sorgen könnten ihres Gatten Herz beschweren. Hätte sie es gewußt, wie leicht wäre es ihr gewesen, seinen Argwohn zu zerstreuen.

In windender Fahrt trug die schnelle Maschine Diana Maitland, ihre Zweifel, ihre Hoffnungen und Wünsche nach London.

Ohne sich erst in ihre eigenen Räume zu begeben, betrat sie das Arbeitszimmer ihres Gatten. Lautlos schlossen sich die schweren Portieren hinter ihr. Der schwellende indische Teppich dämpfte ihren Schritt.

Lord Horace saß am Schreibtisch, das Gesicht dem Fenster zugewandt.

Diana umfaßte seine Gestalt mit ihren Blicken.

Was dachte er? ...

Wie wird er ihr entgegentreten? ...

Der erste Gruß. Wie wird er sein?

Tonlos formten ihre Lippen das eine Wort: »Horace!«

Der Hauch drang nicht an sein Ohr.

»Horace!« Rauh und gepreßt tönte der Name durch den Raum.

»Diana!« ... Lord Horace war aufgesprungen. Die Gatten standen sich gegenüber. Ihre Blicke begegneten sich und wichen einander aus.

Dianas Herz krampfte sich zusammen. Was sie erhoffte, was sie ersehnte ... es war es nicht. Ihre Augen wurden still. Ein konventionelles Lächeln spielte um den Mund, als sie sagte: »Du hast mich rufen lassen, Horace.« Ihre Hände berührten sich, und doch verspürte keine den Druck der anderen.

»Ich danke dir für dein Kommen, Diana. Eine Bitte, die uns beide betrifft und mir besonders am Herzen liegt, trieb mich, dich zu rufen. Ich hatte heute vormittag eine Unterredung mit Dr. Glossin.«

Diana horchte auf.

»Dr. Glossin? Wie kommt der hierher? Es ist doch Krieg. Als Friedensunterhändler? ... In Stonards Mission?«

»Nein!«

»Nicht? Weshalb ist er hier?«

»Um Cyrus Stonard zu verraten!«

»Ah ...!«

Lady Diana hatte in der Erregung des Gespräches bis jetzt noch nicht die Zeit gefunden, sich zu setzen. Lord Horace rollte ihr einen Sessel herbei.

»Ah! ... Das versöhnt mich mit ihm. Welches Glück, wenn dieser Bruderkrieg vermieden wird! Dieser sinnlose Kampf, der Hunderttausende Englisch sprechender Frauen zu Witwen, ihre Kinder zu Waisen macht. Wenn das dem Doktor gelingt, wenn er das schafft, soll ihm vieles, nein, alles verziehen sein.«

Lord Horace wiegte nachdenklich das Haupt.

»Ja, Diana ... nicht ganz so, wie du denkst.«

»Wie meinst du?«

»Der Krieg würde auch ohne das alles in allernächster Zeit beendet sein!«

»Wodurch?«

»Durch die geheimnisvolle Macht der drei in Linnais!«

Diana Maitland sank in ihren Sessel zurück. Sie erblaßte, während ihre Augen sich zu unnatürlicher Weite öffneten.

»Die drei in Linnais? ... Sind die nicht tot?«

»Wir dachten es ... Wir hofften es.«

»Sie leben?«

»Sie leben! Sie haben es deutlich bewiesen. Unsere Stationen müssen ihre Befehle funken.«

»Und die sind? ... Die lauten?«

»Wer das Schwert nimmt, soll durch das Schwert umkommen. Die Macht warnt vor dem Kriege.«

Lord Horace unterbrach seine Rede. Er sah, wie die Augen seiner Gattin sich schlossen und ein frohes Lächeln ihren Mund umspielte. In diesem Augenblick sah sie aus wie ein glückliches Kind, dem ein Lieblingswunsch erfüllt wurde. Er sah es und dachte: Erik Truwor!

Lady Diana sprach wie eine Träumende, wie eine Seherin.

»Ah! ... die drei in Linnais ... Sie leben ... leben und handeln zum Segen der Welt!«

»Zum Segen?«

»Ist es kein Segen, wenn der Krieg vermieden wird? Sinnloses Morden...Totschlag und Raub ...«

»Auf den ersten Blick vielleicht. Aber die Folgen werden nicht ausbleiben. Wie wird sich das für die Zukunft auswirken?«

»Die Welt wird ein Paradies sein!«

»Glaubst du?«

»Gewiß selbstverständlich!«

»Ich nicht...Ich glaube es nicht...kann es nicht glauben ...«

»Was?«

»...kann es nicht glauben, daß ein Mann, dem ein Zufall...ein Schicksal solche Macht in die Hände gegeben hat, daß der ...«

»Daß der ...«

»Daß der die Macht nicht mißbraucht!«

»Mißbrauchen? Mißbraucht?«

»Mißbraucht, um die in seine Hand gegebene Menschheit zu knechten. Um sich zum Herrscher der Welt zu machen.« Lord Horace sprach die letzten Worte trübe und sinnend vor sich hin.

»Du fürchtest, daß...daß...nein! Erik Truwor? Nein!«

In der Erregung des Zwiegesprächs waren sie aufgesprungen und standen sich hochatmend gegenüber.

»Niemals! Niemals!« Diana wiederholte es mit wachsender Überzeugung.

»Dann wäre er ein Gott!«

Die Erregung Dianas löste sich in einem harten, stolzen Lachen.

»Ein Gott?...Nein! Ein Mann ist er! Ein Mann!«

»Und wir?« Resignation klang aus den beiden kurzen Worten. Diana legte ihm die Hände auf die Schultern.

»Ihr...ihr...Horace .. ihr seid Politiker .. eure Gedanken gehen nicht über die Grenzen eurer Interessen. Er...er überschaut Reiche! Ihr arbeitet für die Zeit. Er denkt an die Ewigkeit!«

»Du kennst ihn, ich kenne ihn nicht. Du standest ihm nahe. ...Du bist ein Weib...Wir Männer sehen die Dinge nüchterner. Ich sage dir, es wird kein Paradies auf Erden, aber es wird schweres Unheil für die ganze Welt daraus entstehen.«

»Wenn er ein Mensch wäre wie ihr. Aber er ist der ideale Mensch. Der vollkommene Mann. Er wird die Macht...die wunderbare Macht nur zum Wohl der Menschheit, zum Glück der Welt verwenden... Ja, ich kenne ihn. Er geht mit reinem Herzen an die große Aufgabe. Er erstrebt nichts für sich, alles für die Menschheit. Er ist Erik Truwor. Das Wort sagt mir alles.«

Lord Horace sprach nicht aus, was er in diesem Augenblick dachte. Daß auch ihm das eine Wort, der eine Name nur allzuviel sage.

Mit müder Gebärde winkte er ab.

»Laß es gut sein, Diana. Was hilft Streiten? Das Geschick wird sich schneller erfüllen, als uns allen lieb ist.

Zurück zu dem Zweck unserer Unterhaltung. Dr. Glossin ließ seine Nichte Miß Jane Harte bei seiner Abreise allein in London zurück. Ich versprach ihm, sie bei uns aufzunehmen, bis er zurückkommt.

Das junge Mädchen ist hier im Hause. Ich will gehen und es holen.«

Erik Truwor faßte das Ergebnis der Untersuchung zusammen. Der Eisberg war mit seiner Basis halb schräg nach unten in das Wasser gefallen und hatte dann wieder Halt gefunden. Es war natürlich auch mit Hilfe des kleinen Strahlers leicht möglich, einen Ausgang aus dem Eise ins Freie zu schmelzen.

Aber sie befanden sich in einer komprimierten Atmosphäre. Die Luft in der Eishöhle war auf das Doppelte des gewöhnlichen Luftdrucks zusammengepreßt. In ihren Lungen hatte der hohe Druck sich ausgeglichen. Schafften sie der Luft plötzlich einen Ausgang ins Freie, so mußte die schnelle

Druckverminderung sie töten. Die zusammengepreßte Luft in ihrem Innern hätte ihre Lungen zerrissen, ihre Leiber zerfetzt.

Doch auch ein langsames Ablassen der Druckluft gewährte keine Sicherheit. Sie wußten ja nicht, bis zu welcher Höhe der Wasserspiegel draußen den Berg umgab. Wie tief der Berg in den geschmolzenen See eingesunken war. Es konnte geschehen, daß das Wasser beim Ablassen der Luft schließlich die Decke des höchsten Raumes erreichte. Dann wurden sie ertränkt wie die Mäuse in der Falle.

Das Mittel, allen diesen Schwierigkeiten zu entgehen, hatte der Geist Silvesters entdeckt.

»Wir müssen den Berg ausschmelzen. Der ganze massive Kern muß als Schmelzwasser in die Tiefe gehen. Nur eine leichte äußere Schale darf stehenbleiben. Leichte Fußböden und Wände, die der Schale Halt geben. Dann wird er sich heben, wird leicht auf dem Wasser schwimmen ...«

Der Plan war gut, aber die Frage der Luftbeschaffung machte Schwierigkeiten. Die wenige Luft, die in den vorhandenen Gängen eingeschlossen war, würde niemals genügen, das ganze Innere des ausgeschmolzenen Berges zu füllen.

Sie mußten also mit Vorsicht eine Rohrverbindung mit der Außenwelt herstellen, mußten die Luftpumpe mit vieler Mühe aus einem halb überfluteten Gange herbeischaffen und von außen her Luft in das Innere pumpen, als das große Schmelzen begann, als Tausende von Tonnen Schmelzwasser in die Tiefe flossen und der massive Eisriese von Stunde zu Stunde immer mehr die lockere Struktur einer Bienenwabe annahm.

Aber sie spürten auch den Erfolg. Der Berg hob sich. Sie merkten es daran, daß er wieder in die wagerechte Lage kam und daß die unteren überfluteten Gänge allmählich vom Wasser frei wurden.

Sie arbeiteten ohne Unterlaß. Silvester war Tag und Nacht tätig. Die Vorwürfe Erik Truwors brannten ihm schwer auf der Seele. Er wollte mit Hingabe seiner ganzen Kraft wieder gutmachen, was durch sein Versehen verdorben war, und mutete sich mehr zu, als sein geschwächter Organismus auf die Dauer aushalten konnte.

Bis die mißhandelte Natur sich rächte. Atma sprang hinzu, als Silvester neben dem Strahler, mit dem er die neuen Höhlen und Zellen in den Berg schnitt, zu Boden taumelte. Es bedurfte aller Künste des Inders, um das aussetzende Herz des Erschöpften zum Weiterschlagen zu zwingen und die schwere Ohnmacht in einen wohltätigen Schlaf zu verwandeln.

Freilich hatte Silvester Grund zu Eile und Anstrengung. Der Berg mußte gehoben, in seine endgültige Lage gebracht sein, bevor die Polarkälte ihre Wirkung tat, bevor die Oberfläche dieses durch einen so unglücklichen Zufall entstandenen Sees sich wieder mit einer schweren Eiskruste überzog. Denn fror der See, so war der Berg fest eingekittet, alle Versuche, ihn zu heben, wurden vergeblich.

Endlich war es gelungen. In hundert Stunden hatten sie das Werk getan. Nun hieß es warten und sich gedulden, bis das eintrat, was sie vorher so sehr zu fürchten hatten. Erst nachdem der gehobene Berg festgefroren war, konnten sie es wagen, seine Außenwand zu durchbrechen, durften sie die Tür dieses gigantischen Gefängnisses sprengen. Sie rechneten, daß wenigstens noch einmal fünfzig Stunden verstreichen müßten, bevor das frisch gebildete Eis den erleichterten Berg tragen würde.

Die Laune des Schicksals schenkte dem Präsident-Diktator noch einmal eine Frist. Krieg und Kriegsgeschrei erfüllten noch einmal die Welt. Von einer sinnlosen und lächerlichen Kleinigkeit hing es ab, wie lange der Vernichtungskampf zweier Weltreiche anhalten sollte. Einfach davon, wie schnell oder wie langsam sich in der arktischen Eiswüste auf einem Tümpel von mäßiger Größe eine tragfähige Eisfläche bilden würde.

Fünfzig Stunden, in denen die Insassen des Berges nichts anderes tun konnten, als tatenlos zu warten. Abgeschnitten von der Welt, ohne Kunde von dem, was draußen vorging.

Atma saß am Lager Silvesters. Er zwang ihn, sich wohltätiger Ruhe hinzugeben, seinem armen mißhandelten Herzen, das immer noch unruhig und unregelmässig gegen die Rippen pochte, Erholung zu gönnen.

Erik Truwor war allein, eine Beute quälender Gedanken, die sich nicht verjagen ließen.

Was war in den Tagen ihrer Gefangenschaft geschehen? Hatten die ersten Warnungen der Macht genügt, oder war der Krieg doch ausgebrochen?

Besaß die Menschheit so viel Einsicht, der sinnlosen Zerstörung aus eigener Kraft Einhalt zu gebieten?

War das der Fall, dann würde er das Werk so ausführen können, wie er es geplant hatte.

Aber wenn sie ihm nicht gehorchten? Wenn sie in diesen Tagen seiner erzwungenen Untätigkeit übereinander herfielen?

War das nicht der Beweis dafür, daß sie noch nicht zur Selbstregierung reif waren, daß sie einen Selbstherrscher brauchten, zu ihrem Glücke gezwungen werden mußten?

Wer sollte sie dann zwingen? Die Träger der Macht. Drei Köpfe, drei Sinne!

Nur einer konnte der Herr sein. Wer sollte es sein?

Silvester, der stille Gelehrte, der Forscher?

Oder Atma? Der Schüler des Buddha Gautama und des Tsongkapa?

Nein und nochmals nein! Nur er selbst konnte es sein. Der Nachfahr des alten Herrengeschlechtes, dem eine zweifache Prophezeiung noch einmal die Herrschaft versprach.

Die Wucht der Gedanken riß Erik Truwor empor. Er sprang auf und irrte durch die Eisklüfte des gehöhlten Berges.

Er war von der Vorsehung auserwählt. Ihm hatte das Schicksal die unendliche Macht in die Hand gegeben. Er brauchte Gehilfen, treu ergebene Paladine, um sie auszuüben. Dazu hatte das Geschick ihm die Freunde an die Seite gestellt. So war die Weissagung von Pankong Tzo zu deuten. Dem Herrscher die Macht, seinen Paladinen das Wissen und den Willen.

So mochte es einem Cäsar zumute gewesen sein, ehe er den Rubikon überschritt, so einem Napoleon, als er den Sturm auf Italien wagte, so einem Stonard, als er gegen die Gelben im Westen der Union losbrach.

Das Schicksal rief ihn. Das Schicksal hatte Ungeheures mit ihm vor, wenn ... wenn in diesen Tagen der Kampf ausgebrochen war. Mit kaum zu bändigender Ungeduld erwartete er die Stunde der Befreiung aus dem eisigen Gefängnis.

Nur dem Wunsch ihres Gatten folgend, hatte Diana Maitland Jane in ihr Haus in Maitland Castle aufgenommen. Widerstrebend zuerst, hatte sie sie dann liebgewonnen. Wenn dies junge Mädchen eine Verwandte des Dr. Glossin war, so hatte sie jedenfalls nichts von den zweifelhaften Eigenschaften ihres Oheims geerbt.

Mochte Dr. Glossin auch tausendmal gelogen haben, diesmal hatte er die Wahrheit gesprochen, als er sagte, daß Jane einsam und hilfsbedürftig sei. Lady Diana erkannte es mit dem geübten Blick der gereiften und lebenserfahrenen Frau.

Sie nahm sich vor, der Verlassenen eine mütterliche Freundin zu sein. In Maitland Castle während dieser Tage politischer Hochspannung und kriegerischer Verwickelungen selbst vereinsamt, zog sie sie in ihre Gesellschaft und hatte sie den größten Teil des Tages um sich. Dabei aber mußte sie die Entdeckung machen, daß die Seele des jungen Menschenkindes Rätsel barg.

Lady Diana fand, daß in den Erinnerungen Janes Lücken klafften. Was sie erzählte, erzählte sie schlicht und einfach, ohne Widersprüche. Aber plötzlich, an bestimmten Stellen, stockte die Erzählung, brach die Erinnerung ab, und es war Diana nicht möglich, die Lücken zu überbrücken.

Dazu der häufige Wechsel der Stimmung. Eben noch heiter, fast ausgelassen. Dann wieder still, grübelnd, nachdenklich, zerstreut. Wechselnde Stimmungen, schwankende Abneigungen und Sympathien, die sich bei den gemeinschaftlichen Mahlzeiten sogar in der Wahl der Speisen äußerten.

Diana Maitland hatte sich gesprächsweise mit ihrer Beschließerin über Jane unterhalten. Die sonderbaren Andeutungen der Alten gingen ihr nicht aus dem Sinn.

Jane machte sich an einem Tischchen zu schaffen, das in einem der großen erkerartig ausgebauten Bogenfenster stand. Sie hatte den Tischkasten aufgezogen, kramte in verschiedenen Kleinigkeiten, die dort lagen, schien irgend etwas zu suchen. Diana sah, wie sie ein Garnknäuel und ein Buch herausnahm, die Gegenstände zerfahren und unsicher auf den Tisch legte und dann ein Zeitungsblatt aus dem Kasten holte. Ein altes Blatt, mehrfach geknifft, eine Notiz darauf mit Buntstift angestrichen.

Die Sonne fiel durch das Erkerfenster und wob goldene Reflexe um die schweren blonden Flechten Janes. In dieser Beleuchtung, die ihre zarte Schönheit noch hob, wirkte sie unwahrscheinlich ätherisch, wie eine der Gestalten auf den bunten Stichen von Gainsborough. Diana Maitland betrachtete das Bild mit Wohlgefallen.

Jane saß leicht vorgebeugt an dem Tischchen. Ihre Blicke ruhten auf dem Zeitungsblatt. Der zerstreute, träumerische Zug, den Diana in den letzten Tagen so oft an ihr beobachtet hatte, lag auf ihrem Antlitz. Jetzt straffte sich ihre Miene. Ihr Auge haftete auf einem Punkt des Blattes, während sie angestrengt nachzudenken schien. Als ob sie etwas suche, eine Erinnerung, ein Wort, einen Namen, auf den sie nicht kommen könne. Es sah aus, als ob dies angestrengte Sinnen ihr körperliche Pein bereite.

Diana Maitland sah die Wandlung und rief sie an: »Was ist Ihnen, Jane?«

Wie geistesabwesend ließ Jane das Zeitungsblatt sinken und fuhr sich über die Stirn.

»Linnais... Linnais...«

»Jane, was haben Sie? Was ist Ihnen Linnais?«

Als Diana das Wort Linnais aussprach, erhob sich Jane wie eine Schlafwandlerin. Suchend, stockend brachte sie einzelne Worte hervor.

»Linnais... Brand... Ruinen... alles tot...«

Sekundenlang stand Diana in starrem Staunen.

»Nein, Jane... Sie leben!«

»Leben... Linnais... leben... Hochzeit... meine Hochzeit... Kirche... Atma... Erik Truwor...«

Diana Maitland sank schwer atmend in ihren Sessel zurück. Ihre Augen hingen an den Lippen Janes, die weiterflüsterten:

»... meine Hochzeit...«

»Mit Erik Truwor?«

»Nein... nein... mit...«

»Mit...«

»Mit... mit...«

Jane suchte und konnte den Namen ihres Gatten nicht finden. In ängstlichem Grübeln krauste sich ihre Stirn.

»Mit Logg Sar?«

»Silvester...!« Wie ein erlösender Aufschrei kam es von Janes Lippen. »Silvester... Silvester... wo ist er?«

Diana trat auf die Schwankende zu und geleitete sie zu einem Ruhebett. Ein tiefes Schluchzen erschütterte den zarten Körper Janes. Als sie die Augen aufschlug, war ihr Blick gewandelt. Nicht mehr unsicher und traumverloren. Klar und fest.

»Silvester! Ich habe ihn wieder!«

»Was ist Ihnen Silvester?«

»Er ist mein Mann! Mein lieber Mann!«

Die Gedanken Dianas jagten sich. Was war das? Was hatte Dr. Glossin getan? Welches Verbrechen war an dem Mädchen begangen worden? Diana Maitland fand die härtesten Ausdrücke für den Arzt. Wie konnte er die Gattin Logg Sars als seine Nichte, als junges Mädchen in ihr Haus einführen? Wie kam die Gattin Logg Sars in die Gewalt Glossins?

Jane richtete sich auf dem Diwan empor und begann zu sprechen. Fließender, endlich ganz frei. Die hypnotische Kraft Dr. Glossins reichte an diejenige Atmas nicht heran. Ein einfaches Zeitungsblatt, jenes schwedische Blatt, welches von Glossins Hand selbst unterstrichen den Namen Linnais trug, hatte genügt, den von ihm gelegten Riegel zu brechen.

Die volle Erinnerung kam Jane wieder. Sie erzählte, wie sie in der Sorge um Silvester von Düsseldorf nach Linnais ging, Brandruinen fand, wo sie einst Hochzeit gehalten. Wie Dr. Glossin, ihr selbst unerklärlich, plötzlich vor ihr stand, wie sie ihm willenlos folgen mußte.

»Dein Silvester lebt, Jane! Er und seine Freunde! Wir wissen es. Lord Horace sagte es mir. Unsere Stationen müssen ihre Befehle funken.«

»Er lebt. Ich höre es. Ich glaube es gern... gern... Aber er weiß nicht, wo ich bin. Ich habe in törichter Sorge seine Weisung mißachtet, bin fortgelaufen. Er sucht mich vergeblich, kann mir keine Nachricht geben.«

Lady Diana brachte bald heraus, wie diese Benachrichtigungen früher stattgefunden hatten. Aber der kleine Telephonapparat war verschwunden. Irgendwo in Linnais geblieben. Damals, als Dr. Glossin in ihm die Stimme Silvesters vernahm, die Kraft des Strahlers zu fürchten begann und den Apparat wie glühendes Eisen von sich schleuderte. Die Wellenlänge, auf die Silvester den Apparat gestimmt hatte, war damit verloren. Die Möglichkeit einer Verständigung in der früheren Art ausgeschlossen.

Es blieb nur die öffentliche Regierungsstation, die Möglichkeit, eine Depesche in der Wellenlänge dieser Station abzugeben. Zu gewöhnlichen Zeiten eine einfache Sache. Jetzt in den Tagen des Krieges und der Zensur eine schwierige, fast unlösliche Ausgabe. Diana Maitland übernahm es, sie zu lösen.

Der Luftverkehr auf den britischen Inseln war des Krieges halber verboten. In ihrem schnellen Kraftwagen fuhr sie selbst nach Cliffden in die große englische Station. Sie suchte den Stationsleiter auf und hatte eine lange Unterredung mit ihm. Sie bat, beschwor und drohte, bis der Widerstand des Beamten überwunden war. Bis er vom Buchstaben seiner Instruktion abwich und die kurze Depesche zur Absendung entgegennahm. Lady Diana blieb an seiner Seite, solange die Depesche umgeschrieben und von den Perforiermaschinen für die Sendung vorbereitet wurde. Sie stand neben ihm, als der Geberautomat den Papierstreifen zu verschlingen begann, als Hebel tanzten und Kontakte polterten, als die ersten Worte der Depesche

»Jane an Silvester ...«

auf den Flügeln elektrischer Wellen in den Luftraum strömten. Sie blieb neben dem Stationsleiter stehen, bis der Streifen dreimal durch den Apparat gelaufen war. Dann ging sie zu ihrem Kraftwagen und kehrte nach Maitland Castle zurück.

Am siebenten Tage nach der Katastrophe wagten es die Eingeschlossenen. Sie ließen die Druckluft aus dem Eisberge langsam ins Freie entweichen. Erik Truwor stand am Ventil, den Blick auf dem Druckzeiger. Im untersten Gange beobachtete Silvester den Wasserspiegel. Das Mikrophon am Munde, bereit, Alarm zu geben, wenn das Frischeis nicht hielt, der Berg sich senkte, das Wasser stieg.

Mit leisem Pfeifen entwich die Luft. Langsam fiel der Zeiger des Manometers. Nur noch wenige Linien stand er über dem Nullpunkt. Erik Truwor lehnte sich gegen die Eiswand, drückte das Ohr gegen die Fläche, um jedes Knistern, jedes kommende Brechen des Eises so früh wie möglich zu spüren.

Es blieb ruhig. Nur das schwächer und schwächer werdende Pfeifen der entweichenden Luft. Jetzt nur noch ein leichtes Rauschen. Der Zeiger stand auf dem Nullpunkt. Der Druck war ausgeglichen. Der Berg hielt sich ohne Unterstützung der Preßluft.

Schnell fraß der kleine Strahler einen neuen Ausgang durch die Schale des Berges. Die Antenne in Ordnung bringen, den Verkehr mit der Welt wieder herstellen, das war jetzt das Wichtigste. Die Antenne auf dem Abhang des Berges war unversehrt geblieben. Nur die Verbindungen nach den Apparaten hin waren bei der Katastrophe zerrissen. Zehn Minuten genügten, um eine Notleitung zu legen. Kaum war die letzte Verbindung gemacht, die letzte Schraube angezogen, als auch schon wieder Leben in die Apparate kam, die alle diese Tage hindurch still und tot dagelegen hatten. Die Farbschreiber klapperten, die Laufwerke rollten, und die Streifen, dicht mit Morsezeichen bedeckt, quollen unter den Farbrädern hervor. Nachrichten aus Amerika und Europa, aus Indien und Australien.

Das Schicksal ging seinen Weg. Der Krieg war ausgebrochen. Englische und amerikanische Luftstreitkräfte waren an den verschiedensten Punkten der Welt zusammengeraten. Die große englische Schlachtflotte hatte ihren Hafen verlassen um die amerikanische Ostküste anzugreifen. Die amerikanische Flotte war ihr entgegengefahren. Nur noch vierundzwanzig Stunden, und es kam zu einer gewaltigen Schlacht mitten im Atlantik.

Die Frage, die sich Erik Truwor in diesen Tagen unfreiwilliger Ruhe so oft vorgelegt hatte, war entschieden. So entschieden, wie er es in unruhigen Nächten gefürchtet hatte. Die Menschheit hörte nicht auf seine Worte. Sie war nicht fähig, sich selbst zu regieren. Sie brauchte den Herrn, der sie zwang.

Er fühlte, wie seine Ideale zusammenbrachen. Sie taten da draußen nichts aus freien Stücken und irgendeinem Ideal zuliebe. Wer die Macht hatte oder zu haben glaubte, benutzte sie rücksichtslos. Seine Warnungen waren unbefolgt verhallt. Sie würden ihm nur gehorchen, wenn er Brand und Mord hinter jeden seiner Befehle setzte.

Die Stunde der Entscheidung war gekommen. Wenn er durchsetzen wollte, was er sich vorgenommen, was er als seine Mission ansah, dann mußte er als Herr auftreten. Klar hatte er die Notwendigkeit in den Tagen der Gefangenschaft durchdacht und schrak zurück, nun die entscheidende Stunde gekommen war.

Würde man seine Absichten nicht verkennen? Würde die Welt ihm nicht andere Beweggründe unterschieben? Würde sie nicht einer maßlosen Ehrsucht zuschreiben, was nur bittere Notwendigkeit war?

Es duldete ihn nicht länger in der Enge der Berghöhlen. Er stürmte hinaus in das Freie. Er sprang über Schollen und Schneewehen, die in den Strahlen der tiefstehenden Sonne rot glühten. Er lief und fühlte, daß alle die alten Ideen und Ideale von Pankong Tzo vernichtet waren.

Atemlos hielt er im Lauf inne. Ihm graute vor der Entscheidung, vor der Verantwortung, vor dem Entschluß.

Hinter einer Eisklippe hatte der Wind den frischen Schnee zusammengewirbelt. Hier ließ er sich niedersinken, fühlte, daß die weißen Flocken sich wie ein Daunenkissen um seine Glieder schmiegten. Eine tiefe Mutlosigkeit, eine Erschlaffung überkam ihn. Er wurde ganz ruhig.

Wie wäre es, wenn er hier liegenbliebe, wenn er jetzt einschliefe? Der Verantwortung, dem verhaßten Entschluß durch freiwilligen Tod aus dem Wege gehen?! Wie lange würde es dauern, bis der arktische Frost den kurzen Schlummer in einen ewigen Schlaf verwandelte. Wie schön müßte es sein, hier einzuschlummern, hinüberzugehen in das große Meer der ewigen Ruhe und des Vergessens, in dem alle dunklen Wellen des Lebens verrieseln.

War es der Frost, der schon zu wirken begann, den Körper leicht, die Gedanken träumerisch und sprunghaft machte?

Eine dunkle, fromme Erinnerung überkam ihn. Die Hände falten! Er streifte die schweren Pelzhandschuhe ab und schlug die Finger ineinander. Da... seine Rechte zuckte zurück.

Was war das Kalte, das er berührt hatte? Kalt und brennend zugleich. Er hob die Hand zum Gesicht. Vom Mittelfinger der Linken strahlte ihm der Alexandrit entgegen, jetzt auch im Tageslicht hellrot glühend, wie er ihn noch nie gesehen hatte.

Mit einem Sprung stand er auf den Füßen.

Sich von dem eigenen Schicksal wegstehlen? Dem Leben feige den Rücken kehren? Nein, niemals, und wenn der Weg nach Golgatha führen sollte.

Die Menschheit da draußen wollte Kampf und Mord. Sie sollte im Überfluß davon haben. Wie eine neue Gottesgeißel wollte er sie züchtigen, bis sie ihm bedingungslos gehorchte.

Ein harter, eiserner Wille prägte sich auf sein Gesicht.

Ruhigen und festen Schrittes ging er zum Berge. Er trat hinein und schritt durch die Gänge dem Raume zu, in dem die großen Strahler standen. Der rote Sonnenschein drang durch die grünlichen Eiswände und erfüllte die Hallen und Gänge mit einem magischen Doppellicht. Die vollkommene Stille, die hier in den Regionen des ewigen Eises herrschte, wurde nur durch das leise Ticken der Funkenschreiber unterbrochen. In schwirrendem Spiel klappten die feinen Schreibhebel der Apparate auf und nieder und notierten in Punkten und Strichen die Botschaften, die von allen Teilen der Welt her durch den Äther kamen und sich in den Maschen der Antenne fingen.

Silvester saß vor einem der Schreibapparate in einem leichten Sessel. Er hielt den Papierstreifen unbeweglich in den Händen, als ob er sich von einer einzelnen Nachricht nicht losreißen könne. Das in rötlichgrünen Tönen durch den Raum schimmernde Licht umspielte seine Gestalt. Es ließ sein Antlitz fahl wie das eines Toten erscheinen.

Erik Truwor warf einen Blick auf die Stelle des Streifens, den Silvester so beharrlich in den Händen hielt. Der Apparat hatte inzwischen unermüdlich weitergearbeitet. Viele Meter des Streifens waren ihm entquollen und lagen in Windungen und Schleifen auf den Knien Silvesters.

Erik Truwor las die Stelle in den Händen Silvesters: »Jane an Silvester. Ich bin geborgen. In England in Maitland Castle bei guten Freunden.«

Der Streifen zeigte die kurze Depesche dreimal hintereinander.

Erik Truwor beugte sich zu dem Sitzenden hinab und legte ihm die Hand auf die Schulter.

»Freue dich, Silvester! Deine Sorgen sind vorüber. Jetzt weißt du, daß Jane in Sicherheit ist.«

Unter dem Druck von Erik Truwors Hand sank die Gestalt Silvesters noch mehr in sich zusammen. Sie fiel nach vorn und wäre ganz zu Boden gesunken, wenn Erik Truwor nicht mit kräftigen Armen zugegriffen hätte. Da fühlte er, daß das Leben aus dem Körper des Freundes gewichen war, daß die Blässe des Antlitzes nicht allein durch die fahlen Reflexe der Eiswände verursacht wurde.

Dem wechselreichen Auf und Ab von Freuden und Leiden, seelischen Erschütterungen und schwerster Forschungsarbeit war der Organismus Silvester Bursfelds nicht gewachsen. Ein Herzschlag hatte sein junges Leben in dem Augenblick beendet, in dem er die Depesche von Jane empfing.

Erik Truwor hielt die schon erkalteten Finger des Freundes in seinen Händen. Atma trat in den Raum. Er schritt auf Silvester zu und schloß ihm mit sanftem Druck die Augen.

»Er hat gegeben, was das Schicksal von ihm verlangte, das Wissen.«

Erik Truwor nickte und ließ seine Blicke auf den blassen Zügen ruhen.

»Das Wissen, das mir die Macht schafft.«

Er wandte sich von dem Toten weg nach dem großen Strahler. Nur die Farbschreiber tickten leise und warfen immer neue Nachrichten von den Kriegsschauplätzen auf das Papier. Mit schweren Schritten ging Erik Truwor auf den mächtigen Strahler los. Nur ein einziges Wort kam von seinen Lippen: »Auf!«

Wie Kampfruf klang es! Kampfruf war es!

Doktor Rockwell, der Leibarzt des Präsident-Diktators, und Hauptmann Harris, der diensttuende Adjutant, unterhielten sich mit gedämpfter Stimme im Vorzimmer.

»Solange der Präsident meinen ärztlichen Rat nicht wünscht, darf ich mich ihm nicht aufdrängen.«

»Es geht so nicht weiter, Herr Doktor! Das Leben hält auf die Dauer kein Mensch aus. Seit zwölf Tagen, seit der englischen Kriegserklärung, ist der Präsident nicht mehr aus seinen Kleidern gekommen, hat sein Arbeitszimmer kaum verlassen ...«

»Ich gebe zu, daß solche Lebensweise angreifend ist, namentlich, wenn man die Fünfzig überschritten hat. Aber andererseits ... bedenken Sie die außergewöhnliche Lage. Der Krieg mit einer ebenbürtigen Großmacht. Es geht um das Schicksal der Staaten und ... des Diktators. Es ist schließlich nicht zu verwundern, daß er seine ganze Kraft an die Leitung des Krieges setzt.«

»Kraft! Kraft! Herr Doktor! Wo soll die Kraft herkommen, wenn er so gut wie nichts zu sich nimmt? Eine Tasse Tee. Ein paar Schnitten Toast. Das genügt ihm für vierundzwanzig Stunden. Dazu kein Schlaf. Ich habe den Präsidenten während meiner Dienststunden seit zwölf Tagen nicht schlafend gefunden. Meine Kameraden von den anderen Wachen auch nicht.«

»Er wird trotzdem geschlafen haben. Viertelstundenweis, zu Zeiten, in denen niemand in seinem Zimmer war. Zwölf Tage ohne Schlaf hält niemand aus. Das kann ich Ihnen als Arzt versichern. Am dritten Tage machen sich bei vollkommener Schlafentziehung schwere Symptome bemerkbar.«

»Die Symptome sind da, Herr Doktor! Darum bitte ich Sie, zu dem Präsidenten zu gehen. Sein Wesen ist verändert. Sein Blick, früher so ruhig und kalt, ist flackernd und fiebrig geworden.«

»Fieber erkennen wir an der Temperatur des Patienten. Seien Sie überzeugt, daß der Präsident in den zwölf Tagen in seinem Lehnstuhl ganz gut geschlafen hat. Die Natur läßt sich nicht betrügen. Am wenigsten um den Schlaf. Die ärztliche Wissenschaft kennt Beispiele, daß Reiter auf ihren Pferden im Zustand der Übermüdung fest geschlafen haben, ohne es zu wissen und ohne ... das ist besonders wichtig... ohne herunterzufallen. Um wieviel mehr müssen wir annehmen, daß der Präsident in seinem bequemen Armstuhl den nötigen Schlummer gefunden hat.«

»Schlummer? Herr Doktor! Sie können so sprechen, weil Sie die Verhältnisse hier noch nicht aus der Nähe gesehen haben. Auf seinem Tisch stehen zwölf Telephonapparate. Jeder Apparat für eine besondere Wellenlänge. Er hat ständige Verbindung mit den Kriegsschauplätzen. Eben spricht er vielleicht mit dem Befehlshaber unserer afrikanischen Fliegergeschwader. Wenige Minuten später mit dem Chef der australischen Flotte. Unter Umständen meldet sich schon während dieses Gesprächs das indische Geschwader. So geht es Tag und Nacht.«

»Ihre Mitteilungen in Ehren, Herr Hauptmann. Trotzdem kann ich nicht ungerufen meinen Rat aufdrängen. Sollten sich wirklich ernsthafte Symptome zeigen, kann ich in zwei Minuten zur Stelle sein.«

Während dies Gespräch im Vorraum geführt wurde, saß der Präsident-Diktator in seinem Arbeitzimmer in dem schweren hochlehnigen Armstuhl hinter dem mächtigen Tisch. Hauptmann Harris hatte recht. Das Wesen Cyrus Stonards war verändert. Bald stierte er Minuten hindurch auf irgendeine vor ihm liegende Meldung. Dann blickte er wieder starr gegen die Zimmerdecke. Nervös, unruhig, als erwarte er jeden Moment eine bestimmte Nachricht.

Ein Sekretär trat ein. Vorsichtig, auf den Fußspitzen gehend, schritt er über den schweren Teppich bis an den Tisch heran und legte eine rote Mappe mit neuen Depeschen vor den Präsidenten hin.

Es waren gute Nachrichten. Erfolge in Indien. Eine für das Sternenbanner siegreiche Luftschlacht über der Straße von Bab el Mandeb. Auch ein anspruchsvoller Feldherr konnte kaum mehr verlangen. Doch der Präsident-Diktator las die Nachrichten ohne Freude.

Seit zwölf Tagen wurde sein Gehirn nur von dem einzigen Gedanken beherrscht: Wird das Spiel noch glücken oder wird die unbekannte Macht sich einmischen? Daß seine Streitkräfte mit den englischen fertig werden würden, daran hatte er nie gezweifelt.

Aber die Macht! Die unbekannte Macht, die Maschinen sprengte und drahtlose Stationen spielen ließ! Die unbekannte Macht, die über so unheimliche Waffen und Kräfte verfügte.

Telegramm um Telegramm las er und legte es beiseite. Bis er zu den beiden letzten Schriftstücken der Mappe kam.

Er las und wischte sich mit der Hand über die Augen, wie um besser zu sehen. Las zum zweitenmal, hielt die Depesche in den Händen und ließ den Kopf mit den Augen auf die Papiere sinken.

Zwei Depeschen waren es. Die eine um zwölf Uhr zehn Minuten amerikanischer Zeit von Sayville datiert. Die andere um sechs Uhr zwanzig Minuten westeuropäischer Zeit von der englischen Großstation in Cliffden. Berücksichtigte man die verschiedenen Ortszeiten, so waren beide Depeschen nur mit zehn Minuten Abstand aufgegeben worden. Zwei Depeschen von völlig gleichem Wortlaut: »An alle! Die Macht verbietet den Krieg. Die Macht wird jede feindliche Handlung verhindern.«

Was Cyrus Stonard seit zwölf Tagen heimlich fürchtete, was ihn zwölf Tage und Nächte in dieser unnatürlichen Spannung und Aufregung gehalten hatte, war geschehen. Die unbekannte Macht verbot den Krieg, stellte eine gewaltsame Verhinderung aller Operationen in Aussicht.

Der Diktator sprang auf und lief wie ein gefangenes Raubtier im Zimmer hin und her. Jetzt flatterte der helle Wahnsinn in seinen Augen. Seine Lippen murmelten Flüche, während er die Faust ballte.

Hauptmann Harris trat mit einer neuen Depeschenmappe in das Zimmer. Er sah mit Schrecken, wie der Zustand des Diktators sich verschlimmert hatte. Cyrus Stonard riß ihm die Mappe aus der Hand, beugte sich über den Schreibtisch und las. Seine Augen weiteten sich, während er den Inhalt der Depesche verschlang. Dann stieß er die Mappe weit von sich und brach in ein gellendes Gelächter aus. Ein Lachen des Wahnsinns und der Verzweiflung, das immer schriller und krampfartiger wurde. Bis es schließlich mehr Schluchzen als Lachen war. Dann stürzte er auf der Stelle, auf der er stand, nieder und lag regungslos auf dem Teppich.

Jetzt war es Zeit, Dr. Rockwell zu rufen. Hauptmann Harris bettete den Bewußtlosen auf den Diwan und ging dem Doktor zur Hand, solange er gewünscht wurde.

Eine Viertelstunde nach der Erkrankung waren die Staatssekretäre des Krieges, der Marine, des Innern und Äußern zur Stelle. Sie hörten den Bericht des Arztes. Prüften dann die Schriftstücke, die der Präsident-Diktator zuletzt bekommen hatte. Die beiden Depeschen von Sayville und Cliffden, die noch zerknittert auf der Schreibmappe lagen.

Die Mitglieder des Kabinetts wußten nur wenig von der Existenz der unbekannten Macht. Gerade das, was sich nach der ersten warnenden Depesche in Sayville nicht mehr gut verheimlichen ließ. Cyrus Stonard hatte diese Angelegenheit ganz geheim behandelt und nur mit Dr. Glossin besprochen. Mit Dr. Glossin, der schon seit drei Wochen nicht mehr in Washington gesehen worden war.

Der Staatssekretär des Krieges George Crawford las die Depesche vor: »Die Macht verbietet den Krieg. Sie wird jede kriegerische Handlung verhindern.«

Er ließ das Blatt verwundert sinken.

»Beim Zeus, eine kühne Sprache! Welche Macht kann es sich erlauben, uns den Krieg zu verbieten, zwei Weltreiche zu brüskieren?«

»Die Macht! Wie das klingt? Geheimnisvoll und anmaßend! Ist es denkbar, daß der Diktator durch diese Depesche so schwer erschüttert worden sein sollte?«

Sie suchten weiter. Hauptmann Harris wies dem Staatssekretär des Krieges die Mappe, bei deren Lektüre der Präsident zusammenbrach.

Sie lasen die zweite Depesche, und ihre Wirkung auf diese vier Staatsmänner war niederschmetternd.

Sie kam von dem Chef der großen amerikanischen Atlantikflotte. Es war der verzweifelte Ruf eines wehrlos gemachten und von einer mysteriösen Kraft gepackten Geschwaders. Der Anfang der Depesche setzte um 12 Uhr 30 ein. Dann war sie bruchstückweise immer weitergegeben worden, wie die Ereignisse sich abspielten: »Klar zum Gefecht. In Schußweite mit der englischen Atlantikflotte... Die Feuerleitung versagt... Unsere Geschütze können nicht feuern... Können auch nicht laden... Geschützverschlüsse mit den Rohren verschweißt... Geschütze unbrauchbar... Torpedos unbrauchbar... Englische Flotte feuert auch nicht... Rudermaschinen blockiert... Unsere Schiffe nach Osten gezogen... Die englische Flotte zieht in geschlossener Kiellinie dicht an uns vorüber nach Westen... Auf der englischen Flotte große Verwirrung... Unsere Panzer schließen sich dicht zusammen... aller Stahl stark magnetisiert... Die englische Flotte am Westhorizont verschwunden... Eine unwiderstehliche Kraft treibt unsere Schiffe mit 50 Knoten nach Osten... Gott sei unseren Seelen gnädig.«

Sie lasen die Depesche öfter als einmal und verstanden das Gelächter, mit dem Cyrus Stonard zusammengebrochen war. Das war also die Macht! Die unbekannte, geheimnisvolle Macht, die den Krieg nicht wollte. Die Macht, die die Mittel besaß, um alle Waffen wirkungslos zu machen. Die Macht, deren erste Warnung man ignoriert hatte, und die nun ihre Gewalt zeigte.

Die Katastrophe betraf die große amerikanische Schlachtflotte. Die Ehre des Sternenbanners war bei der Affäre engagiert. Aber trotzdem konnte sich keiner der vier Staatsmänner der Wirkung des titanischen Humors entziehen, der in diesem Verfahren lag. Eine Macht, die Geschütze verschweißte und Schlachtpanzer elektromagnetisch zusammenklebte, eine Macht, die eine ganze Flotte willenlos durch den Ozean zog, wäre auch imstande gewesen, die Schlachtschiffe zu versenken. Sie tat es nicht. Sie lähmte die Waffen und zog die feindlichen Flotten in nächster Nähe aneinander vorüber, die amerikanische Flotte nach England und die englische Flotte nach Amerika.

Denn so ging die Reise ganz offenbar. Wenn noch irgendein Zweifel darüber bestand, wurde er durch das Telephon beseitigt, das sich auf dem Tisch des Präsident-Diktators meldete. Die drahtlose Verbindung mit der Atlantikflotte.

Der Staatssekretär der Marine eilte an den Apparat und erkannte die Stimme des Admirals Nichelson, der sich bei der Atlantikflotte befand.

»Habe ich die Ehre, mit Seiner Exzellenz dem Herrn Diktator zu sprechen?«

»Nein! hier ist der Staatssekretär der Marine. Der Herr Präsident-Diktator hat sich für kurze Zeit zur Ruhe begeben. Berichten Sie an mich. Ich habe Ihre Depesche über die Katastrophe vor mir liegen.«

»Sie wissen?«

»Ich weiß, daß Ihre Flotte kampfunfähig mit fünfzig Seemeilen nach Osten treibt.«

»Es sind inzwischen hundert geworden. Unsere Schiffe rasen, halb aus dem Wasser gehoben, ostwärts. Wir besitzen keine Möglichkeit, etwas dagegen zu unternehmen. Wir müssen abwarten, was das Schicksal mit uns vorhat.«

»Wie sieht es auf der Flotte aus? Sind noch weitere Beschädigungen auf den Schiffen eingetreten? Wie ist der Zustand der Besatzung?«

»Beschädigungen?... Keine weiter. Jedes Geschütz am Verschluß verschweißt... Der Zustand der Mannschaften?... Fragen Sie lieber nicht... Keine Disziplin mehr. Ein Teil der Leute vom religiösen Wahnsinn befallen. Liegen auf den Knien, singen Psalmen, erwarten das Jüngste Gericht. Einige über Bord gesprungen. Geht die Fahrt so weiter, landen wir morgen in England.«

Der Staatssekretär der Marine legte den Hörer auf den Apparat. Er trat an den großen Globus, steckte einen Kurs ab und rechnete. Dann wandte er sich zu seinen Kollegen.

»Meine Herren! Ich glaube, wir dürfen die englische Flotte morgen etwa um die neunte Stunde an der amerikanischen Küste erwarten.«

Mr. Fox sprach durch das Telephon mit Dr. Rockwell.

»In dem Befinden des Herrn Präsident-Diktators ist bisher keine Änderung eingetreten. Die Staatsgewalt liegt nach der Verfassung bei den Staatssekretären.«

Während sich die Ärzte bemühten, Cyrus Stonard ins Bewußtsein zurückzurufen, übernahmen die vier Staatssekretäre die Lenkung des schwankenden Staatsschiffes.

Dr. Glossin saß in seiner Neuyorker Wohnung und überschlug die Ergebnisse seiner politischen Tätigkeit. Seit acht Tagen war er in Amerika und hatte keine Stunde seiner Zeit verloren. Mit den Führern der Sozialisten und mit denen der Plutokraten hatte er verhandelt, Arbeiter und Milliardäre waren der Herrschaft des Diktators gleichmäßig müde. Leise Schwankungen des sonst so festen und zuverlässigen Bodens deuteten auf kommende gewaltsame Ausbrüche.

Noch jetzt wunderte sich Dr. Glossin über die Vertrauensseligkeit, mit der die Parteiführer der Sozialisten und Plutokraten ihm entgegengekommen waren. Wer gab denen denn den Beweis, daß er wirklich von Cyrus Stonard abgefallen sei? Was wußten die Tölpel von der unbekannten Macht? Von allem, was noch zu erwarten war?

Dr. Glossin kannte die Pläne der Roten und der Plutokraten und hatte ihre Chancen genau erwogen. Beiden Parteien würde die Revolution zweifellos glücken. Aber in beiden Fällen würde der Erfolg kein vollkommener sein, würde es im weiteren Verlauf unbedingt zum Bürgerkriege kommen. Machten die Roten die Revolution, würden der Westen und ein Teil der Mittelstaaten sich dagegen erheben. Machten sie die Weißen, würde umgekehrt der Osten rebellieren.

In den Vereinigten Staaten gab es aber noch eine dritte Partei, deren Mitglieder sich einfach als »Patrioten« bezeichneten. Eine Partei, für die Dr. Glossin bis vor kurzem nur ein Achselzucken übrig hatte. Die Patrioten waren so unzeitgemäß, die Politik nur des Vaterlandes und der alten amerikanischen Ideale halber zu treiben. Freiheit des einzelnen und des ganzen Staatswesens. Abschaffung aller Korruption. Innehaltung von Treu und Glauben bei allen, auch bei politischen Abmachungen. Das Programm der Patriotenpartei bestand aus idealen Forderungen. Darum hatte sie Cyrus Stonard auch gewähren lassen, hatte sie ebenso wie Glossin für ungefährliche Schwärmer gehalten.

Erst vor fünf Tagen war der Doktor mit William Baker, dem Führer der Partei, in Verhandlung getreten. Nachdem er in Erfahrung gebracht, daß die Roten und die Weißen am gleichen Tage losschlagen wollten. Er hatte die Partei zum Handeln aufgepeitscht. Er hatte sich mit Mr. Baker eine lange Nacht hindurch eingeschlossen, einen vollständigen Revolutionsplan mit ihm entworfen und in allen Einzelheiten ausgearbeitet. So raffiniert und wirkungsvoll, daß dem Parteiführer vor der teuflischen Schlauheit des Arztes graute.

Nur über die Behandlung und Beseitigung des Diktators waren sie nicht einig geworden. Glossin war für Lufttorpedos auf das Weiße Haus. Mr. Baker war gegen jedes Blutvergießen. Er verkannte

143

die großen Verdienste des Präsident-Diktators um die Union nicht. Cyrus Stonard sollte weg, sollte der Macht beraubt werden, aber ohne Schaden an Leib und Leben zu nehmen.

Damals...jetzt vor fünf Tagen...hatte Mr. Baker eine kurze Zeit überlegt, hatte angedeutet, daß er einen Weg finden würde, hatte den Weg selbst verschwiegen. Von Tag zu Tag waren seine Andeutungen zuversichtlicher geworden. Aber die Tage waren auch verstrichen. Die Zeit drängte. Heute schrieb man den fünften August. Am siebenten wollten die Weißen und die Roten losschlagen. Es war Zeit. Höchste Zeit! Und dieser Ideologe, dieser Baker, spielte immer noch den Geheimnisvollen.

Dr. Glossin sprang wütend auf. Es mußte zum Ende kommen. So oder so. Es war um die achte Abendstunde, als er den Broadway erreichte und sich in einem der Wolkenkratzer in die Höhe fahren ließ. Er trat in einen einfachen Bureauraum im 32. Stock. Einen spärlich und nüchtern ausgestatteten Geschäftsraum. Nur eine Person war darin. Ein hochgewachsener Fünfziger mit ergrautem Vollbart und Haupthaar. William Baker, der Führer der Patrioten.

»Sie kommen, Herr Doktor?...Um so besser, da brauche ich nicht nach Ihnen zu schicken.«

»Ich komme, Mr. Baker, weil die Zeit uns auf den Nägeln brennt. Ich bestehe darauf, daß mein alter Vorschlag durchgeführt wird.«

»Es wird nicht nötig sein.«

»Bitte...sprechen Sie deutlicher.«

Der Parteiführer schritt schweigend zu einer Tür zum Nebenraum und öffnete sie. Eine dritte Person trat ein. Trotz des Zivils erkannte Dr. Glossin Oberst Cole, den Kommandeur des Leibregiments. Er kannte den Obersten seit Jahren, und der Oberst kannte ihn ebenso.

Glossin war starr. Seine gewohnte Selbstbeherrschung versagte.

»Sie...Oberst Cole ...?«

Baker nickte.

»Sind Sie zufrieden, Herr Doktor?«

Verwirrt drückte der Doktor die Hand, die der Oberst ihm bot. Das war also der Trumpf, den Baker solange zurückgehalten hatte. So mußte der Plan gelingen.

»Heute abend um elf Uhr auf die Sekunde wird die Aktion der Partei in allen Städten der Union beginnen. Um zehn Uhr löst das Regiment Cole die alten Wachen im Weißen Hause ab. Alles Weitere besprechen Sie auf der Fahrt. Jetzt fort!«

Ein kurzer Händedruck. Dr. Glossin fuhr mit dem Oberst bis auf das Dach des Wolkenkratzers. Das Flugschiff des Kommandeurs nahm sie auf. Die Dämmerung des Sommerabends lag über der See, als das Schiff den Kurs auf Washington nahm und die Bai von Neuyork überflog. Staten Island, Sandy Hook, die Einfahrt zum Neuyorker Hafen. Dr. Glossin und Oberst Cole standen am Fenster und blickten ostwärts über die See.

Da zog es in einer unendlichen Linie heran. Panzer und Panzerkreuzer, Torpedoboote und Torpedojäger, Flugtaucher und Unterseepanzer. Es rauschte durch die See, deren Wogen sich vor dem Bug der kompakten Masse aufbäumten und in stiebendem Schaum zerflockten. Es kam mit einer Geschwindigkeit von vielen Seemeilen in der Stunde durch die Fluten dahergerast. Die schweren Panzer standen halb schief, den Bug hoch über den Wogen, das Heck so tief in der See, daß das Wasser dahinter einen Berg bildete.

Es war ein seltsames und ein grauenvolles Schauspiel. Diese Schiffe fuhren nicht mit eigener Kraft. Sie fuhren überhaupt nicht, wie Schiffe zu fahren pflegen. In regelmäßigem Abstand und in Formationen. Ihre eisernen Körper hingen zusammen, wie etwa eine Gruppe von Pfahlmuscheln, die ein Fischer vom Grunde losgerissen hat und durch das Wasser schleift. An den Seitenwänden des ersten schweren Panzers klebten, aus dem Wasser gehoben, drei Torpedoboote, wie die jungen Muscheln an den Schalen der alten. Der zweite Panzer haftete, um ein Drittel seiner Länge nach Backbord vorgeschoben, am ersten Schlachtschiff. So folgte sich die ganze gewaltige Schlachtflotte, zu einem einzigen, regellosen Block verquirlt, von einer unsichtbaren, unwiderstehlichen Gewalt durch die Fluten gerissen.

An allen Masten, von der sausenden Fahrt über den halben Atlantik zerfetzt und arg mitgenommen, aber noch erkennbar, der Union Jack, die in hundert Seeschlachten bewährte Flagge Englands. Erst auf der Höhe von Sandy Hook mäßigte sich das Tempo der wilden Fahrt. Langsamer, aber immer noch verkettet und verquirlt zog die gelähmte Flotte durch die Landenge in die Bai von Neuyork ein. Dr. Glossin trat einen Schritt vom Fenster zurück und preßte den Arm des Obersten Cole.

So standen sie und starrten auf das Schauspiel da unten, während das Flugschiff seinen Weg nach Washington verfolgte. Sie sahen die gelähmte Flotte klein und kleiner werden, sahen sie als einen Punkt im unsicheren Licht der wachsenden Dämmerung verschwinden. Sie starrten noch immer auf den Fleck, wo sie verschwand, als längst nichts mehr zu sehen war.

Nach langem Schweigen sprach der Oberst: »Was war das? Habe ich geträumt?«

»Was Sie sahen, war grause Wirklichkeit. Das Wirken der geheimnisvollen Macht, mit der Cyrus Stonard spielen wollte.«

Dr. Glossin sprach. Von Dingen, von denen Oberst Cole bis zu diesem Augenblick keine Ahnung gehabt hatte. Von der unbekannten Macht. Von ihrer Gewalt. Von ihren Drohungen und Verboten. Von der Unmöglichkeit, sich ihr zu widersetzen. Je weiter der Doktor kam, desto mehr sank der Oberst in sich zusammen. Er sprach während der Fahrt kein Wort mehr und zog sich in Washington schweigend in sein Dienstzimmer zurück.

Um zehn Uhr wurden im Weißen Hause die Wachen des Regiments Howard durch Offiziere und Mannschaften des Regiments Cole abgelöst. Oberst Cole nahm den Bericht seines Wachtoffiziers teilnahmslos entgegen. So blieb er sitzen, bis Glossin, die Uhr in der Hand, zu ihm ins Zimmer trat.

»Herr Oberst, was zeigt Ihre Uhr?«

Langsam, fast schwerfällig zog der Oberst die eigene Uhr. »Zehn Minuten nach zehn.«

Die Uhr in der Hand des Obersten zitterte. Seine Hand vibrierte. Dr. Glossin blickte spöttisch auf den alten Offizier.

»Herr Oberst Cole!« Die Stimme Glossins drang schneidend durch die Stille. Der Oberst sprang auf. »Ich bin bereit.«

Der Oberst trat auf den Korridor vor der Zimmerflucht des Diktators und führte eine Signalpfeife an den Mund. Noch bevor der letzte Ton verklungen war, strömten von allen Seiten her Mannschaften und Offiziere des Leibregiments Cole herbei und scharten sich um ihren Obersten.

Die beiden Adjutanten des Diktators traten auf den Flur, um den Lärm zu verbieten. Sie erschraken vor dem düsteren Ernst und der Verbissenheit in den Zügen der Soldaten und Offiziere.

»Was soll das, Herr Oberst?«

»Sie sind verhaftet. In Obhut von Major Stanley.«

Widerstandslos beugten sich die beiden Adjutanten der erdrückenden Übermacht. Während sie abgeführt wurden, öffnete Oberst Cole die Tür zum Zimmer des Diktators. Dr. Rockwell trat ihm entgegen.

»Ruhe, meine Herren! Der Präsident bedarf dringend der …«

Der Leibarzt sah die entschlossenen Mienen der Andrängenden und trat schweigend zur Seite. Der Weg war frei. Oberst Cole trat in das Zimmer und schritt langsam auf den großen Schreibtisch zu. Er hatte von der rechten Seite her den Blick auf den Tisch und den Diktator. Cyrus Stonard saß bei der Arbeit, ein Schriftstück in der Hand. Er blieb ruhig sitzen und senkte nur die Hand mit dem Dokument, während ein eigenartiges Lächeln seine hageren Aszetenzüge überflog.

Offiziere und Mannschaften strömten hinter ihrem Oberst in den Raum, bildeten an der Türwand einen Halbkreis. Es wurde so still, daß man das Ticken der kleinen Standuhr bis in den fernsten Winkel vernehmen konnte.

Cyrus Stonard wandte das Haupt halb nach rechts gegen die Eingetretenen.

»Was wünschen die Sieger von Graytown, von Philipsville und Frisko?«

Es waren Schlachtennamen aus dem letzten Japanischen Kriege. Ehrennamen für Oberst Cole und sein Regiment. In diesem Augenblick aus dem Munde des Diktators kommend, wirkten sie lähmend auf die Eingetretenen.

Oberst Cole wich einen Schritt zurück...und noch einen und noch mehrere. Wich zurück vor diesem rätselhaften Ausdruck in Cyrus Stonards Augen. Das war nicht der drohende, faszinierende Blick des Gewaltherrschers, sondern der überlegene, abgeklärte eines Mannes, der alles erkannt und alles als eitel befunden hat.

Oberst Cole wich zurück, bis er Widerstand fühlte. Arme umschlangen ihn. Die flüsternde Stimme, der warme Atem Glossins drangen an sein Ohr. Mit sicher werdenden Schritten trat er wieder auf den Diktator zu.

»Herr Präsident, das Land verlangt Ihren Rücktritt!«

»Das Land?«

»Das Land, Herr Präsident!«

Cyrus Stonard hörte die feste Stimme des Obersten, blickte ihm in die Augen und sah die Wahrheit. Langsam kamen die Worte von seinen Lippen:

»Der Wille des Landes ist für mich das höchste Gesetz...Was habe ich zu tun?«

»Das Land zu verlassen!«

»Wann?«

»Sofort!«

Cyrus Stonard erhob sich mit kurzem Ruck, als gehorche er einem Befehl.

»In wessen Namen handeln Sie?«

»Im Namen aller ihr Vaterland und die Freiheit liebenden amerikanischen Bürger.«

Cyrus Stonard wußte genug. Das war aus dem Programm der Patrioten, die er für harmlos gehalten hatte. Nicht die Roten oder die Weißen, die Patrioten machten seiner Herrschaft ein Ende. Er schaute auf die Versammlung und erblickte, durch die Figur des Obersten halb gedeckt, Dr. Glossin.

»Gehört Herr Dr. Glossin auch zu diesen Bürgern?«

Oberst Cole wich zur Seite, als ob die Nähe Glossins ihm peinlich sei. Der Arzt stand frei vor dem Diktator. Er mußte dessen Blick aushalten, denn die Mauer der Offiziere und Soldaten versperrte ihm den Rückzug. So stand er und wand sich unter den Blicken des Diktators, wurde wechselnd blaß und rot, wäre in diesem Moment gern meilenweit weggewesen.

Cyrus Stonard sah ihn erbärmlich und klein werden, drehte ihm den Rücken und wandte sich Oberst Cole zu.

»Kameraden! Ich verlasse das Land in der Überzeugung, daß es sein Wille ist. In der Hoffnung, daß mein Weggehen zu seinem Heil dient. Was ich erstrebte...das Schicksal hat es anders gewollt. Eine Macht, größer, als ich je geahnt, hat es in Menschenhand gelegt. Ich habe dagegen gekämpft...Als ich den Kampf aufnahm, wußte ich, daß sein Ausgang mein Schicksal bedeutet...Ich bin unterlegen...Wohin soll ich gehen?«

»Wohin Sie wollen, Herr Präsident. Ein Flugschiff steht zu Ihrer Verfügung.«

»...Nach Europa...Nach Nordland. Gehen wir.«

Oberst Cole trat an die Seite des Präsidenten. Auf seinen Wink öffnete sich eine Gasse zur Tür. Still und stumm standen die Offiziere und Mannschaften des Leibregiments und sahen den Mann scheiden, der sie durch zwanzig Jahre zu Ruhm und Ehre geführt hatte.

Oberst Cole wollte vorangehen. Der Diktator ergriff seinen Arm und stützte sich darauf.

»Ich bin müde, alter Freund!«

Der Oberst preßte die Lippen aufeinander. Aus seinen starr blickenden Augen brachen zwei Tränen, die langsam über sein Gesicht herniederrollten.

Eine Viertelstunde später erhob sich ein Regierungsflugzeug vom Dach des Weißen Hauses. Es steuerte in die Nacht. Kurs nach Osten.

Es ist sehr schwer, die Ereignisse der nächsten Augustwochen zu schildern. Am sechsten August hatte die unbekannte Macht die großen Schlachtflotten Englands und der amerikanischen Union gelähmt. Im magnetischen Wirbelsturm war die britische Flotte in den Hafen von Neuyork eingeschleppt worden. Zu der gleichen Stunde, in der die amerikanische Flotte die Themse hinauf bis zu den Docks von London gezogen wurde.

Am siebenten August wurde in den Vereinigten Staaten Cyrus Stonard gestürzt und eine neue Regierung gebildet, in welcher Dr. Glossin provisorisch das Portefeuille des Äußern übernahm. Zu jeder anderen Zeit hätte dieser Sturz die ganze Welt in Aufruhr versetzt. Jetzt vollzog er sich beinahe geräuschlos. Die unbekannte Macht nahm das allgemeine Interesse zu sehr in Anspruch, als daß die politische Umwälzung in den Vereinigten Staaten besonders aufregend wirken konnte.

Wo immer noch in irgendeinem Winkel der Welt englische und amerikanische Streitkräfte aneinandergerieten, da trat die Macht sofort handelnd als dritte auf.

Amerikanische Luftstreitkräfte, die unversehens nach Indien vorstießen, wurden schon auf dem Wege dorthin zum Absturz gebracht und fielen bei den Lakkadiven in die See. Englische Flugtaucher, die einen Angriff auf den Panamakanal versuchten, wurden dicht bei Jamaika von einem magnetischen Zyklon gefaßt und auf den höchsten Gipfeln der Kordilleren abgesetzt. Die Besatzungen brauchten Tage, um aus der Schneewüste zu den nächsten menschlichen Ansiedlungen zu gelangen. Die Macht griff ohne Ansehen der Parteien ein und unterbrach jede Kampfhandlung.

Die Ereignisse der Tage vom sechsten bis zum fünfzehnten August wirkten auf die Menschheit wie etwa der Stab eines Wanderers im Ameisenhaufen. Allgemeine Unruhe, Aufregung, ein Brodeln der öffentlichen Meinung, das in der Presse aller kultivierten Länder seinen deutlichsten Ausdruck fand.

Will man den ungeheuren Eindruck der Vorkommnisse dieser acht Tage einigermaßen übersichtlich ordnen, so muß man die davon betroffene Menschheit in allen Staaten in drei Gruppen unterscheiden: die Physiker, die Militärs und die breite Volksmenge.

Die Vertreter der physikalischen Wissenschaft versuchten es, stichhaltige Erklärungen der erstaunlichen Wirkungen zu geben. Aber die Isolierung und Speicherung der Formenergie, die geniale Entdeckung Silvester Bursfelds, lag weit außerhalb der wissenschaftlichen Erkenntnis. So tappten alle Erklärer, die ihre Wissenschaft in den großen Blättern der fünf Weltteile produzierten, im Dunkeln.

Englische Flugtaucher waren fünftausend Meter hoch in den Kordilleren abgesetzt worden. Die Maxwellschen Gleichungen gestatteten es schließlich, die wirksamen Magnetfelder nachzurechnen, durch welche die schweren Flugtaucher gepackt worden waren. So folgerte man dann weiter, daß es der unbekannten Macht auch möglich wäre, alle großen Schlachtflotten auf irgendeinen Berggipfel zu schleudern.

Nachdem die Entwicklung bis zu diesem Punkt gediehen war, häuften sich die Zeitungsartikel, in denen die Grenzen der unbekannten Macht immer kühner und ungemessener behandelt wurden.

In den Vereinigten Staaten hielt man sich an die wenigen Mitteilungen, die der neue Staatssekretär des Äußern Dr. Glossin machen konnte. Besonders Professor Curtis arbeitete intensiv und konnte bereits am zwölften August einen Versuch auf offener See vornehmen. Um die zehnte Vormittagsstunde dieses Tages fuhr das Sammlerboot mit der Strahlungseinrichtung aus dem Hafen. Curtis hatte eine Anordnung geschaffen, die ein elektromagnetisches Feld ziemlich geschlossen nach einer Richtung auszustrahlen vermochte. Ein ausrangiertes Torpedoboot war als Ziel für die Versuche in Aussicht genommen. Er hoffte, bis auf eine Entfernung von tausend Meter merkliche Magnetisierungen hervorbringen zu können.

Umgeben von seinen Assistenten, stand er neben den gerichteten Antennen, die das elektromagnetische Feld über den Bug des Sammlerbootes nach dem Torpedoboot hinschleudern sollten. Die Schalthebel wurden eingeschlagen. Hochfrequente elektrische Energie durchbrauste die Antennen.

Professor Curtis wurde von Unruhe ergriffen. Die Wirkungen die man vom Torpedoboot meldete, gingen erheblich über die von ihm als möglich errechneten hinaus. Er gab den Befehl, die Energie in den Antennen abzustellen.

Und ließ sich dann mit einem Seufzer auf einen Sessel fallen. Denn die Wirkung auf dem Torpedoboot hörte nicht auf. Im Gegenteil. Sie stieg, bis schließlich der elektromagnetische Wirbel das ganze Boot packte, aus dem Wasser hob und auf das sandige Ufer schleuderte, wo es im Sturz berstend liegenblieb.

Mit verhaltenem Atem hatte man auf dem Sammlerboot die Katastrophe beobachtet. Ein Ruf seines ersten Assistenten veranlaßte Professor Curtis aufzublicken, die Vorgänge auf dem eigenen Boot zu verfolgen.

Die gerichteten Antennen lösten sich in Kupferdampf auf. Sie leuchteten einen Moment grünlich schillernd und waren dann verschwunden. Spanndrähte und Isolatoren fielen angeschmolzen und zersplittert auf das Schiffsdeck nieder. Dann packte ein Wirbelsturm das ganze Sammlerboot und warf es neben das Torpedoboot auf das Gestade.

Professor Curtis ließ das Geländer los und rollte über das schrägliegende Verdeck in den weichen Seesand. Das war das Ende der amerikanischen Versuche. Der Bericht, den der Professor noch am selben Nachmittag nach Washington sandte, erklärte es für aussichtslos, gegen die Mittel der unbekannten Macht anzukämpfen.

Am dreizehnten August hielt Professor Raps in der Technischen Hochschule zu Charlottenburg sein Kolleg über theoretische Elektrodynamik. Die Studenten spitzten die Bleistifte, um das Kolleg wie immer mitzuschreiben. An diesem Tage wären die retardierten Potentiale dran gewesen. Aber der deutsche Professor brachte ganz etwas anderes ...

»Meine Herren, auch ich habe es versucht, mit den Mitteln unserer Wissenschaft das Geheimnis der unbekannten Macht zu ergründen. Die Wirkungen, die zuverlässig berichtet worden sind, lassen sich nur dann erklären, wenn wir annehmen, daß die Macht ein Mittel besitzt, um die Raumenergie an jeder Stelle zur freien Entwicklung zu bringen. Die Raumenergie dürfen wir nach Oliver Lodge zu zehn Milliarden Pferdekraftstunden für jedes Kubikzentimeter annehmen. Unsere Wissenschaft kennt bisher kein Mittel, diese Energie freizumachen. Sicherlich keins, um sie auf weite Entfernungen und mit absoluter Treffsicherheit zu entfesseln ...«

Die Studenten schrieben mit. Das Papier knisterte, die Bleistifte rauschten. Professor Raps fuhr in seinen Ausführungen fort. Er ging ins Detail und entwickelte rechnungsmäßig die Wirkungen, die sich auf diesem Wege erzielen ließen. Er bedeckte die schwarze Wandtafel mit dreißigstelligen Zahlen, die Kilowatt und Kalorien bedeuteten. Dann wurde die Vorlesung wieder allgemeiner ...

»Wir haben keine Ahnung, durch welche Mittel, durch welche uns jedenfalls noch ganz unbekannte Form der Energie diese Fernwirkungen erzeugt werden, wie die explosive Entfesselung der Raumenergie zustande kommt. Ein Riesengeist, der dem Stande unserer Wissenschaft um Jahrhunderte vorauseilte, muß diese Lösung gefunden haben ...«

Silvester Bursfeld in seinem eisigen Grabe hoch oben am Pol konnte mit dem Epitaphium zufrieden sein, das der deutsche Gelehrte ihm hier setzte.

Professor Raps fuhr fort:

»Meine Herren, ich wurde von zwiespältigen Gefühlen ergriffen, als ich die hier eben vorgetragenen Entdeckungen machte. Auf der einen Seite die reine Forscherfreude über die gelungene Entdeckung, die Freude, die Sie alle wohl schon nach einer glücklich gelösten Laboratoriumsaufgabe empfunden haben. Auf der anderen Seite ein tiefes Grauen. Meine Herren, der Gedanke, daß eine übermenschliche Macht in die Hand sterblicher Menschen gelegt wurde, ist entsetzlich. Die Besitzer der Erfindung können der Welt jeden Tort antun. Sie können jede Stadt verbrennen, jedes Menschenleben vernichten. Wir sind wehrlos. Wir müssen widerstandslos über uns ergehen lassen, was die Besitzer der Macht für gut befinden werden. Der Gedanke ist kaum erträglich. Aber es ist die Wahrheit ...«

Der Professor schloß seine Vorlesung vor der festgesetzten Zeit. Er war zu ergriffen, um sich jetzt noch dem planmäßigen Lehrstoff zu widmen.

Der Inhalt seines Vortrages erregte erneute Unruhe. Die Vertreter der großen Zeitungen kauften den Studenten ihre Niederschrift für schweres Geld ab. Noch am Abend des dreizehnten August wurde der Vortrag über die ganze Erde verbreitet. Von Hammerfest bis Kapstadt, von London bis Sydney wurden die Mitteilungen verschlungen und diskutiert.

Es war klar, daß der deutsche Gelehrte den Quellen der unbekannten Macht wenigstens theoretisch auf der Spur war. Je länger die Physiker der ganzen Welt sich in die Einzelheiten seiner Ausführungen vertieften, desto mehr mußten sie die Richtigkeit seiner Schlußfolgerungen anerkennen. Es gab in der

Tat nur diese eine Erklärung für die ungeheuerlichen Wirkungen der Macht. Man mußte imstande sein, die Raumenergie an jeder beliebigen Stelle des Erdballes explodieren zu lassen.

Aber die Mittel dazu kannte niemand. Wenn nicht am Ende... dieser deutsche Professor noch mehr wußte, als er im Kolleg gesagt hatte? Der Gedanke, daß ein einzelner Staat das Geheimnis entdecken, sich zum Herrn der übrigen Welt machen könne, schuf neue Unruhe.

An allen Punkten der Erde wartete man auf die nächsten Äußerungen der Macht. Die Spannung einer dumpfen Erwartung lag über der Welt, soweit sie von denkenden Menschen bewohnt war.

Es war um die Mittagsstunde des fünfzehnten August. Funkentelegramme durchschwirrten wie immer die ganze Welt. Um 12 Uhr 13 Minuten 15 Sekunden erfuhr dieser Verkehr eine jähe Unterbrechung. Bisher hatte die unbekannte Macht ihre Depeschen durch eine unmittelbare Beeinflussung einer der großen europäischen oder amerikanischen Stationen gegeben. Aber in dieser Mittagsstunde des 15. August stand über dem östlichen Teil des Atlantik plötzlich ein starkes elektromagnetisches Feld im Äther. Sein Kern hatte die Gestalt eines schmalen hohen Turmes. Es pulsierte mit hunderttausend Schwingungen in der Sekunde und strahlte Wellenenergie im Betrage von zehn Millionen Kilowatt nach allen Richtungen der Windrose aus, während es schnell nach Westen hin über den Ozean wanderte.

Im Rhythmus der Morsezeichen kam und verschwand das Feld, und wo immer in Europa und Amerika elektrische Einrichtungen vorhanden waren, wurden sie zum Mitschwingen gebracht. Die Passagiere der elektrischen Straßenbahnen vernahmen die Zeichen in dem eintönigen Brummen der Wagenmotoren. Wo elektrische Glühlampen brannten, begannen sie in dieser Stunde zu zirpen und ließen Morsezeichen hören. Wo irgendein Mensch den Telephonhörer am Ohr hatte, wurden Rede und Gegenrede plötzlich durch laut und scharf dazwischenklingende Morsezeichen unterbrochen. Die Farbschreiber aller Telegraphenstationen hörten in diesen Minuten auf, die Depeschen ihres Betriebes zu schreiben, und zeichneten die Botschaften der Macht auf:

»Die Macht: Der Krieg ist aus! Die Macht fordert Gehorsam. Sie straft Ungehorsam.«

Die Welt zuckte unter den Worten der Botschaft zusammen. Wie Peitschenhiebe trafen die lapidaren Sätze, die ihr den neuen Herrn verkündeten. Wie eine schwere dunkle Wolke legte sich der Druck eines fremden zwingenden Willens über die Menschheit. Die Regierungen und die einzelnen Staatsmänner waren ratlos. Es war nicht möglich, an dem Ernst dieser Depesche zu zweifeln. Dazu waren die Proben der Macht, die man bisher zu kosten bekommen hatte, zu stark und zu beweisend.

Die äußere Politik bot zwar in diesem Augenblick keine Schwierigkeiten. Die Macht befahl den Frieden, und es gab nur einen Weg, bedingungslos zu gehorchen. Dafür aber zeigten sich Schwierigkeiten im Innern. Die einzelnen Völker wurden gegen ihre Regierungen mehr oder weniger aufsässig. Der einzelne fragte sich, ob es überhaupt noch Zweck hätte, den Anordnungen einer Regierung zu gehorchen, die nur von Gnaden der Macht auf ihrem Stuhle saß, in jeder Minute von dieser selben Macht ausgelöscht werden konnte. Es waren nicht einmal die schlechtesten Elemente, die unter solchem Druck von einer allgemeinen Unlust befallen wurden und in gleicher Weise das Interesse am Staat wie an den eigenen Angelegenheiten verloren.

Professor Raps saß in seinem Arbeitszimmer. Es war ein hoher, schlicht eingerichteter Raum. Vor dem Gelehrten lag das Manuskript einer fast vollendeten Arbeit. Daneben deckten ganze Stapel von Briefen und Depeschen den großen Arbeitstisch. Anfragen von staatlichen Behörden, von wissenschaftlichen Instituten, von Einzelpersonen und auch von fremden Regierungen.

Der Professor warf keinen Blick auf diese Tausende von Briefen und Fragen. Auf diese Schriftstücke, deren Beantwortung ein ganzes Bureau Monate hindurch beschäftigen konnte. Er sah grau und verfallen aus und hielt den Papierstreifen mit der Depesche der Macht in den Händen. Seine Lippen zuckten und formten abgerissene Worte.

»... Mein Gott!... Kann die Natur das dulden... kann ein einzelner der Welt ewigen Winter oder ewige Sonne bringen... das soll ein Mensch sein... dem das Schicksal der ganzen Menschheit in die Hand gegeben ist ...«

Der Professor blickte von der Depesche auf. Sein Auge haftete auf dem Bilde über dem Schreibtische. Es war ein alter wertvoller Kupferstich aus dem achtzehnten Jahrhundert. Ein Geschenk seiner Hörer. Der Stich zeigte den Schweden Karl von Linné. Der Geist des Gelehrten klammerte sich an das Gemälde wie an ein Heiligenbild.

»Es ist nicht möglich...wo bleiben die ehernen Gesetze der Kausalität...Es ist ein Irrtum...ein Irrtum oder ein Mißgriff der Natur...aber kann die Natur irren?«

Sein Blick blieb an der Unterschrift des Bildes haften. Lateinische Worte: »*Natura non facit saltus.*« (Die Natur macht keine Sprünge.) Das Leitwort jenes genialen Naturforschers, durch das er sich zum Vorläufer Darwins stempelte.

Professor Raps las die wenigen Worte des Satzes wieder und immer wieder.

»Die Natur macht keine Sprünge...auf einen scheinbaren Sprung folgt das *Corrigens*...muß folgen nach dem höheren Gesetz der stetigen Entwicklung...«

Es wurde Zeit, zur Vorlesung zu gehen. Der Professor legte den Depeschenstreifen beiseite. Mit ruhigen Händen füllte er seine Aktenmappe.

Die Botschaft der Macht war da und wirkte sich aus. Der Krieg war zu Ende, auch ohne einen ausdrücklichen Befehl der beiden kriegführenden Weltmächte. Er war automatisch zu Ende gegangen, weil die Macht mit Sturm und Brand zugegriffen hatte, wo immer sich noch ein Kampf entspinnen wollte. Es konnte sich nur noch darum handeln, durch einen formellen Friedensschluß zwischen den beteiligten Regierungen den tatsächlichen Zustand zu legitimieren.

In den Vereinigten Staaten nahm man diese Entwicklung der Dinge mit unumwundener Zufriedenheit auf. Der Krieg war ein Krieg Cyrus Stonards gewesen. Es kam der jungen Regierung gelegen, daß diese die unsympathische Erbschaft nicht zu übernehmen brauchte, daß der in den Staaten so wenig volkstümliche Krieg sang- und klanglos zu Ende war. Man spürte wohl auch unbewußt, daß eine friedliche stetige Entwicklung der Union ganz von selber alle die Vorteile bringen mußte, die hier erkämpft werden sollten.

Anders sah es in England aus. Man hatte sich mit allen Mitteln auf den Kampf eingestellt. Die englischen Staatsmänner hatten erkannt, daß nur ein glücklicher Krieg den englischen Besitzstand erhalten könne.

Lord Gashford betrat sein Arbeitszimmer und warf sich erschöpft und mißmutig in seinen Sessel. Der Diener bekam eine kurze Weisung: »Lord Maitland wird kommen. Jede Störung fernhalten!«

Der englische Premier blieb mit seiner Ratlosigkeit und Verantwortung allein. Nervös trommelten die Finger seiner Rechten auf der Sessellehne.

Der Premier hatte Lord Horace gebeten, in der Hoffnung bei ihm einen Rat, einen Plan zu finden. Lord Horace trat in den Raum und nahm ihm gegenüber Platz.

Es dauerte geraume Zeit, bevor Lord Maitland die Lippen öffnete. Und dann sprach er auch nur vier Worte: »Der Krieg ist aus!«

Lord Gashford erwartete etwas anderes. Erwartete Hilfe durch Rat und Tat und wurde ungeduldig. Er suchte sein Gegenüber auf Umwegen zum Sprechen zu bringen und fragte: »Wie wird sich die Regierung in Amerika verhalten?«

»Noch dem Sturze Stonards kommt ihnen der Frieden gelegen. Der Gedanke, einer anderen Eisenfaust gehorchen zu müssen, ist ihnen nicht so fürchterlich. Sie sind ja zwanzig Jahre versklavt gewesen.«

Lord Gashford fuhr auf.

»Aber wir? Großbritannien...das freieste Land der Welt, stolz darauf, niemals einer fremden Macht hörig gewesen zu sein. Wie werden wir uns stellen?«

Lord Horace antwortete langsam, und Resignation klang aus seinen Worten: »Der Frieden mit Amerika wird nicht schwer zu schließen sein. Viel schwerer der mit unseren Dominions und Kolonien. Ich fürchte, daß Australien sich vom Reich lösen wird. Die afrikanische Union braucht uns noch. Trotz ihrer eigenen starken Industrie benötigt sie...vorläufig noch das Mutterland. Und Indien...«

»Und Indien...?« Lord Gashford stieß die Frage heraus.

»Indien ... Einer von den dreien ist ein Inder ... Ich hoffe, daß die indische Intelligenz das Gute zu würdigen weiß, das die englische Regierung dem Lande gebracht hat. Wir haben nicht immer fein gewirtschaftet. Es sind Hunderttausende unter unserer Herrschaft verhungert. Aber Millionen hätten sich gegenseitig die Hälse abgeschnitten, wenn wir nicht dagewesen wären.«

Lord Gashford zählte an den Fingern wie ein Schulknabe bei seiner Rechenaufgabe: »Kanada verloren ... Australien halb verloren ... Afrika unsicher ... Indien nicht sicher ...«

»So könnte es wohl geschehen, daß uns nur die britischen Inseln bleiben ...«

Lord Horace blickte düster vor sich hin. Ein leises Nicken nur drückte seine Zustimmung aus.

»Wenn nicht ...« Kaum hörbar waren ihm die Worte über die Lippen geglitten, aber den gespannten Sinnen Lord Gashfords waren sie nicht entgangen.

»Wenn nicht? ... Was meinen Sie? Wenn nicht ...«

Die Muskeln im Gesicht Lord Maitlands spannten sich. Zwischen den Zähnen stieß er die Worte hervor:

»Wenn nicht diese Macht ... diese unheimliche, unwahrscheinliche Macht ein Narrenspiel der Weltgeschichte ist ...«

Lord Gashford machte eine abwehrende Bewegung.

»Vorläufig ist die Macht da! Was raten Sie?«

»Kaltes Blut! Sich vorläufig damit abfinden. Vorläufig dem Zwange folgen ...«

Der Ferndrucker auf dem Tisch begann zu schreiben. Ein Ersuchen der amerikanischen Regierung, Zeit und Ort für die Friedensverhandlungen zu bestimmen. Lord Gashford las und schob den Streifen Lord Horace zu.

»Sie kennen die Union seit langen Jahren. Ich ersuche Sie, die Verhandlungen als Bevollmächtigter Großbritanniens zu führen.«

»Meine Vollmachten ...?«

»... sind unbegrenzt.«

»Unbegrenzt ... soweit die Grenzen nicht die Macht zu ziehen beliebt ...«

Lord Horace verließ den Premierminister. Er hatte ein Gefühl, als ob die Wände des Gemaches ihn erdrücken wollten. Aufatmend stand er auf der Straße und sog in tiefen Zügen die frische Luft ein. Dann gab er dem Wagenlenker einen kurzen Befehl.

Der Wagen wand sich durch die Straßen der Stadt und nahm den Weg über das freie Land. Vorbei an saftstrotzenden Triften und Weiden, durch Dörfer und sommergrüne Wälder.

Lord Horace achtete nicht darauf. Seine Gedanken beschäftigten sich mit der Macht. Erst in dieser Stunde kam es ihm ganz zum Bewußtsein, wie eng und eigenartig gerade die Beziehungen seines Hauses zu den dreien waren, die heute der Welt ihren Willen diktierten.

Seine Gattin so eng bekannt mit dem einen, dem Mächtigsten. Die Gattin des anderen seit Wochen als Gast unter seinem Dach.

Flüchtig ging ihm ein Gedanke durch den Kopf. Konnte England Jane Bursfeld nicht als Geisel nehmen? Dadurch den Willen der Macht beeinflussen?

Ebenso schnell wie der Gedanke auftauchte, wurde er verworfen. Jane hatte erzählt, wie Atma und Silvester nach Amerika kamen, wie schon ein winziger Strahler Glossins Flugschiff lähmte, die Maschinen zerschmolz, die Besatzung verbrannte. Was würde die Macht heute tun, wenn England die Hand auf Jane legte? Heute, da ihre Waffen viel stärker waren, viel weiter trugen, viel sicherer trafen.

Lord Horace gab das Grübeln auf. Er nahm den Hut vom Haupt und ließ sich den Fahrwind um die brennende Stirn fegen. Aber die Gedanken verließen ihn nicht. Diana kannte den einen, Jane ist die Gattin des anderen. Irgendeine Möglichkeit müßte es dadurch geben, mit den Trägern der Macht in Berührung zu kommen. Irgendein Pfad müßte sich zeigen, auf dem England aus dieser Sackgasse herauskommen kann. Die Gedanken verfolgten ihn bis an das Ziel seiner Fahrt.

In der großen Halle in Maitland Castle saß Jane auf ihrem Lieblingsplatz. In dem Erker, von welchem der Blick auf die Veranda und den Park ging. Ein Nähkörbchen stand vor ihr. Sie arbeitete an einem Jäckchen. Doch die Arbeit lag auf dem Tisch, und ihre Augen hafteten an einem Schriftstück.

Die blauen Typen des Farbschreibers. Die letzte Depesche der Macht. Als der Telegraph die Botschaft der Macht auch nach Maitland Castle meldete, hatte Jane das Schriftstück an sich genommen. Seit zwei Tagen trug sie es bei sich und las es in jeder unbeobachteten Minute wieder und immer wieder.

Ihr Blick hing wie gebannt an den Schriftzeichen. Sie überhörte dabei das Kommen Dianas, die leise hinter sie trat, ihr den Arm auf die Schulter legte.

Jane schrak zusammen. Sie versuchte es, das Papier zwischen die Wäschestücke zu schieben.

»Jane, mein Kind. Schon wieder die Depesche?«

»Ach...Diana...Sie wissen nicht, was die Worte auf diesem Papier für mich bedeuten. Immer wieder finde ich Trost in diesen Zeilen. An alle Welt ist die Depesche gerichtet. Ich aber sehe den vor mir, der sie abgesandt hat.«

Diana hatte sich der jungen Frau gegenüber niedergelassen. Sie sah, wie fliegende Röte über ihre Züge huschte, las in diesem Gesicht wie in einem offenen Buch. Freude, daß der Gatte lebte. Stolz, daß die Idee zu dem großen Werk in der genialen Erfindung ihres Gatten wurzelte. Glück, daß sie nach vollendetem Werk Silvester bald wieder in die Arme schließen könne.

»Kind! Wenn jemand Sie versteht, so bin ich es. Ich bin stolz darauf, die Gattin Silvester Bursfelds meine Freundin nennen zu können.«

Tiefes Rot überflutete Janes Wangen. Ein hilfloses Lächeln zuckte um ihre Lippen.

»Was Sie sagen, sollte mich stolz machen. Aber was bin ich Silvester? Was kann ich ihm jetzt noch sein? Je höher Sie meinen Mann und sein Werk stellen, desto kleiner und unwerter komme ich mir selbst vor. Ich fürchte mich vor dem Wiedersehen! Statt meinen Silvester zu umarmen, werde ich vor einem Mann stehen, zu dem die Welt aufblickt. Was werde ich ihm noch sein können?«

Diana richtete sich auf.

»Was sagen Sie, Jane? Sie versündigen sich mit Ihren Worten an der heiligsten Bestimmung des Weibes. Sind Sie ihm nicht Gattin?...Erfüllen Sie nicht damit die hehrsten Gesetze; die die Natur dem Weibe vorgeschrieben?«

Mit aufleuchtender Freude lauschte Jane den Worten Dianas.

»Jane! Sie geben ihm den Erben. Sie pflanzen sein Geschlecht fort, in dem der Name und Ruhm Silvester Bursfelds weiterleben wird. Er weiß es nicht. Wie er sich freuen würde, wenn er es wüßte!«

»Glauben Sie ...?«

»Ganz gewiß!«

»Aber Sie, Diana ...?!«

»Ich ...?«

»Warum weiß Lord Horace nicht davon, daß ...«

Mit einer raschen Bewegung wandte Diana Maitland den Blick dem Park zu. Jane sah, wie ihr eine jähe Röte über den Nacken lief.

Ein drückendes Schweigen. Bis Diana Maitland sich mit einer müden Bewegung Jane wieder zuwandte. Sie vermied es, Janes Frage zu beantworten. Nahm den Papierstreifen aus den Händen der jungen Frau.

»Ja...die Depesche...Es sind die stolzen Worte einer überlegenen Macht...Aber sie künden der Menschheit den Frieden. Ich kenne die Politik...ihre Mittel und Wege...ich kann mich in die Seelen der Tausend von Frauen und Männern versetzen, denen die Worte der Depesche Schicksal und Leben bedeuten. Dann glaube ich zu träumen und zweifle, ob es wahr ist, was die Worte der geheimnisvollen Macht enthalten...ja, Jane...ich habe Zweifel, ob es wahr ist...Aber...nein, es muß wahr sein...Denn Eriks Worte sind es ja...Erik...lügt nicht!«

»Erik?...Meinen Sie Erik Truwor?«

»Ja, Erik Truwor.«

»Kennen Sie Erik Truwor?«

»Ja...ich lernte ihn vor Jahren in Paris kennen.«

»Sie kennen Erik Truwor, den besten Freund meines Mannes?«

»Ja. Ich kenne ihn...habe ihn sehr gut gekannt.«

»Aber Sie sprechen nie von ihm. Und doch ist sein Name in unseren Gesprächen schon oft gefallen.«

»Lassen Sie, Jane!... Es sind Erinnerungen, die... ich... begraben... vergessen haben möchte. Ich denke jetzt nur noch an sein Werk... Wird es ihm glücken?... Wird ein idealer Wille im Besitz einer unendlichen Macht imstande sein, der Menschheit den Frieden zu geben, die Dinge der Welt zum Heil der Menschheit neu zu ordnen... ich denke, es wird ihm gelingen... er wird sein Werk vollbringen, nach dem eine neue Zeitrechnung für die Politik und Geschichte Europas... nein, der ganzen Welt beginnt ...«

Lord Horace stand plötzlich in der Halle. Diana fühlte sich unsicher. Sie wußte nicht, wieviel ihr Gatte von dem Gespräch gehört haben mochte, wieviel von diesem Gedankenaustausch an sein Ohr gedrungen war.

»Auch hier Politik? Wo ich Ruhe suchte, fand ich immer nur Politik.«

»So muß es wohl sein, Horace. In Schloß und Hütte, in den entlegensten Winkeln der Erde bewegt doch alle dieselbe Frage. Kann es etwas Erhebenderes geben als den Gedanken, daß die Welt endlich zur Ruhe kommen soll? Daß dies sinnlose Morden und Zerfleischen ein Ende haben soll ...?«

»Du scheinst dich schon ganz als Weltbürgerin zu fühlen. Was aus unserem Lande... aus dem britischen Weltreich wird, ist dir gleichgültig. Freilich... du bist keine geborene Britin.«

»Aber ich habe stets als englische Patriotin gefühlt. Ich habe stets empfunden...« – Lady Diana sprang auf und trat ihrem Gatten entgegen – »...daß ich die Gattin Lord Maitlands bin.«

»... als Britin hast du gefühlt?«

»Stets, Horace!«

»Und trotzdem bist du für die Pläne der Macht eingenommen?«

»Ja!«

»Ja... verstehst du den Sinn dieser Depesche nicht?«

»Aber ja, doch! Es ist die frohe Botschaft vom Frieden... die Freudenbotschaft, daß der Krieg zu Ende ist.«

»So... so!?... Weiter nichts?«

»Ja... Ist denn das nicht genug? Klingt das nicht wie das Weihnachtsevangelium?«

»Weihnachtsbotschaft?... Freudenbotschaft?... Welcher Mann kann das als Freudenbotschaft ansehen, was ihm Sklaverei und Knechtschaft bedeutet.«

»Horace... Horace... was sprichst du?«

»Soll ich dir die Depesche ins Gedächtnis zurückrufen... soll ich sie dir noch einmal vorlesen?

›Der Krieg ist zu Ende! ...
Die Macht fordert Gehorsam ...
Ungehorsam wird bestraft!!! ...‹

Macht dir das als Britin Freude?«

Das klang ganz anders als die Tonart, in der Diana die Depesche gelesen hatte. Wie Peitschenhiebe knallten hier die einzelnen Worte, steigerte sich die Drohung von Satz zu Satz, bis sie schließlich brutal herauskam. Bei jedem Worte dieser lapidaren Sätze trat Diana automatisch einen Schritt zurück. Ihre Augen hingen starr und ratlos an ihrem Gatten. Aber auch Lord Maitlands Züge hatten die gewohnte Ruhe verloren. Es zuckte in ihnen. Röte der Erregung und des Zornes lag auf seinem Antlitz.

Wie hatte Diana mit Jane zusammen über diese Depesche gejubelt, und wie anders klang sie jetzt. Ein eisiger Schauer überlief Diana. Sie bedeckte ihre Augen mit den Händen. Hatte sie sich so getäuscht?

Wortlos standen die Gatten sich gegenüber. Langsam ließ Diana die Hände sinken und... was war das?... Irrte sie sich nicht... war das nicht ein leises Flimmern eines Triumphes in seinen Augen?... Nein! Die Botschaft Erik Truwors klang falsch im Munde ihres Gatten. Sie war anders zu lesen, mußte so gelesen werden, wie Diana und Jane sie gelesen hatten.

»Horace... kannst du dich nicht freimachen von einem Namen?... Kannst du den Mann nicht von seinem Werke trennen?«

Lord Horace zeigte wieder die ruhige unbewegliche Haltung des englischen Aristokraten. Keine Spur in seinen Mienen verriet mehr, wie nahe ihm diese Unterredung ging, wie sehr schon der Name Erik Truwors ihn erregte. »Mein Herz ist kühl genug, um den Namen von seinem Werk zu trennen.«

Gelassen, fast müde kamen die Worte von seinen Lippen. Aber er beobachtete scharf und sah, wie Diana von diesen Worten getroffen wurde. Wie sie die Hände gegen die Brust preßte, als müsse sie einen tiefen Schmerz unterdrücken. Er sah, wie sie sich schweigend zum Fenster hin wandte, und stand selbst unbeweglich auf seinem Platze. War es möglich, daß seine Worte ihr Herz so trafen, daß er ihr doch alles... der andere, der verhaßte Name nur ein Schemen war?

Es drängte ihn, vorwärtszustürzen. Mit Mühe hielt er den Namen Diana auf seinen Lippen zurück. Einen kurzen schweren Kampf, dann hatte er die volle Herrschaft über sich gewonnen.

»Die Zukunft wird erweisen, wer recht hat. Ich wünschte... ich wünschte von Herzen, du hättest recht...«

Als Diana sich umwandte, hatte Lord Maitland die Halle verlassen.

Diana war allein. Ihr Gesicht war entstellt, gealtert, schmerzverzerrt. Ihre Augen starrten auf die Stelle, wo Lord Horace gestanden hatte. Kaum hörbar kam es von ihren Lippen: »Erik Truwor... Erik... Truwor!«

Ein Götzenbild! Wankte es? Stürzte es?... Wo war die Wahrheit?... Schluchzend sank sie auf den Teppich nieder.

Der lange, sechs Monate währende Poltag ging seinem Ende zu. Dicht über dem Horizont zog die Sonne ihren vierundzwanzigstündigen Kreis. Immer näher kam sie der Kimme, wo Eisfeld und Himmel zusammenstoßen. Klingender Frost kündete die kommende Polnacht.

Erik Truwor trat aus dem Berg. Den schweren Eisstock in der Rechten, stieg er über die Stufen und Eisbänder schnell empor, bis er die höchste Zinne erreichte. Da hatte in den vergangenen Tagen die Sonne den Eisberg mit wärmenden Strahlen umkost und seine Formen verändert, hatte aus dem grünlich und bläulich schimmernden Eismassiv ein Gebilde geformt, das an einen hochlehnigen Sessel gemahnte, an einen Königsstuhl aus den Zeiten der Goten oder Merowinger.

Hier blieb er stehen, und sein Auge haftete an der zum Sitz ausgeschmolzenen Gipfelzinne.

»Was ist das?... Ein Sitz!... Ein Thron... mein Thron?!«

Mit einer Herrschergebärde ließ er sich nieder. Den schweren Eisstock wie ein Zepter an der rechten Seite. Die Arme auf den Seitenlehnen dieses bizarren Thrones. So saß er dort, rot von der Sonne umglüht, einer Statue vergleichbar. Saß und sann.

Sprunghaft wurden seine Gedanken, kreuzten sich, überstürzten sich.

In der Höhle des Eisberges neben den Funkenschreibern stand Atma. Der Inder ließ die Streifen durch die Finger laufen, zurück bis zu der letzten drohenden Depesche der Macht, die auch hier von den Apparaten mitgeschrieben war.

War die Kluft schon so weit geworden, daß Erik Truwor seine Gedanken und seine Geheimnisse für sich behielt?

Mit wachsender Sorge hatte Atma die Veränderung des Freundes verfolgt. Was würde kommen, was würde das Ende sein? Was stand im Buche des Schicksals über Erik Truwor geschrieben?

Atma sprang auf und verließ den Berg. Er stand auf dem flachen Eis und blickte sich um. Gegen den tiefroten Abendhimmel hoben sich die gigantischen Formen des Eisthrones ab. Wie eine dunkle Silhouette sah er die Gestalt Erik Truwors dort gegen den blutfarbigen Himmel in den Äther ragen. Ein Zepter an der Seite, den Blick in die Ferne gerichtet.

So gewaltig, so zwingend war das Bild, daß es Soma Atma in tiefen Bann schlug, seine Gedanken verzauberte, seine Erkenntnis trübte.

Sollte er sich täuschen? Erhob das Schicksal diesen Mann weit über alle Sterblichen? War ihm die Weltherrschaft, die absolute Gewalt über Tod und Leben aller Geschöpfe bestimmt?

In eisiger Einsamkeit verrann die Zeit, bis der Zauber wich, bis Atma nicht mehr den Schein, sondern das Wesen sah.

Erik Truwor saß dort oben und starrte regungslos in den glühenden Sonnenball. Leise und abgerissen fielen Worte von seinen Lippen:

»Zu meinen Füßen liegt die Welt! Was bin ich?... Was bin ich?! Bin ich der Herr?... Ja... ja! Ich bin ihr Herr. Ich habe die Macht, sie zu zwingen!... Zwingen... zum Guten zwingen. Ein guter, ein gerechter Herr will ich sein. Aber wenn sie mir zu trotzen wagen?!... Trotzen... wer will mir trotzen?... Kein Sterblicher!... Auf Erden keiner... keiner!... Silvester... Atma?... Auch die nicht... Ha!... der eine sicher nicht. Den hat das Schicksal genommen, als er sein Geschick erfüllt... Der andere!... Atma?... Atma!... Atma!!... Fiel Cäsar nicht durch Brutus' Hand?... Atma!... Rief ich dich. Da kommst du ja ...«

Halb aufgerichtet, mit vorgebeugtem Leibe blickte er auf Atma, der langsam den Pfad emporklomm. Fester umkrampfte seine Hand den schweren Eisstock.

»Hüte dich, Atma!«

Er sank in den Sessel zurück. In seinen Augen lauerte es.

Nun stand Atma dicht bei ihm. Schaute ihn mit der ganzen Kraft seines zwingenden Auges an und sah, wie Erik Truwor kalt und fremd an ihm vorbeiblickte.

»Erik Truwor! Siehst du deinen Freund nicht?«

Erik Truwor wandte leicht das Haupt und streifte den Inder mit einem flüchtigen kalten Blick.

»Was willst du?« Fremd und leer klang die Frage.

»Fragst du so den Freund?«

Erik Truwor zog die Brauen zusammen, bis sie sich berührten. »Freund ...?«

Der Ton des Wortes traf das Herz des Inders.

»Erik... besinne dich... Was willst du tun?... Denke an Pankong Tzo, an die Weissagung, an die Ringe! – Es waren drei!«

»Was gilt mir noch Pankong Tzo?... Und die drei Ringe ...«

»Hast du Silvester auch vergessen?«

»Silvester?... Silvester... Der hat sein Geschick erfüllt... Seine Zeit war um...« Erik Truwor stieß den schweren Stock in das Eis, daß die Brocken spritzten. »Jetzt geht es um größere Dinge!«

»Dann brauchst du deinen Freund Soma auch nicht mehr?... Oh, daß ich bei Silvester im eisigen Grabe läge statt diese Stunde zu sehen... Um größere Dinge geht es, sagst du... Denke an die Worte Tsongkapas: ›Es mag leichter sein, große Dinge zu vollbringen als gute!‹ Was du sinnst, weiß ich. Unheilig sind deine Gedanken! Aber ich sage dir, nie wird ein Werk bestehen, das auf Gewalt gegründet ist. Hüte dich vor der Rache des Schicksals!... Bedenke, daß du nur ein Werkzeug des Schicksals bist.«

Erik Truwor hatte sich erhoben. Jeder Nerv der hageren, hochragenden Gestalt war gespannt. Noch schärfer, eckiger als sonst sprang die gebogene Nase über die schmalen Lippen hervor. Tiefe Falten durchzogen die hohe Stirn. Wie Eisblinken blitzte es lauernd und doch gewaltsam in den tiefen Augenhöhlen. Machtlos glitten Kraft und Willen Atmas an dieser Wandlung ab.

»Ich... ein Werkzeug des Schicksals?... Und wenn ich es verschmähte, ein Werkzeug des Schicksals zu bleiben... und wenn ich« – seine Gestalt reckte sich, als ob er über sich selbst hinauswachsen wolle – »... wenn ich das Schicksal meistern wollte?!«

Vor dem drohenden Blitz aus Erik Truwors Augen wich Atma einen Schritt zurück.

»Jetzt bin ich der Mächtigste auf Erden. Wer wagt es, mir zu trotzen... das Menschengeschlecht liegt zu meinen Füßen... Die Elemente müssen mir gehorchen... Ich will die Wogen des Meeres zähmen und dem Sturm gebieten, sich zu legen... nie zuvor wurde einem Menschen solche Macht gegeben... und ich soll sie nicht gebrauchen?«

Atma trat dicht auf Erik Truwor zu. Noch einmal suchte und fand er Worte, um den Freund zu halten.

»Erik, du bist krank. Der Tod Silvesters hat deine Seele erschüttert, die Arbeit deinen Körper geschwächt.«

Erik Truwor schüttelte den Arm des Inders unwillig ab.

»Krank?... Erschüttert?... Ha! Mein Körper ist kräftiger, mein Geist klarer und frischer denn je.«
Er ließ den schweren Eisstock wie ein Spielzeug durch die Finger laufen.
»Erik Truwor!« Die Stimme Atmas klang streng. »Du frevelst!... Du frevelst am Schicksal. Hüte dich!«
»Ich mich hüten?... Vor wem?... Vor dir?«
Er hob den Eisstock, als wolle er Atma zu Boden schlagen. Dann stieß er ihn tief in das splitternde Eis hinter sich und reckte die Arme mit geballten Fäusten gegen den Himmel, als wolle er einem unsichtbaren Gegner in den Lüften drohen. Die Fäuste öffneten sich, und wie Krallen bewegten sich die Finger.
Ein heiserer Schrei, halb Drohung, halb Lachen, brach aus seinem Halse.
»Hüten soll ich mich?... Hüten? Vor wem?... Vor euch Unsichtbaren da oben?! Haha... Kommt heraus, ihr geheimnisvollen Mächte, aus euren Verstecken. Kommt!... Ich will mit euch kämpfen!... Ha... Haha... wo seid ihr? Kommt!... Habt ihr Furcht... Haha... Ich lasse mich von euch nicht äffen. Ha... ha... haha... Ich nicht!«
Ein Wetterleuchten, ein Blitzstrahl weit draußen am Horizont ließ Atma erschauern.
»Erik Truwor, laß dich warnen. Sahst du das Zeichen, das geschehen?«
»Ha... ha! Du Blinder, du Abergläubischer. Das harmlose Wetterleuchten soll wohl ein Zeichen von deinem Schicksal sein. Ha... ha... Ihr Toren... hinter jedem Naturvorgang, den euer kümmerliches Hirn nicht begreift, seht ihr etwas Geheimnisvolles... Übernatürliches... und wenn es euch paßt, einen Wink des Schicksals, dem ihr euch beugt... dem ihr euch fügt... Ich will mich nicht fügen... ich nehme den Kampf mit euch auf... ich forme mein Schicksal nach meinem Willen!... Wehe, wer mich stört!... Wehe euch da oben... ich fürchte euch nicht... hütet euch vor mir... Hütet euch. Ich komme über euch mit meiner Macht, die größer, als die Welt sie je gesehen!«
Schauerlich, wie ein Kriegsruf hallten die letzten Worte Erik Truwors in die stille Polardämmerung. Und plötzlich eilte er springend und stürzend den steilen Hang des Eisberges hinunter und verschwand in der Höhle, die den Rapid Flyer barg. Mit wankenden Knien folgte Atma seiner Spur. Sah, als er auf dem flachen Eise ankam, gerade, wie Erik Truwor das Flugschiff aus seinem Versteck ins Freie brachte.
»Wohin, Erik? Wohin?« Atma rief es mit verlöschender Stimme.
»In den Kampf!« Erik Truwors Stimme klang wie einst der jauchzende Kriegsruf der alten Waräger. »In den Kampf! Mit denen da oben! Heißa!... Jetzt wehrt euch... Erik Truwor kommt... der Große kommt.«
Atma sah, wie Erik Truwor den großen Strahler in den Rapid Flyer hob und alle Vorkehrungen traf, die Kabine zu verschließen. Betend faltete er die Hände. Er erhob sich von den Knien und ging mit ausgestreckten Händen auf Erik Truwor zu. Alle Kräfte seines Geistes waren aufs höchste gespannt. Alles, was sie herzugeben vermochten, konzentrierte er mit stärkster Energie auf den Willen, Erik Truwors verwirrten Geist zu zwingen. Die hypnotische Gewalt begann zu wirken.
»Noch einmal hilf mir, du großer Gott. Gib meinem Herzen größere Kraft. Kraft, das kranke Herz zu zwingen und zu heilen. Dann nimm meine Seele dafür hin.«
Erik Truwor hielt in seinen Bewegungen allmählich inne. Seine gestraffte Gestalt sank langsam in sich zusammen. Dann plötzlich schien er sich der fremden Kraft, die über ihn gekommen, bewußt zu werden. Er wandte den Kopf Atma zu. Ihre Blicke vergruben sich ineinander. Bewegungslos standen sich die beiden Männer gegenüber. Ein Zweikampf... furchtbar... stumm... Bebendes Hoffen zog durch Atmas Seele. Der Kampf war angenommen... Durchhalten! Sein Gebet war erhört!... Da... ein Wölkchen schob sich vor den roten Sonnenball und raubte sein Licht. Einen kurzen Augenblick nur... Da war es geschehen. In dem plötzlichen Halbdunkel verlor Atmas Blick die Schärfe... für einen Moment nur entglitt ihm die eben gewonnene Gewalt.
»Ha... ha... haha...« Da war es wieder, das kurze, abgerissene Lachen des Wahnsinns.
Mit einem Sprunge hatte sich Erik Truwor gedreht und den bannenden Blicken Atmas entzogen. Mit schaurigem Hohngelächter sprang er in die Kabine und warf die Tür hinter sich zu.

Zerbrochen, besiegt, geschlagen stand Atma. Der Rapid Flyer verließ den Boden und schoß in die Höhe.

»Erik... Erik Truwor!«... Der Ruf Atmas verhallte ungehört in der eisigen Luft. Schon ward das Flugschiff klein und immer kleiner. Jetzt nur noch ein Punkt... Jetzt nicht mehr sichtbar.

Demütig senkte Atma sein Haupt vor dem Willen des Schicksals. Er ging in den Berg zurück. Da fand er den Fernseher, fand den kleinen Strahler und suchte am dämmernden Himmel, bis das Bild des Flugschiffes gefaßt war und auf der Mattscheibe erschien. Da... Einen Kampf sahen seine Augen... Einen Kampf, wie ihn noch nie ein Sterblicher erschaut... Einen Kampf gelenkter und gebändigter Naturgewalt gegen die fessellosen Naturkräfte des Firmaments.

Ein Schrei rang sich aus Atmas Brust... Entsetzen sprach aus seinen Zügen... Seine Zunge stammelte Gebet... Hilferuf... Er barg das Gesicht in den Händen, um das grausige Bild nicht weiter zu sehen.

Die beiden großen amerikanischen Parteien der Sozialisten und der Plutokraten waren durch den Staatsstreich der Patrioten in gleicher Weise überrumpelt worden. Die ersten Tage nach dem Sturze Cyrus Stonards herrschte lähmende Überraschung und Verblüffung in ihren Reihen. Die Revolution war von einer dritten viel jüngeren und, wie sie meinten, viel schwächeren Partei gemacht worden. Aber sie mußten sehen, daß die Masse des Volkes diese Revolution gut hieß, mußten mit der Macht der Tatsachen rechnen.

Es war den Führern der Linken klar, daß eine Revolution von ihrer Seite den schärfsten Widerstand der Rechten finden würde, daß sie sich nur nach blutigen Bürgerkämpfen behaupten könnten. Genau so lagen die Dinge aber auch, wenn die Rechte einen neuen Staatsstreich unternahm. Und man wußte nicht, wie die unbekannte Macht sich zu blutigen Konflikten stellen würde.

So waren die Patrioten in der Lage, ihr eigenes Programm ohne nennenswerte Widerstände durchzuführen. Viel glatter, schneller und besser, als es eine der anderen Parteien jemals gekannt hätte.

Die amerikanische Presse aller Schattierungen erging sich in Reminiszenzen an frühere glückliche Zeiten im neunzehnten Jahrhundert, in denen Amerika das wahre Land der Freiheit gewesen, der Patriotismus allein den Ausschlag für alle politischen Handlungen gegeben hatte. Mit wenigen Ausnahmen wurden auch die Nachrufe für Cyrus Stonard dem gestürzten Diktator gerecht. Sie achteten seine Größe und gaben der Meinung Ausdruck, daß er das Beste des Landes gewollt, wenn auch seine Mittel nicht immer die richtigen waren.

In der neuen Regierung übernahm Dr. Glossin das Portefeuille des Äußern. Er erhielt es wegen seiner Verdienste um die Durchführung der Revolution und seiner genauen Kenntnis der bisher getriebenen äußeren Politik der Vereinigten Staaten. Aber er fühlte vom ersten Tage seiner Amtsführung an, daß er auf unsicherem Boden stand. Die Patrioten hatten Cyrus Stonard stets bekämpft. Dr. Glossin war erst in der zwölften Stunde von ihm abgefallen, nachdem er so lange Jahre sein williges Werkzeug gewesen war. Das brachte ihn in den schlimmen Ruf eines Renegaten, heftete seinem Namen einen schweren Makel an.

Nur ein glänzender Wahlsieg konnte ihn in seiner Stellung festigen. Deshalb hatte er sich in Neuyork im Trinity Church District aufstellen lassen. Dort hatte er seine Anhänger, und dort hoffte er durch geschickte Verhandlungen mit den Führern der Roten auch die Stimmen dieser Partei für sich zu gewinnen.

Es war ein gefährlicher Boden, auf den er sich wagte. Nur die raffinierte Schlauheit eines Dr. Glossin konnte es wagen, die Stimmen einer fremden Partei im geheimen Einverständnis mit deren Führern zu erlisten. Er unternahm es, weil er darin die einzige Möglichkeit sah, sich in der Regierung zu halten.

Der allzu Schlaue vergaß, daß es noch eine plutokratische Partei gab, die sich nach den Ereignissen des siebenten August von ihm düpiert fühlte und deren Spione die Vorgänge innerhalb der radikalen Linken sehr genau beobachteten. Er war von dem Ergebnis seiner letzten Besprechung mit den Führern der Linken befriedigt, als sein Kraftwagen ihn in der Abendstunde des zwanzigsten August über den Broadway fuhr.

Eine neue Ausgabe der Abendzeitungen fesselte seine Aufmerksamkeit. Das Blatt der Neuyorker Konservativen. Er sah auf der ersten Seite ein Porträt, hörte, wie die Zeitungsboys die Überschriften ausriefen: »Aus dem Vorleben unseres Außenministers!!«

Er ließ das Auto halten, um ein Blatt zu kaufen. Hörte, während er es erstand, aus dem Geschrei der Boys eine Fülle anderer Überschriften.

»Bekommt von England nicht genug!... Die Millionen aus Japan!... Doppelspiel vom ersten Tage!... Englischer Abkunft!... Amerikanischer Bürger!... Japanischer Spion!... Der Bravo des Diktators!... Er verrät weiter!... Wen verrät er?... Das amerikanische Volk!« ...

Die Zeitungsboys hatten ihn nach dem Porträt erkannt und machten sich den Spaß, ihm die einzelnen Überschriften des Artikels zuzuschreien, bis der Kraftwagen ihn außer Hörweite brachte. Auf der Fahrt nach dem Flugplatz hatte er Zeit, den Aufsatz ganz zu lesen. Den kleingedruckten Text zwischen den fetten Überschriften.

Der Mann, der das geschrieben hatte, mußte ihn und sein ganzes Vorleben unheimlich genau kennen. Da war keiner seiner schlimmen Streiche vergessen, keine seiner Verrätereien und Meinungsänderungen ausgelassen. In schlichter Sprache legte der Verfasser das Treiben Glossins vom ersten Tage seiner Tätigkeit in San Franzisko bis zu seinem letzten Doppelspiel mit den Führern der Roten dar. Er deckte den Artikel mit seinem vollen Namen. Der konservative Politiker MacClaß genoß auch in den Kreisen seiner Parteigegner allgemeine Achtung.

Dr. Glossin verließ seinen Wagen auf dem Flugplatz. Was tun? Eine neue Revolution versuchen? Offen mit den Roten zusammengehen? Er verwarf den Gedanken so schnell, wie er ihm gekommen war. Jetzt gerade nach Washington und den anderen die eiserne Stirn gezeigt! Hatte er nicht allein die Revolution gemacht? Was waren die anderen ohne ihn? Nie hätten sie zur rechten Zeit losgeschlagen. Nie wäre es ihnen gelungen, zur Macht zu kommen! Ihm verdankten sie alles. Mit ihm mußten sie weiter durch dick und dünn gehen, wenn sie an der Macht bleiben wollten. Was hatte schließlich ein Zeitungsartikel im Wahlkampf zu bedeuten?

Mit festem Schritt betrat er das Sitzungszimmer im Weißen Hause. Kühle Worte und kühle Mienen. Es war klar, daß der Artikel von MacClaß hier bereits bekannt war. Deshalb zog er das Blatt aus der Tasche und warf es auf den Tisch.

»Den Wisch kaufte ich vor einer Stunde auf dem Broadway. Schwindel natürlich! Alles Schwindel!«

Drückendes Schweigen folgte seinen Worten. Bis William Baker die Frage stellte: »Alles ...?«

Das war der kritische Moment. Mit eiserner Stirn mußte Glossin sofort ein einziges Wort sagen: »Alles!«

Als er den geraden durchdringenden Blick William Bakers auf sich ruhen fühlte, versagten ihm für einen Augenblick Entschlossenheit und Mut. Als sie ihm wiederkamen, war es für diese kurze knappe Antwort zu spät. Er mußte viele Worte machen. Den Gekränkten und Entrüsteten spielen.

»Mr. Baker, ich hoffe, daß Sie diese Unterstellungen nicht für wahr halten. Ich bin bereit, mich von jedem Verdacht zu reinigen.«

»Es wäre im Interesse des Ansehens der Regierung sehr erwünscht, wenn Sie das könnten.«

William Baker sprach die Worte langsam, während er eine Mappe ergriff, aufschlug und vor Glossin hinschob.

Der Doktor warf einen Blick darauf, und der Herzschlag stockte ihm.

Die Korrespondenz, die er bis in die letzten Tage drahtlos mit England geführt hatte. Chiffriert natürlich. Ein Dechiffreur von Gottes Gnaden hatte den geheimen Schlüssel rekonstruiert und alles entziffert. Hier standen die Depeschen, wie er sie aufgegeben und empfangen hatte. Daneben der wahre Sinn, der vernichtend für ihn war. Dann weiter seine Verhandlungen mit den Roten von Trinity Church. Dr. Glossin blätterte mechanisch weiter. Ein Bericht eben jenes MacClaß an den Beauftragten des amerikanischen Volkes William Baker.

Dr. Glossin ließ sich auf dem nächsten Stuhl nieder. Er fühlte, daß sein Spiel verloren war. Wie aus weiter Ferne klangen die Worte William Bakers an sein Ohr:

»Ihre Haltung bestätigt mir die Richtigkeit der Anklagen. Wir wollten nicht handeln, ohne Sie gehört zu haben. Was haben Sie zu sagen?«

Dr. Glossin schwieg.

»Wir haben unsere Maßnahmen getroffen. Sie können aus diesem Zimmer als Untersuchungsgefangener des Staatsgerichtshofes hinausgehen...oder...als freier Mann, um sofort ein Flugschiff zu besteigen und die Union für immer zu verlassen. Wofür entscheiden Sie sich?«

Dr. Glossin blickte um sich mit den Augen eines gehetzten Tieres. Von irgendeiner Stelle erwartete er Beistand...Hilfe...zum mindesten Mitleid. Und fand überall nur starre, abweisende Blicke. Er entschloß sich zur Antwort: »Für das letztere.«

William Baker drückte auf einen Knopf.

»Herr General Cole, lassen Sie Herrn Dr. Glossin zum Schiff bringen.«

Der General nahm den Auftrag entgegen. Er winkte dem Arzt. Uniformen wurden sichtbar, als er die Tür zum Vorzimmer öffnete. Die Leute des Generals umringten den Doktor.

General Cole ging zehn Schritte voraus. Er mied die Nähe des Verbannten. Mit schnellen Schritten erreichte er das Flugschiff und stand abseits, während seine Leute die Einschiffung Glossins überwachten. Anders als die Abfahrt Cyrus Stonards vollzog sich die Dr. Glossins.

Professor Raps saß in seinem Arbeitszimmer. Eine Anzahl von Dokumenten und Berichten bedeckte den großen Schreibtisch. Weiße Foliobogen lagen vor ihm. Die Feder ruhte in seiner Hand.

Doch er kam nicht weit mit dem Schreiben. Seine Züge verrieten höchste geistige Anspannung. Seine Rechte bewegte die Feder, warf einige Zeilen in der großen charakteristischen Schrift auf das weiße Papier, um dann wieder mit dem Schreiben zu stocken.

Er legte die Feder beiseite und griff nach einem Schriftstück, nahm ein zweites und drittes dazu. Überflog, las und verglich. Und dann plötzlich wichen die Falten, die seine Stirn furchten. Ein Leuchten der Befriedigung glitt über seine Züge...ein leiser Ruf entrang sich seinen Lippen: »So ist's!«

Tiefatmend legte er sich in den Schreibstuhl zurück und deckte die Hand über die Augen. Noch einmal ließ er die Glieder der Kette, die er in angestrengter Arbeit aneinandergereiht hatte, vor sich vorüberziehen.

Das erste Glied! Ein Bericht der Sternwarte von Halifax, datiert von dem gleichen Tage, an dem der Friedensvertrag zwischen England und Amerika unterzeichnet worden war. Um $8^h\ 17^m$ mitteleuropäischer Zeit zwei schnell aufeinanderfolgende starke Explosionen in nördlicher Richtung in der Zone der Polarlichter.

Die erste Explosion zeigte im spektroskopischen Bild die Linien des Kalziums und der Kieselsäure, die zweite diejenigen von Eisen und Aluminium. Die Astronomen von Halifax deuteten das Spektrogramm dahin, daß die zweite Explosion einen gewaltigen Brocken kosmischer Tonerde betroffen habe. Aber es fehlten die Sauerstofflinien, es waren nur Linien des reinen Aluminiums vorhanden...

Professor Raps konnte sich der Meinung der Astronomen nicht anschließen. Nach dem Spektrogramm mußte reines Aluminium explodiert sein...und dann die Regeln der Wahrscheinlichkeitsrechnung. Auch die sooft zitierte Duplizität der Ereignisse konnte hier nicht zur Erklärung herangezogen werden. Vor zwölf Stunden war dem deutschen Gelehrten an diesem toten Punkt der Untersuchungen das erstemal blitzartig der Gedanke gekommen: Das war eine Wirkung der Macht! Die Erscheinungen waren von der Macht verursachte Explosionen der Raumenergie. Aber waren sie gewollt?...Waren sie ungewollt geschehen?...Waren sie am Ende sogar gegen den Willen der Macht eingetreten? Ebensoviel unlösliche Rätsel wie Fragen.

Die nächsten Glieder! Ein Funkentelegramm des deutschen Dampfers »Bismarck« aus dem Nordatlantik vom gleichen Tage: 40° 13′ nördlicher Breite 35° 17′ westlicher Länge. Steuerbord voraus aufkochende See in 10 km Breite und 50 km Länge. Schwere Dampfwolken. Heißer Sprühregen auf Deck.

Die Morgenzeitungen hatten den Bericht gebracht und Kommentare wissenschaftlicher Kapazitäten dazu gegeben. Nach den Vermutungen der Gelehrten handelte es sich um einen unterseeischen Vulkanausbruch.

Professor Raps hatte die Depesche noch am vergangenen Abend gelesen. Er vermißte die genaue Zeitangabe und war deswegen auf die Redaktion gegangen. Man hatte sie ihm bereitwillig gegeben. $8h$ $13m$ abends. Der Professor hatte das Originaltelegramm lange Zeit in der Hand behalten. Der Zusammenhang war zu frappant, zu augenfällig, um ihn nicht zu erschüttern. Und während er dort sinnend saß, hatte ihm der Redakteur eine andere eben einlaufende Depesche des Forest Department of Canada vorgelegt. Ein Bericht über einen schweren Waldbrand, bei dem mehrere tausend Hektar Urwald verascht worden waren. Das Merkwürdige war, daß das Feuer sich hier nicht allmählich weitergefressen hatte. Die ganze riesige Fläche mußte beinahe zur selben Zeit aufgeflammt und niedergebrannt sein.

Dann hatte die Zeitung des späten Abends an dem gleichen Tage noch eine eigentümliche Meldung veröffentlicht. Einen Funkspruch der indischen Großstation zu Dehli.

Plötzliche, überraschende Schneeschmelze im Himalaja. Ghahngak, Burh Ghandk und Damla werfen Hochwasser in den Ganges. Überschwemmung bei Hajipur.

Die Morgenzeitungen des heutigen Tages hatten die Nachricht aus Dehli auch gebracht. Sie fügten aber eine zweite Depesche an, gleichfalls aus Dehli, daß die Schneeschmelze und das Hochwasser ebenso plötzlich, wie sie aufgetreten waren, auch wieder nachgelassen hätten.

Das waren die hauptsächlichsten Nachrichten, die wichtigsten Glieder der Kette.

Professor Raps hatte die Nacht keine Ruhe gefunden. Die Gedanken kamen und gingen während der Stunden von Mitternacht bis zum Sonnenaufgang. Sie überfielen ihn, drängten sich ihm auf, zwangen ihn wieder und immer wieder, diese Nachrichten zu überlegen, in Zusammenhang zu bringen. Als er sich am frühen Morgen erhob, hatte er eine Lösung gefunden. Es sind keine zufälligen Naturereignisse... es waren Wirkungen der Macht... Was war geschehen?... Raumenergie war an den verschiedensten Stellen der Erde fast gleichzeitig explodiert... Warum?... Weshalb?... Vor dem Friedensschluß wären diese Auswirkungen erklärlich gewesen... Warum jetzt?... Jetzt war eine Probe der Macht nicht mehr nötig.

In der neunten Morgenstunde hatte Professor Raps ein Telegramm aus Hammerfest bekommen. Auch dort waren die beiden Explosionen im Spektroskop beobachtet worden, und diese zweite Beobachtung bestätigte seine Schlußfolgerungen. Die letzte Explosion zeigte die Linien reinen Aluminiums.

Was war der Zweck, was der Sinn aller dieser Erscheinungen... hatte es noch Sinn... war es am Ende auch sinnloser Kampf... hatte die Macht sich selbst bekämpft?... Drei waren es doch... drei sollten es sein?... Waren die drei Träger der Macht miteinander in Kampf geraten? Oder... war es Selbstvernichtung?... Selbstvernichtung?... Das Korrigens? »So ist's!« Der Ausruf entfuhr dem Gelehrten, als seine Schlußkette bis zu diesem Punkte geschmiedet war. Das Korrigens des alten Linnés hatte sich gezeigt. In gewaltsamem Ausbruch hatte sich die Natur von einem Druck befreit, der ihren ewigen Gesetzen entgegenwirkte... War es das?... Es mußte so sein.

»So ist's!... So ist's gewesen.« Die Überzeugung dafür trug er in Kopf und Herz.

Es war Zeit, ins Kolleg zu gehen, die Vorlesung über Elektrodynamik zu halten. Er verließ seine Wohnung und ging in die Hochschule.

Er sprach und war selbst über den Schwung, über das Feuer seines Vortrages erstaunt. Er fühlte es, er merkte es an den Mienen der Zuhörer, daß er das Auditorium heute mehr denn je faszinierte. Es lebte und wirkte etwas in ihm, was ihn emporhob, was den logischen Schlüssen, den mathematischen Formeln seiner Vorlesung einen höheren Schwung gab. Und die Hörer fanden ihren Lehrer verändert, sahen, daß das feine ruhige Gelehrtengesicht heute in Entdeckerfreude glühte.

Die Vorlesung war zu Ende. Professor Raps wollte das Katheder verlassen und sah, daß seine Hörer noch etwas von ihm erwarteten, daß hundert Augenpaare fragend an seinen Mienen hingen. Und blieb noch einmal auf dem Katheder stehen, fühlte, wie seine Lippen sich unter einem inneren Zwang öffneten. Wußte nicht, wie es geschah, daß er die Worte sprach: »Meine Herren! *Natura non facit saltus!*«

Stille herrschte im Hörsaal. Aber die Hörer sahen das Gesicht ihres Lehrers aufleuchten, sahen eine Verklärung auf seinen Zügen, und jeder von ihnen fühlte es: Hier hatte ein großer Geist in die weltbewegenden Ereignisse der letzten Tage hineingeschaut. Brausender Beifallsturm durchtobte den Saal, als der Professor das Katheder verließ.

Die Abendblätter brachten bereits einen Bericht über die Vorgänge im Kolleg. Das Wort Linnés, das der Professor dort gesprochen, wurde um den Erdball gefunkt.

Ein Blatt brachte die Nachricht, daß ein hoher Beamter der Reichsregierung den Professor bereits am Nachmittag in seiner Wohnung aufgesucht und eine längere Unterredung mit ihm gehabt hatte. Ein anderes wußte zu melden, daß die Vertreter der Reichsregierung danach bis spät in die Nacht hinein getagt hätten. Depeschen durchschwirrten die Welt. Die Konferenz der Reichsminister erwies sich als Tatsache und steigerte die Spannung.

Was wußte Deutschland?... Kannte es das Geheimnis?

Die Augen der ganzen Welt richteten sich plötzlich nach Deutschland. Man begann zu rechnen. Man überschlug die deutschen Machtmittel. Die wirtschaftliche Stärkung Deutschlands durch die Lieferungen des Englisch-Amerikanischen Krieges. Daneben die Schwächung der beiden kriegführenden Länder. Die Erschöpfung ihrer Kassen, der Verlust ihrer Flotten und sonstigen Kampfmittel.

War Deutschland dem Geheimnis der Macht auf die Spur gekommen?

Als die Tür des Rapid Flyers ins Schloß fiel, ließ Erik Truwor die Turbinen anspringen. In jähem Aufstieg stürmte die Maschine in die Höhe, brachte Kilometer um Kilometer unter sich.

Schon stand der Sonnenball, der dort unten bereits zur Hälfte vom Horizont verdeckt wurde, wieder frei über der Kimme. Schon höhlte sich die weitgestreckte Eiswüste wie eine ungeheure Mulde unter dem Flieger.

Erik Truwor stand am Steuer und sah es... blickte dann wieder nach oben und ballte die Fäuste, als drohe er einem unsichtbaren Feind.

Ein einziger Gedanke beherrschte sein krankes Gehirn: Nach oben... immer höher nach oben ...

Der Flieger stieg und stieg. Aber er war nur gebaut, eine Höhe von dreißig Kilometer zu erreichen, in ihr zu fliegen.

Erik Truwor sah am Höhenmesser, daß die Maschine langsamer stieg, daß die Kraft der Turbinen nachließ.

»Haha... haha...« Wieder entquoll jenes dumpfe schaurige Gelächter seinen Lippen.

»Menschenwerk!... Tand... Sie können nicht weiter. Ihre Macht ist zu Ende... Aber ich, ich habe die Macht... haha... ich steige, bis ich euch unter mir habe... ihr da oben ...«

Mit geschickten Griffen entfernte er die Sperrungen an den Schalthebeln des Strahlers. Und konzentrierte dann die Energie in den Druckkammern der großen Turbinen.

Schon war es geschehen, schon war die Wirkung zu merken. Die Turbinen, die bis dahin matt und unregelmäßig gelaufen waren, begannen sich in rasendem Wirbel zu drehen, rissen die Propeller in gleichem Tempo mit sich.

Der Rapid Flyer stieg unaufhaltsam. Längst hatte er die Dreißigkilometerhöhe überschritten und war tief in die Zone der Polarlichter eingedrungen. Schon strahlte die Sonne wieder gelbweiß, die er so lange Tage nur in blutfarbenem Dämmerschein erblickt hatte. Schon stand sie hoch über der Kimme.

Der Rapid Flyer stieg, und das Land weitete sich. Schon waren hundert Kilometer erklommen. Die nördlichen Küstenstreifen der Kontinente wurden sichtbar, mehr zu ahnen als zu erblicken.

Höher hinauf!... Immer höher!... Es war vergeblich, daß er die Turbinen bis zum Bersten mit Energie versah. Es war vergeblich, daß die Propeller, bis zum Zerreißen gespannt, in rasendem Spiel rotierten. Die Atmosphäre war in dieser Höhe zu dünn, um den Luftschrauben noch Halt, den Tragflächen Stütze zu geben. Über hundert Kilometer kam er mit der Maschine nicht hinauf.

Wie hatte er auch hoffen können, mit diesem gebrechlichen Menschenwerk Höhen zu erreichen, aus denen er sein ganzes Reich zu übersehen vermochte. Etwas ganz anderes würde er bauen müssen. Eine Maschine, die, durch die Gewalt des Strahlers allein getrieben, raketenartig durch den Raum fuhr, die ihn in Sekunden Hunderte von Kilometern über die Erde erhob. Einen Himmelswagen, der neuen Macht... der neuen Gottheit würdig. Schade, daß Silvester tot war. Der hätte ihm die Maschine sicher und schnell gebaut.

Unter dem rasenden Spiel der Propeller dröhnte und summte der metallene Rumpf des Rapid Flyers wie eine gespannte Saite. Jäh mischte sich ein scharfer Klang, ein harter Schlag in das Singen des Rumpfes. Erik Truwor trat einen Schritt zurück. Dicht neben ihm zeigte die Aluminiumwand eine schwere Einbeulung, als ob ein großer Stein sie von außen getroffen hätte.

In das Dröhnen des getroffenen Rumpfes mischte sich das dumpfe schaurige Lachen Erik Truwors. »Ihr droht mir... ihr wagt mir zu drohen... ihr wagt mein Schiff zu berühren... wartet ihr... ihr... Ich werde euch brennen...«

Ein neues Dröhnen, eine neue Beule im Rumpfe des Rapid Flyers. An der eingebeulten Stelle war das Metall bis zur Rißbildung gereckt. Noch ein wenig mehr, und der Rumpf wurde undicht, die Sauerstoffatmosphäre seines Innern entwich in die luftleere Umgebung ...

Und dann ein drittes Mal. Eine neue schwere Einbeulung.

Erik Truwors Geist begriff die fürchterliche Gefahr nicht mehr, in die er sich so mutwillig begeben hatte. Er war aus dem Schutze der dichteren Atmosphäre bis in jene fast luftleeren Höhen emporgestiegen, in denen der Erde der Schutz des Luftpolsters fehlt.

Er sah nur unsichtbare feindliche Gewalten, die ihm die Macht entreißen wollten. Mit einem Sprunge war er am Strahler und ließ die telenergetische Konzentration nach allen Seiten um den Flieger kreisen. Die Turbinen, der Energie beraubt, ohne Verbrennungsluft, ohne Kraft, stellten die Arbeit ein. Schwer wie ein Stein fiel die Maschine im luftleeren Raum nach unten.

Mit glühender Stirn und rollenden Augen stand Erik Truwor, die Hand am Strahler, und schleuderte dem Schicksal seine Herausforderung entgegen. Ein Bolide, ein Felsblock, viel größer als das Schiff, wurde vom Strahl gepackt, zischte auf und stand als feurige Dampfwolke im Raume.

»Haha... birg dich, Schicksal!... Fliehe, Schicksal, sonst brenn ich dich!«

Erik Truwor stieß die Worte, mit wahnsinnigem Gelächter vermischt, heraus, während er den energetischen Strahl kreisen ließ. Doch der freie Fall des Fliegers raubte ihm die Sicherheit der Bewegungen, machte die schon so schwierige Aufgabe, mit einem Strahl den halben Raum abzuschirmen, zu einer unlöslichen. Seine Hände vermochten den Strahl nicht mehr sicher zu meistern. Wildzuckend stieß er nach allen Seiten weithin durch den Raum. Jetzt traf er in Kanada einen Wald und fraß ihn in feurigem Wirbel. Jetzt ließ er auf den Gipfeln des Himalaja den Schnee aufkochen. Jetzt dampfte der Ozean, von der Energie durchsetzt.

Das Flugschiff stürzte, während die Sekunden sich zur Minute ballten. Schon wurde die Atmosphäre dichter, die Gefahr geringer.

Da ein scharfer, greller Schlag. Ein Meteorit von Faustgröße durchbrach die Decke des Flugschiffes. Drang weiter vor und traf den Hebel des Strahlers. Erik Truwor hatte zu Beginn seiner wahnsinnigen Fahrt die Sperrungen entfernt. Der Hebel wurde zurückgetrieben. Über den Sperrpunkt hinaus... die Energie von zehn Millionen Kilowatt explodierte im Flugschiff, im Strahler selbst... Eine Feuerwolke, wo eben noch der Flieger durch den Raum stürzte.

So schnell wie das Feuer am Himmel entstand, verschwand es auch wieder. Machte bläulichem Dampf Platz, der sich ausbreitete, auflöste und zu Nichts wurde. Nur das Nichts blieb übrig. Der leere Raum. Nichts mehr vom Rapid Flyer, von seinem Insassen und vom Strahler.

Die letzten Ausläufer der schweren Explosion erreichten noch die unteren Schichten der Atmosphäre. Ein Sturm jagte über das Schneefeld und ließ die Flanken des Eisbergs erzittern. Ein Schüttern und Dröhnen ging durch das Eismassiv. Ein Aufruhr aller Elemente begleitete den Untergang dessen, dem das Schicksal eine so unendliche Macht anvertraut hatte.

Ein leuchtend schöner Septembermorgen lag über dem Park von Maitland Castle. Ein feiner blauer Dunst milderte das Sonnenlicht, gab den Wiesen und Baumgruppen eine besondere Tönung, ließ entfernte Dinge unwahrscheinlich nahe erscheinen.

Der blaugoldene Frieden des lichten jungen Tages verschönte den Park, während seine Herrin in Sorge und Unruhe war. Diana Maitland wanderte rastlos durch die verschlungenen Wege der Anlagen. Heute wollte ihr Gatte kommen. Die Nachricht war in der Nacht eingetroffen. Der Friedensvertrag mit den vielen Paragraphen und Anhängen war unterzeichnet. Der Herr von Maitland Castle kehrte in sein Haus zurück.

Diana ging durch den Park, gedachte des letzten Zusammenseins, erwartete mit Unruhe das Kommende.

Wie war es gewesen? Horace konnte sich nicht zu ihrer Meinung bekehren. Er sah nur Unheil in einer Macht, von der sie den Fortschritt und die Befreiung der Welt erwartete. Horace glaubte nicht an Menschen, die eine ungeheure Macht nur zum Besten der Menschheit anwenden würden. Horace sah im Träger der Macht nicht den vollkommenen Menschen, sondern einen Rivalen, der ihm das Herz seiner Gattin abwendig machte. Horace konnte die Person nicht von der Sache trennen. Horace war eifersüchtig... War es heute noch auf einen Mann, der vor Jahren einmal auf kurze Wochen in den Lebenskreis Dianas getreten war. Und Diana wußte nicht, wie sie ihm die Grundlosigkeit dieser Eifersucht beweisen sollte... Und fühlte doch in dieser Stunde stärker denn je, daß ihr Lord Horace Maitland alles, jener andere geheimnisvolle Träger einer geheimnisvollen Macht nur ein Schemen war. Nur noch eine Erinnerung an längst vergangene Tage bedeutete. Die Erinnerung an ein kurzes Glück, das unwiederbringlich dahin war. Eine Erinnerung, an die sie jetzt denken konnte wie an ein schönes Bild oder einen schönen Tag, während doch ihr Leben und ihre Liebe Horace gehörten.

Ruhelos durchwanderte sie den Park und wußte selbst nicht, zum wievielten Male sie jetzt wieder an dem großen Eingangsportal vorüberkam.

Eine Gestalt fesselte Dianas Aufmerksamkeit. Sie sah einen Mann dem Gitter näherkommen. Nun unterschied sie Einzelheiten, erkannte die dunkle, bronzefarbene Haut, dachte, das müsse wohl ein Inder sein. Und dann stand die Gestalt an dem Torflügel, der dem Druck seiner Hand nachgab. Stand auf dem Parkweg dicht vor Diana Maitland, grüßte sie durch eine tiefe stumme Verbeugung nach indischer Sitte.

Diana blickte in sein Antlitz, sah in den Glanz eines leuchtenden Augenpaares und fühlte, wie ihre Unrast einer wohltätigen Ruhe wich. Wohl eine Minute stand sie so vor ihm, die vornehme Lady, die Herrin von Maitland Castle, vor einem unbekannten braunen Mann, der ohne Erlaubnis in ihren Park kam...der...war denn das Tor nicht verschlossen?...Sollte es nicht immer verschlossen gehalten werden?...Kein Diener in der Nähe. Diana raffte sich zur Frage zusammen:

»Was suchen Sie hier?«

»Ich suche Jane Bursfeld.«

In jähem Schreck zuckte Diana zusammen.

»Was wollen Sie von Jane Bursfeld?«

»Ich will ihr sagen, daß Silvester Bursfeld tot ist.«

»Tot!...Silvester Bursfeld ist tot?«

Ihre Blicke hingen wie gebannt an den glänzenden Augensternen des Inders. Was verbarg sich noch hinter dieser hohen Stirn?

»Wer sind Sie?«

»Ich bin Soma Atma, Silvester Bursfelds Freund.«

Langsam, schwerflüssig wie die Perlen eines Rosenkranzes fielen die Worte von den Lippen des Inders, und bei jedem Wort wich Diana einen Schritt weiter von dem Sprechenden zurück, hob abwehrend die Hände, als schreckte sie vor jedem neuen Wort, das Atma sprach.

»Sie sind Soma Atma?...Einer von den dreien?«

»Der Letzte!« ...

»Der Letzte?«

Schweigend neigte sich Atma, die Arme über der Brust verkreuzt.

»Die anderen?...Wo sind sie?«

»Tot!« ...

»Tot...beide tot?...Auch Erik Truwor tot?« ...

»Er frevelte und starb ...«

Mehr taumelnd als gehend erreichte Diana die nahe Bank. Sie hörte nicht das Signal des Autos, das ihren Gatten brachte. Sie sah nicht, wie er den Wagen verließ. Sie sah nicht, wie er verwundert... erstaunt stehenblieb, wie Atma an seine Seite trat und beide auf dem Wege, der zum Schloß führte, hin und her gingen. Sie gewann die Herrschaft über ihre Sinne erst wieder, als der Ruf ihres Gatten ihr Ohr traf.

»Diana!... Diana!«

Hatte die Kunde von dem gewaltsamen sündigen Tod Erik Truwors Diana niedergeworfen, oder war es nur die Wucht aller dieser Ereignisse und Nachrichten, die so plötzlich auf sie einstürmten? Lord Horace wußte es nicht, aber er fühlte, daß die nächsten Minuten ihm die Klarheit darüber bringen müßten.

Diana vernahm den Ruf und schrak auf. Schmerzzerrissen, mit verstörten Augen blickte sie ihren Gatten an. Wie einen Unbekannten.

»Horace!... Horace!«

Das war der Ruf einer Seele aus tiefster Not.

»Horace... du!... du!«

Lord Maitland legte die Arme um Dianas Leib. Er fühlte ihr Herz an seiner Brust in wilden Schlägen toben. Er fühlte, wie ihre Glieder zitterten und bebten.

»Diana... was ...«

Behutsam und fürsorglich führte Lord Maitland Diana zu der Bank zurück. Er wollte sprechen und kam nicht dazu. Sein Weib hing an seinem Hals, umschlang ihn mit den Armen, als ob sie ihn erdrücken... als ob sie ihn nie wieder lassen wolle.

Ein frohes Leuchten kam in seine Augen.

»Diana?« halb Frage, halb Jubel lag in dem einen Wort. Er versuchte es, die Arme, die ihn so fest umschlungen hielten, sanft zu lösen, ihr Gesicht zu sich zu erheben. Sie widerstand ihm. Nur noch fester umschlangen ihre Arme seinen Nacken, nur noch enger preßte sie ihr Herz an das seine.

Und da wußte Lord Maitland: Sie war sein und immer sein gewesen. Mit frohen Augen blickte er zu der strahlenden Morgensonne empor, Diana fest in den Armen.

So saßen sie eng umschlungen, vergaßen die Welt um sich, vergaßen die Zeit, die rastlos verstrich. Bis der Sonnenglanz sich trübte, ein Schatten auf ihre leuchtenden Gestalten fiel. Der Schatten Atmas, der dicht vor ihnen stand. Die Gegenwart Atmas brachte sie in Raum und Zeit zurück.

»Wo ist Jane Bursfeld?«

Wie ein kaltes Wehen strich es über ihre glühenden Herzen.

»Jane?«... Diana sprang auf.

»Arme Jane! Ich will Euch zu ihr führen.«

Langsam und zögernden Schrittes ging sie vor den beiden Männern nach der Blutbuche hin, bei der sie Jane wußte. Bei dem Klang der nahenden Schritte blickte Jane empor. Ihre Augen wanderten von dem einen zum anderen. Dann erkannte sie Atma, sprang auf und lief ihm entgegen.

»Atma! Atma! Du... du hier?«

Glück und Freude strahlten auf ihren Mienen.

»Atma, du bist hier? Wo ist Silvester? Wo hast du Silvester? .. Wann kommt er? .. Wann holt er mich?«

Atma stand unbeweglich. Mit beiden Armen hatte er die Gestalt Janes aufgefangen, als sie ihm entgegenlief. Sie hing an seinem Halse. Er hielt sie nur noch mit der Linken umschlungen. Drückte die Linke fest auf ihr Herz, während er mit der Rechten das zarte blonde Haupt auf seine Schulter niederzog, ihr langsam über Stirn und Augen strich. Langsam, wie schwere Tropfen fielen die Worte von seinen Lippen: »Silvester... dein Mann... ist tot.«

Jane zuckte zusammen. Regungslos lag sie da im Arm Atmas, ließ sich von ihm zu der Bank führen, saß immer noch in seinem Arm neben ihm.

»Silvester Bursfeld ist tot.«

In der Stille des Herbstmorgens drangen die Worte bis an das Ohr Dianas, die sich an den Arm ihres Gatten klammerte.

Und noch ein drittes Mal wiederholte Atma die traurige Kunde, während seine Linke das stockende Herz Janes zusammenpreßte.

»Silvester Bursfeld, dein Gatte, ist tot.«

Jane Bursfeld hörte die Worte, ohne zu weinen, zu klagen. Langsam hob sie ihr blasses Haupt, starrte in den sonnigen Himmel, blickte, sann und hörte, was Atma sprach.

Von der letzten Stunde Silvesters sprach Atma. Wie ihm der letzte große Wurf gelungen. Wie er seine Entdeckung zur höchsten Vollendung gebracht.

Die starre Unbewegtheit Janes wurde durch ein leises Zittern erschüttert.

Weiter sprach Atma. Daß Silvester dahingegangen sei, die letzte Botschaft Janes im Herzen. Wie sie ihn fanden, im Tode noch ein Lächeln auf den Lippen, den Depeschenstreifen in den erstarrten Händen.

Jane hörte es, und ihr starrer Blick leuchtete auf. Ihre Lippen zuckten noch, ihre Mienen wurden ruhiger.

Atma sprach, und langsam ließ der Druck seiner Hand auf ihr tief und gleichmäßig pochendes Herz nach.

»Sein Name und sein Ruf leben in deinem Schoß fort. Sorge für Silvester, indem du für sein Kind sorgst und lebst ...«

Er ließ seine Arme sinken. Frei stand Jane vor ihm. Doch sein gewaltiger Einfluß wirkte weiter. All ihr Fühlen, alle ihre Gedanken konzentrierte er auf das keimende Leben in ihrem Schoß.

Ein Lächeln trat auf ihre Züge. Ihr Antlitz gewann die zarte Röte wieder. So schritt sie an Soma Atma vorbei. So an Lord Horace und Lady Diana vorüber dem Schloß zu.

In den Armen Atmas hatte sie das Furchtbare des ersten Schmerzes überstanden. Ihr künftiges Leben, ihre ganze Zukunft war dem Erben Silvesters, dem Erben der Macht geweiht.

Diana Maitland sah Jane auf das Haus zugehen. Sie zitterte unter dem Eindruck der Szene. Sie hatte gefürchtet, Jane weinen, Jane niederbrechen, Jane sterben zu sehen. Und sah sie ruhig und gefaßt fortschreiten.

Sie fühlte die eigenen Knie wanken und stützte sich fester auf den Arm ihres Gatten.

Atma schritt langsam Jane Bursfeld nach. Er kam an Lady Diana und Lord Horace vorüber. Sein Schritt verzögerte sich. Er blieb stehen.

Sein Blick umfaßte die Gestalt Dianas, wie er vorher auf der Janes geruht hatte. Voll öffneten sich seine Lippen. Glanz strahlte aus seinen Blicken. Langsam sprach er...stockend, abgerissen, wie von einer fremden Macht getrieben:

»Gesegnet ist das Haus. Die Erben zweier Geschlechter werden in seinen Mauern geboren...Sorgt für sie!...Hütet sie!...Sie tragen die Zukunft...das Schicksal bestimmt sie zu...Großem ...!«

Er ging weiter ...

»Diana! Was sagte der Inder?...Was meinte er...Zwei Erben!«

Diana Maitland hatte den Blick zu Boden gerichtet. Lord Horace zwang sie mit sanfter Gewalt, den Kopf zu erheben, ihn anzusehen.

»Zwei Erben! Diana! Was meinte Atma?«

»Er sah und sagte, was ist.«

»Diana!«

»Horace!«

Es waren nur zwei Worte, zwei kurze Namen. Aber in ihnen lag ihre Zukunft.

So zärtlich und behutsam führte Lord Horace Lady Diana dem alten Stammschloß der Maitlands zu, als habe er den kostbarsten Schatz im Arm.

Dreifach hatte das Schicksal Glossin getroffen. Ehrlos, machtlos und mittellos mußte er die Staaten verlassen. Zu spät begriff der sonst so Schlaue, daß die Zeit für die Methoden und die Moral der

Gewaltherrschaft vorüber war, daß Männer mit anderen Grundsätzen das Regierungssteuer ergriffen hatten.

Aus der Macht war er gestoßen, die zwanzig Jahre sein Element war, ohne die er nicht leben und atmen zu können glaubte. Die Millionen, die er in den Jahren der Macht errafft und an sich gebracht hatte, waren ihm genommen. Gerade so viel blieb ihm nach den Worten und dem Willen William Bakers, daß er bei England nicht zu betteln brauchte, um sein Leben zu fristen.

So kam er nach England zurück. Am Morgen nach jener Sturmnacht, in der die empörten Patrioten ihn aus Washington verjagten. Nur noch ein Gefühl hielt den Willen zum Leben in ihm aufrecht, fesselte ihn an das Leben. Seine Liebe zu Jane Bursfeld.

Jane war im Hause der Maitlands. Sollte er sich jetzt, ein verfemter Flüchtling, dort zeigen? Sollte er vor Lord Horace hintreten, das Mädchen, das er dort als seine Nichte gelassen, zurückverlangen?

Diese Fragen waren heikel. Zu viel war seit dem Tage, an dem er das Versprechen erhielt, geschehen. Die unbekannte Macht war aufgetreten, und ihr Auftreten hätte den Sturz des Diktators wohl auch ohne Glossin bewirkt. Der Umstand mußte auf die Größe der englischen Dankbarkeit verringernd wirken.

Eile tat not. An dem gleichen Morgen, an dem Soma Atma in Maitland-Castle war, kam Glossin dort an. Seine Kenntnis der Örtlichkeit ermöglichte es ihm, den Park ungesehen zu betreten, sich auf dicht verwachsenen Seitenwegen dem Schloß zu nähern. Sein Plan war überaus einfach, daß er zu jeder anderen Stunde sicher gelingen mußte. Sich Jane unbeobachtet nähern. Sie wieder voll unter seinen Einfluß zwingen. Mit ihr zusammen den Park verlassen. Und dann schnell fort. Weit fort aus England in irgendein fremdes Land, in dem man Dr. Glossin nicht kannte, in dem er, Jane an der Seite, auch mit den Trümmern seines einstigen Reichtums immer noch leben konnte.

Dr. Glossin kam dem Schloß immer näher. Der schmale windungsreiche Weg führte zu einem achteckigen Pavillon. Von der anderen Seite dieses Gebäudes lief ein breiter Weg aus dem Park auf eine wiesenartige Lichtung, und dort unter einer großen Blutbuche sah er Jane allein sitzen.

Dr. Glossin stand und verschlang das anmutige Bild mit den Blicken. Er stand am Ziel seiner Wünsche.

Vorsichtig wollte er näher gehen. Den Plan ausführen, Jane in seine Gewalt bringen.

Der Klang von Stimmen, das Geräusch nahender Schritte zwang ihn, stehenzubleiben. Schritt um Schritt zurückzuweichen, vor den Blicken der Nahenden Deckung hinter den Bäumen am Pavillon zu nehmen.

Er sah Lord Horace den Weg vom Schloß herankommen. An seiner Seite einen Mann mit brauner Hautfarbe. Den Mann, dessen Signalement er seit der Affäre von Sing-Sing kannte, dessen Bild ihm seit dem Untergang von R. F. c. 2 so oft drohend und düster in die Erinnerung gekommen war.

Atma ging allein auf Jane zu.

Glossin drückte gegen die Tür des Pavillons. Sie war nicht verschlossen und gab dem Druck nach. Er schlüpfte hinein und zog die Tür hinter sich wieder zu. Halbdunkel herrschte hier. Die Jalousien an den Fenstern waren hinabgelassen. Nur durch die Spalten zwischen den Stäben drang das Tageslicht in den Raum und erfüllte ihn mit einer ungewissen Dämmerung.

Dr. Glossin trat an ein Fenster und beobachtete durch einen Spalt, was im Park vorging.

Er sah, wie Atma Jane fest in die Arme nahm. Er sah sie auf das Schloß zugehen und erkannte mit dem Blicke des Arztes, daß sie gesegneten Leibes war. Er taumelte vom Fenster zurück und ließ sich in dem dämmerigen Raum auf einer Gartenbank niedersinken. Die letzte Hoffnung, die ihn noch an das Leben band, war entschwunden. Jane war ihm verloren. Sie würde dem anderen, dem Verhaßten, den Erben schenken.

Es war Zeit, ein Ende zu machen.

Jahre hindurch hatte Dr. Glossin mit der Möglichkeit, ja mit der Notwendigkeit eines freiwilligen Todes gerechnet. Die verschiedenen Todesarten wohlüberlegt, die Mittel dafür beschafft.

Gifte, die momentan und schmerzlos wirken. Narkotika, die einen angenehmen Schlummer erzeugen, der unmerklich in den Todesschlaf übergeht. Der plötzliche Sturz, die jähe Verbannung und

Flucht hatten ihn aller dieser Mittel beraubt. Nur die kleine Schußwaffe blieb ihm, die er immer mit sich führte, die er einst auf Silvester abdrückte.

Er riß sie heraus und richtete sie mit schnellem Entschluß gegen die eigene Brust.

Der Schuß dröhnte durch den kleinen Raum. Der Körper Glossins sank zusammen, streckte sich, fiel von der Bank auf den Steinboden ...

In dem gleichen Moment, in dem Atma den Raum betrat.

»Die Stunde ist gekommen.«

Atma sprach es mit leiser Stimme, während er den Körper des Sterbenden auf der Bank bettete.

Er strich ihm über die Augen und Schläfen, und das Blut aus der Brustwunde floß langsamer, stockte.

Nur noch in langen Pausen fiel es Tropfen für Tropfen auf den Boden. Traumhaft, nebelhaft kam dem Verletzten das Bewußtsein zurück. Vor seinen geschlossenen Augen gaukelten Gestalten wirr durcheinander.

Cyrus Stonard, den er verraten, stand vor ihm und blickte ihn mit Verachtung an. Wandelte sich dann in die Gestalt William Bakers und wandte ihm mit der gleichen Verachtung den Rücken.

Immer dichter, immer zahlreicher wurden die Gestalten, Menschen, die er vor langen Jahren bekämpft, verraten, verdorben hatte. Sie tauchten aus dem dämmernden Nebel, blickten ihn an und verschwanden wieder.

Dr. Glossin versuchte der Traumbilder Herr zu werden. Mit verzweifelter Anstrengung zwang er sich zum Denken.

...Ich habe mich schlecht getroffen...Stockender Puls...Delirien der beginnenden Auflösung ...

Seine Gedanken verjagten den Spuk. Alle diese huschenden, blickenden und anklagenden Gestalten verschwanden. Nur ein matter, blasser Nebel blieb ihm vor den Augen.

Die Zeit verrann. Der Sterbende wußte nicht mehr, ob es Sekunden oder Jahrhunderte waren.

Der Nebel begann zu wallen. Eine neue Gestalt bildete sich in ihm.

Glossin sah zwei Augen, die ihn ruhig anblickten, ihm so wohlbekannt erschienen, ihn an lange vergangene Zeiten erinnerten.

Der wallende Nebel verdichtete sich. Formte Gesichtszüge um die einsamen Augen. Eine hohe Stirn, einen blonden Bart.

So hatte Gerhard Bursfeld vor dreißig Jahren ausgesehen. Jetzt trat auch die ganze Gestalt hervor. Im weißschimmernden Tropenanzug, den er damals in Mesopotamien trug.

Glossin suchte sich der Erscheinung zu entziehen. Ich muß die Augen aufmachen, dann wird alles verschwinden.

Mit unendlicher Mühe versuchte er die Lider zu heben, glaubte, daß es ihm gelungen sei. Er empfing einen Eindruck des Raumes, der Pfeiler und Fenster. Aber die Gestalt Gerhard Bursfelds verschwand nicht. Sie wurde nur undeutlicher, halb durchsichtig, so daß die Möbel des Raumes hinter der Figur wie durch einen Schleier zu erkennen waren.

Und dann eine zweite Gestalt neben der ersten. Die Gesichtszüge bis auf den Bart die gleichen. Die Augen dieselben. Fragend und anklagend.

Silvester Bursfeld, so wie ihn Dr. Glossin das letztemal sah, als R. F. c. 2 im Feuer des Strahlers schmolz.

Die Gestalt des Sohnes neben der des Vaters. Deutlicher, weniger durchsichtig. Der Vater an ein altes, schon verblaßtes Bild gemahnend, der Sohn in den frischen Farben des Lebens. Sich umschlingend, standen die beiden Gestalten vor ihm.

Glossin fühlte, wie sein Leben entfloh. Er machte keine Anstrengung, es zu halten. Er sehnte sich fort von allen quälenden Bildern und Erinnerungen in ein Land des Vergessens, des Nichtwissens.

Die beiden Gestalten blieben. Eine dritte trat hinzu. Die braune Figur eines Inders. In dem dunklen Antlitz standen groß und strahlend die Augen, ruhten mit bannender Gewalt auf dem Sterbenden.

Nun war es, als ob Atma, der Inder, alle Gedanken Glossins mitfühlte, als ob beide Gehirne zu einem verschmolzen.

Stärker wurde die Sehnsucht des Sterbenden nach wunschloser Ruhe.

»Du suchst das Nirwana. Du bist ihm fern.«

Kein Wort war im Raum gefallen, und doch hatte Dr. Glossin den deutlichen Eindruck der Worte: »Die Stunde ist gekommen.«

Laut sprach Atma die Worte. Das stockende Blut begann wieder zu fließen, und mit dem roten Strom entwich das Leben. Ein Seufzer, ein letztes Zucken. Glossin war in das dunkle Land gegangen, aus dem es keine Wiederkehr gibt.

Die Sonne war unter den Horizont gegangen, und die Schatten beginnender Dämmerung breiteten sich über die Straßen und Häuser Düsseldorfs aus. In dem alten, bequemen Lehnstuhl am Fenster saß der alte Termölen, die lange Pfeife zwischen den Lippen, und stieß in langen Pausen kräuselnde Wolken bläulichen Rauches in den Raum. Frau Luise ging ordnend im Zimmer hin und her.

Jane Bursfeld hatte ihren Platz auf der breiten Bank, die den mächtigen Delfter Ofen umzog.

Das ungewisse Zwielicht verbot das Lesen, und Jane ließ ihr Buch sinken. Sie saß und hörte auf die Worte, die der alte Termölen zwischen den Dampfwolken von den Lippen fallen ließ.

»Das Rad dreht sich, Jane. Sprach nicht dein Freund, der Inder, immer davon?«

Jane blickte sinnend auf.

»Er sprach davon. Vom Rad des Lebens, auf das wir alle gebunden sind.«

»So mein ich es nicht, Jane. Ich meine das Rad der Weltgeschichte, das die Völker herauf- und herunterbringt.... Heute ist die Berliner Konferenz zu Ende gegangen... Wie weit muß ich zurückdenken... bis in meine früheste Kindheit... Meine Eltern sprachen von Bismarck und vom alten Kaiser... später hörte ich von der Berliner Konferenz, die unter dem Vorsitze des Fürsten Bismarck getagt hatte... Anno 1879... Die Staatsmänner Europas kamen in Berlin zusammen, berieten im Herzen Europas über das Schicksal ihres Erdteiles... Jetzt war wieder eine Konferenz in Berlin, Sechsundsiebzig Jahre später. Was ist in den sechsundsiebzig Jahren alles passiert.«

Andreas Termölen machte sich mit seiner Pfeife zu schaffen. Jane nahm den Faden seiner Rede auf.

»Lord Horace war nicht in froher Laune, als er vor vierzehn Tagen mit mir nach Deutschland fuhr. Er war ernster als ich ihn sonst kannte.«

»Das glaube ich dir aufs Wort, Hannchen. Die Engländer haben keinen Grund, fröhlich zu sein. Sie dachten, was Englisch spricht, gehört auch zum englischen Weltreich. Australien, Afrika, Amerika... alle Weltteile wurden englisch, und sie dachten, das würde in aller Ewigkeit so bleiben. Sie hatten das Schicksal von Spanien und Portugal vergessen. Glaubten, die gemeinsame Sprache und Sitte müßten die Kolonien ewig an London binden.

Jetzt ist das ganz anders gekommen. Die Kolonien verlangen ihre volle Selbständigkeit, und das Mutterland hat sie nicht halten können.

Die Welt gehört den *English speakers*! Das Wort kam wohl so um 1900 auf und schien mit jedem folgenden Jahrzehnt immer mehr Wahrheit zu werden ...«

Die Gedanken des alten Termölen flogen die Jahrzehnte zurück.

»1904... wir waren damals im ersten Jahr verheiratet... da ging der Kampf in Ostasien los. Zur höheren Ehre Englands schlug der Japaner den Russen.

Und dann kamen die Balkankriege... und dann kam der große Weltbrand Anno 14 bis 18 ...«

Es war immer dämmriger in dem Raum geworden. Schon warfen die Straßenlaternen ihre Lichtreflexe gegen die Zimmerdecke. Schweigend saßen die beiden Frauen und lauschten den Worten des alten Mannes, der abgerissen die Erinnerungen seiner achtzig Jahre vorüberziehen ließ.

»...und da waren wir ganz unten. Man wußte in Deutschland nichts mehr von Bismarck und seinem Vermächtnis. Die anderen im Osten und Westen machten mit uns, was sie wollten, solange wir es uns gefallen ließen... gefallen lassen mußten... Europa war krank, weil sein Herz krank war. Die Welt gehörte den *English speakers* ...

Und dann kam Rußland wieder hoch ...

Und dann ging es im fernen Osten los. Der Japs überrannte den Amerikaner ...

Und dann kam die amerikanische Revolution... und dann kam Cyrus Stonard ...

Und dann kam der Englisch-Amerikanische Krieg...und dann kam die Macht...Die geheimnisvolle Macht....Wie ein Komet glänzte sie plötzlich auf...«

Verhaltenes Schluchzen unterbrach das Selbstgespräch des alten Termölen. Es war Jane, die, von der Erinnerung an ihr kurzes Glück überwältigt, die Tränen nicht zurückhalten konnte.

»Silvester...Erik Truwor...Soma Atma...Wo sind sie?...Wo sind sie geblieben? Silvester ist tot, mir auf immer entrissen...Erik Truwor ging in Sturm und Brand zugrunde...Die Macht ist verschwunden, wie sie kam...«

Der alte Termölen antwortete:

»Verschwunden...vielleicht...verloren...? Es waren drei...drei Träger der Macht. Zwei sind tot. Der dritte, der Inder, lebt noch...«

»Ja! Einer von den dreien blieb übrig.« Jane sagte es. »Soma Atma blieb am Leben, während Silvester sterben mußte...Soma Atma. Warum...warum...?«

»Weil sein Geschick noch nicht erfüllt ist...«

Eine andere Stimme sprach die Worte, Jane wohlvertraut.

»Atma!...Soma Atma, bist du hier?«

Jane richtete sich auf, blickte gegen die Tür und meinte im letzten Dämmerschein die dunkle Gestalt Atmas vor sich zu sehen.

»Atma, du?«

»Ich bin hier, Jane. Ich bin bei dir. Mein Schicksal ist noch nicht erfüllt. Ich muß dir zur Seite stehen, bis der Erbe Silvesters sein Schicksal selber formt. Die Macht ist nicht verloren. Nur verwahrt und verborgen, bis der kommt, der mit reinem Herzen und mit reinen Händen nach ihr greift.«

Jane hörte die Stimme, fühlte, wie eine dunkle Hand sanft über ihren Scheitel strich, wie irgend etwas leise in ihren Schoß fiel. Sah die Gestalt Atmas nach der Tür zu lautlos verschwinden, wie sie gekommen.

Sie blickte um sich. Da saß der alte Termölen, wie er noch eben gesessen. Auf die dämmrige Straße schauend, auf der sich die ersten Lichter entzündeten. Da schaffte die alte Frau nach wie vor an den Tassen und Gläsern der Servante.

Jane wußte nicht, ob sie wache oder träume. War das alles nur ein Spiel ihrer überreizten Sinne oder Wirklichkeit?

Noch hörte sie die letzten Worte Atmas im Ohr klingen:

»Bis einer kommt, der mit reinem Herzen und mit reinen Händen nach der Macht greift.«

Sie dachte ihres Kindes, das hier nach dem Vermächtnis Silvesters in der alten deutschen Heimat aufwachsen sollte.

Sie griff in ihren Schoß, und ihre Finger fühlten kühles Metall.

Sie hob es langsam zu ihren Augen empor und sah den schweren alten Goldreif mit dem wunderlichen Stein, den sie sooft an der Hand Silvesters erblickt hatte. Den Ring, der Silvester an die Macht gebunden, ihn bis zu seinem Tod in den Dienst der Macht gezwungen hatte.

Es war eine Gabe des letzten noch lebenden Trägers der Macht für sie...für ihren Knaben.

Die Stimme des alten Termölen drang in ihr Sinnen:

»...Die Macht...die unendliche Macht. Woher kam sie?...Wohin ging sie?...Warum?«...